Filha da fortuna

Da autora:

Afrodite
O Amante Japonês
Amor
O Caderno de Maya
A Casa dos Espíritos
Contos de Eva Luna
De Amor e de Sombra
Eva Luna
Filha da Fortuna
A Ilha sob o Mar
Inés da Minha Alma
O Jogo de Ripper
Longa pétala de mar
Meu País Inventado
Muito além do inverno
Mulheres de minha alma
Paula
O Plano Infinito
Retrato em Sépia
A Soma dos Dias
Zorro
Violeta

As Aventuras da Águia e do Jaguar

A Cidade das Feras
O Reino do Dragão de Ouro
A Floresta dos Pigmeus

Tradução

Mario Pontes

14ª edição

BERTRAND BRASIL
Rio de Janeiro | 2023

Título original: *Hija de la fortuna*

Capa: Angelo Allevato Bottino

Imagem de capa: Peter Zelei Images / Getty Images

Texto revisado segundo o novo
Acordo Ortográfico da Língua Portuguesa

2023
Impresso no Brasil
Printed in Brazil

CIP-BRASIL. CATALOGAÇÃO NA PUBLICAÇÃO
SINDICATO NACIONAL DOS EDITORES DE LIVROS, RJ

Allende, Isabel, 1942-
A427f Filha da fortuna / Isabel Allende; tradução de Mario Pontes. – 14ª ed. –
14ª ed. Rio de Janeiro: Bertrand Brasil, 2023.
378 p.; 23 cm.

Tradução de: Hija de la fortuna
ISBN 978-85-286-2367-3

1. Romance chileno. I. Pontes, Mario. II. Título.

CDD: 868.99333
18-51117 CDU: 82-31(83)

Meri Gleice Rodrigues de Souza – Bibliotecária – CRB-7/6439

Direitos exclusivos de publicação em língua portuguesa somente para o Brasil adquiridos pela:
EDITORA BERTRAND BRASIL LTDA.
Rua Argentina, 171 – 2º andar – São Cristóvão
20921-380 – Rio de Janeiro – RJ
Tel.: (21) 2585-2000 – Fax: (21) 2585-2084

Atendimento e venda direta ao leitor:
sac@record.com.br

Sumário

TERCEIRA PARTE
1850-1853

PRIMEIRA PARTE
1843–1848

Valparaíso

Todos nascem com algum talento especial, e Eliza Sommers não tardou a descobrir que tinha dois: bom olfato e boa memória. O primeiro lhe servia para ganhar a vida e o segundo, para recordá-la, ainda que não precisamente, mas pelo menos com a poética imprecisão do astrólogo. Aquilo que esquecemos é como se não houvesse acontecido, mas muitas eram as suas lembranças, reais ou ilusórias, e assim, para ela, foi como viver duas vezes. Costumava dizer ao seu fiel amigo, o sábio Tao Chi'en, que sua memória era como o ventre do navio no qual se conheceram, vasto e sombrio, repleto de caixas, barris e sacos em que se acumulavam os acontecimentos de sua vida inteira. Desperta, não era fácil encontrar alguma coisa naquela vastíssima desordem, mas podia procurar estando adormecida, tal como lhe havia ensinado Mama Frésia nas mansas noites de sua infância, quando os contornos da realidade não passavam de um fino traço de tinta desbotada. Entrava na terra dos sonhos por um caminho muitas vezes percorrido e regressava tomando grandes cuidados, para não ver suas tênues visões se despedaçarem contra a luz áspera da consciência. Confiava nesse expediente tanto quanto outros confiam nos números e, de tanto aperfeiçoar a arte de recordar, podia ver Miss Rose inclinada sobre a caixa de sabão de Marselha, que fora o seu primeiro berço.

— Não é possível que você se lembre disso, Eliza. Os recém-nascidos são como os gatos, não têm sentimento nem memória — assegurava Miss Rose nas poucas ocasiões em que tocavam no assunto.

Contudo, aquela mulher que a olhava de cima, o vestido cor de topázio, os cabelos do coque soltos e esvoaçantes, mantinha-se gravada em sua memória, e ela jamais pudera aceitar outra explicação para a sua origem.

— Você tem sangue inglês, como nós — garantiu-lhe Miss Rose, assim que ela teve idade para entender. — Só alguém da colônia britânica podia ter tido a ideia de deixar você em uma cesta na porta da Companhia Britânica de Importação e Exportação. Na certa, conhecia o coração generoso de meu irmão Jeremy e adivinhou que ele recolheria você. Naquela época, eu estava louca para ter uma filha, e você caiu nos meus braços mandada pelo Senhor, para ser educada em língua inglesa e nos sólidos princípios da fé protestante.

— Inglesa, você? Não se iluda, menina, você tem cabelos de índia, como eu — refutava Mama Frésia logo que a patroa dava as costas.

O nascimento de Eliza era assunto proibido naquela casa, e a menina acostumou-se ao mistério. Como outros assuntos delicados, esse também não era mencionado na presença de Rose e Jeremy Sommers, mas discutido aos sussurros na cozinha com Mama Frésia, que continuava a descrever sem variações a caixa de sabão, enquanto a versão de Miss Rose foi ganhando enfeites com o correr dos anos, até se converter em um conto de fadas. Segundo seu relato, a cesta encontrada no escritório fora confeccionada com o mais fino vime e forrada de cambraia; sua camisa era bordada em ponto abelha e os lençóis rematados com renda de Bruxelas, e para abrigá-la vinha ainda uma pequena manta de pele de marta, extravagância nunca vista no Chile. Com o tempo, a esses bens, vieram se juntar seis moedas de ouro e uma nota em inglês, na qual se explicava que a menina, embora ilegítima, era de muito boa estirpe, mas Eliza nunca pôs os olhos nessas coisas. A pele, as moedas e a nota desapareceram quando foi conveniente e, de seu nascimento, não sobrou o mínimo traço. Fosse como fosse, a explicação de Mama Frésia era a que mais se parecia com suas lembranças: certa manhã de inverno, ao abrir a porta da casa, encontraram nua, dentro de um caixote, uma criaturinha do sexo feminino.

— Nada de mantinha de marta nem de moedas de ouro. Eu estava ali e me lembro muito bem. Você vinha tiritando dentro de um pulôver de homem, não tinham nem mesmo protegido você com um cueiro, e você estava toda cagada. Você era um nadinha de gente, vermelha como uma lagosta bem--cozida, uma penugem de milho no cocuruto. Assim é que você era. Não se engane, você não nasceu para princesa e, se tivesse o cabelo tão preto como tem hoje, os patrões teriam jogado o caixote no lixo — garantia a mulher.

Todos concordavam pelo menos quanto à data em que a garota havia entrado em suas vidas, 15 de março de 1832, ano e meio depois da chegada dos Sommers ao Chile, e por isso o dia foi escolhido como o do aniversário dela. No mais, tudo sempre foi um amontoado de contradições, e Eliza terminou por concluir que não valia a pena gastar energia dando voltas em torno daquilo, pois, fosse qual fosse a verdade, nada seria capaz de modificá-la. O importante é aquilo que a gente faz neste mundo, e não o modo como se chega a ele, costumava dizer a Tao Chi'en durante os muitos anos de sua esplêndida amizade; ele, porém, não concordava, e parecia-lhe impossível imaginar sua própria existência à parte da longa cadeia dos antepassados, daqueles que não apenas haviam contribuído para formar suas características físicas e mentais, como também lhe haviam legado seu carma. Acreditava que sua própria sorte estava determinada pelas ações dos parentes que tinham vivido antes, e que por isso deveriam ser exaltados com orações diárias e temidos quando, em roupagens espectrais, aparecessem a fim de reclamar seus direitos. Tao Chi'en era capaz de recitar os nomes de todos os seus antepassados, até mesmo dos remotos e veneráveis tataravós, mortos havia mais de um século. Nos tempos do ouro, a maior preocupação de Tao Chi'en era a de poder regressar à sua aldeia chinesa, para lá morrer e ser enterrado juntamente com os seus; do contrário, sua alma ficaria à deriva e vagaria para sempre em terra estrangeira. Eliza inclinava-se naturalmente para a história da primorosa cesta de vime — em são juízo, ninguém gosta de ser encontrado numa caixa de sabão —, mas, para ser fiel à verdade, não conseguia aceitá-la. Seu olfato de perdigueiro lembrava-se perfeitamente do primeiro olor de sua existência, que não fora o de limpos lençóis de cambraia, mas de lã, suor de homem e tabaco. O segundo, um fedor campônio de cabra.

Eliza cresceu olhando o Pacífico do balcão da casa de seus pais adotivos. Agarrada à encosta de uma das colinas de Valparaíso, a casa pretendia imitar o estilo da moda londrina naquela ocasião, mas as exigências do terreno, o clima e a vida do Chile tinham imposto modificações substanciais, e o resultado fora um despropósito. No fundo do pátio, foram nascendo, como tumores orgânicos, vários aposentos desprovidos de janelas e com portas de masmorra, nos quais Jeremy Sommers armazenava a carga mais preciosa da companhia, em falta nas bodegas do porto.

— Isto é um país de ladrões; em nenhuma parte do mundo uma companhia gasta tanto quanto aqui para segurar a mercadoria. Roubam tudo, e aquilo que ela consegue salvar das ratazanas ou se encharca no inverno, ou se queima no verão ou é soterrado por algum terremoto — repetia cada vez que as mulas chegavam com novos fardos para ser descarregados no pátio de casa.

De tanto sentar-se na varanda a fim de ver o mar, Eliza se convenceu de que era filha de um naufrágio, e não daquela desnaturada mãe que se atrevera a abandoná-la em pelo na incerteza de um dia de março. Escreveu em seu diário que um pescador a encontrara na praia em meio aos restos de uma embarcação destroçada, envolvera-a em seu jaleco e deixara-a diante da maior casa do bairro dos ingleses. Com o passar dos anos, chegou à conclusão de que essa história não era de todo ruim: há certa poesia e certo mistério naquilo que o mar nos devolve. Se o oceano recuasse, a areia exposta seria um imenso e úmido deserto, semeado de sereias e peixes agonizantes, dizia John Sommers, irmão de Jeremy e Rose, que havia navegado por todos os mares do mundo e descrevia intensamente como a água baixava em um silêncio de cemitério, para voltar como uma onda única e descomunal, arrasando tudo que estivesse pela frente. Horrível, ele observava, mas pelo menos haveria tempo para que as pessoas se refugiassem nas colinas, ao contrário do que acontece nos tremores de terra, quando os sinos das igrejas só repicam para anunciar a catástrofe depois que todo mundo já começou a fugir por entre os escombros.

Na época em que a menina aparecera, Jeremy Sommers tinha trinta anos e começava a construir um futuro brilhante na Companhia Britânica de Importação e Exportação. Nos círculos comerciais e bancários, tinha fama de homem honrado: sua palavra, seguida de um aperto de mão, era o equivalente a um contrato assinado, virtude indispensável em qualquer transação, já que as cartas de crédito levavam meses para cruzar os oceanos. Para ele, carente de fortuna, seu bom nome era mais importante do que a própria vida. Com sacrifício, havia alcançado uma posição segura no remoto porto de Valparaíso, e a última coisa que queria em sua organizada existência era uma criatura recém-nascida para lhe perturbar a rotina, mas, quando Eliza baixou em sua casa, não pôde deixar de acolhê-la, pois, ao ver a irmã Rose agarrada à menininha, como se fosse a mãe, sua fortaleza cedeu.

Rose contava então apenas vinte anos, mas já era mulher com um passado, e podiam se considerar mínimas as suas possibilidades de conseguir um bom casamento. Fizera seus cálculos e chegara à conclusão de que, na melhor das circunstâncias, o casamento seria um péssimo negócio para ela; ao lado de seu irmão Jeremy, gozava de uma independência que jamais teria com um marido. Conseguira acomodar a vida e não se deixava atemorizar pelo estigma das solteironas; muito ao contrário, estava disposta a ser a inveja das casadas, apesar da teoria em voga, segundo a qual nasciam bigodes nas mulheres que se desviavam de seu papel de mães e esposas, como as sufragistas, mas lhe faltavam filhos, e essa era a única aflição que não podia transformar em triunfo mediante o disciplinado exercício da imaginação. Às vezes sonhava com as paredes de seu quarto cobertas de sangue, sangue ensopando o tapete, salpicos de sangue até o teto, e ela no centro, nua e desgrenhada como uma louca, dando à luz uma salamandra. Acordava aos gritos e passava o resto do dia desorientada, sem conseguir libertar-se do pesadelo. Jeremy observava-a e se preocupava com os nervos dela, sentindo-se culpado por tê-la trazido para tão longe da Inglaterra, embora não pudesse evitar certa satisfação egoísta pelo mútuo entendimento entre eles. Como a ideia de casamento jamais lhe tocara o coração, a presença de Rose resolvia seus problemas domésticos e sociais, dois aspectos importantes de sua carreira. A irmã compensava-lhe a natureza introvertida e solitária, e assim ele suportava de bom grado suas mudanças de humor e seus gastos desnecessários. Quando Eliza apareceu e Rose insistiu em ficar com ela, Jeremy não teve coragem de se opor, nem de externar dúvidas mesquinhas; perdeu galantemente todas as batalhas com as quais esperava manter o bebê a distância, a começar pela primeira, travada ao chegar a hora de lhe dar um nome.

— Vai se chamar Eliza, como nossa mãe, e terá o nosso sobrenome — decidiu Rose assim que terminou de alimentar, banhar e abrigar a menina com a sua própria mantilha.

— De maneira nenhuma, Rose! E o que as pessoas irão dizer?

— Eu cuido disso. As pessoas vão dizer que você é um santo por ter acolhido esta pobre órfã, Jeremy. Não há infelicidade maior do que não se ter uma família. O que seria de mim sem um irmão como você? — replicou ela, consciente de que seu irmão se espantava ante o menor assomo de sentimentalismo.

As intrigas foram inevitáveis, e também nesse tocante Jeremy Sommers teve de se resignar, do mesmo modo como iria aceitar que a menina recebesse o nome de sua mãe, dormisse os primeiros anos no quarto da irmã e tumultuasse a casa. Rose espalhou a inacreditável história da cesta luxuosa deixada por mãos anônimas no escritório da Companhia Britânica de Importação e Exportação, e ninguém a engoliu, mas, como não podiam acusá-la de nenhum deslize, pois a tinham visto todos os domingos cantando na igreja anglicana e sua cintura fina era um desafio às leis da anatomia, disseram que o bebê era produto de uma relação dele com alguma transviada, e por isso estavam criando a menina como filha da família. Jeremy não se deu ao trabalho de desmentir os rumores maliciosos. A irracionalidade das crianças o desconcertava, mas Eliza valeu-se dela para conquistá-lo. Embora não admitisse, gostava de vê-la brincando aos seus pés, nos finais de tarde, quando se sentava na poltrona para ler o jornal. Não havia demonstrações de afeto entre os dois; se apertar a mão de uma pessoa já era bastante para retesá-lo, a ideia de um contato mais íntimo deixava-o em pânico.

Quando, naquele 15 de março, a recém-nascida apareceu na casa dos Sommers, Mama Frésia, que fazia às vezes de cozinheira e despenseira, opinou que deviam livrar-se da menina.

— Se a própria mãe a abandonou, é porque ela traz algum tipo de maldição, e o mais seguro é não tocar nessa aí — disse, mas nada pôde fazer contra a determinação de sua patroa.

Assim que Miss Rose tomou-a nos braços, a criaturinha se pôs a chorar a plenos pulmões, estremecendo a casa e martirizando os nervos de seus moradores. Incapaz de fazê-la calar-se, Miss Rose improvisou-lhe um berço em uma das gavetas de sua cômoda, cobriu-a de lençóis e saiu em disparada a fim de encontrar uma ama de leite. Logo estava de volta em companhia de uma mulher encontrada no mercado, mas não se lembrara de examiná-la de perto, apenas notara seus grandes peitos estourando embaixo da blusa e isso bastara para contratá-la apressadamente. Após, descobriu que se tratava de uma camponesa meio retardada, que conduzia o seu próprio bebê, um garotinho tão sujo quanto a mãe. Tiveram de mergulhar o menino muito tempo em água morna para tirar toda a sujeira grudada em seu traseiro, e de empurrar a mulher para dentro de uma tina com lixívia, a fim de catar-lhe os piolhos. As duas crianças, Eliza e o filho da ama, sentiam cólicas e tinham uma diarreia esverdeada, diante da qual tanto o médico da família como o boticário alemão se mostraram impotentes. Vencida pelo choro das crianças, que não era só de fome, mas ainda de dor ou tristeza, Miss Rose também chorava. No terceiro dia, Mama Frésia interveio, ainda que de má vontade.

— Você não vê que essa mulher está com os bicos dos peitos completamente podres? — resmungou. — Compre uma cabra para dar leite à menina e faça-a tomar chá de canela, pois, do contrário, vai ter de enterrá-la antes de sexta-feira.

Por essa época, Miss Rose mal gaguejava o espanhol, mas entendeu a palavra cabra, mandou o cocheiro comprar uma e despediu a ama de leite. Assim que o animal chegou, a índia pôs a boca de Eliza diretamente no peito da cabra, para horror de Miss Rose, que jamais tinha visto espetáculo tão degradante, mas o leite morno e as infusões de canela logo aliviaram a situação; a menina deixou de chorar, dormiu sete horas seguidas e despertou mamando freneticamente no ar. Poucos dias depois, tinha a expressão plácida dos bebês saudáveis, e era evidente que estava aumentando de peso. Miss Rose comprou uma mamadeira quando percebeu que, a cada vez que a cabra balia no pátio, Eliza começava a agitar as narinas e a procurar pelo peito. Não queria que a menina crescesse com a estranha ideia de que a cabra era sua mãe. Aquela cólica foi uma das poucas doenças que afetaram Eliza em sua infância; as outras foram debeladas logo aos primeiros sintomas pelas ervas e rezas de Mama Frésia, sem exceção da terrível epidemia de sarampo africano que um marinheiro grego levou para Valparaíso. Enquanto durou o perigo, Mama Frésia aplicava a cada noite um pedaço de carne crua no umbigo de Eliza e o mantinha bem fixo com uma tira de lã vermelha, seu segredo natural para prevenir o contágio.

Nos anos seguintes, Miss Rose fez de Eliza seu brinquedo. Gastava horas e horas ensinando a garota a cantar e dançar, recitando versos que ela decorava sem esforço, penteando-lhe os cabelos e vestindo-a com gosto, mas, se aparecesse outra diversão ou tivesse um ataque de dor de cabeça, mandava-a ficar na cozinha com Mama Frésia. A menina foi criada entre a saleta de costura e o pátio dos fundos, falando inglês em uma parte da casa e, na outra, uma salada de espanhol e mapuche — o calão indígena de sua ama —, em certos dias vestida e calçada como uma duquesa, em outros brincando com as galinhas e os cães, descalça e mal-abrigada em uma bata de órfão. Miss Rose apresentava-a em seus saraus musicais, levava-a de coche para tomar chocolate na melhor pastelaria, para fazer compras ou visitar os navios no cais, mas também podia passar dias e dias desligada do mundo, escrevendo em seus misteriosos cadernos ou lendo um romance, sem pensar um instante em sua protegida. Quando se lembrava dela, ia procurá-la cheia de arrependimento, cobria-a de beijos, entupia-a de guloseimas e voltava a envolvê-la em sua indumentária de boneca para levá-la a passear. Esforçou-se para educá-la tão bem quanto lhe era possível, sem, contudo, esquecer-se dos adornos próprios de uma senhorita. Diante de um faniquito de Eliza por causa dos exercícios de piano, agarrou-a pelo braço e, sem esperar o cocheiro, obrigou-a a caminhar doze quarteirões ladeira abaixo até chegarem a um convento. No muro de tijolos, sobre um pesado portão de carvalho com rebites de ferro, lia-se em letras desbotadas pelo vento salino: Casa de Enjeitadas.

— Dê graças por meu irmão e eu termos tomado conta de você. É para este lugar que vêm os filhos bastardos e as crianças abandonadas. É isso que você quer?

Muda, a menina negou com a cabeça.

— Então é melhor que aprenda a tocar piano como uma garota educada. Entendeu?

Eliza aprendeu a tocar de um modo medíocre e sem brilho, mas, graças ao trabalho disciplinado, aos doze anos já conseguia acompanhar Miss Rose durante seus saraus musicais. Apesar de ter passado longos períodos sem tocar, não perdeu a destreza, e anos mais tarde pôde ganhar a vida em um bordel enfumaçado, finalidade que jamais havia passado pela mente de Miss Rose quando se esforçava para ensinar-lhe a sublime arte da música.

Muitos anos depois, numa tarde tranquila, enquanto bebia chá da China e conversava com seu amigo Tao Chi'en no delicado jardim que ambos cultivavam, Eliza chegou à conclusão de que aquela inglesa fora de eixo tinha sido uma excelente mãe para ela, e sentia-se grata pelos grandes espaços de liberdade que Miss Rose lhe dera. Mama Frésia fora o segundo pilar de sua infância. Pendurava-se em suas saias largas e negras, acompanhava-a em suas tarefas e, aos poucos, a enlouquecia com perguntas e mais perguntas. Desse modo, conheceu lendas e mitos indígenas, aprendeu a decifrar os sinais mandados pelo mar e pelos bichos, a reconhecer os hábitos dos espíritos e as mensagens dos sonhos, e também a cozinhar. Graças ao seu olfato infatigável, era capaz de identificar, com os olhos fechados, temperos, ervas e especiarias, e, assim como decorava poesias, decorava o modo de usar aqueles ingredientes. Para ela, logo perderam seu mistério os complicados pratos crioulos de Mama Frésia e a delicada pastelaria de Miss Rose. Tinha uma rara vocação culinária, e aos sete anos já era capaz de tirar, sem sentir asco, a pele de uma língua de vaca, limpar as tripas de uma galinha, amassar vinte pastelões sem o menor cansaço e passar horas e horas debulhando feijão, enquanto escutava, boquiaberta, as cruéis lendas indígenas de Mama Frésia e suas coloridas versões das vidas dos santos.

Rose e seu irmão John eram inseparáveis desde a infância. No inverno, ela passava o tempo tecendo pulôveres e meias compridas para o capitão, e ele se esmerava em trazer-lhe, a cada viagem, maletas repletas de presentes e grandes caixas de livros, alguns dos quais iam parar, debaixo de chave, no armário de Rose. Como dono da casa e chefe da família, Jeremy tinha o direito de abrir a correspondência da irmã, ler seu diário pessoal e exigir uma cópia das chaves de seus móveis, mas nunca deu mostras de querer fazê-lo. Jeremy e Rose mantinham uma relação doméstica baseada na seriedade, e pouco tinham em comum, exceto a mútua dependência, que, de vez em quando, lhes parecia uma forma secreta de ódio. Jeremy bancava as necessidades de Rose, mas não financiava seus caprichos nem perguntava de onde saía o dinheiro para seus luxos, dando por pacífico que ela o havia recebido de John. Em compensação, ela dirigia a casa com eficiência e estilo, era sempre clara nas contas, sem, contudo, aborrecê-lo com detalhes pequeninos. Possuía um certeiro bom gosto e uma graça toda natural, punha brilho na existência de ambos e, com sua presença, desbancava a crença, muito arraigada naqueles lugares, de que um homem sem família era potencialmente um homem sem alma.

— A natureza do varão é selvagem; o destino da mulher é preservar os valores morais e a boa conduta — afirmava Jeremy Sommers.

— Ora, meu irmão! Você sabe tanto quanto eu que a minha natureza é mais selvagem do que a sua — brincava Rose.

Jacob Todd, um ruivo carismático e dono da melhor voz de pregador que jamais se ouvira naquelas bandas, desembarcou em Valparaíso, no ano de 1843, com um carregamento de trezentos exemplares da Bíblia em espanhol. Ninguém estranhou sua chegada: era mais um daqueles muitos missionários que iam a todos os lugares a fim de pregar a fé protestante. No caso dele, porém, a viagem era produto de sua curiosidade de aventureiro, e não de fervor religioso. Em uma dessas fanfarronadas de homem inquieto, com excesso de cerveja no corpo, ele apostou, na mesa de jogo de seu clube londrino, que era capaz de vender bíblias em qualquer lugar do planeta. Seus amigos vedaram-lhe os olhos, fizeram um globo terrestre girar, e o dedo de Todd foi cair em cima de uma colônia do Reino de Espanha, perdida na parte inferior do mundo, onde nenhum de seus alegres companheiros suspeitava que existisse vida. Logo descobriria que o mapa estava obsoleto, pois fazia mais de trinta anos que a colônia se tornara independente, e era agora a orgulhosa República do Chile, um país católico, no qual não entravam ideias protestantes, mas a aposta estava feita e ele não pretendia desistir dela. Era solteiro, não o prendiam laços afetivos ou profissionais, e sentiu-se imediatamente atraído pela extravagância daquela viagem. Tratava-se de um projeto de fôlego, considerando-se os três meses de ida e os outros três de volta, a serem navegados em dois oceanos. Aplaudido pelos amigos, que lhe vaticinavam um final trágico nas mãos dos papistas daquele ignoto e bárbaro país, e contando com o apoio financeiro da Sociedade Bíblica Britânica e Estrangeira, que lhe conseguiu uma passagem e facilitou-lhe a compra dos livros, começou a longa viagem de navio com destino ao porto de Valparaíso. O desafio consistia em vender as bíblias e voltar no prazo de um ano, trazendo para cada exemplar vendido um recibo assinado pelo comprador. Nos arquivos de biblioteca, leu cartas de homens ilustres, marinheiros e comerciantes que haviam passado pelo Chile e descreviam um povo mestiço, formado por pouco mais de um milhão de almas, e uma estranha geografia de montanhas impressionantes, encostas abruptas, vales férteis, bosques antigos e gelos eternos. Sua reputação era a de ser o país mais intolerante, em matéria religiosa, de todo o continente americano, conforme diziam aqueles que o tinham visitado. Não obstante, virtuosos missionários haviam tentado espalhar o protestantismo e, embora não falassem uma palavra do espanhol e dos idiomas indígenas, tinham ido até o sul, onde a terra firme se debulhava em um rosário de ilhas. Alguns morreram de fome, de frio, ou talvez devorados por seus próprios paroquianos. Não tiveram sorte melhor nas cidades. O sentido de hospitalidade, sagrado para os chilenos, mostrou-se mais forte do que a intolerância religiosa, e por cortesia lhes permitiram pregar, mas quase ninguém lhes dava atenção. Os que iam ouvir as falas dos poucos pastores protestantes existentes iam com a atitude de quem vai a um espetáculo, divertindo-se com a possibilidade de serem considerados hereges. Mas nada disso foi capaz de desanimar Jacob Todd, até porque ele não estava ali na qualidade de missionário, e sim de vendedor de bíblias.

Nos arquivos da Biblioteca, ele iria descobrir que, desde a sua independência, em 1810, o Chile tinha aberto as portas aos imigrantes, que iam chegando às centenas e instalando-se naquele comprido e estreito território banhado de ponta a ponta pelo Oceano Pacífico. Os ingleses haviam enriquecido rapidamente como comerciantes e armadores; muitos tinham levado suas famílias e lá permaneceram. Formaram uma pequena nação dentro do país, com seus costumes, cultos, jornais, clubes, escolas e hospitais, mas o fizeram com tão boas maneiras que, em vez de produzir suspeitas, eram considerados um exemplo de civilidade. A fim de controlar o tráfego marítimo do Pacífico, basearam sua esquadra em Valparaíso, e assim, em menos de vinte anos, o pobre e desorganizado casario do início do século se converteu em uma importante cidade portuária, na qual atracavam os veleiros que vinham do Atlântico contornando o Cabo Horn e, mais tarde, os vapores que passavam pelo Estreito de Magalhães.

Foi uma surpresa para o cansado viajante quando Valparaíso apareceu diante de seus olhos. Havia mais de uma centena de embarcações, com bandeiras de meio mundo. As montanhas de cumes nevados pareciam tão próximas que davam a impressão de emergir diretamente de um mar azul profundo, do qual emanava uma impossível fragrância de sereias. Jacob Todd jamais soube que, por baixo dessa aparência de grande paz, havia uma cidade completa de veleiros espanhóis afundados e esqueletos de patriotas com uma pedra rústica atada nos tornozelos, atirados ao mar pelos soldados do Comandante-Geral. O navio lançou âncora na baía, em meio a milhares de gaivotas que agitavam o ar com suas grandes asas e seus grasnidos de fome. Inúmeros botes cortavam as ondas, alguns carregados com enormes congros e robalos ainda vivos, debatendo-se desesperadamente à procura de ar. Valparaíso, disseram-lhe, era o empório do Pacífico, seus comerciantes armazenavam metais, lã de ovelha e de alpaca, cereais e couros, destinados a distantes mercados do mundo. Vários botes levaram para terra firme os passageiros e a carga do veleiro. Ao pisar no cais, em meio a marinheiros, estivadores, viajantes, burros e carretas, viu-se em uma cidade encaixada em um anfiteatro de encostas empinadas, tão povoada e suja quanto muitas de renome na Europa. Pareceu-lhe um disparate arquitetônico de casas de tijolos e madeira em ruas estreitas, que o menor incêndio poderia converter em cinza dentro de poucas horas. Um coche puxado por dois cavalos maltratados levou-o, com os baús e caixotes de sua bagagem, ao Hotel Inglês. Passou diante de edifícios bem plantados em torno de uma praça, várias igrejas de aparência mais tosca e residências de apenas um andar, cercadas de extensos hortos e jardins. Calculou em uma centena o número de quarteirões, mas logo saberia que a cidade enganava os olhos, era um Dédalo de ruelas e becos sem saída. Divisou ao longe um bairro de pescadores, com casebres expostos aos ventos marítimos e redes penduradas como imensas teias de aranha, e depois delas uns campos férteis, cobertos de hortaliças e pomares. Pelo centro da cidade, circulavam coches tão modernos quanto os de Londres, vitórias, fiacres e caleças, além de récuas escoltadas por meninos esfarrapados e carretas puxadas por bois. Nas esquinas, frades e freiras pediam esmolas para os pobres, cercados por levas de cães vagabundos e galinhas perdidas. Viu mulheres carregadas de bolsas e cestas, filhos no calcanhar, descalças mas com mantos negros na cabeça, e muitos homens com chapéus em forma de cone, sentados às portas ou conversando em grupos, de um modo ou de outro, ociosos.

Uma hora depois de descer do navio, Jacob Todd estava sentado no elegante salão do Hotel Inglês, fumando cigarros negros importados do Cairo e folheando um número atrasado de uma revista inglesa de notícias. Suspirou agradecido: pelo visto, não teria problemas de adaptação e, administrando seus rendimentos com cautela, poderia viver ali quase tão comodamente quanto em Londres. Esperava que alguém viesse servi-lo — deste lado do mundo, ninguém parecia ter pressa —, quando viu aproximar-se John Sommers, o comandante do veleiro em que viajara. Era um homenzarrão de cabelos escuros e pele tostada como sola de sapato, que alardeava suas qualidades de mulherengo, invencível bebedor e infatigável jogador de dados e cartas. Tinham feito uma boa amizade, e o jogo os havia entretido nas intermináveis noites de navegação em alto-mar e nos gélidos e tumultuosos dias em que estiveram bordejando o Cabo Horn, no sul do mundo. John Sommers vinha acompanhado de um homem pálido, barba bem-aparada e vestido de preto dos pés à cabeça, a quem apresentou como seu irmão, Jeremy. Seria difícil encontrar dois tipos humanos mais diferentes. John parecia a própria imagem da saúde e da força, franco, ruidoso e amável, ao passo que o outro tinha um ar de espectro aprisionado por um inverno sem-fim. Era uma dessas pessoas que nunca estão de todo presentes, das quais se torna difícil lembrar, por lhes faltarem contornos precisos, concluiu Jacob Todd. Sem esperar convite, ambos ocuparam lugares à sua mesa, com familiaridade de compatriotas em terra alheia. Por fim, apareceu uma criada, e o capitão John Sommers pediu uma garrafa de uísque, enquanto seu irmão pedia chá em uma espécie de jargão inventado pelos britânicos para se entender com a criadagem.

— Como andam as coisas em casa? — perguntou Jeremy. Falava em tom baixo, quase um murmúrio, os lábios mal se abrindo e um acento algo afetado.

— Há trezentos anos nada acontece na Inglaterra — disse o capitão.

— Desculpe a curiosidade, Mr. Todd, mas eu o vi entrar no hotel e não pude deixar de prestar atenção à sua bagagem. Pareceu-me que havia várias caixas marcadas com a palavra bíblias... Ou é engano meu? — perguntou Jeremy Sommers.

— Sim, de fato, são bíblias.

— Ninguém nos avisou de que iam mandar outro pastor...

— Navegamos três meses juntos e eu não soube que o senhor era pastor, Mr. Todd! — exclamou o capitão.

— E realmente não sou — respondeu Jacob Todd, dissimulando o rubor por trás de uma baforada de fumaça de seu charuto.

— Então é missionário. Imagino que pensa em ir à Terra do Fogo. Os índios patagônios estão prontos para ser evangelizados. Mas esqueça os araucanos, já foram laçados pelos católicos — comentou Jeremy Sommers.

— Não deve restar mais do que um punhado de araucanos — observou seu irmão. —Aquela gente tem a mania de deixar-se massacrar.

— Eram os índios mais selvagens da América, Mr. Todd. A maioria morreu lutando contra os espanhóis. Eram canibais.

— Cortavam pedaços de prisioneiros vivos: preferiam carne fresca para o jantar — acrescentou o capitão. — O mesmo que faríamos nós, o senhor e eu, se alguém nos matasse a família, queimasse nossa aldeia e roubasse nossa terra.

— Ótimo, John, agora você passou a defender o canibalismo! — replicou o irmão, com ar de desgosto. — De qualquer maneira, Mr. Todd, devo aconselhá-lo a não entrar na seara dos católicos. Não se deve provocar os nativos. Esse povo é muito supersticioso.

— As crenças alheias são superstições, Mr. Todd. As nossas se chamam religião. Os índios da Terra do Fogo, os patagônios, são muito diferentes dos araucanos.

— Tão selvagens quanto eles. Vivem nus, apesar do clima horrível — disse Jeremy.

— Leve sua religião até eles, Mr. Todd, talvez assim aprendam a usar ceroulas — sugeriu o capitão.

Todd nunca ouvira falar daqueles indígenas, e a última coisa que desejava era pregar algo em que ele mesmo não acreditava, mas não se atreveu a confessar que sua viagem era o resultado de uma aposta de bêbados. Respondeu vagamente que pensava em organizar uma expedição com objetivos missionários, mas ainda não sabia como financiá-la.

— Se eu tivesse sabido que o senhor vinha a fim de pregar os desígnios de um deus tirânico no meio dessa gente boa, Mr. Todd, eu o teria jogado ao mar antes de chegarmos à metade do Atlântico.

Foram interrompidos por uma criada que trazia o uísque e o chá. Era uma adolescente viçosa, metida em um vestido negro, com touca e avental engomados. Ao inclinar-se com a bandeja, deixou no ar uma perturbadora fragrância de flores maceradas e ferro de engomar a carvão. Jacob Todd não tinha visto mulheres nas últimas semanas e se pôs a olhar a moça com excessivos sinais de solidão. John Sommers esperou que a garota se retirasse.

— Cuidado, homem, as chilenas são fatais — disse o capitão.

— Pois não me parecem. São baixas, têm ancas largas e uma voz desagradável — respondeu Jeremy Sommers, equilibrando sua xícara de chá.

— Por causa delas, os marinheiros fogem de seus navios! — exclamou o capitão.

— Admito, não sou autoridade em matéria de mulheres. Não disponho de tempo para isso. Tenho de cuidar dos meus negócios e dos de nossa irmã, esqueceu?

— Nem por um momento; aliás, você sempre me recorda isso. Veja, Mr. Todd, eu sou a ovelha negra da família, um destrambelhado. Se não fosse o nosso bom Jeremy...

— Essa garota parece espanhola — interrompeu Jacob Todd, seguindo a criada com os olhos, enquanto ela servia outra mesa. — Vivi dois meses em Madri e vi muitas parecidas com ela.

— Aqui todos são mestiços, inclusive os das classes mais altas. Claro, não admitem. Mas o sangue indígena fica escondido como uma praga. Não os critico por isso, os índios têm fama de sujos, bêbados e preguiçosos. O governo procura melhorar a raça trazendo imigrantes europeus. No sul dão terras aos colonos.

— O esporte favorito deles é matar os índios para lhes tomar as terras.

— Está exagerando, John.

— Nem sempre é necessário eliminá-los à bala, basta enchê-los de álcool. Mas matá-los é mais divertido, claro. Em todo caso, Mr. Todd, nós, britânicos, não tomamos parte nesse passatempo. Terra não nos interessa. Para que plantar batatas se podemos fazer fortuna sem ter de tirar as luvas?

— Aqui não faltam oportunidades para homens empreendedores. Tudo está por ser feito neste país. Se quiser prosperar, vá para o norte. Lá tem prata, cobre, salitre, guano...

— Guano?

— Merda de ave — esclareceu o marinheiro.

— Não entendo dessas coisas, Mr. Sommers.

— Mr. Todd não está interessado em fazer fortuna, Jeremy. Seu interesse é a fé cristã, não é verdade?

— A colônia protestante é numerosa e próspera, ela o ajudará. Vá amanhã à minha casa. Às quartas, minha irmã, Rose, organiza uma tertúlia musical, e o senhor terá uma boa oportunidade de fazer amigos. Mandarei meu cocheiro apanhá-lo às cinco da tarde. Vai se divertir — disse Jeremy Sommers, despedindo-se.

No dia seguinte, restaurado por uma noite sem sonhos e um banho interminável, destinado a remover a salinidade grudada na alma, mas ainda com o passo vacilante devido ao hábito de navegar, Jacob Todd saiu para dar um passeio na cidade. Percorreu devagar a rua principal, paralela ao mar e tão próxima da praia que as ondas o salpicavam, tomou vários cafés e almoçou em uma taberna do mercado. Deixara a Inglaterra em um gélido inverno de fevereiro e, depois de cruzar um infindável deserto de água e estrelas, onde se enredou ao máximo com as lembranças de seus passados amores, chegou ao sul no começo de outro inverno impiedoso. Tinha imaginado um Chile quente e úmido como a Índia, pois acreditava que assim eram os países dos pobres, mas viu-se à mercê de um vento gelado, que lhe raspava os ossos e levantava nuvens de areia e lixo. Várias vezes perdeu-se em ruas retorcidas, fazendo voltas e voltas para chegar ao ponto de partida. Subia ruelas com escadarias torcidas, sem-fim, ladeadas por casas absurdas, penduradas em coisa nenhuma, e tentava ser discreto, não ver a intimidade alheia pelas janelas abertas. Tropeçou com praças românticas, de aspecto europeu, coroadas por coretos nos quais bandas militares tocavam para namorados, e percorreu jardins acanhados e pisoteados por burros. Árvores soberbas cresciam ao longo das ruas, alimentadas principalmente pelas fétidas águas que corriam a céu aberto. Na área comercial, a evidente presença britânica fazia com que se respirasse um ar ilusório de outras latitudes. Os letreiros de várias lojas eram escritos em inglês, e seus compatriotas passavam vestidos como se estivessem em Londres, com os mesmos guarda-chuvas negros de coveiros. Assim que se afastou das ruas centrais, a pobreza caiu sobre ele com o impacto de uma bofetada; havia pessoas desnutridas e sonolentas, havia militares com uniformes coçados e mendigos às portas das igrejas. Ao meio-dia, os sinos das igrejas se puseram a tocar em uníssono, e no mesmo instante o barulho cessou, os transeuntes detiveram-se, os homens tiraram o chapéu, as poucas mulheres à vista se ajoelharam e todos fizeram o sinal da cruz. A visão durou doze badaladas e, em seguida, as atividades foram retomadas na rua, como se nada tivesse acontecido.

Os ingleses

O coche enviado por Sommers chegou ao hotel com meia hora de atraso. O cocheiro levava uma grande porção de álcool entre o peito e as costas, mas Jacob Todd não estava em condições de escolher. Foi levado em direção ao sul. Tinha chovido durante duas horas, e as ruas estavam intransitáveis em alguns trechos, nos quais os charcos lodosos escondiam as armadilhas fatais de buracos capazes de engolir um cavalo distraído. Ao longo da rua, meninos com parelhas de bois esperavam a oportunidade de retirar coches atolados em troca de uma pequena moeda, mas, apesar de sua miopia de ébrio, o cocheiro conseguiu evitar os buracos e, daí a pouco, estava galgando uma colina. Quando se chegava a Cerro Alegre, onde residia a maior parte da colônia estrangeira, o aspecto da cidade mudava, e saíam de vista os casebres e barracos lá de baixo. O coche parou diante de uma vila de grandes proporções e aspecto atormentado, um aborto de torreões pretensiosos e escadarias inúteis, plantada em terrenos desnivelados e iluminada por uma quantidade de tochas suficiente para fazer a noite retroceder. Veio abrir a porta um criado indígena vestido em uma libré maior do que ele; o criado recebeu o chapéu e a capa do recém-chegado, e o conduziu até uma sala espaçosa, decorada com móveis de bom acabamento e cortinas de veludo verde um tanto teatrais, repleta de adornos e sem um centímetro vazio onde a vista pudesse descansar. Pensou que no Chile, como na Europa, uma parede nua era tida como sinal de pobreza, erro do qual só se libertaria muito depois, ao visitar as sóbrias casas dos chilenos. Os quadros pendiam inclinados, para que pudessem ser apreciados de baixo, e a vista se perdia na penumbra dos tetos muito altos. A grande lareira alimentada com grossas achas e vários braseiros que queimavam carvão espalhavam um calor mal distribuído, que deixava os pés gelados e a cabeça febril. Havia pouco mais de uma dúzia de pessoas vestidas à moda europeia e várias criadas uniformizadas circulavam com bandejas. Jeremy e John Sommers vieram saudá-lo.

— Apresento-lhe minha irmã, Rose — disse Jeremy, conduzindo-o ao fundo do salão.

Então, Jacob Todd viu, sentada à direita da lareira, a mulher que arruinaria a paz de sua alma. Rose Sommers deixou-o imediatamente deslumbrado, menos por ser bonita do que por ser alegre e segura de si. Nada tinha da grosseira exuberância do capitão, nem da enfadonha solenidade de seu irmão Jeremy; era uma mulher de expressão refulgente, como se sempre estivesse prestes a desabrochar em um sorriso sedutor. Quando o fazia, uma rede de finas rugas aparecia ao redor de seus olhos e, por algum motivo, isso foi o que mais atraiu Jacob Todd. Não soube calcular a idade dela, talvez estivesse entre os vinte e os trinta, mas pensou que, dentro de dez anos, seria a mesma, pois tinha bons ossos e porte de rainha. Brilhava dentro de seu vestido de tafetá cor de pêssego, e seu único adorno era o par de brincos de coral nas orelhas. A cortesia mais elementar se limitava a sugerir o gesto de beijar sua mão sem tocá-la com os lábios, mas os seus sentidos se turvaram e, descontrolado, beijou-a para valer. Tão imprópria foi aquela saudação que durante uma pausa interminável os dois permaneceram suspensos na incerteza: ele, segurando a mão dela como se agarrasse uma espada; ela, olhando o rastro de saliva sem atrever-se a limpá-lo para não ofender o visitante, até serem interrompidos por uma garotinha vestida como princesa. Todd libertou-se de sua aflição e, ao reaprumar-se, percebeu que os irmãos Sommers trocavam um gesto de zombaria. Tentando dissimular, voltou-se para a garota com exagerada atenção, disposto a conquistá-la.

— Esta é a Eliza, nossa protegida — disse Jeremy Sommers.

Jacob Todd cometeu sua segunda bobagem.

— Como protegida? — perguntou.

— Quer dizer que não pertenço a esta família — explicou Eliza pacientemente, no tom de quem fala com um tolo.

— Não?

— Se eu me comportar mal, me mandam para as monjas papistas.

— Não diga isso, Eliza! Mr. Todd, não a leve a sério. Com as crianças, acontecem coisas esquisitas. É claro que Eliza pertence à nossa família — interrompeu Miss Rose, pondo-se de pé.

Eliza havia passado o dia com Mama Frésia preparando a ceia. A cozinha ficava no pátio, mas Miss Rose juntara-a à casa principal construindo uma passagem coberta, para evitar o perigo de servir pratos frios ou temperados pelos pombos. Aquele cômodo enegrecido pela gordura e fuligem do fogão era o reino incontestável de Mama Frésia. Gatos, cachorros, gansos e galinhas passeavam à vontade no chão de ladrilhos rústicos e sem brilho; durante todo o inverno, quem ficava ali a ruminar era a cabra que amamentara Eliza, a essa altura anciã, pois ninguém se atrevera a sacrificá-la, o que teria sido equivalente a um matricídio. A menina gostava do cheiro do pão cru dentro das formas, quando entre suspiros o fermento levava a cabo o misterioso processo de tornar a massa esponjosa; o do caramelo batido para decorar tortas; o do chocolate em barras dissolvidas no leite. Nas quartas em que havia tertúlias, as mucamas — duas índias adolescentes que viviam na casa e trabalhavam em troca de comida — poliam a prata, passavam as toalhas e davam brilho nos cristais. Ao meio-dia, mandavam o cocheiro à pastelaria para comprar doces preparados segundo receitas zelosamente guardadas desde os tempos coloniais. Mama Frésia aproveitava para pendurar, nos arreios de um dos cavalos, uma bolsa de couro com leite fresco, que o balanço do trote, na ida e na volta, transformava em manteiga.

Às três da tarde, Miss Rose chamava Eliza ao seu quarto, onde o cocheiro e o camareiro haviam instalado uma banheira de bronze com patas de leão, que as mucamas envolviam com lençóis e enchiam de água quente perfumada com folhas de alecrim e hortelã. Rose e Eliza chapinhavam na banheira como crianças e, quando a água esfriava, as criadas voltavam carregadas de roupas para ajudá-las com as meias e botinas, os calções compridos, a camisa de cambraia, o saiote com recheio nas cadeiras, a fim de acentuar a esbelteza da cintura, as três anáguas engomadas e, finalmente, o vestido, que as engolia inteiramente, deixando de fora apenas a cabeça e as mãos. Miss Rose usava, ainda, um corpete firmado com barbas de baleia e tão apertado que não lhe permitia respirar fundo nem levantar os braços acima dos ombros; também não podia vestir-se sozinha tampouco abaixar-se, a fim de não partir as barbas de baleia e impedir que assim se cravassem como agulhas em seu corpo. Aquele era o único banho da semana, cerimônia só comparável à lavagem dos cabelos no sábado, que podia ser cancelada pelo menor motivo considerado perigoso para a saúde. Durante a semana, Miss Rose podia usar sabão, com muita cautela, preferindo esfregar-se com uma esponja empapada de leite e refrescar-se com *eau de toilette* perfumada com baunilha, que, segundo lhe haviam dito, estava em moda na França desde os tempos de Madame Pompadour; graças, sobretudo, a essa fragrância peculiar, Eliza podia reconhecê-la de olhos fechados no meio da multidão. Mesmo depois dos trinta anos, ainda tinha aquela pele transparente e frágil que certas jovens inglesas ostentam antes que a luz do mundo e a própria arrogância convertam-na em pergaminho. Cuidava de sua aparência com água de rosas e limão para clarear a pele, mel de hamamélis para suavizá--la, camomila para dar luz ao cabelo e uma coleção exótica de bálsamos e loções trazidos do Extremo Oriente por seu irmão John, onde, segundo ele dizia, viviam as mulheres mais belas do mundo. Criava vestidos inspirados nas revistas de Londres e os fazia ela mesma em sua saleta de costura; com intuição e gênio, modificava seu vestuário usando as mesmas cintas, as mesmas flores e plumas que haviam servido durante anos e não lhe pareciam envelhecidas. Ao contrário das chilenas, não usava um manto negro para cobrir-se quando saía, costume que lhe parecia uma aberração, preferindo suas capas curtas e sua coleção de sombrinhas, mesmo que na rua costumassem olhá-la como se fosse uma cortesã.

Encantada por ver um rosto novo em sua reunião semanal, Miss Rose perdoou o beijo impertinente de Jacob Todd e, tomando-lhe o braço, levou-o até uma mesa redonda situada em um canto da sala. Pediu-lhe para escolher entre várias bebidas, insistindo para que provasse o seu *mistela*, estranha mistura de canela, aguardente e açúcar, que ele foi incapaz de tragar e derramou discretamente em um vaso de flores. Em seguida, apresentou-o aos convidados: Mr. Appelgren, fabricante de móveis, acompanhado da filha, uma jovem tímida e descorada; Madame Colbert, diretora de um colégio inglês para meninas; Mr. Ebeling, dono da melhor loja de guarda-chuvas, e sua esposa, que abruptamente se pôs a pedir a Todd notícias da família real inglesa, como se falasse de parentes seus. Ele também conheceu os médicos Page e Poett.

— Os doutores usam clorofórmio em suas operações — esclareceu Miss Rose, com admiração.

— Isso aqui é novidade, mas na Europa já revolucionou a prática da medicina — explicou um dos cirurgiões.

— Creio que na Europa é regularmente empregado em obstetrícia. Não foi usado pela rainha Vitória? — ajuntou Todd, apenas para dizer alguma coisa, já que nada sabia sobre o assunto.

— Aqui enfrentamos forte oposição dos católicos. A maldição bíblica diz que a mulher deve parir entre dores, Mr. Todd.

— Isso lhes parece injusto, senhores? A maldição do homem é trabalhar com o suor de seu rosto, mas neste salão, para não ir mais longe, os cavalheiros ganham a vida com o suor alheio — replicou Miss Rose, violentamente ruborizada.

Os cirurgiões sorriram com desconforto, mas Todd olhou para ela, fascinado. Teria permanecido ao seu lado a noite inteira, embora o correto em uma tertúlia londrina, Jacob Todd lembrava-se, fosse sair antes do fim. Percebeu que naquela reunião as pessoas pareciam dispostas a ficar, e isso o fez supor que o círculo social devia ser muito limitado, que talvez a única reunião semanal fosse a dos Sommers. Tentava esclarecer essas dúvidas quando Miss Rose anunciou o entretenimento musical. As criadas trouxeram mais candelabros, deixando a sala clara como o dia, dispuseram as cadeiras em torno de um piano, uma viola e uma harpa, as mulheres sentaram-se em semicírculo e os homens permaneceram de pé atrás delas. Um cavalheiro bochechudo instalou-se diante do piano, e de suas mãos de magarefe brotou uma encantadora melodia, enquanto a filha do fabricante de móveis interpretava uma antiga balada escocesa com uma voz tão agradável que fez Todd esquecer por completo seu jeito de rato assustado. A diretora da escola para meninas recitou um poema heroico desnecessariamente longo; Rose cantou duas canções pícaras em dueto com seu irmão John, apesar da evidente desaprovação de Jeremy Sommers, e em seguida exigiu de Jacob Todd que lhes oferecesse algo de seu repertório. Isso deu ao visitante a oportunidade de exibir sua bela voz.

— O senhor é um verdadeiro achado, Mr. Todd! Não o libertaremos. Está condenado a vir todas as quartas! — exclamou ela quando cessaram os aplausos, sem se importar com a expressão embevecida com que o visitante a observava.

Todd sentia a boca adoçar-se e a cabeça dar voltas, e não podia dizer se isso resultava apenas de sua admiração por Rose Sommers ou também das bebidas que havia tomado e do forte charuto cubano fumado em companhia do capitão Sommers. Naquela casa, não se podia recusar um copo ou um prato sem ofender; logo iria descobrir que essa era uma característica nacional do Chile, onde a hospitalidade se manifestava obrigando os convidados a beber e comer além de toda a capacidade humana. Às nove horas, a ceia foi anunciada e todos passaram em procissão para a sala de jantar, onde os esperava outra impressionante série de pratos e sobremesas. Por volta da meia-noite, as mulheres levantaram-se da mesa e continuaram a conversa no salão, enquanto os homens tomavam aguardente e fumavam na sala de jantar. Por fim, quando Todd já estava prestes a desmaiar, os convidados começaram a pedir seus abrigos e coches. Os Ebeling, vivamente interessados na suposta missão evangelizadora à Terra do Fogo, ofereceram-se para levá-lo ao hotel, o que ele aceitou de imediato, assustado diante da ideia de voltar em plena escuridão por aquelas ruas de pesadelo com o cocheiro ébrio dos Sommers. A viagem pareceu-lhe uma eternidade; não podia concentrar-se na conversa, sentia-se enjoado e com o estômago revolto.

— Minha esposa nasceu na África, é filha de missionários que ali difundiram a verdadeira fé; sabemos quantos sacrifícios isso significa, Mr. Todd. Esperamos que nos conceda o privilégio de ajudá-lo em sua nobre tarefa com os indígenas — disse Mr. Ebeling, solene, ao despedir-se.

Naquela noite, Jacob Todd não pôde dormir: a imagem de Rose Sommers o aguilhoava com crueldade, e antes do amanhecer tomou a decisão de cortejá-la a sério. Nada sabia sobre ela, mas isso não importava, talvez seu destino fosse o de perder uma aposta e vir ao Chile apenas para conhecer sua futura esposa. Sua intenção era começar já no dia seguinte, mas, atacado por violentas cólicas, não pôde sair da cama. Passou assim um dia e uma noite, inconsciente em alguns momentos, agonizante em outros, até que conseguiu reunir forças para ir à porta e pedir socorro. A seu pedido, o gerente do hotel mandou um aviso aos Sommers, únicos conhecidos seus na cidade, e chamou um criado para limpar o quarto, que fedia como uma esterqueira. Jeremy Sommers apresentou-se ao meio-dia no hotel, em companhia do sangrador mais conhecido de Valparaíso, que sabia um pouco de inglês, e que depois de sangrá-lo nas pernas e nos braços até deixá-lo exangue, explicou que todos os estrangeiros adoeciam quando pisavam no Chile pela primeira vez.

— Não há motivo para alarme; tanto quanto eu saiba, são pouquíssimos os que morrem — tranquilizou-o.

Receitou-lhe quinino em cápsulas de papel de arroz, mas as náuseas impediram-no de tomá-las. Estivera na Índia, conhecia os sintomas da malária e de outras enfermidades tropicais tratáveis com quinino, mas o mal que o atacava não se parecia nem remotamente com elas. Assim que o sangrador foi embora, o criado voltou para recolher os panos sujos e lavar o quarto novamente. Jeremy Sommers havia deixado os endereços dos doutores Page e Poett, mas não houve tempo para chamá-los, porque, duas horas depois, apareceu no hotel um mulherão exigindo ver o enfermo. Trazia pela mão uma garota vestida de veludo azul, botinhas brancas e um barrete bordado com flores, o que a fazia parecer uma figura de conto de fadas. Eram Mama Frésia e Eliza, enviadas por Rose Sommers, que acreditava pouquíssimo em sangrias. As duas irromperam no quarto com uma tal segurança que o debilitado Jacob Todd não se atreveu a protestar. A primeira vinha como curandeira; a segunda, como tradutora.

— Minha mãezinha diz que vai tirar o seu pijama. Eu não vou olhar — explicou a menina, voltando-se para a parede enquanto a índia o desnudava num piscar de olhos e começava a friccioná-lo da cabeça aos pés com aguardente.

Puseram tijolos quentes em sua cama, envolveram-no em mantas e deram-lhe de beber pequenas colheradas de uma infusão de ervas amargas, adoçada com mel, a fim de apaziguar as dores da indigestão.

— Agora minha mãezinha vai enrolar a doença — informou a menina.

— O que vem a ser isso?

— Não se assuste, não dói.

Mama Frésia fechou os olhos e começou a passar as mãos pelo torso e pela barriga de Todd, enquanto murmurava sortilégios em língua mapuche. Jacob Todd sentiu-se invadido por uma irresistível modorra, e, antes que a mulher terminasse, dormia profundamente e não soube quando suas "enfermeiras" saíram. Dormiu dezoito horas e despertou banhado de suor. Na manhã seguinte, Mama Frésia e Eliza regressaram a fim de administrar-lhe outra vigorosa fricção e uma tigela de caldo de galinha.

— Minha mãezinha diz que nunca mais beba água. Só é para tomar chá bem quente e não comer frutas, porque, se comer, vai voltar aquela vontade de morrer — traduziu a garotinha.

Ao cabo de uma semana, quando conseguiu ficar de pé e olhar-se no espelho, compreendeu que não podia apresentar-se com aquele aspecto diante de Miss Rose: havia perdido vários quilos, estava emaciado e não podia dar dois passos sem cair arquejando em uma cadeira. Quando se sentiu em condições de mandar-lhe algumas linhas de agradecimento por salvar-lhe a vida e uns chocolates para Mama Frésia e Eliza, soube que a jovem havia partido para Santiago, com uma amiga e sua mucama, em viagem arriscada, tendo em vista as más condições do caminho e do clima. Uma vez por ano, Miss Rose fazia aquele trajeto de duzentos quilômetros, sempre no início do outono ou então em plena primavera, para ver teatro, ouvir boa música e fazer suas compras anuais no Grande Armazém Japonês, perfumado a jasmim e iluminado com lâmpadas a gás com globos de vidro rosado, onde adquiria as bagatelas difíceis de conseguir em Valparaíso. Dessa vez, no entanto, havia uma boa razão para ir no inverno: posaria para um retrato. Havia chegado ao país o célebre pintor francês Monvoisin, convidado pelo governo com a missão de passar seus conhecimentos aos artistas nacionais. O mestre pintava apenas a cabeça, o resto era obra de seus auxiliares, e, para ganhar tempo, até os ornamentos eram aplicados diretamente sobre a tela, mas, apesar dessas trapaças, nada podia dar mais prestígio do que ter um retrato assinado por ele. Jeremy Sommers insistiu em ter um de sua irmã para presidir o salão. O quadro custava seis onças de ouro e mais uma por mão, mas aquele não era caso para se pensar em economia. A oportunidade de ter uma obra autêntica do grande Monvoisin não se apresentava duas vezes na vida, como diziam seus clientes.

— Se o gasto não é problema, quero que me pinte com três mãos. Será seu quadro mais famoso e acabará exposto em um museu, e não em cima de nossa lareira — comentou Miss Rose.

Aquele foi o ano das inundações, que ficaram registradas nos textos escolares e na memória dos avós. O dilúvio arrasou centenas de casas e, quando o temporal finalmente amainou e as águas começaram a baixar, uma série de pequenos tremores de terra, recebidos como uma machadada de Deus, acabou de destruir o que o aguaceiro havia abalado. Ladrões percorriam os escombros e se aproveitavam da confusão para roubar casas, enquanto os soldados receberam instruções para executar sumariamente os que fossem surpreendidos em tais tropelias, mas, entusiasmados pela crueldade, começaram a distribuir golpes de sabre apenas pelo prazer de ouvir as lamentações, e por isso a ordem teve de ser revogada antes que eles acabassem também com os inocentes. Jacob Todd, encerrado no hotel para tratar de um resfriado e ainda enfraquecido pela semana de distúrbios intestinais, passava as horas de desespero ouvindo o incessante badalar dos sinos das igrejas, que chamavam à penitência, lendo jornais atrasados e esperando companhia a fim de jogar cartas. Certa vez, saiu e foi até a botica em busca de um tônico que lhe fortalecesse o estômago, mas o estabelecimento era simplesmente um cubículo caótico, repleto de empoeirados frascos de vidro azuis e verdes, onde um empregado alemão lhe ofereceu azeite de escorpião e essência de minhocas. Pela primeira vez, lamentou encontrar-se tão distante de Londres.

À noite, quase não conseguia dormir, por causa do barulho dos farristas, das brigas dos bêbados e também dos enterros, que se realizavam entre as doze e as três da madrugada. O ostentoso cemitério ficava no alto de uma colina, de onde dominava a cidade. O temporal havia aberto grandes buracos lá dentro, e túmulos inteiros haviam descido pela encosta, numa confusão de ossos que igualou todos os defuntos na mesma perda de dignidade. Muitos comentavam que os mortos estavam melhor dez anos atrás, quando as pessoas poderosas eram enterradas nas igrejas, os pobres nas encostas e os estrangeiros na praia. Trata-se de um país extravagante, concluiu Todd, com um lenço atado no rosto, para se defender do vento, que espalhava as exalações nauseabundas da desgraça, combatidas pelas autoridades com grandes fogueiras de eucalipto. Assim que se sentiu melhor, passou a ver as procissões. Em geral, as procissões não chamavam a atenção, porque todos os anos se repetiam sem alterações durante os sete dias da Semana Santa e em outras festas religiosas, mas naquela ocasião transformavam-se em atos aos quais multidões compareciam para pedir ao céu o fim dos temporais. Das igrejas, partiam as longas fileiras de fiéis, encabeçadas por confrarias de cavaleiros vestidos de preto, transportando em macas as estátuas dos santos com seus esplêndidos trajes bordados em ouro e pedras preciosas. Uma das colunas levava um Cristo pregado na cruz com sua coroa de espinhos em torno do pescoço. Explicaram-lhe que aquele era o Cristo de Maio, trazido especialmente de Santiago para aquela ocasião, por ser a imagem mais milagrosa do mundo, a única que poderia mudar o clima. Duzentos anos antes, um pavoroso terremoto havia arrasado a capital e destruído inteiramente a igreja de Santo Agostinho, menos o altar em que se encontrava aquele Cristo. A coroa deslizara da cabeça para o pescoço, onde ainda permanecia, porque, cada vez que tentavam levá-la de volta ao seu lugar, a terra tornava a tremer. As procissões reuniam inúmeros frades e freiras, beatas exangues de tanto jejuar, gente humilde rezando, cantando e clamando, penitentes vestindo hábitos grosseiros e flagelantes açoitando as próprias costas com tiras de couro que terminavam em afiadas rosetas de metal. Alguns caíam desmaiados e eram atendidos por mulheres que limpavam suas carnes rasgadas e lhes davam refrescos, mas os empurravam de volta à procissão assim que se recuperavam. Passavam fileiras de índios martirizando-se com um fervor de loucos e bandas de música tocando hinos religiosos. O rumor das plangentes orações parecia o de uma torrente bravia, e o ar úmido fedia a suor e incenso. Havia procissões de aristocratas vestidos luxuosamente, mas em tecidos escuros e sem joias, e outras de gente humilde, descalça e esfarrapada, e às vezes elas se cruzavam na mesma praça, sem confundir-se nem tocar-se. À medida que avançavam, iam aumentando os clamores e as mostras de piedade tornavam-se mais intensas; os fiéis ululavam pedindo o perdão de seus pecados, convencidos de que o mau tempo era um castigo divino por suas faltas. Os arrependidos compareciam em massa, as igrejas eram pequenas para todos, e filas de padres instalavam-se embaixo de barracas e guarda-chuvas para atender aos que queriam confessar-se. Para o inglês, aquilo era um espetáculo fascinante — em nenhuma de suas viagens havia presenciado algo tão exótico e tão tétrico. Acostumado à sobriedade protestante, experimentava a sensação de estar de volta à Idade Média; seus amigos de Londres jamais acreditariam nele. Embora mantivesse uma distância prudente, podia perceber o tremor de animal primitivo e sofredor que percorria em ondas aquela massa humana. Encarapitou-se com esforço na base de um monumento da pequena praça diante da Igreja Matriz, de onde podia ter uma visão panorâmica da multidão. Sentiu imediatamente que alguém agarrava suas calças, baixou os olhos e viu uma garotinha assustada, com um manto na cabeça e o rosto sujo de sangue e de lágrimas. Tratou de afastar-se dela o mais rapidamente possível, mas era tarde, ela já havia manchado sua calça. Soltou uma praga e tratou de afastá-la por meio de gestos, pois não conseguia lembrar-se das palavras adequadas para dizer aquilo em espanhol; teve, porém, uma surpresa quando ela replicou-lhe, em inglês perfeito, que estava perdida e talvez ele pudesse levá-la para casa. Então, ele tratou de olhá-la com mais atenção.

— Sou Eliza Sommers. Lembra-se de mim? — murmurou a garota.

Aproveitando o fato de Miss Rose estar em Santiago posando para o retrato e Jeremy Sommers pouco aparecer em casa naqueles dias, pois a inundação havia atingido seu escritório e seus armazéns, a garota tinha pensado em sair para ver a procissão, e tanto insistiu que Mama Frésia acabou por ceder. Seus patrões haviam-lhe proibido de falar de rituais católicos diante da garota e muito menos permitir que os visse, mas a própria Mama Frésia morria de vontade de, pelo menos uma vez na vida, ver o Cristo de Maio. Os irmãos Sommers nunca iriam saber, foi o que imaginou. E, assim, as duas saíram discretamente de casa, desceram a encosta a pé, subiram em uma carreta que as deixou perto da praça e ali se juntaram a uma coluna de índios penitentes. Tudo teria saído de acordo com o planejado se, no tumulto e no fervor daquele dia, Eliza não tivesse soltado a mão de Mama Frésia, que, contaminada pela histeria, não percebeu o fato. Eliza se pôs a gritar, mas sua voz se perdeu no clamor das preces e dos tristes tambores das confrarias. Saiu correndo à procura da ama, mas todas as mulheres pareciam idênticas embaixo dos mantos escuros, e seus pés resvalavam nas pedras do calçamento, cobertas de limo, de sangue e de cera de velas. Logo as várias colunas se juntaram em uma só multidão que se arrastava como um animal ferido, enquanto os sinos tocavam enlouquecidos e no porto soavam as sirenes de todos os navios ancorados. Não saberia dizer quanto tempo esteve paralisada de terror, até que, pouco a pouco, as ideias começaram a clarear em sua mente. Nesse meio-tempo, a procissão havia se acalmado, todo mundo estava de joelhos e, em um estrado diante da igreja, o próprio bispo celebrava uma missa cantada. Eliza pensou em tomar o caminho de Cerro Alegre, mas sentiu medo de ser alcançada pela escuridão antes de chegar em casa, pois nunca havia saído sozinha e não sabia orientar-se. Decidiu permanecer no mesmo lugar até que a turba se dispersasse e, quem sabe, Mama Frésia acabasse por encontrá-la. Então, seus olhos tropeçaram no sujeito ruivo que se equilibrava no monumento da praça, e nele reconheceu o doente curado por sua ama. Sem vacilar, abriu caminho até ele.

— O que faz aqui? Está ferida? — indagou o homem.

— Estou perdida. Pode me levar em casa?

Jacob Todd limpou-lhe o rosto com o lenço e a examinou rapidamente, constatando que não havia nenhum ferimento à vista. Concluiu que o sangue no rosto da menina devia ser o que vinha das costas dos flagelantes.

— Levarei você ao escritório de Mr. Sommers.

Ela, porém, rogou-lhe que não fizesse tal coisa, pois, se seu protetor soubesse que havia acompanhado a procissão, Mama Frésia perderia o emprego. Todd saiu à procura de um coche de aluguel, difícil de encontrar em tais ocasiões, enquanto a menina caminhava em silêncio, sem soltar-lhe a mão. Pela primeira vez na vida, o inglês sentiu um estremecimento de ternura, provocado por aquela pequenina e cálida mão que se aferrava à sua. De vez em quando a olhava dissimuladamente, comovido com aquele rosto infantil de olhos negros e amendoados. Por fim, encontraram um carrinho puxado por uma parelha de mulas e, pelo dobro do preço habitual, o condutor aceitou levá-los até o alto da colina. Fizeram silenciosamente a viagem e, uma hora mais tarde, Todd deixava Eliza diante de casa. Ela se despediu agradecida, mas não o convidou para entrar. Viu-a distanciar-se, pequena e frágil, coberta até os pés pelo manto negro. De repente, a menina deu meia-volta, correu em sua direção, abraçou-lhe o pescoço e deu-lhe um beijo na face. "Obrigada", disse mais uma vez. Jacob Todd voltou ao hotel no mesmo carro. De vez em quando, tocava no próprio rosto, surpreendido pelo doce e triste sentimento que a garota lhe inspirava.

As procissões serviram para aumentar o arrependimento coletivo e também, como Jacob Todd pôde constatar, para deter as chuvas, o que mais uma vez favoreceu a já esplêndida reputação do Cristo de Maio. Em menos de quarenta e oito horas, o céu clareou, e um sol tímido apresentou-se, introduzindo uma nota otimista no concerto de infelicidades dos últimos dias. Por culpa dos temporais e das epidemias, passaram-se nove semanas antes que fossem retomadas as tertúlias das quartas-feiras na casa dos Sommers, e outras mais antes que Jacob Todd se atrevesse a insinuar seus sentimentos românticos a Miss Rose. Quando o fez, afinal, ela fingiu não ter ouvido suas palavras, mas, reagindo à insistência de Mr. Todd, saiu-se com uma resposta arrasadora:

— O bom do casamento é enviuvar — disse.

— Por mais tolo que seja, um marido sempre vale a pena — respondeu ele, sem perder o bom humor.

— Não no meu caso. Para mim, um marido seria um estorvo, e não poderia me dar nada que eu já não tenha.

— Filhos, quem sabe?

— Quantos anos acha que eu tenho, Mr. Todd?

— Não mais de dezessete!

— Não brinque. Felizmente, tenho a Eliza.

— Sou teimoso, Miss Rose, nunca me dou por vencido.

— Agradeço-lhe, Mr. Todd. Mas não é um marido o que importa, e sim ter muitos pretendentes.

De qualquer maneira, Rose foi a razão pela qual Jacob Todd ficou no Chile muito mais do que os três meses estipulados para vender suas bíblias. Os Sommers foram o contato social perfeito, graças aos quais se abriram para ele todas as portas da próspera colônia estrangeira, disposta a ajudá-lo em sua suposta missão na Terra do Fogo. Tomou a resolução de aprender alguma coisa sobre os índios patagônios, mas, depois de dar uma olhada sonolenta em alguns grossos volumes da biblioteca, compreendeu que tanto valia saber como não saber, porque, naquele tocante, a ignorância era coletiva. Bastava dizer aquilo que as pessoas desejavam ouvir e, para isso, contava com a sua proverbial lábia. Para pôr o carregamento de bíblias nas mãos dos potenciais clientes chilenos, teria de melhorar o seu precário espanhol. Com os dois meses vividos na Espanha e o bom ouvido que possuía, conseguiu aprender mais rápido e melhor do que muitos britânicos que haviam chegado ao país vinte anos antes. No começo dissimulou suas ideias políticas demasiadamente liberais, mas notou que em cada reunião social o acossavam com perguntas e estava sempre cercado por um grupo de assombrados ouvintes. Seus discursos abolicionistas, igualitários e democráticos sacudiam a modorra daquelas boas pessoas, motivavam intermináveis discussões entre os homens e horrorizadas exclamações entre as senhoras maduras, mas atraíam irremediavelmente as mais jovens. A opinião geral o catalogava como um tresloucado, e suas ideias incendiárias acabavam por divertir, mas suas brincadeiras com a família real britânica foram pessimamente recebidas entre os membros da colônia, para quem a rainha Vitória, como Deus e o Império, era intocável. Sua renda modesta, mas nada desprezível, permitia-lhe viver com certa folga sem jamais haver trabalhado de verdade, e isso o situava na categoria dos cavalheiros. Assim que o descobriram livre das ataduras, não faltaram moças casadouras empenhadas em agarrá-lo, mas, depois de conhecer Rose Sommers, ele não teve mais olhos para nenhuma outra. Mil vezes perguntou a si mesmo por que a jovem permanecia solteira, e a única resposta que ocorreu àquele agnóstico racionalista foi a de que o céu a havia destinado para ele.

— Até quando me atormentará, Miss Rose? Não teme que eu me canse de persegui-la? — brincava com ela.

— Não se cansará, Mr. Todd. Perseguir o gato é muito mais interessante do que agarrá-lo — respondia ela.

A eloquência do falso missionário foi uma novidade naquele meio e, assim, passaram a oferecer-lhe a palavra tão logo souberam que ele havia estudado de maneira conscienciosa as Sagradas Escrituras. Existia um pequeno templo anglicano, malvisto pelas autoridades católicas, mas a comunidade protestante também se reunia em casas particulares. "Onde já se viu uma igreja sem virgens nem diabos? Os gringos são todos hereges, não acreditam no papa, não sabem rezar, passam o tempo cantando e nem ao menos comungam", resmungava Mama Frésia, escandalizada quando o rodízio determinava que o culto dominical fosse realizado na casa dos

Sommers. Todd preparou-se para ler uma pequena passagem sobre a saída dos judeus do Egito e, em seguida, referir-se à situação dos imigrantes, que, como os judeus bíblicos, deviam adaptar-se em terras estranhas, mas Jeremy Sommers o apresentou aos presentes como missionário e pediu-lhe que falasse dos índios da Terra do Fogo. Jacob Todd não era capaz de situar a região, nem de explicar por que levava esse nome tão sugestivo, mas imediatamente conseguiu comover os ouvintes até as lágrimas com a história de três selvagens caçados por um capitão inglês que queria levá-los para a Inglaterra. Em menos de três anos, aqueles infelizes, que viviam nus em seu clima glacial e às vezes cometiam atos de canibalismo, passaram a andar de maneira adequada, haviam-se transformado em bons cristãos e adquirido costumes civilizados, chegando mesmo a tolerar a alimentação dos ingleses. Deixou de esclarecer, contudo, que, uma vez repatriados, os índios voltaram sem demora aos seus antigos hábitos, como se jamais tivessem morado na Inglaterra e conhecido as palavras de Jesus. Por sugestão de Jeremy Sommers, realizou-se ali mesmo uma coleta para aquele empreendimento de difusão da fé, e com tão bons resultados que, no dia seguinte, Jacob Todd pôde abrir uma conta na sucursal do Banco de Londres, em Valparaíso. A conta era semanalmente alimentada com as contribuições dos protestantes, e crescia apesar das frequentes retiradas que Todd fazia a fim de cobrir suas despesas pessoais, sempre que sua renda era insuficiente para financiá-las. Quanto mais dinheiro entrava, mais se multiplicavam os obstáculos e os pretextos para adiar a missão evangelizadora. E, assim, dois anos se passaram.

Jacob Todd chegou a sentir-se tão à vontade em Valparaíso quanto se ali mesmo houvesse nascido. Chilenos e ingleses tinham vários traços de caráter em comum: resolviam tudo com a ajuda de síndicos e advogados; sentiam um apego absurdo à tradição, aos símbolos pátrios e às rotinas; proclamavam-se individualistas e inimigos da ostentação, que desprezavam como um símbolo de arrivismo social; pareciam amáveis e controlados, mas eram capazes de grandes crueldades. No entanto, ao contrário dos ingleses, os chilenos tinham horror à excentricidade e nada temiam tanto quanto o ridículo. Se eu falasse corretamente o castelhano, Jacob Todd pensou, estaria aqui como se estivesse em minha casa. Tinha se instalado na pensão de uma viúva inglesa que protegia gatos e fazia as melhores tortas da cidade. Dormia com quatro felinos na cama, a melhor companhia que jamais tivera, e as tentadoras tortas da anfitriã tornaram-se parte do seu desjejum. Relacionava-se com chilenos de todas as classes, dos mais humildes, que ia conhecendo em suas andanças pelos bairros pobres da cidade, aos que estavam no topo. Jeremy Sommers apresentou-o no Clube da União, que o aceitou na qualidade de sócio convidado. Somente os estrangeiros de reconhecida importância social podiam vangloriar-se de tamanho privilégio, pois o clube era um enclave de latifundiários e políticos conservadores, no qual o valor dos sócios era medido pelo nome de família. Na verdade, o que lhe abriu aquelas portas foi a sua habilidade com as cartas e os dados; perdia com tanto garbo que poucos atentavam para o muito que ganhava. Ali, tornou-se amigo de Agustín del Valle, dono de propriedades agrícolas na região de Valparaíso e de rebanhos de ovelhas no Sul, onde jamais havia posto os pés, pois eram cuidadas por capatazes trazidos da Escócia. Essa nova amizade permitiu-lhe visitar austeras mansões de famílias aristocráticas do Chile, construções quadradas e escuras, grandes dependências quase vazias, decoradas sem nenhum refinamento, com móveis pesados, candelabros fúnebres e uma verdadeira corte de crucifixos ensanguentados, virgens de gesso e santos vestidos como nobres espanhóis de antigamente. Eram casas voltadas para dentro, fechadas para a rua, com altas grades de ferro, incômodas e toscas, porém beneficiadas por frescos corredores e pátios internos defendidos do sol pelos pés de jasmim, laranjeiras e roseiras.

No início da primavera, Agustín del Valle convidou os Sommers e Jacob Todd para visitarem uma de suas herdades. O caminho era um pesadelo; um bom cavaleiro podia fazê-lo em quatro ou cinco horas, mas a caravana com a família e seus hóspedes saiu de madrugada e só chegou com a noite já alta. Os del Valle viajavam em carretas puxadas por juntas de bois, guarnecidas com mesas e divãs revestidos de felpo. À frente, uma récua com a bagagem e peões a cavalo, armados com trabucos primitivos para defender a comitiva dos bandidos, que costumavam esperar escondidos nas curvas das ladeiras. À enervante lentidão dos animais, somavam-se os buracos do caminho, que paralisavam as carretas, e as frequentes paradas para descanso, durante as quais os criados serviam as viandas das cestas em meio a nuvens de moscas. Todd nada sabia de agricultura, mas bastava-lhe um olhar para compreender que, naquela terra fértil, tudo frutificava com abundância; as frutas caíam das árvores e apodreciam no chão, sem que ninguém se desse ao trabalho de apanhá-las. Na fazenda, reencontrou o mesmo estilo de vida que anos antes havia observado na Espanha: uma família numerosa, unida por intrincados laços de sangue e um inflexível código de honra. Seu anfitrião era um patriarca poderoso e feudal, que manejava com pulso firme os destinos de sua descendência e ostentava, arrogantemente, uma linhagem que podia ser seguida até os primeiros conquistadores espanhóis. Meus tataravôs, ele contava, percorreram mais de mil quilômetros cobertos de pesadas armaduras de ferro, cruzaram montanhas, rios e o deserto mais árido deste mundo, para fundar a cidade de Santiago. Entre os seus, ele era um símbolo de autoridade e decência, mas, fora de sua classe, o conheciam como um ferrabrás. Carregava uma prole de bastardos e também a má fama de haver liquidado vários arrendatários em seus famosos acessos de ira, mas, dessas mortes, como de tantos outros pecados, jamais se falava. Sua esposa estava na casa dos quarenta, mas parecia uma anciã trêmula e cabisbaixa, sempre vestida de luto pelos filhos falecidos na infância e sufocada pelo peso do corpete, a religião e aquele marido que a sorte lhe concedera. Os filhos do sexo masculino passavam suas ociosas existências entre missas, passeios, sestas, brincadeiras e pândegas, enquanto as mulheres flutuavam como ninfas misteriosas pelos aposentos e jardins, entre sussurros de anáguas, sempre seguidas pelo olhar vigilante das amas. Estavam preparadas, desde pequeninas, para uma vida de fé, abnegação e virtude; seus destinos eram os casamentos de conveniência e a maternidade.

No campo, foram ver uma tourada, que nem remotamente parecia com o brilhante espetáculo de coragem e morte habitualmente visto na Espanha;

nada de trajes resplandecentes, fanfarronadas, paixão e glória, mas apenas uma diversão de bêbados atrevidos que atormentam o animal com lanças e insultos, e de vez em quando são chifrados e atirados ao chão poeirento entre insultos e gargalhadas. O mais perigoso da tourada consistia em retirar da arena o animal enfurecido e maltratado, mas vivo. Todd sentiu-se grato por terem preservado o touro da indignidade final de uma execução pública, pois, à morte do touro, seu coração bem inglês preferia a do toureiro. À tarde, os homens jogavam voltarete e *rocambor*, servidos como príncipes por um verdadeiro exército de criados morenos e humildes, cujos olhares não se elevavam do chão, assim como suas vozes não se elevavam acima do murmúrio. Não eram escravos, mas pareciam. Trabalhavam em troca de proteção, de um teto e uma parte da colheita; teoricamente, eram livres, mas, não tendo para onde ir, permaneciam com o mesmo patrão, por mais despótico que ele fosse. Sem muito barulho, a escravidão fora abolida havia mais de dez anos. O tráfico de africanos nunca se mostrara rentável naquelas bandas, onde não existiam grandes plantações, mas ninguém falava da sorte dos índios, despojados de suas terras e reduzidos à miséria, nem dos arrendatários de terras, que, como se fossem animais, eram vendidos e herdados juntamente com as propriedades. Também não se falava dos carregamentos de escravos chineses e polinésios que iam trabalhar nas reservas de guano das Ilhas Chinchas. Não causavam problemas, a menos que desembarcassem: a lei proibia a escravidão em terra firme, mas não mencionava a do mar. Enquanto os homens jogavam cartas, Miss Rose se aborrecia discretamente na companhia da Senhora del Valle e de suas numerosas filhas. Em compensação, Eliza galopava no campo com Paulina, a única filha de Agustín del Valle que conseguia escapar do modelo lânguido das mulheres daquela família. Tinha vários anos a mais do que Eliza, mas, naquele dia, divertia-se, ao lado dela, como se fossem da mesma idade, ambas fustigando seus cavalos, cabelos soltos ao vento e caras queimadas pelo sol.

Senhoritas

Eliza Sommers era uma garota pequenina e delgada, de feições delicadas como um desenho feito a bico de pena. Em 1845, quando completou treze anos e peitos e cintura começaram a insinuar-se, ainda parecia insignificante, embora já se vislumbrasse a leveza de gestos, que seria o seu melhor atributo de beleza. A implacável vigilância de Miss Rose deixou seu esqueleto reto como uma lança: prendendo-lhe uma vareta metálica nas costas, obrigava-a a manter-se empertigada durante as intermináveis horas de exercícios de bordado e piano. Não cresceu muito e manteve a mesma e enganosa aparência infantil, que, mais de uma vez, lhe salvaria a vida. De tão criança que no fundo se mantinha, em plena puberdade continuava a dormir encolhida na mesma caminha de sua infância, a chupar o dedo, sempre cercada por suas bonecas. Imitava a natureza entediada de Jeremy Sommers, vendo nela um sinal de força interior. Com os anos, cansou de fingir-se aborrecida, mas aquela brincadeira lhe havia servido para dominar o caráter. Tomava parte nas tarefas dos serviçais: em um dia, ajudava a fazer o pão, em outro a moer o milho, hoje a levar os colchões para o sol, amanhã a ferver a roupa branca. Passava horas encolhida atrás da cortina da sala, devorando, uma a uma, as obras clássicas da biblioteca de Jeremy Sommers, as histórias românticas de Miss Rose, os jornais atrasados e qualquer leitura ao seu alcance, por mais aborrecida que fosse. Convenceu Jacob Todd a lhe dar uma de suas bíblias em espanhol e, com enorme paciência, tentava decifrá-la, já que a sua alfabetização tinha sido em inglês. Mergulhava no Antigo Testamento com mórbido fascínio pelos vícios e paixões dos reis que seduziam as mulheres alheias, profetas que castigavam com raios terríveis e pais que faziam filhos em suas filhas. No quarto de despejo, onde se acumulavam velharias, encontrou mapas, livros de viagens e documentos de navegação pertencentes ao tio John, com os quais pôde precisar os contornos do mundo. Os preceptores contratados por Miss Rose ensinaram-lhe caligrafia, francês, história, geografia e um pouco de latim, muito mais do que teria aprendido nos melhores colégios femininos da capital, onde praticamente só se aprendia a rezar e a ter bons modos. As leituras desordenadas, tanto quanto as histórias do capitão Sommers, deram-lhe asas à imaginação. O tio navegante aparecia em casa com seu carregamento de presentes, despertando-lhe a fantasia com suas inauditas histórias de imperadores negros em tronos de ouro maciço, de piratas malaios que colecionavam olhos humanos em caixinhas de madrepérola, de princesas queimadas vivas na pira funerária dos respectivos maridos. Em cada uma de suas visitas, tudo era adiado, dos deveres escolares às lições de piano. Passava o ano a esperá-lo e a espetar alfinetes no mapa, imaginando as latitudes oceânicas pelas quais navegava seu veleiro. Eliza não tinha muito contato com outras meninas de sua idade, vivia no mundo fechado da casa de seus benfeitores, na eterna ilusão de não estar ali, mas na Inglaterra. Jeremy Sommers encomendava tudo pelos catálogos, do sabão aos sapatos, vestia roupa leve no inverno e usava abrigo no verão, porque continuava a reger-se pelo calendário do Hemisfério Norte. A menina via e ouvia com atenção, tinha um temperamento alegre e independente, jamais pedia ajuda e tinha o raro dom de tornar-se invisível quando bem queria, desaparecendo entre os móveis, as cortinas e as flores do papel que revestia as paredes. No dia em que acordou com a camisola manchada por uma substância vermelha, saiu à procura de Miss Rose a fim de comunicar-lhe que estava sangrando por baixo.

— Não fale disso com ninguém. É um assunto muito pessoal. Você agora é mulher e, como tal, terá de se comportar, acabou-se o tempo das brincadeiras. Agora você vai para o colégio de moças de Madame Colbert — foi toda a explicação que sua mãe adotiva lhe deu, de um fôlego e sem olhar para ela, enquanto tirava do armário uma dúzia de pequenas toalhas debruadas por ela mesma.

— Agora você terá com que se aborrecer, seu corpo mudará, suas ideias se atrapalharão, e qualquer homem poderá fazer com você o que lhe der na cabeça — advertiu Mama Frésia, a quem Eliza não pôde ocultar a novidade.

A índia conhecia plantas capazes de cortar para sempre o fluxo menstruai, mas, com medo dos patrões, absteve-se de aplicá-las. Eliza levou sua advertência a sério e decidiu manter-se vigilante para impedir que a ameaça se cumprisse. Envolveu o busto com uma apertada faixa de seda, certa de que, se tal método vinha servindo, havia séculos, para reduzir os pés das chinesas, como o tio John contava, não havia razão para que deixasse de lhe esmagar os seios. Resolveu também escrever; durante anos tinha visto Miss Rose escrevendo em seus cadernos e pensou que ela o fazia com a finalidade de combater a maldição das ideias anuviadas. Mas não deu grande importância à parte final da profecia — a de que qualquer homem poderia fazer com ela o que quisesse —, pois simplesmente não conseguia imaginar que houvesse homens em seu futuro. Todos eram anciãos de pelo menos vinte anos; o mundo estava desprovido de seres do sexo masculino pertencentes à sua própria geração. Só dois homens poderiam lhe servir para marido — o capitão John Sommers e Jacob Todd —, mas ambos estavam fora de seu alcance: o primeiro, por ser seu tio, e o segundo, por estar enamorado de Miss Rose, como Valparaíso inteira sabia.

Anos depois, ao recordar sua infância e juventude, Eliza pensava que Miss Rose e Jacob Todd poderiam ter formado um belo casal — ela teria suavizado as arestas de Todd e ele a teria resgatado do tédio —, mas as coisas aconteceram de outra maneira. Passados muitos anos, quando tinham a cabeça branca e estavam longamente habituados à solidão, os dois iriam encontrar-se na Califórnia, em circunstâncias estranhas; e, nessa ocasião, ele voltaria a cortejá-la com a mesma intensidade, enquanto ela voltaria a rejeitá-lo com a mesma determinação. Mas tudo isso aconteceu bem mais tarde.

Jacob Todd não perdia nenhuma oportunidade para estar próximo dos Sommers, e não houve visitante mais assíduo e pontual às tertúlias, mais atento quando Miss Rose cantava com seus trinos impetuosos e mais disposto a acolher suas pilhérias, sem excluir as que continham certa crueldade com a qual costumava atormentá-lo. Era uma pessoa repleta de contradições, mas ele também não era? Não era ele um ateu que vendia bíblias e enganava meio mundo com a história de uma suposta missão evangélica? Perguntava a si mesmo por que, sendo tão atraente, ela não tinha se casado; não havia futuro nem lugar na sociedade para mulheres solteiras com a idade de Miss Rose. Na colônia estrangeira, murmurava-se acerca de um escândalo que teria ocorrido na Inglaterra, anos atrás, e que explicaria por que viera para o Chile, onde se transformara em governanta do irmão, mas Todd jamais pensou em averiguar os detalhes, preferindo o mistério à certeza de algo que talvez não fosse capaz de suportar. O passado não tinha grande importância, repetia para si mesmo. Bastava um erro de palavra ou de cálculo para manchar a reputação de uma jovem e impossibilitá-la de fazer um bom casamento. Teria sacrificado anos de seu futuro para ver-se correspondido; ela, porém, não dava sinais de ceder ao assédio, embora também nada fizesse para desanimá-lo; divertia-se com o jogo de soltar-lhe as rédeas para, daí a pouco, encurtá-las de repente.

— Mr. Todd é uma figura de mau agouro, com ideias estranhas, dentes de cavalo e mãos sempre suadas. Nunca me casaria com ele, mesmo que fosse o último solteiro no mundo — confessou Miss Rose, rindo, a Eliza.

A garota não achou graça nesse comentário. Estava em dívida com Jacob Todd, não apenas por tê-la resgatado durante a procissão do Cristo de Maio, mas também por haver silenciado sobre o incidente, como se este jamais houvesse acontecido. Gostava daquele estranho aliado: cheirava a mastim, como seu tio John. A boa impressão que lhe causava converteu-se em carinho leal, quando, oculta atrás da pesada cortina de veludo verde da sala, ouviu sua conversa com Jeremy Sommers.

— Tenho de tomar uma decisão acerca de Eliza, Jacob. Ela não tem a menor noção do seu lugar na sociedade. Quando a gente começa a lhe fazer perguntas, noto que Eliza imagina para ela um futuro que não lhe corresponde. Nada é mais perigoso do que o demônio da fantasia escondido dentro de uma alma feminina.

— Não exagere, meu amigo. Eliza ainda é uma garota, mas é inteligente e com certeza encontrará o lugar dela.

— A inteligência é um estorvo para a mulher. Rose quer mandá-la para o colégio de moças de Madame Colbert, mas não concordo que se dê tanta educação às moças, pois, assim, elas se tornam ingovernáveis. Cada um em seu lugar, este é o meu lema.

— O mundo está mudando, Jeremy. Nos Estados Unidos os homens são iguais perante a lei. Foram abolidas as classes sociais.

— Estamos falando de mulheres, não de homens. Além disso, os Estados Unidos são um país de comerciantes e pioneiros, sem tradição nem senso de história. A igualdade não existe em lugar nenhum, nem mesmo entre os animais, e muito menos no Chile.

— Somos estrangeiros, Jeremy, mal arranhamos o castelhano. Por que nos importariam as classes sociais chilenas? Nunca faremos parte deste país...

— Devemos dar bom exemplo. Se nós, britânicos, somos incapazes de manter nossa própria casa em ordem, o que esperar dos outros?

— Eliza criou-se nesta família. Não creio que Miss Rose aceite destituí-la só porque está crescendo.

E assim foi. Rose desafiou o irmão, valendo-se de um completo repertório de enfermidades. Primeiro, as cólicas e, em seguida, uma alarmante enxaqueca, que a deixou cega da noite para o dia. Durante vários dias a casa entrou em estado de repouso: as cortinas foram corridas, as pessoas caminhavam na ponta dos pés e falavam murmurando. Não se cozinhava mais, porque o cheiro de comida piorava os sintomas. Jeremy Sommers tinha de comer no Clube e voltava para casa com o ar desnorteado e intimidado de quem vai visitar um hospital. A estranha cegueira e os muitos achaques de Rose, tanto quanto o matreiro silêncio dos serviçais domésticos, foram minando rapidamente a sua firmeza. Para cumular, Mama Frésia, misteriosamente inteirada das discussões que os irmãos travavam a portas fechadas, converteu-se em formidável aliada de sua patroa. Jeremy Sommers se considerava um homem culto e pragmático, invulnerável às intimidações de uma bruxa supersticiosa como aquela Mama Frésia, mas, quando a índia acendeu velas negras e incensou toda a casa com fumaça de sálvia a pretexto de espantar os mosquitos, fechou-se na biblioteca, meio atemorizado, meio furioso. À noite, ouvia a índia arrastando os pés descalços e cantarolando à meia-voz ensalmos e maldições. Na quarta-feira encontrou uma lagartixa morta dentro de sua garrafa de conhaque e resolveu fazer alguma coisa definitiva. Bateu pela primeira vez à porta da irmã e foi admitido naquele santuário de mistérios femininos que ele preferia ignorar, do mesmo modo que ignorava a saleta de costura, a cozinha, a lavanderia, os escuros cômodos do sótão onde dormiam as criadas e a casinhola de Mama Frésia no fundo do pátio; seu mundo eram os salões, a biblioteca com prateleiras de mogno polido e sua coleção de gravuras de caça, a sala de bilhar com sua mesa ostentosamente entalhada, seu aposento mobiliado com simplicidade espartana e o pequeno quarto de adobes italianos destinados ao asseio pessoal, onde algum dia pensava instalar um sanitário moderno, como os que eram anunciados nos catálogos de Nova York, pois havia lido que o sistema de urinóis e coleta de excrementos humanos em baldes para serem usados como fertilizantes era uma fonte de epidemias. Teve de esperar que seus olhos se adaptassem à penumbra, enquanto aspirava, tonteando, um cheiro misto de medicamentos e persistente fragrância de baunilha. Mal podia vislumbrar Rose, sofrida e consumida, deitada de costas na cama sem almofada, braços cruzados no peito, como se estivesse ensaiando a própria morte. Ao seu lado, Eliza espremia um pano embebido em chá-verde a fim de aplicar-lhe sobre os olhos.

— Deixe-nos a sós, menina — disse Jeremy Sommers, sentando-se em uma cadeira junto à cama.

Eliza fez uma discreta vênia e saiu, mas conhecia de sobra os pontos fracos da casa, e com a orelha pregada no delgado tabique divisório pôde ouvir a conversa, que depois repetiu a Mama Frésia e anotou em seu diário.

— Está bem, Rose. Não podemos continuar em guerra. Façamos um acordo. O que você quer? — perguntou Jeremy, vencido de antemão.

— Nada, Jeremy... — suspirou ela, com uma voz quase inaudível.

— Jamais aceitarão Eliza no colégio de Madame Colbert. Para lá, só vão as meninas de classe alta e lares bem-constituídos. Todo mundo sabe que Eliza é adotada.

— Eu farei com que a aceitem! — exclamou ela, com uma paixão inesperada em alguém que agonizava.

— Escute, Rose, Eliza não necessita de mais educação. O que deve fazer agora é aprender um ofício para ganhar a vida. O que será dela quando você e eu não estivermos mais aqui para protegê-la?

— Se tiver uma boa educação, se casará bem — disse Rose, atirando fora a compressa de chá-verde e erguendo-se na cama.

— Eliza não é precisamente uma beldade, Rose.

— Você ainda não olhou bem para ela, Jeremy. Cada dia está melhor, e será bonita, garanto. Vão sobrar pretendentes!

— Órfã e sem dote?

— Ela terá dote — respondeu Miss Rose, saindo desorientada da cama e, desgrenhada e descalça, ensaiando uns curtos passos de cega.

— Mas como? Nunca havíamos tocado nesse assunto...

— É que o momento ainda não havia chegado, Jeremy. Uma jovem candidata ao casamento necessita de joias, de um enxoval com roupas para vários anos e tudo que for indispensável em sua casa, além de uma boa soma, para que o casal possa iniciar algum negócio.

— E posso saber qual será a contribuição do noivo?

— A casa, além da obrigação de manter a mulher pelo resto dos seus dias. De qualquer maneira, ainda faltam vários anos para que Eliza esteja em idade de casar-se, quando então deverá ter seu dote. John e eu nos encarregaremos disso, não pediremos nem um centavo a você, mas agora não vale perder tempo falando dessas coisas. Você deve considerar Eliza como sua filha.

— Mas não é, Rose.

— Então passe a tratá-la como se fosse minha filha. Concorda pelo menos nesse ponto?

— Sim, concordo — cedeu Jeremy Sommers.

As compressas de chá foram milagrosas. A doente melhorou rapidamente e, quarenta e oito horas depois, havia recuperado a vista e se mostrava radiante. Dedicou-se ao irmão com uma solicitude encantadora; nunca fora tão doce e tão risonha com ele. A casa retomou seu ritmo normal e, da cozinha, voltaram a sair para a sala de jantar os deliciosos pratos chilenos de Mama Frésia, os pães aromáticos amassados por Eliza e os finos pastéis que tanto haviam contribuído para que os Sommers adquirissem a fama de bons anfitriões. A partir daquele momento, Miss Rose modificou drasticamente sua conduta errática para com Eliza, e esmerou-se, com uma dedicação maternal nunca antes demonstrada, em prepará-la para o colégio, ao mesmo tempo que iniciava um irresistível assédio a Madame Colbert. Havia decidido que Eliza estudaria, teria dote e uma reputação de mulher bonita, mesmo que não o fosse, pois beleza, no seu entender, era uma questão de estilo. E garantia: qualquer mulher que se comportasse com a altaneira segurança de uma beldade acabaria por deixar todo mundo convencido de sua beleza. O primeiro passo para emancipar Eliza seria um bom casamento, já que a garota não contava com um irmão mais velho para lhe servir de anteparo, como era o seu próprio caso. Ela mesma não considerava vantajoso casar-se, pois uma esposa era propriedade do marido, com menos direitos do que um criado ou uma criança; mas, por outro lado, a mulher sozinha e sem fortuna estava sujeita aos piores abusos. Uma casada, desde que fosse astuciosa, podia pelo menos manejar o marido, e, com um pouco de sorte, enviuvar cedo...

— Eliza, eu daria com satisfação metade da minha vida para ter tanta liberdade quanto um homem. Mas somos mulheres e estamos perdidas. Não podemos fazer nada além de tirar vantagem do pouco que temos.

Podia ter contado que, na única vez que tentara voar com suas próprias asas, tinha batido de cara contra a realidade, mas não queria plantar ideias subversivas na mente da menina. Estava decidida a garantir-lhe um destino melhor do que o seu e, para isso, iria treiná-la nas artes de dissimular, manipular e fazer artimanhas, pois estava certa de que essas coisas eram mais úteis do que a ingenuidade. Encerrava-se com Eliza três horas pela manhã e outras três durante a tarde, para fazê-la estudar os textos escolares importados da Inglaterra; chamou um professor para intensificar o ensino do francês, visto que nenhuma garota bem-educada podia ignorar essa língua. No restante do tempo, supervisionava pessoalmente cada ponto que Eliza dava no preparo de seu enxoval, lençóis, toalhas, jogos de mesa e roupa íntima primorosamente bordada, que, em seguida, eram guardados em baús, envoltos em linho e perfumados com lavanda. A cada três meses, os baús eram esvaziados e as peças expostas ao sol, para evitar os estragos que a umidade e as traças poderiam causar durante os anos de espera pelo casamento. Comprou um cofre para as joias do dote e atribuiu ao seu irmão John a tarefa de enchê-lo com os presentes que costumava trazer de cada viagem. Assim, foram se acumulando safiras da Índia, esmeraldas e ametistas do Brasil, colares e pulseiras de ouro veneziano, e até um pequeno prendedor de diamantes. Jeremy Sommers não tomou conhecimento desses detalhes e permaneceu sem saber de que maneira os irmãos financiavam tais extravagâncias.

As aulas de piano — agora a cargo de um professor recém-chegado da Bélgica, que usava uma palmatória para bater nos dedos preguiçosos de seus alunos — tornaram-se um martírio diário para Eliza. Também frequentava uma academia de dança de salão, e, por sugestão de seu professor, Miss Rose obrigava-a a caminhar durante horas equilibrando um livro na cabeça, a fim de crescer com o corpo bem ereto. Ela cumpria suas tarefas, fazia seus exercícios de piano e caminhava reta como uma vela, mesmo quando não carregava o livro na cabeça, mas à noite deslizava descalça para o pátio dos serventes e, não raro, amanhecia dormindo em uma enxerga, abraçada a Mama Frésia.

Dois anos depois das inundações, a sorte mudou, e o país voltou a ter clima ameno, tranquilidade política e bem-estar econômico. Mas os chilenos se sentiam inquietos; estavam habituados às catástrofes naturais e tanta bonança podia ser a preparação de um cataclismo ainda maior. Nesse meio-tempo foram descobertas ricas jazidas de ouro e prata no norte do país. Na época da Conquista, quando os espanhóis percorriam a América em busca de metais e levavam tudo aquilo que encontravam, o Chile era considerado o cu do mundo, porque, comparando-se suas riquezas com as do restante do continente, tinha bem pouco a oferecer. Na marcha forçada pelo deserto lunar da Região

Norte e pelas inumeráveis montanhas do país, o coração dos conquistadores acabara por esvaziar-se de sua cobiça e, se alguma coisa restara, os indômitos indígenas tinham se encarregado de convertê-la em arrependimento. Exaustos e pobres, os capitães maldiziam aquela terra em que só lhes restava fincar suas bandeiras e esperar pela morte, pois regressar sem glória seria pior. Trezentos anos mais tarde, aquelas minas que haviam se ocultado aos olhos dos ambiciosos soldados espanhóis e agora surgiam de repente, como por um golpe de mágica, eram um prêmio inesperado para seus descendentes. Assim, formaram-se novas fortunas, às quais se uniram outras, vindas da indústria e do comércio. A antiga aristocracia da terra, que sempre tivera a faca e o queijo na mão, sentiu-se ameaçada em seus privilégios, e, desse modo, o desprezo pelos novos ricos tornou-se um sinal de distinção.

Um desses ricaços enamorou-se de Paulina, a primeira filha de Agustín del Valle. Tratava-se de Feliciano Rodríguez de Santa Cruz, que, em poucos anos, havia prosperado graças a uma mina de ouro explorada em sociedade com o irmão. Pouco se sabia de suas origens, mas havia a suspeita de que seus antepassados eram judeus convertidos e de que seu nome de família, sonoro e cristão, fora adaptado para livrá-lo dos inquisidores, e isso era razão de sobra para ser repelido de cara pelos orgulhosos del Valle. Entre as cinco filhas de Agustín, Paulina era também a preferida de Jacob Todd, pelo fato de seu caráter atrevido e alegre lembrar-lhe Miss Rose. A jovem tinha um modo sincero de rir, completamente oposto ao de suas irmãs, que ocultavam o riso atrás dos leques e das mantilhas. Ao saber que o pai tencionava encerrá-la em um convento de clausura, para, desse modo, frustrar-lhe os amores, Jacob Todd pôs de lado a prudência e resolveu ajudá-la. Antes que a levassem, aproveitou um descuido da ama de Paulina e conseguiu estar com ela a sós o bastante para trocarem duas frases. Consciente de que não dispunha de tempo para explicações, Paulina tirou do decote uma carta amassada e várias vezes dobrada, pedindo-lhe que a entregasse ao namorado. No dia seguinte, a jovem partiu, sequestrada pelo pai, que a arrastou a uma viagem de vários dias, pelos difíceis caminhos de Concepción, uma cidade do Sul, perto das reservas indígenas, onde as monjas cumpririam, à custa de orações e jejuns, a tarefa de devolver-lhe o juízo. Para evitar que ela tivesse a peregrina ideia de rebelar-se ou de escapar, o pai ordenou que lhe raspassem a cabeça. A mãe recolheu as tranças, envolveu-as em um pedaço de cambraia bordada e levou-as para dá-las de presente às beatas da Igreja Matriz, que as destinariam às perucas dos santos. Nesse meio-tempo, Todd não apenas entregou a carta, como também obteve com os irmãos da moça o dia exato de sua entrada no convento, e passou a data ao atribulado Feliciano Rodríguez de Santa Cruz. Grato, o pretendente tirou o relógio de bolso com sua corrente de ouro maciço e insistiu em oferecê-lo ao bendito mensageiro de seus amores, que se mostrou ofendido e recusou-se a recebê-lo.

— Não sei como pagar pelo que me fez — murmurou Feliciano, emocionado.

— Não há o que pagar.

Durante algum tempo, Jacob Todd nada soube acerca do infortunado par, mas dois meses depois a saborosa notícia da fuga da jovem era o prato favorito de qualquer reunião social, e o orgulhoso Agustín del Valle não podia impedir o acréscimo de detalhes pitorescos que o cobriam de ridículo. A versão que, meses mais tarde, Paulina relatou a Jacob Todd foi a de que, em uma tarde de junho, uma dessas tardes invernais de chuva fina e obscuridade antecipada, conseguira burlar a vigilância e fugira do convento em hábito de noviça, levando os candelabros de prata do altar-mor. Graças à informação de Jacob Todd, Feliciano Rodríguez de Santa Cruz deslocara-se para o Sul, e desde o início os dois se haviam mantido secretamente em contato, esperando a melhor oportunidade para o reencontro. Naquela tarde, ele a esperava a pouca distância do convento, e, ao vê-la, perdeu alguns segundos antes de reconhecer aquela noviça meio careca que se lançou em seus braços sem soltar os candelabros.

— Não me olhe assim, rapaz, o cabelo vai crescer — disse ela, dando-lhe um demorado beijo na boca.

Feliciano embarcou-a em um coche fechado e levou-a de volta a Valparaíso, onde a instalou temporariamente na casa de sua mãe viúva, o mais respeitável esconderijo que se poderia imaginar, com a intenção de proteger sua honra até quando fosse possível, embora não houvesse meio de evitar que o escândalo os manchasse. O primeiro impulso de Agustín foi o de desafiar para um duelo o sedutor de sua filha, mas, quando quis fazê-lo, soube que Feliciano tinha viajado a negócios para Santiago. Lançou-se então à tarefa de encontrar Paulina, com a ajuda dos filhos e sobrinhos armados e decididos a vingar a honra da família, enquanto a mãe e as irmãs rezavam em coro o rosário pela filha desgarrada. O tio bispo, de quem partira a recomendação para entregar Paulina às monjas, tentou acalmar um pouco os ânimos, mas aqueles protomachos não estavam a fim de ouvir sermões de bom cristão. A viagem de Feliciano era parte da estratégia planejada com seu irmão e Jacob Todd. Foi discretamente à capital, enquanto os outros executavam o plano de ação em Valparaíso, publicando em um jornal liberal a notícia do desaparecimento da Senhorita Paulina del Valle, fato cuja divulgação a família vinha conseguindo impedir. E foi isso o que salvou a vida dos namorados.

Finalmente, Agustín del Valle convenceu-se de que haviam acabado os tempos em que podia desafiar a lei e que, em vez de um duplo assassinato, o melhor seria lavar a honra com uma cerimônia pública de casamento. As bases para essa paz forçada foram estabelecidas e, uma semana depois, quando tudo estava pronto, Feliciano regressou. Os fugitivos apresentaram-se na residência dos del Valle, acompanhados pelo irmão do noivo, um advogado e o bispo. Discreto, Jacob Todd manteve-se ausente. Paulina apareceu em um vestido muito simples, mas, ao tirar o manto, todos puderam ver que ela trazia na cabeça um desafiador diadema de rainha. Avançou conduzida pelo braço da futura sogra, que se dispunha a responder por sua virtude, mas não lhe deram oportunidade de tocar no assunto. Como a última coisa que a família desejava era outra notícia de jornal, Agustín del Valle viu-se forçado a receber a filha rebelde e seu indesejável pretendente. Fez isso rodeado pelos filhos e sobrinhos, na sala de jantar momentaneamente convertida em tribunal, enquanto as mulheres da família, encerradas no outro extremo da casa, iam conhecendo os detalhes por intermédio das criadas, que escutavam atrás das portas e corriam levando cada palavra captada. Disseram que a moça havia se apresentado com todos aqueles diamantes brilhando entre os cabelos cortados de sua cabeça de tinhosa, enfrentado o pai sem dar nenhuma mostra de modéstia ou temor e anunciando que ainda tinha consigo os candelabros, mas que de fato os havia retirado apenas para importunar as monjas. Agustín del Valle ergueu um chicote de açoitar cavalos, mas o noivo tomou a frente da moça para receber o castigo, e então o bispo, cansado, mas com o peso de sua autoridade intacto, interveio com o irrefutável argumento de que não poderia haver casamento público, para calar os boatos, se os noivos aparecessem com a cara machucada.

— Pede para que nos sirvam uma taça de chocolate, Agustín, e sentemo-nos para conversar como gente educada — propôs o dignitário da Igreja.

E assim fizeram. Ordenaram à filha e à viúva Rodríguez de Santa Cruz que esperassem lá fora, pois aquele era um negócio de homens, e, depois de consumir várias jarras do espumoso chocolate, chegaram a um acordo. Redigiram um documento segundo o qual os termos econômicos ficavam claros e a honra de ambas as partes a salvo, assinaram-no em presença do notário e planejaram ali mesmo os detalhes do casamento. Um mês depois, Jacob Todd marcou presença em uma festa inesquecível, em que a pródiga hospitalidade da família del Valle se superou; houve baile, canto e comilança até o dia seguinte, e os convidados foram embora comentando a formosura da noiva, a felicidade do noivo e a sorte dos sogros, que casavam sua filha com uma fortuna sólida, embora recente. Os esposos partiram imediatamente para o Norte do país.

Má reputação

Jacob Todd lamentou a partida de Feliciano e Paulina, tendo feito boa amizade com o milionário das minas e sua cintilante esposa. Sentia-se tão à vontade entre os jovens empresários quanto deslocado começava a sentir-se entre os membros do Clube da União. Como ele, os novos industriais estavam imbuídos de ideias europeias, eram modernos e liberais, ao contrário da velha oligarquia latifundiária, que permanecia meio século atrasada. Ainda tinha cento e setenta bíblias guardadas embaixo da cama, das quais já se esquecera, até por fazer tempo que havia perdido sua aposta. Dominava a língua espanhola o suficiente para se comunicar sem ajuda e, apesar de não ser correspondido, continuava enamorado de Rose Sommers, dois bons motivos para não ir embora do Chile. Para ele, as constantes zombarias da jovem se haviam convertido em uma espécie de hábito agradável, e não chegavam mais a humilhá-lo. Aprendeu a recebê-las com ironia e devolvê-las sem malícia, como um jogo cujas misteriosas regras só eles conheciam. Fez amizade com alguns intelectuais e varava noites conversando sobre os filósofos franceses e alemães, como também sobre os descobrimentos científicos que abriam novos horizontes ao conhecimento humano. Dispunha de muitas horas para pensar, ler e discutir. Aos poucos, fora decantando ideias que anotava em um grosso caderno maltratado pelo uso, e gastava boa parte do dinheiro de sua pensão com livros encomendados a Londres ou comprados na Livraria Santos Tornero, no bairro de El Almendral, onde também moravam os franceses e estava situado o maior bordel de Valparaíso. A livraria era ponto de encontro dos intelectuais e aspirantes a escritores. Todd costumava ler durante dias inteiros; depois passava os livros aos seus amigos, que os traduziam com dificuldade e os publicavam sob a forma de modestos folhetos que circulavam de mão em mão.

No grupo dos intelectuais, o mais jovem era Joaquín Andieta, que, embora tivesse apenas dezoito anos, compensava sua falta de experiência com uma natural vocação para a liderança. E, considerando-se sua juventude e pobreza, a eletrizante personalidade de Andieta parecia ainda mais notável. Joaquín não era homem de muitas palavras, mas de ação, um dos poucos com clareza e valor suficientes para transformar as ideias dos livros em impulso revolucionário; os outros preferiam discuti-las interminavelmente ao redor de uma garrafa, no café da livraria. Desde o início, Todd percebeu naquele jovem algo inquietante e patético que o atraía. Havia notado sua pasta abarrotada e o tecido gasto de suas roupas, transparente e quebradiço como casca de cebola. Para ocultar os buracos nas solas dos sapatos, não cruzava a perna ao sentar-se; também não tirava o casaco, porque, Todd imaginava, sua camisa devia estar repleta de cerzidos e remendos. Não tinha uma capa decente, mas no inverno era o primeiro a madrugar para distribuir panfletos e colar cartazes em que os trabalhadores eram chamados a rebelar-se contra os abusos dos patrões, os marinheiros contra os comandantes e as empresas de navegação, trabalho quase sempre inútil, já que os destinatários eram, na maioria, analfabetos. Suas proclamações em favor da justiça ficavam à mercê dos ventos e da indiferença humana.

Discretas indagações levaram Jacob Todd a descobrir que seu amigo estava empregado na Companhia Britânica de Importação e Exportação. Em troca de um salário miserável, cumpria uma jornada desgastante, em que fazia o registro das mercadorias que chegavam pelo porto. E ainda se exigia que ele trouxesse o colarinho engomado e os sapatos brilhando de graxa. Sua vida transcorria em uma sala mal ventilada e mal iluminada, onde as escrivaninhas se alinhavam umas atrás das outras até o infinito e onde se empilhavam papéis e empoeirados livros de contabilidade, que durante anos e anos não eram consultados. Todd perguntou por ele a Jeremy Sommers, mas o inglês não foi capaz de ligar o nome à pessoa; devia vê-lo todos os dias, admitiu, mas não mantinha relações pessoais com seus empregados e eram poucos os que ele podia identificar pelo nome. Por outros canais, soube que Andieta vivia com a mãe, mas, acerca do pai, nada conseguiu saber; imaginou que o pai fosse algum marinheiro de passagem e a mãe, uma daquelas infelizes mulheres que não cabiam em nenhuma categoria social, talvez bastarda, repudiada pela família. Joaquín Andieta tinha feições andaluzas e a graça viril de um jovem toureiro; tudo nele sugeria firmeza, elasticidade, controle; seus movimentos eram precisos, seu olhar, intenso, e seu orgulho, comovente. Aos ideais utópicos de Todd, opunha um pétreo sentido de realidade. Todd pregava a criação de uma sociedade comunitária, sem sacerdotes nem policiais, democraticamente governada em obediência a uma lei moral única e inapelável.

— O senhor vive no mundo da lua, Mr. Todd — interrompia-o Joaquín Andieta. — Temos muito a fazer, não vale a pena perder tempo discutindo fantasias.

— Mas, se não começarmos imaginando a sociedade perfeita, como iremos criá-la? — replicava o outro, agitando o caderno, cada vez mais volumoso, no qual havia reunido planos de cidades ideais, em que cada habitante produzia seu próprio alimento e as crianças cresciam felizes e sadias, cuidadas pela comunidade, pois, não existindo propriedade privada, não se podia reclamar a posse dos filhos.

— Temos de melhorar as condições desastrosas em que vivemos aqui. A primeira coisa a fazer é organizar os trabalhadores, os pobres e os índios, dar terra aos camponeses e tirar o poder dos padres. É necessário mudar a Constituição, Mr. Todd. Aqui só votam os proprietários. Quer dizer, os ricos governam. Os pobres não contam.

No início, Jacob Todd ficava imaginando complicados caminhos para ajudar seu amigo, mas logo teve de desistir, pois ele se ofendia com suas iniciativas. Confiava-lhe alguns trabalhos como pretexto para remunerá--lo, mas, depois de realizá-los com esmero, Andieta recusava-se a aceitar qualquer forma de pagamento. Se Todd lhe oferecia cigarros, um copo de conhaque ou seu guarda-chuva em uma noite de tempestade, Andieta reagia com gélida arrogância, deixando o outro confuso e ofendido. O rapaz nunca falava de sua vida privada ou de seu passado, mas dava a impressão de encarnar-se durante algumas horas, apenas para tomar parte em uma conversa revolucionária ou em alguma daquelas entusiásticas leituras que tinham lugar na livraria, e, terminada a reunião, virar fumaça novamente. Não dispunha de dinheiro para acompanhar os outros à taverna e não aceitava convite que não pudesse retribuir.

Uma noite, não podendo mais conviver com as dúvidas, Todd seguiu o amigo pelo labirinto de ruas da cidade, que lhe permitia ocultar-se nas sombras dos portais e nas curvas daquelas absurdas ruelas, que, segundo diziam, eram tortuosas com o propósito de impedir que o diabo passeasse por elas. Viu Joaquín Andieta arregaçar as calças, tirar os sapatos, envolvê-los em uma folha de jornal e guardá-los cuidadosamente em sua desgastada pasta, de onde tirou umas alpercatas de camponês para calçar-se. Naquela hora tardia, só circulavam por ali umas poucas almas perdidas e uns gatos vagabundos que remexiam o lixo. Sentindo-se como um ladrão, Todd avançou pela rua escura, quase pisando os calcanhares do amigo, quase escutando sua respiração agitada e o roçar de suas mãos, que ele esfregava sem parar, a fim de defender-se das gélidas agulhadas do vento. Seus passos levaram-no a um cortiço, ao qual se chegava por um daqueles becos estreitos e bem típicos da cidade. Bateu-lhe de cara o fedor de urina e excremento; estava em um dos bairros pelos quais raramente passavam os funcionários da limpeza com seus ganchos de desentupir valas. Entendeu por que Andieta tinha a precaução de tirar os sapatos, os únicos de que dispunha: não conseguia saber em que pisava, seus pés afundavam em um caldo pestilento. Na noite sem lua, uma escassa luz filtrava-se por entre os desconjuntados postigos das janelas, muitas sem vidro, tapadas com sarrafos de madeira ou papelão. Pelas frinchas, era possível espreitar o interior de cômodos miseráveis, iluminados por velas. A suave neblina dava à cena um toque de irrealidade. Viu Joaquín Andieta acender um fósforo, protegê-lo do vento com o corpo, tirar uma chave do bolso e abrir uma porta à luz trêmula da chama. É você, meu filho? Ouvia nitidamente; era uma voz feminina, mais clara e mais jovem do que havia esperado. Em seguida, a porta foi fechada. Todd permaneceu muito tempo no escuro, observando o casebre, sentindo um imenso desejo de bater à porta, desejo que não era apenas curiosidade, mas um enorme afeto pelo amigo. Droga, estou virando um idiota, resmungou finalmente. Deu meia-volta e se dirigiu ao Clube da União, a fim de tomar um trago e ler os jornais, mas antes de chegar lá mudou de ideia, sentindo-se incapaz de enfrentar o contraste entre a pobreza que acabava de deixar para trás e aqueles salões com seus sofás de couro e suas luminárias de cristal. Voltou para seu quarto, abrasado pelo fogo da compaixão, muito semelhante àquela febre que quase o havia matado em sua primeira semana no Chile.

Assim estavam as coisas no final de 1845, quando a marinha mercante da Grã-Bretanha decidiu nomear um capelão para atender às necessidades espirituais dos protestantes de Valparaíso. O homem chegou disposto a desafiar os católicos, construir um sólido templo anglicano e dar novos brios à sua congregação. Seu primeiro ato oficial foi examinar as contas do projeto missionário na Terra do Fogo, cujos resultados não eram vistos em lugar nenhum. Jacob Todd conseguiu que Agustín del Valle o convidasse para uma temporada no campo, com a finalidade de dar ao novo capelão um tempo para baixar a poeira, mas, quando voltou, duas semanas mais tarde, comprovou que o pastor não tinha esquecido o assunto. Durante algum tempo, Todd encontrou novos pretextos para evitá-lo, mas finalmente teve de enfrentar um auditor e, em seguida, uma comissão da Igreja Anglicana. Atrapalhou-se nas explicações, que foram se tornando mais fantasiosas à medida que os números iam revelando com meridiana clareza, a existência de um desfalque. Devolveu o que restava na conta, mas a sua reputação sofreu um baque irremediável. Terminaram para ele as tertúlias das quartas-feiras na residência dos Sommers, e não recebeu mais nenhum convite da parte da colônia estrangeira; na rua o evitavam, e os que mantinham negócios com ele trataram de encerrá-los. A notícia da fraude chegou aos seus amigos chilenos, dos quais veio a sugestão, discreta porém firme, de não mais aparecer no Clube da União, sob pena de passar pela vergonha de ser expulso. Não o aceitaram mais nas partidas de críquete nem no bar do Hotel Inglês, foi rapidamente isolado e até os amigos liberais lhe voltaram as costas. Toda a família del Valle deixou de saudá-lo, à exceção de Paulina, com quem Todd mantinha uma esporádica relação epistolar.

Paulina tinha se mudado para o Norte, onde dera à luz seu primeiro filho, e nas cartas que escrevia se mostrava satisfeita com a vida de casada. Feliciano Rodríguez de Santa Cruz, que, segundo se dizia, estava cada vez mais rico, havia se revelado um marido fora de série. Estava convencido de que a audácia demonstrada por Paulina ao fugir do convento e dobrar sua família para casar-se com ele não devia ser diluída nas tarefas domésticas, mas aproveitada em benefício dos dois. Educada à maneira tradicional, sua mulher mal sabia ler ou fazer uma conta de somar, mas havia desenvolvido verdadeira paixão pelos negócios. No início, Feliciano estranhou seu interesse por certos detalhes do processo de escavação e transporte dos minerais, bem como pelo vaivém da Bolsa de Comércio, mas logo aprendeu a respeitar a descomunal intuição de sua mulher. Graças aos seus conselhos, aos sete meses de casado, obteve grandes lucros especulando com açúcar. Em sinal de gratidão, presenteou-a com um serviço de chá em prata lavrada no Peru, com um peso de nada menos do que dezenove quilos. Paulina, que mal podia se mover devido ao peso do primeiro filho na barriga, recusou o presente sem ao menos levantar a vista das botinhas de lã que estava tricotando.

— Prefiro que você abra para mim uma conta nominal em um banco de Londres, e deposite nela vinte por cento dos lucros que daqui por diante obtiver com a minha ajuda.

— Mas para quê? Não dou tudo que você deseja e muito mais? — perguntou Feliciano, ofendido.

— A vida é longa e cheia de surpresas. Não quero ser uma viúva pobre, e menos ainda com filhos — explicou ela, passando a mão na barriga.

Feliciano saiu batendo a porta, mas o seu inato senso de justiça foi mais forte do que o seu mau humor de marido desafiado. Além do mais, concluiu, aqueles vinte por cento seriam um poderoso incentivo a Paulina. Embora nunca tivesse ouvido falar de mulher casada com seu próprio dinheiro, fez o que ela havia pedido. Mas, se uma esposa não podia viajar só, assinar documentos legais, recorrer à justiça, vender ou comprar alguma coisa sem autorização do marido, era claro que também não podia ter uma conta bancária e usá-la como bem quisesse. Seria difícil explicar sua decisão ao banco e aos seus próprios sócios.

— Vá ao Norte conosco, o futuro está nas minas, e ali você pode começar de novo — sugeriu Paulina a Jacob Todd, depois de inteirar-se, em uma de suas breves visitas a Valparaíso, de que o amigo havia caído em desgraça.

— O que eu poderia fazer ali, minha amiga? — murmurou o outro.

— Vender suas bíblias — brincou Paulina, mas de repente sentiu-se comovida pela abismal tristeza do outro, e lhe ofereceu casa, amizade e trabalho nas empresas do marido.

Mas Todd sentia-se de tal maneira desanimado com a má sorte e a vergonha pública que não teve forças para começar uma nova aventura no Norte. A curiosidade e a inquietação, que antes o impeliam, tinham dado lugar à obsessão de recuperar o bom nome perdido.

— Não vê que estou derrotado, senhora? Um homem sem honra é um homem morto.

— Os tempos mudaram — Paulina o consolou. — Antes, a honra manchada de uma mulher só se lavava com sangue. Mas, como o senhor sabe, Mr. Todd, a minha foi lavada com uma jarra de chocolate. A honra dos homens é muito mais resistente do que a nossa. Não se desespere.

Feliciano Rodríguez de Santa Cruz, que não havia esquecido a intervenção de Todd nos tempos de seu complicado namoro com Paulina, quis lhe emprestar dinheiro para que devolvesse até o último centavo das missões, mas Todd resolveu que, entre dever a um amigo ou dever ao capelão protestante, preferia o último, pois, de qualquer maneira, sua reputação já estava destruída. Pouco depois teria de despedir-se dos gatos e das tortas, pois a viúva inglesa o expulsou da pensão com uma interminável fieira de censuras. A boa mulher havia duplicado seus esforços na cozinha para financiar a propagação da fé naquelas regiões de inverno imutável, nas quais um vento espectral uivava dia e noite, como dizia Jacob Todd, ébrio de eloquência. Ao saber do destino de suas economias nas mãos do falso missionário, foi tomada de justa cólera e o expulsou de casa. Com a ajuda de Joaquín Andieta, que saiu à procura de um novo alojamento para o amigo, pôde mudar-se para um quarto pequeno, mas com vista para o mar, em um dos bairros modestos da cidade. A casa pertencia a uma família chilena e não tinha as pretensões europeias da anterior; era uma construção antiga, paredes de adobe branqueado a cal e teto de telhas vermelhas, composta de um saguão na entrada, um quarto grande mas quase desprovido de mobília, que servia de sala de estar, sala de jantar e dormitório dos pais, além de um quarto menor, no qual dormiam os filhos, e outro nos fundos, que alugavam. O proprietário trabalhava como mestre-escola, e sua mulher contribuía para o orçamento doméstico com a venda de velas produzidas artesanalmente na cozinha. O cheiro de vela impregnava a casa. Todd sentia o cheiro adocicado em seus livros, sua roupa, seu cabelo e até em sua alma; de tal maneira ele se havia grudado em sua pele, que, muitos anos mais tarde, do outro lado do mundo, continuaria cheirando a vela. Frequentava apenas os bairros populares da cidade, onde ninguém se importava com a reputação boa ou má de um gringo de cabelos ruivos. Comia nas tascas dos pobres e passava dias inteiros entre os pescadores, ocupando-se com as redes e os botes. O exercício físico lhe fazia bem, permitindo-lhe que, durante algumas horas, esquecesse o orgulho ferido. Só Joaquín Andieta continuava a visitá-lo. Os dois se isolavam para discutir política e trocar textos de filósofos franceses, enquanto, do outro lado da porta, tagarelavam os filhos do mestre-escola, e a cera das velas fluía como ouro derretido. Joaquín Andieta jamais se referiu ao dinheiro das missões, embora não pudesse ignorá-lo, já que o escândalo fora comentado abertamente por várias semanas. Quando Todd quis lhe explicar que jamais tivera a intenção de burlar e tudo resultara de sua incapacidade para lidar com números, sua proverbial desordem e sua sorte adversa, Joaquín Andieta levou um dedo aos lábios, repetindo o gesto universal de calar. Em um impulso de vergonha e afeto, Jacob Todd o abraçou desajeitadamente e o outro correspondeu por um instante, mas, em seguida, se afastou com rapidez, corado até as orelhas. Os dois retrocederam ao mesmo tempo, aturdidos, sem compreender por que tinham violado a regra elementar de conduta que proíbe o contato entre os homens, exceto nas batalhas ou nos esportes brutais. Nos meses seguintes, o inglês começou a perder o rumo, descuidou-se da aparência, andava para cima e para baixo com uma barba de vários dias, cheirando a velas e bebida. Quando se excedia com a genebra, punha-se a deblaterar como um obcecado, sem pausa para respirar, contra os governos, a família real inglesa, o sistema de privilégios de classe, que comparava ao de castas na Índia, a religião em geral e o cristianismo em particular.

— Tem de ir embora daqui, Mr. Todd, está perdendo o juízo — Joaquín Andieta atreveu-se a dizer-lhe certo dia, depois de tê-lo afastado de uma praça, quando já estava prestes a ser detido pela guarda.

Foi exatamente assim que o encontrou, discursando como um demente, o capitão John Sommers, que várias semanas antes havia atracado sua escuna em Valparaíso. Na passagem do Cabo Horn, seu navio fora muito açoitado pela tempestade, e agora tinha de submeter-se a grandes reparos. John Sommers havia passado um mês inteiro na casa dos irmãos Rose e Jeremy. Estava decidido a procurar trabalho em um moderno navio a vapor assim que voltasse à Inglaterra, pois perdera a disposição de repetir a experiência do cativeiro na jaula familiar. Amava os seus, mas preferia tê-los a distância. Até então, havia resistido a pensar em vapores, por não conceber a aventura marítima sem o desafio das velas e das tempestades, que provavam a qualidade de um comandante, mas agora tinha finalmente de admitir que o futuro estava nas novas embarcações, maiores, mais rápidas e mais seguras. Quando notou que começava a perder fios de cabelo, culpou naturalmente a vida sedentária. Em pouco tempo, sentiu o tédio pesar-lhe como uma armadura, e então passou a fugir de casa e flanar pela cidade com a impaciência de uma fera aprisionada. Ao reconhecer o capitão, Jacob Todd baixou a aba do chapéu e fingiu não vê-lo, tentando, desse modo, escapar de uma nova humilhação, mas o marinheiro o agarrou firmemente e o saudou com afetuosas palmadas nas costas.

— Vamos tomar uns tragos, meu amigo! — E o arrastou para um bar nas proximidades.

Era um daqueles lugares da cidade conhecido entre os clientes pelo fato de servir uma bebida honesta e também oferecer um prato único, mas já famoso: congro frito com batatas e salada de cebola crua. Todd, que, com frequência, esquecia-se de comer e andava sempre curto de dinheiro, sentiu o aroma delicioso da comida e pensou que ia desmaiar. Uma onda de gratidão e prazer umedeceu-lhe os olhos. Em um gesto de cortesia, John Sommers desviou a vista enquanto o outro devorava até a última migalha do prato.

— Nunca me pareceu uma boa ideia essa história de ser missionário entre os índios — disse justamente quando Todd começava a se indagar se o capitão já sabia do escândalo financeiro. — Aqueles coitados não merecem a desgraça de ser evangelizados. E agora, o que pensa em fazer?

— Devolvi tudo que restava na conta do banco, mas ainda devo uma boa soma.

— E não tem como pagar, não é?

— No momento, não, mas...

— Nem mas nem meio mas, ora essa! Você dava a esses bons cristãos um pretexto para se sentirem virtuosos, e agora lhes deu motivo para uma boa temporada de escândalo. Diversão barata para eles. Quando lhe perguntei o que está pensando em fazer, me referia ao seu futuro, e não às suas dívidas.

— Não tenho planos.

— Volte comigo para a Inglaterra. Aqui não há lugar para você. Quantos estrangeiros há nesta cidade? Quatro gatos-pingados e todos se conhecem. Acredite em mim, nunca o deixarão em paz. Na Inglaterra, ao contrário, a gente pode se perder na multidão.

Jacob Todd ficou a olhar o fundo de seu copo, com uma expressão de tamanho desespero que levou o capitão a soltar uma gargalhada.

— Não me diga que só está neste lugar por causa de minha irmã, Rose!

Essa era a verdade. Para Todd, o repúdio geral teria sido algo mais suportável se Miss Rose houvesse demonstrado por ele um mínimo de lealdade ou compreensão; ela, no entanto, negara-se a recebê-lo e devolvera, sem abrir, as cartas com as quais tentava limpar o nome. Jamais soube que as cartas não haviam chegado às mãos da destinatária, porque Jeremy Sommers, violando o acordo de respeito mútuo com a irmã, havia decidido protegê-la de seu próprio bom coração e impedir que cometesse outra irreparável bobagem. John também não sabia, mas adivinhou as precauções de Jeremy e concluiu que certamente ele teria feito o mesmo em tais circunstâncias. A ideia de ver o patético vendedor de bíblias convertido em aspirante à mão de sua irmã parecia-lhe desastrosa: pelo menos dessa vez, estava de pleno acordo com Jeremy.

— Minhas intenções para com Rose foram assim tão evidentes? — Jacob Todd perguntou com surpresa.

— Digamos que não chegam a ser um mistério, meu amigo.

— Acho que não tenho a menor esperança de que ela algum dia me aceite...

— Acho o mesmo.

— Poderia me fazer um imenso favor, meu capitão? Gostaria que Miss Rose me recebesse pelo menos uma vez, eu poderia explicar...

— Não me peça para fazer o papel de alcoviteiro, Todd. Se Rose correspondesse aos seus sentimentos, você saberia. Garanto-lhe que minha irmã não é tímida. Repito, meu caro, só lhe resta sair desta maldita cidade; se ficar aqui, vai acabar como um mendigo. Meu navio parte dentro de três dias com destino a Hong Kong e, de lá, para a Inglaterra. Será uma travessia longa, mas você não passará mal por isso. O ar fresco e o trabalho duro são remédios infalíveis para a idiotice do amor. Isso lhe digo eu, que arranjo um amor em cada porto e recupero o juízo assim que volto para o mar.

— Não tenho dinheiro para a passagem.

— Então terá de trabalhar como tripulante e, no fim do dia, jogar cartas comigo. Se ainda não tiver esquecido as trapaças que sabia três anos atrás, quando eu trouxe você para o Chile, pode ter certeza de que, no fim da viagem, estarei sem um vintém.

Dias depois, Jacob Todd embarcou, muito mais pobre do que quando havia chegado. A única pessoa que o acompanhou até o cais foi Joaquín Andieta. O sombrio jovem havia pedido permissão para se ausentar do trabalho durante uma hora. Despediu-se de Jacob Todd com um firme aperto de mão.

— Ainda voltaremos a nos ver, meu amigo — disse o inglês.

— Não creio — replicou o chileno, que era dotado de uma clara intuição do destino.

Os pretendentes

Dois anos depois da partida de Jacob Todd, ocorreu a metamorfose definitiva de Eliza Sommers. Do inseto anguloso que fora na infância, transformou-se em uma jovem de contornos suaves e rosto delicado. Sob a tutela de Miss Rose, passou os ingratos anos da puberdade equilibrando um livro na cabeça e estudando piano, ao mesmo tempo que cultivava ervas chilenas no pequeno horto de Mama Frésia e aprendia antigas receitas para a cura de doenças conhecidas ou ainda por conhecer, entre as quais a mostarda, para a indiferença aos problemas cotidianos. A folha de hortênsia, para amadurecer os tumores; a violeta, para tornar a solidão suportável; e a verbena, que temperava a sopa de Miss Rose, porque essa nobre planta cura as repentinas erupções de mau humor. Miss Rose não conseguiu eliminar o interesse de sua protegida pela cozinha e, afinal, resignou-se a vê-la perder horas preciosas entre as negras panelas de Mama Frésia. Para ela, os conhecimentos culinários não passavam de um adorno na educação de uma jovem, capacitando-a a dar ordens aos serviçais, tal como ela fazia, mas daí a sujar-se com tachos e frigideiras havia uma grande distância. Uma dama não podia cheirar a alho e cebola, mas Eliza preferia a prática à teoria, e por isso recorria às amigas em busca de receitas que copiava em um caderno e tratava de melhorá-las em sua cozinha. Podia passar dias inteiros moendo condimentos e nozes para fazer tortas, ou milho para pastéis chilenos, limpando pombos para escabeche e frutas para conserva. Aos quatorze anos havia superado Miss Rose em sua tímida pastelaria e tinha aprendido todo o repertório de Mama Frésia; aos quinze, encarregava-se da mesa nas tertúlias das quartas e, quando os pratos chilenos deixaram de ser um desafio, voltou-se para a refinada cozinha francesa, que aprendeu com Madame Colbert, e para as exóticas especiarias indianas, que seu tio John costumava trazer e que ela identificava pelo cheiro, embora não soubesse como se chamavam. Cada vez que o cocheiro levava uma carta a algum amigo dos Sommers, o envelope ia acompanhado de uma das guloseimas saídas das mãos de Eliza, que havia elevado à categoria de arte o costume local de trocar cozidos e sobremesas. Era tanta a sua dedicação que Jeremy Sommers chegou a imaginá-la dona de seu próprio salão de chá, projeto que, como todos os outros concebidos pelo irmão no caso da garota, Miss Rose descartou sem a menor consideração. Na sua opinião, mulher que ganhava a própria vida caía na escala social, por mais respeitável que fosse sua profissão. Em troca, ela sonhava com um bom marido para a sua protegida e havia estabelecido o prazo de dois anos para encontrá-lo no Chile, depois levaria Eliza para a Inglaterra, pois não podia correr o risco de vê-la completar vinte anos sem arranjar um noivo e ficar solteira. O candidato devia ser alguém capaz de ignorar sua origem obscura e entusiasmar-se com suas virtudes. Entre os chilenos, nem pensar, os aristocratas casavam-se com as primas e a classe média não lhe interessava, pois não queria ver Eliza penando por dinheiro. De vez em quando, tinha contato com empresários do comércio ou das minas, que faziam negócios com seu irmão Jeremy, mas esses andavam atrás dos sobrenomes e brasões da oligarquia. Era improvável que olhassem para Eliza, pois pouco em seu físico atearia paixões: era pequena e magra, faltavam-lhe a palidez leitosa e a opulência de bustos e cadeiras que andavam tão em moda. Era necessário um segundo olhar para descobrir sua beleza discreta, a graça de seus gestos e a expressão intensa de seus olhos; parecia uma boneca de porcelana, adquirida na China pelo capitão John Sommers. Miss Rose procurava um pretendente capaz de apreciar o claro discernimento de sua protegida, assim como a firmeza de caráter e a habilidade para reverter as situações em seu favor, aquilo que Mama Frésia chamava sorte e que ela preferia chamar inteligência; um homem de finanças equilibradas e bom caráter, em condições de oferecer-lhe segurança e respeito, mas a quem Eliza pudesse manejar com desenvoltura. Pretendia ensinar-lhe, no devido tempo, a disciplina sutil das atenções cotidianas, que alimentam no homem o hábito da vida doméstica; o sistema de carícias atrevidas destinado a premiá-lo, e o de silêncio, a fim de castigá-lo; os segredos para roubar--lhe a vontade, coisa que ela própria não tivera oportunidade de praticar, e também a arte milenar do amor físico. Jamais se atrevera a falar disso à garota, mas contava com a ajuda de vários livros que mantinha prisioneiros da chave dupla de seu armário, e que lhe emprestaria quando chegasse a hora. Segundo sua teoria, tudo se pode dizer por escrito e, em matéria de teoria, ninguém lhe tomava a dianteira. Miss Rose podia falar de cátedra sobre todas as formas possíveis e impossíveis de fazer amor.

— Quero que você adote Eliza legalmente, para que tenha o nosso sobrenome — exigiu do irmão Jeremy.

— Já o vem usando há anos, o que você ainda quer, Rose?

— Que possa casar-se de cabeça erguida.

— Casar-se com quem?

Miss Rose não disse naquela ocasião, mas já estava com uma pessoa em mente. Tratava-se de Michael Steward, de vinte e oito anos, oficial da frota britânica baseada em Valparaíso. Com a ajuda de seu irmão John, soubera que o marinheiro pertencia a uma família tradicional. Não veriam com bons olhos o primogênito e herdeiro único casado com uma desconhecida sem fortuna, proveniente de um país cujo nome jamais tinham ouvido falar. Era indispensável que Eliza contasse com um dote atraente e que Jeremy a adotasse, de modo que pelo menos a questão de sua origem não causasse empecilho ao casamento.

Michael Steward tinha porte atlético e olhar inocente de pupilas azuis, suíças e bigode ruivo, dentes em bom estado e nariz aristocrático. O queixo fugidio roubava-lhe um pouco da elegância, e Miss Rose esperava ganhar sua confiança para, então, sugerir-lhe que o dissimulasse deixando crescer a barba. Segundo o capitão Sommers, o jovem era um exemplo de solidez moral, e sua impecável folha de serviço garantia-lhe uma brilhante carreira na marinha. Aos olhos de Miss Rose, o fato de passar tanto tempo embarcado seria uma vantagem para quem se casasse com ele. Quanto mais pensava nele, mais se convencia de ter descoberto o homem ideal, mas, dado o caráter de Eliza, sabia que esta não o aceitaria por mera conveniência, queria apaixonar-se por ele. Havia esperança: o homem parecia garboso em seu uniforme e, até aquele momento, ninguém pusera os olhos nele.

— Steward não passa de um tolo bem-educado. Eliza morreria de aborrecimento se casasse com ele — opinou o capitão John Sommers quando a irmã contou-lhe seus planos.

— Todos os maridos aborrecem, John. Qualquer mulher capaz de enxergar dois dedos diante do nariz não se casa para que a entretenham, mas para que a mantenham.

Embora continuasse com aparência de menina, Eliza havia concluído sua educação e logo estaria em idade de casar-se. Ainda nos resta algum tempo, Miss Rose concluiu, mas tinha de agir com firmeza, para impedir que outra mais esperta passasse a mão no candidato. Uma vez tomada a decisão, entregou-se à tarefa de atrair o oficial, usando todos os pretextos que foi capaz de imaginar. Programou as tertúlias musicais de modo a fazê-las coincidir com as ocasiões em que Michael Steward estivesse em terra, sem consideração para com os demais participantes, que, por anos e anos, tinham reservado as quartas-feiras para aquela sagrada atividade. Ofendidos, alguns deixaram de frequentá-las. Era justamente isso que ela pretendia, pois desse modo podia transformar suas agradáveis noitadas musicais em alegres saraus e renovar a lista de convidados com jovens solteiros e senhoritas casadouras da colônia estrangeira, no lugar dos aborrecidos Ebeling, Scott e Appelgren, que estavam se fossilizando. Os recitais de poesia e canto deram lugar a jogos de salão, bailes informais, brincadeiras e adivinhas. Organizava complicados almoços campestres e passeios pela praia. Saíam em coches, precedidos ao amanhecer por pesadas carretas com piso de couro e toldo de palha, nas quais iam os serventes encarregados de instalar os numerosos cestos das merendas embaixo de barracas e guarda-sóis. Diante deles, estendiam-se vales férteis onde cresciam árvores frutíferas, vinhedos, campos de trigo e milho, costas abruptas nas quais o Pacífico rebentava em nuvens de espuma, e ao longe o perfil da cordilheira nevada. De algum modo, Miss Rose dava um jeito para que Eliza e Steward viajassem no mesmo carro, se sentassem juntos e fossem parceiros naturais nas brincadeiras de bola e pantomima, mas, no caso de cartas e dominó, procurava separá-los, porque Eliza se negava terminantemente a permitir que o outro ganhasse.

— Você deve deixar que o homem se sinta superior, menina — Miss Rose explicava-lhe pacientemente.

— Dá muito trabalho — replicava Eliza, irredutível.

Jeremy Sommers não conseguiu deter a maré de gastos de sua irmã. Miss Rose comprava tecidos em grande quantidade e mantinha duas moças permanentemente ocupadas com a costura de vestidos copiados das revistas. Endividava-se irrefletidamente com marinheiros contrabandistas, para que não lhes faltassem perfumes, ruge da Turquia, beladona e *khol* para o mistério dos olhos, além de creme de pérolas vivas para clarear a pele. Pela primeira vez não dispunha de tempo para escrever, pois estava sempre ocupada em dar atenção ao oficial inglês, o que incluía a oferta de biscoitos e conservas para consumo em alto-mar, tudo feito em casa e acondicionado em preciosos recipientes de vidro.

— Eliza preparou isto para o senhor, mas é tímida demais para lhe entregar pessoalmente — dizia Miss Rose, sem explicar que Eliza cozinhava tudo que lhe pedissem, sem perguntar a quem se destinava, e por isso ficava surpresa quando ele lhe agradecia.

Michael Steward não reagiu com indiferença àquela campanha de sedução. Parco de palavras, manifestava seu agradecimento em cartas breves e formais, em papel com timbre da marinha, e quando estava em terra costumava apresentar-se levando um ramalhete. Havia estudado a linguagem das flores, mas esse tipo de delicadeza caía no vazio, pois nem Miss Rose, nem ninguém mais naquele mundo, tão distante da Inglaterra, jamais tinha ouvido falar da diferença entre uma rosa e um cravo, tampouco tinha ideia do que significava a cor de um laço de fita. Perderam-se, assim, os esforços de Steward para encontrar e oferecer, como indício de sua crescente paixão, flores que subissem gradualmente de tonalidade, do rosa-pálido ao vermelho mais flamejante, passando por todas as variedades do encarnado. Com o tempo, o oficial acabou por superar sua timidez, e do silêncio penoso, que o caracterizara inicialmente, passou a uma loquacidade incômoda para os ouvintes. Expunha euforicamente suas opiniões morais sobre ninharias, e estava sempre se perdendo em inúteis explicações sobre correntes marinhas e cartas de navegação. Onde realmente brilhava era nos esportes pesados, que evidenciavam seu arrojo e sua boa musculatura. Miss Rose o provocava para que fizesse manifestações acrobáticas segurando-se no galho de uma árvore do jardim e, insistindo um pouco mais, conseguia que ele as divertisse com os sapateios, flexões e saltos mortais de uma dança ucraniana aprendida com outro marinheiro. Miss Rose aplaudia tudo, com exagerado entusiasmo; de sua parte, Eliza observava calada e séria, sem dar opinião. Assim, por muitas semanas, Michael Steward pesou e mediu as consequências do passo que pretendia dar, e por carta discutiu seus planos com o pai. Os inevitáveis atrasos do correio prolongaram a incerteza por meses e meses. Aquela seria a mais grave decisão de sua existência, e necessitava de muito mais coragem para enfrentá-la do que para combater os potenciais inimigos do Império Britânico no Pacífico. Finalmente, em uma das tertúlias musicais, depois de uma centena de ensaios diante do espelho, encheu-se de rara coragem, deteve Miss Rose, que passava por ele, e disse com uma voz aflautada pelo medo:

— Preciso lhe falar reservadamente — murmurou.

Ela o conduziu à saleta de costura. Tinha pressentimento daquilo que ia ouvir e surpreendeu-se com a própria emoção, sentindo o rosto incendiar-se e o coração disparar. Ajeitou um cacho que se soltava do penteado e enxugou discretamente o suor da testa. Michael Steward pensou que nunca a vira tão bonita.

— Creio que já adivinhou o que tenho para lhe dizer, Miss Rose.

— Adivinhar é perigoso, Mr. Steward. Sou toda ouvidos...

— Quero lhe falar dos meus sentimentos. A senhorita sabe muito bem a que estou me referindo. Gostaria de dizer que as minhas intenções são da mais impecável seriedade.

— Não espero menos de uma pessoa como o senhor. Acha que é correspondido?

— Só a senhorita pode responder — gaguejou o jovem oficial.

Ficaram a olhar-se, ela com as sobrancelhas levantadas em um gesto de expectativa e ele temendo que o teto desabasse em sua cabeça. Decidido a agir antes que a magia do momento se convertesse em cinza, o galã tomou-a pelos ombros e se inclinou para beijá-la. Gelada de surpresa, Miss Rose não moveu um músculo. Sentiu os lábios úmidos e o suave bigode do oficial em sua boca, sem conseguir entender o que havia feito de errado, e, quando finalmente pôde reagir, afastou-o com violência.

— O que é isso?! Não vê que tenho muitos anos mais do que o senhor? — exclamou, enxugando a boca com as costas da mão.

— A idade não importa — balbuciou o oficial desconcertado, pois de fato havia calculado que Miss Rose não tinha mais de vinte e sete anos.

— Que atrevimento! Perdeu o juízo?

— Mas a senhorita... a senhorita tinha dado a entender... não posso estar tão equivocado! — murmurou o pobre homem, tomado pela vergonha.

— Eu quero o senhor para Eliza, não para mim! — exclamou Miss Rose, dominada pelo espanto e desatando a correr para trancar-se em seu quarto, enquanto o infeliz pretendente pedia a capa e o gorro, e ia embora sem despedir-se de ninguém, para nunca mais voltar àquela casa.

Escondida no corredor, Eliza tinha ouvido tudo, pois a porta da saleta de costura ficara entreaberta. Ela também se enganara em suas atenções ao oficial. De tanto testemunhar sua indiferença para com os pretendentes, Eliza habituara-se a ver Miss Rose como uma anciã. Só naqueles últimos meses, vendo-a dedicar-se de corpo e alma aos jogos da sedução, havia notado seu porte magnífico e sua pele luminosa. Imaginara-a perdida de amor por Michael Steward, e não lhe passou pela mente que os bucólicos almoços campestres, embaixo de guarda-sóis japoneses, e os biscoitos amanteigados destinados a aliviar os desconfortos da vida no mar fossem um estratagema para fisgar o oficial e entregá-lo na bandeja. A descoberta foi recebida como um soco no peito, e deixou-a sem ar, pois a última coisa que podia desejar neste mundo era um casamento arranjado à sua revelia. Acabara de enredar-se na teia do primeiro amor e havia jurado, com inabalável certeza, que não se casaria com nenhum outro.

Eliza Sommers viu Joaquín Andieta pela primeira vez em uma sexta-feira de maio de 1848, quando ele foi à sua casa, trazendo uma carreta puxada por várias mulas e carregada até o alto com pacotes da Companhia Britânica de Importação e Exportação. Continham tapetes persas, candelabros de cristal e uma coleção de estatuetas de marfim, encomendados por Feliciano Rodríguez de Santa Cruz para decorar a mansão que havia construído no Norte, uma daquelas preciosas cargas que corriam perigo no porto. Portanto, era mais seguro guardá-la na casa dos Sommers até o momento de enviá-la ao destino final. Quando o resto da viagem era por terra, Jeremy contratava guardas armados para protegê-la, mas, naquele caso, iria enviá-la a bordo de uma escuna chilena que zarparia dentro de uma semana. Andieta vestia seu único terno, fora de moda, escuro e puído, não levava chapéu nem guarda-chuva. A fúnebre palidez do seu rosto contrastava com seus olhos flamejantes e seu cabelo negro reluzia com a umidade de um dos primeiros chuviscos do outono. Miss Rose saiu para recebê-lo, e Mama Frésia, que sempre levava as chaves da casa penduradas em uma argola na cintura, guiou o rapaz até o último pátio, onde estava situado o armazém. O rapaz organizou uma fila de peões e eles foram passando os pacotes de mão em mão, vencendo, assim, as dificuldades do terreno acidentado, as subidas em curva, os canteiros sobrepostos, as pracetas inúteis. Enquanto ele contava, marcava e tomava notas em seu caderno, Eliza aproveitava-se de sua faculdade de tornar-se invisível a fim de observá-lo a seu gosto. Dois meses antes, havia completado dezesseis anos e estava pronta para o amor. Quando viu as mãos de Joaquín Andieta, com seus longos dedos manchados de tinta, e ouviu sua voz profunda, mas também clara e fresca como o rumor de um rio, distribuindo secas ordens aos peões, sentiu-se comovida até os ossos, e um tremendo desejo de aproximar-se dele e sentir-lhe o cheiro obrigou-a a sair de seu esconderijo atrás das plantas que floresciam em um grande vaso. Atenta às suas chaves e ocupada em reclamar da sujeira deixada no pátio pelas mulas do carroção, Mama Frésia nada percebeu, mas, com o canto do olho, Miss Rose notou o rubor no rosto da garota. Não lhe deu importância, o empregado de seu irmão parecia um pobre-diabo, um insignificante, nada além de uma sombra entre as muitas sombras daquele dia nublado. Eliza rumou para a cozinha e desapareceu, mas alguns minutos depois estava de regresso, trazendo copos e uma jarra de suco de laranja adoçado com mel. Pela primeira vez em sua vida, ela — que tinha passado anos e anos equilibrando um livro na cabeça sem pensar no que fazia — sentiu-se consciente de seus passos, da ondulação de suas cadeiras, do balanço do corpo, do ângulo dos braços, da distância entre os ombros e o queixo. Quis ser tão bela quanto Miss Rose, a esplêndida jovem que a resgatara de seu berço improvisado em uma caixa de sabão de Marselha; quis cantar com voz de rouxinol, como a da Senhorita Appelgren entoando suas baladas escocesas; quis dançar com a ligeireza impossível de sua professora de dança, e quis morrer ali mesmo, abatida por um sentimento cortante e indômito como uma espada, que lhe inundava a boca de sangue quente e, antes mesmo que pudesse descrevê-lo, oprimia-a com o terrível peso do amor idealizado. Muitos anos mais tarde, diante de uma cabeça humana preservada em um garrafão de Genebra, Eliza se lembraria do seu primeiro encontro com Joaquín Andieta e voltaria a sentir o mesmo insuportável quebranto. Ao longo de seu caminho, perguntaria mil vezes a si mesma se tivera a oportunidade de fugir daquela paixão arrasadora que lhe torceria a vida, ou se naqueles breves instantes poderia ter dado meia-volta e salvar-se, mas, cada vez que fazia essa pergunta, concluía que seu destino estava traçado desde o começo dos tempos. E, quando o sábio Tao Chi'en a introduziu na poética possibilidade da reencarnação, convenceu-se de que o mesmo drama se repetia em cada uma de suas vidas: se houvesse nascido mil vezes antes e tivesse de nascer outras mil vezes no futuro, sempre viria ao mundo com a missão de amar aquele homem, e sempre da mesma maneira. Para ela, não havia escapatória. Então, Tao Chi'en ensinou-lhe as fórmulas mágicas para desfazer os nós do carma e libertar-se da obrigação de repetir, em cada nova encarnação, aquela arrasadora incerteza amorosa.

Naquele dia de maio, Eliza pôs a bandeja em cima de um banco e ofereceu o refresco, primeiro aos trabalhadores, para ganhar tempo enquanto controlava os joelhos e dominava a rigidez de mula teimosa que lhe paralisava o peito, impedindo a passagem do ar, e em seguida a Joaquín Andieta, que continuava absorto em seu trabalho e mal levantara os olhos quando ela lhe entregou o copo. Ao fazê-lo, Eliza se pôs o mais perto possível do rapaz, calculando a direção da brisa, para que esta lhe trouxesse o aroma daquele homem que, estava decidido, seria seu. Com as pálpebras quase cerradas, aspirou seu cheiro de roupa úmida, sabão ordinário e suor fresco. Um rio de lava percorreu-a por dentro, os ossos fraquejaram e, durante alguns segundos, acreditou que realmente estivessem morrendo. Aqueles segundos foram de tal intensidade que o bloco de notas caiu da mão de Joaquín Andieta, como se uma força insuperável o houvesse arrebatado, enquanto o calor do fogaréu também o alcançava, queimando-o com seu reflexo. Olhou para Eliza sem vê-la — o rosto da garota era um pálido espelho em que teve a impressão de vislumbrar sua própria imagem. Teve apenas uma vaga ideia do tamanho de seu corpo e da auréola escura de seu cabelo, mas seria apenas no segundo encontro, alguns dias mais tarde, que iria finalmente submergir na perdição de seus olhos negros e na graça aquática de seus gestos. Os dois se curvaram ao mesmo tempo a fim de apanhar o bloco de notas, chocaram os ombros e o conteúdo do copo despejou-se no vestido dela.

— Olhe para o que está fazendo, Eliza! — exclamou Miss Rose, alarmada, pois também fora atingida pelo impacto daquele amor repentino. — Vá trocar de roupa e lave esse vestido com água fria, para ver se a mancha sai — acrescentou secamente.

Mas Eliza não se moveu, ainda presa aos olhos de Joaquín Andieta, trêmula, aspirando abertamente seu cheiro com as narinas dilatadas, até que Miss Rose tomou-a pelo braço e levou-a para casa.

— Eu te disse, menina: qualquer homem, por mais pobre que seja, pode fazer contigo o que quiser — lembrou-lhe a índia naquela noite.

— Não sei do que está falando, Mama Frésia — respondeu Eliza.

Ao conhecer Joaquín Andieta, naquela manhã de outono, no pátio de casa, Eliza achou que havia encontrado o seu destino: seria escrava dele para sempre. Ainda não tinha vivido o suficiente para entender o ocorrido, nem para expressar em palavras o tumulto que a afogava, ou para traçar um plano, mas não lhe faltou a intuição do inevitável. De maneira vaga, mas dolorosa, percebeu que estava fisgada e teve uma reação física semelhante à que teria caso fosse colhida pela peste. Durante uma semana, até voltar a vê-lo, debateu-se com cólicas espasmódicas, sem que de nada lhe servissem as prodigiosas ervas de Mama Frésia, nem o arsênico diluído em pó do farmacêutico alemão. Perdeu peso e seus ossos se tornaram leves como os de uma pomba, tudo isso para o espanto de Mama Frésia, que andava fechando janelas para evitar que um vento vindo do mar arrebatasse a menina e a levasse para além do horizonte. A índia ministrou-lhe várias beberagens e conjuros de seu vasto repertório e, quando percebeu que nada fazia efeito, recorreu ao santoral católico. Tirou do fundo do baú suas míseras economias, comprou uma dúzia de velas e saiu a fim de negociar com o padre. Depois de serem bentas na missa principal de domingo, as velas foram acesas, uma diante de cada santo das capelas laterais da igreja, oito ao todo, e mais três aos pés da imagem de Santo Antônio, patrono das solteiras sem esperança, das casadas infelizes e de outras causas perdidas. Juntamente com um tufo de cabelos e uma combinação de Eliza, a vela restante foi levada à *machi* mais famosa dos arredores da cidade. Era uma velha mapuche, cega de nascimento, que trabalhava com magia branca e era célebre por suas inapeláveis predições, bem como por sua capacidade de curar males do corpo e aflições da alma. Mama Frésia havia passado seus anos de adolescente ao lado daquela mulher, como aprendiz e servente, mas não pudera seguir seus passos, como tanto desejava, porque lhe faltava o dom. E nada podia fazer quanto a isso: com o dom se nasce ou não se nasce. Certa vez quis explicar isso a Eliza, mas só lhe ocorreu dizer que o dom era uma faculdade de ver aquilo que há por trás dos espelhos. À falta desse misterioso talento, Mama Frésia teve de renunciar às suas aspirações ao curandeirismo e empregar-se a serviço dos ingleses.

A *machi* vivia sozinha no fundo de um desfiladeiro entre duas encostas, em uma cabana de barro com cobertura de palha, que parecia a ponto de desmoronar. Ao redor da casa, havia uma desordem de pedras, restos de árvores, plantas em jarros, cães esqueléticos e aves negras que cavavam inutilmente o solo em busca do que comer. No caminho que dava acesso à casa, erguia-se um pequeno bosque de dádivas e amuletos plantados por clientes satisfeitos com as graças alcançadas. A mulher cheirava à soma de todas as plantas que havia macerado e cozinhado em sua vida, vestia um manto da mesma cor de terra seca da paisagem, andava descalça e mal lavada, mas enfeitada com uma profusão de colares de prata de baixa qualidade. Seu rosto era uma máscara escura e cheia de rugas, com olhos mortos e apenas dois dentes na boca. Recebeu sua antiga discípula sem dar mostras de reconhecê-la, aceitou os presentes de comida e a garrafa de licor de anis, fez um sinal para que se sentasse diante dela e ficou em silêncio, à espera. No centro do casebre, ardiam uns tições vacilantes, e a fumaça escapava por uma abertura no teto. Nas paredes negras de fuligem, estavam pendurados vasos de barro e latão, plantas e uma coleção de raposas e gatos selvagens dissecados. O cheiro denso das ervas secas e cascas medicinais misturava-se ao fedor dos animais mortos. Falaram em *mapudungo*, a língua dos mapuches. Durante um bom tempo a feiticeira escutou a história de Eliza, desde a sua chegada em uma caixa de sabão de Marselha até a crise que acabava de acontecer, depois pegou a vela, o cabelo e a camisa, e mandou a visitante embora, dizendo-lhe para ela voltar quando tivesse completado seus feitiços e ritos divinatórios.

— Já se sabe que para isso não tem cura — foi tudo o que ela disse, dois dias depois, quando Mama Frésia cruzou o umbral de sua casa.

— Quer dizer que minha menina vai morrer?

— Quanto a isso, não sei, mas não tenho dúvida de que muito há de sofrer.

— O que está acontecendo com ela?

— Teimosia de amor. É um mal renitente. Com certeza ela deixou a janela aberta em alguma noite clara e a coisa entrou em seu corpo enquanto dormia. Não há conjuro para isso.

Mama Frésia voltou resignada para casa: se a arte daquela *machi* tão sábia não bastava para mudar a sorte de Eliza, de muito menos serventia seriam seus escassos conhecimentos ou as velas acesas diante dos santos.

Miss Rose

Miss Rose observava Eliza com mais curiosidade do que compaixão, pois conhecia bem aqueles sintomas, e, conforme sua experiência, o tempo e as contrariedades apagam até os piores incêndios de amor. Tinha apenas dezessete anos quando se apaixonou desatinadamente por um tenor vienense. Vivia então na Inglaterra e sonhava em ser uma diva, apesar da tenaz oposição da mãe e do irmão Jeremy, que chefiava a família desde a morte do pai. Nenhum dos dois considerava o canto lírico uma ocupação aconselhável para uma senhorita, principalmente por ser praticada em teatros, à noite e com vestidos decotados. Também não contava com o apoio do irmão John, que havia entrado para a marinha mercante e só vinha em casa duas vezes por ano, sempre muito apressado. John chegava a transtornar a rotina da pequena família, com seu aspecto exuberante e tostado de sol de outros continentes, ostentando alguma nova tatuagem ou nova cicatriz. Distribuía presentes, sobrecarregava-os com suas histórias exóticas e, em seguida, rumava para o bairro das rameiras e lá permanecia até a hora de reembarcar. Os Sommers eram senhores de província, sem grandes ambições. Durante várias gerações haviam sido proprietários de terras, mas o pai, cansado de lidar com ovelhas magras e colheitas escassas, resolveu tentar fortuna em Londres. De tanto amar os livros, era capaz de tirar o pão da família e endividar-se para adquirir primeiras edições autografadas por seus escritores preferidos, mas não tinha aquele tipo de cobiça que faz os verdadeiros colecionadores. Depois de várias tentativas comerciais infrutíferas, resolveu dar asas à sua verdadeira vocação, e acabou por abrir uma casa de livros usados e de obras que ele mesmo editava. Nos fundos da loja, instalou uma pequena tipografia, que explorava com a ajuda de dois empregados, e em um desvão da livraria prosperava, a passo de tartaruga, seu negócio de livros raros. Dos três filhos, apenas Rose se interessava por seu ofício; ela cresceu apaixonada pela música e pelos livros, e, quando não estava sentada ao piano ou ocupada com seus exercícios vocais, certamente estaria lendo em algum recanto da casa. O pai lamentava que fosse ela a apaixonada pelos livros, e não John ou Jeremy, os futuros herdeiros do negócio. Com a sua morte, os filhos homens venderam a tipografia e a livraria, John lançou-se ao mar e Jeremy encarregou-se da mãe viúva e da irmã. Ganhava um salário modesto como empregado da Companhia Britânica de Importação e Exportação e dispunha de uma pequena renda deixada pelo pai, podendo contar ainda com as contribuições do irmão John, que nem sempre chegavam como dinheiro sonante e cantante, mas sob a forma de contrabando. Escandalizado, Jeremy guardava no sótão aquelas caixas cheias de pecado, à espera da próxima visita do irmão, que se encarregaria de abri-las e vender-lhe o conteúdo. A família mudou-se para um apartamento pequeno e caro para o tamanho do seu orçamento, mas muito bem localizado no coração de Londres, o que era considerado um investimento. Tinham de encontrar um bom casamento para Rose.

Aos dezessete anos, a beleza da jovem começava a despontar, e lhe sobravam pretendentes com boa situação de vida, dispostos a morrer por amor, mas, enquanto suas amigas se empenhavam na busca de um marido, ela procurava um professor de canto. Foi assim que conheceu Karl Bretzner, um tenor vienense que se encontrava em Londres para cantar em várias obras de Mozart, temporada que culminaria em uma noite de gala com *As bodas de Fígaro* e a família real no auditório. O aspecto físico do tenor não era nada revelador de seu talento: ele mais parecia um açougueiro. Seu corpo se alargava na cintura, estreitava-se nos quadris, e dali para baixo era totalmente deselegante; seu rosto vermelho, coroado por uma floresta de pelos crespos e descoloridos, fazia dele um tipo bem vulgar, mas, quando abria a boca para deleitar o mundo com sua voz torrencial, transformava-se em outro ser: crescia em estatura, a barriga sumia sob a largura do peito e o rosto corado de teutônico via-se banhado por uma luz olímpica. Pelo menos foi assim aos olhos de Rose Sommers, que deu um jeito de comprar ingressos para todas as apresentações. Ela chegava ao teatro muito antes de as portas serem abertas, desafiando os escandalizados olhares dos transeuntes, pouco habituados a ver uma jovem de sua classe plantar-se horas seguidas à porta dos atores a fim de ver o mestre descer do coche. Na noite de domingo, o homem notou a presença da beldade que o esperava na rua e se aproximou para lhe dirigir a palavra. Trêmula, ela respondeu às suas perguntas, confessando sua admiração por ele e seus desejos de, literalmente, palmilhar o árduo, porém divino, caminho do *bel canto*.

— Vá ao meu camarim quando o espetáculo terminar, e então veremos o que posso fazer pela senhorita — disse ele com sua voz preciosa e seu carregado sotaque de austríaco.

E assim ela fez, sentindo-se arrebatada pela glória. Quando terminou a ovação de pé com que o público o brindou, um servente a mando de Karl Bretzner levou-a para os bastidores. Ela jamais tinha visto os bastidores de um teatro, mas não perdeu tempo admirando as engenhosas máquinas de produzir tempestades, nem as paisagens pintadas nos telões, pois o seu único propósito era conhecer o ídolo. Encontrou-o dentro de um roupão de veludo azul-real com debruns dourados, o rosto ainda maquiado e a cabeça ainda coberta por uma elaborada peruca de fios brancos. Repleto de espelhos, móveis e cortinas, o aposento cheirava a mofo, cosméticos e tabaco. Havia ali um biombo pintado com cenas de mulheres rubicundas em um harém turco e, de cabides presos às paredes, pendiam roupas usadas na ópera. O entusiasmo de Rose murchou por alguns instantes ao ver seu ídolo de perto, mas ele recuperou imediatamente o terreno perdido. Tomou-lhe as mãos, levou-as aos lábios e beijou-as longamente, emitindo um dó de peito que estremeceu o biombo das odaliscas. Como as muralhas de Jericó, as últimas defesas de Rose desmoronaram em meio a uma nuvem de pó, que saiu da peruca quando o artista retirou-a da cabeça com um gesto apaixonado e viril, lançando-a em um divã, onde a peça ficou inerte como um coelho morto. Tinha a cabeleira domada por uma rede de malhas estreitas que, somada à maquiagem, dava-lhe um ar de cortesã decadente.

Naquele mesmo divã onde acabava de cair a peruca, Rose lhe ofereceria a virgindade, dois dias depois, exatamente às três e quinze da tarde. Lembrando que não haveria espetáculo naquela terça-feira, o tenor vienense fez-lhe um convite para conhecer o teatro. Encontraram-se discretamente em uma pastelaria, onde ele saboreou, com delicados modos, cinco éclaires de creme e duas xícaras de chocolate, enquanto ela revolvia seu chá, que a antecipação da surpresa a impossibilitava de beber. Dali seguiram para o teatro. Naquela hora havia lá apenas duas mulheres varrendo o auditório e um iluminador que preparava os archotes, as velas e lâmpadas de azeite para o dia seguinte. Experiente em matéria de lances amorosos, Karl Bretzner fez surgir, como em um passe de mágica, uma garrafa de champanha, serviu duas taças, que foram bebidas sem mistura e entre brindes a Mozart e Rossini. Em seguida, ele instalou a jovem na poltrona de felpa exclusiva do rei, no centro do camarim real, decorado de cima a baixo com rosas de gesso e pequenos cupidos bochechudos. Dirigiu-se ao palco, e, do alto de um pedaço de coluna feita de papelão pintado e iluminado pelos archotes que acabavam de ser acesos, cantou exclusivamente para ela uma ária de *O barbeiro de Sevilha*, exibindo toda a agilidade e o suave delírio de sua voz em intermináveis floreios. Ao morrer a última nota em sua homenagem, ouviu os soluços distantes de Rose Sommers, correu para ela com inesperada rapidez, cruzou a sala, subiu ao camarim em dois saltos e caiu-lhe aos pés de joelhos. Sem alento, deitou a cabeçorra na saia da jovem, mergulhando o rosto entre as dobras da seda verde-musgo. Chorava com ela, pois, sem querer, também se apaixonara; o que havia começado como outra conquista passageira transformara-se, em poucas horas, numa paixão incandescente.

Rose e Karl levantaram-se, um apoiando-se no outro, vacilando e sentindo-se aterrados diante do inevitável, e, sem saber como, foram avançando por um estreito e escuro corredor, subiram uma pequena escadaria e chegaram ao setor dos camarins. Em uma das portas estava inscrito o nome do tenor em letras cursivas. Entraram no aposento atulhado de móveis e roupas luxuosas, suadas e empoeiradas, no qual se haviam encontrado dois dias antes. Não havia janelas e, por um momento, refugiaram-se na obscuridade, dentro da qual conseguiram recobrar a respiração perdida nos anteriores soluços e suspiros, enquanto ele acendia primeiro um fósforo e em seguida as cinco velas de um candelabro. Na trêmula luz amarela das chamas, os dois se admiraram, confusos e entorpecidos, com uma torrente de emoções à espera de expressar-se e sem poder articular uma palavra. Rose não resistiu aos olhares que a traspassavam e escondeu o rosto entre as mãos; ele, porém, as separou com a mesma delicadeza antes empregada ao partir os pasteizinhos de creme. Começaram por trocar beijinhos lacrimosos nas faces, como bicadas de pombos, que naturalmente evoluíram para beijos mais sérios. Rose tivera encontros de amor, mas haviam sido vacilantes e escorregadios, com alguns de seus pretendentes, e dois deles tinham chegado a roçar-lhe a face com os lábios, porém jamais havia imaginado que fosse possível chegar àquele grau de intimidade, que a língua do outro pudesse entrançar-se com a sua e que a saliva alheia a molhasse por fora e a invadisse por dentro, mas a repugnância inicial foi logo vencida pelo impulso de sua juventude e o entusiasmo pelo canto lírico. Não apenas retribuiu as carícias com igual intensidade, como também tomou a iniciativa de desfazer-se do chapéu, da capinha de astracã cinza que lhe cobria os ombros. Daí a permitir que ele lhe desabotoasse a jaquetinha e, em seguida, a blusa foi questão de apenas alguns ajustes. A jovem soube como seguir passo a passo a dança da cópula, guiada pelo instinto e pelas ardentes leituras proibidas, que antes havia retirado em segredo das prateleiras do pai. Aquele foi o dia mais memorável de sua existência, e nos anos posteriores iria recordá-lo até nos seus mais ínfimos pormenores, que enfeitava e exagerava. Aquela seria sua única fonte de experiência e conhecimento, único motivo de inspiração a alimentar suas fantasias e criar, anos mais tarde, a arte que a tornaria famosa em certos círculos muito secretos. Aquele dia maravilhoso só podia ser comparado, em termos de intensidade, àquele outro de março, dois anos mais tarde, em Valparaíso, quando caiu em seus braços a recém-nascida Eliza, como consolo pelos filhos que não teria, pelos homens que não poderia amar e pelo lar que jamais construiria.

O tenor vienense mostrou-se um amante refinado. Amava as mulheres e conhecia-as a fundo, mas foi capaz de apagar de sua memória os dispersos amores do passado, a frustração de múltiplos adeuses, os ciúmes, os excessos e erros de outras relações, para entregar-se com total inocência à breve paixão por Rose Sommers. Sua experiência não era oriunda de abraços patéticos com prostitutas asquerosas; Bretzner vangloriava-se de jamais ter pagado pelo prazer, porque mulheres das mais variadas classes, desde camareiras humildes até condessas orgulhosas, entregavam-se, incondicionalmente, ao ouvi-lo cantar. Aprendera a arte do amor ao mesmo tempo que aprendera a arte do canto. Tinha dez anos de idade quando se apaixonou por aquela que seria a sua mentora, uma francesa com olhos de tigre, seios do mais puro alabastro e idade suficiente para ser sua mãe. Ela, por sua vez, fora iniciada aos treze anos, na França, por Donatien-Alphonse-François de Sade. Filha de um carcereiro da Bastilha, havia conhecido o famoso marquês em uma cela imunda, onde ele escrevia suas perversas histórias à luz de uma vela. Observava-o atrás das grades, movida apenas pela curiosidade infantil, sem saber que o pai já a vendera ao prisioneiro em troca de um relógio de ouro, última propriedade do nobre empobrecido. Certa manhã, quando ela o espiava pelo postigo, seu pai tirou o molho de chaves do cinto, abriu a porta e empurrou a garota para dentro da cela, como quem dá comida a um leão. O que ali sucedeu, ela se recusava a lembrar; basta saber que ficou ao lado de Sade, acompanhando-o do cárcere à pior miséria da liberdade e aprendendo tudo o que ele tinha para ensinar. Quando, em 1802, o marquês foi internado no manicômio de Charenton, ela se viu largada na rua, sem um único franco, mas possuidora de uma vasta sabedoria como amante, que lhe serviu para arranjar um marido muito rico e cinquenta e dois anos mais velho do que ela. O homem morreu pouco tempo depois, esgotado pelos excessos de sua jovem mulher, que finalmente via-se livre e com dinheiro para fazer o que lhe desse na cabeça. Tinha trinta e quatro anos, havia sobrevivido ao seu brutal aprendizado com o marquês, à pobreza do resto de pão de sua juventude, à tempestade da Revolução Francesa, ao espanto das guerras napoleônicas, e agora teria de suportar a repressão ditatorial do Império. Estava farta, e seu espírito pedia uma trégua. Decidiu procurar um lugar seguro para passar em paz o resto de seus dias, e optou por Viena. Nesse período de sua vida, conheceu Karl Bretzner, filho de vizinhos, quando este era um menino de apenas dez anos, mas já cantando como um rouxinol no coro da catedral. Graças a ela, convertida em amiga e confidente dos Bretzner, o garotinho não fora castrado para preservar sua voz de querubim, como sugerira o diretor do coro.

— Não toquem nele, e em pouco tempo ele será o tenor mais bem remunerado da Europa — prognosticou a bela.

E não se enganou.

Apesar da enorme diferença de idade, cresceu entre ela e o pequeno Karl uma relação inusitada. Ela admirava a pureza de sentimentos do menino e sua dedicação à música; nela, o garoto havia encontrado a musa que não apenas lhe salvara a virilidade, mas que também lhe ensinara a usá-la. Na época em que trocou definitivamente de voz e começou a barbear-se, havia desenvolvido a proverbial habilidade dos eunucos para satisfazer uma mulher por meios não previstos pela natureza e os costumes, mas, com Rose Sommers, ele preferiu não se arriscar. Nada de atacá-la de maneira fogosa e com exagero de carícias demasiadamente atrevidas, pois não se tratava de chocá-la com artifícios de serralho; decidiu, sem suspeitar, que em menos de três lições práticas sua aluna iria superá-lo em criatividade. Era um homem atento aos detalhes e conhecia o poder alucinante da palavra precisa na hora do amor. Com a mão esquerda, soltou um a um os botões de madrepérola das costas, enquanto com a direita retirava os grampos que lhe seguravam o cabelo, sem perder o ritmo dos beijos intercalados com a litania das lisonjas. Falou da esbelteza de seu talhe, da prístina brancura de sua pele, da clássica curvatura de seu colo e ombros, que provocavam nele um incêndio, uma excitação incontrolável.

— Você me deixa louco... Não sei o que está acontecendo; jamais havia amado e nunca voltarei a amar alguém como você. Este é um encontro feito para os deuses; estamos destinados a nos amar — murmurava de vez em quando.

Recitou-lhe todo o seu repertório de sedução, mas o fez sem malícia, profundamente convencido de sua própria honestidade e deslumbrado por Rose. Desatou os laços do corpete e foi desvencilhando-a das anáguas, até deixá-la apenas com as calças de cambraia e uma camisa que, de tão fina, punha à mostra seus mamilos cor de morango. Não lhe tirou as botinhas de cordovão com saltos retorcidos, nem as meias brancas presas nos joelhos com ligas bordadas. Ao chegar a esse ponto, deteve-se, ofegante, um estrépito telúrico no peito, a convicção de que Rose Sommers era a mulher mais bela do mundo, um anjo, e que, se não se acalmasse, seu coração iria voar em pedaços. Ergueu-a nos braços, sem esforço, atravessou o aposento e depositou-a, de pé, em frente a um grande espelho de moldura dourada. A luz oscilante das velas e o vestuário teatral pendurado nas paredes, em uma confusão de brocados, plumas, veludos e rendas desbotadas, davam à cena um ar de irrealidade.

Inerme, ébria de emoção, Rose olhou-se no espelho e não reconheceu aquela mulher em roupas de baixo, o cabelo desfeito e o rosto em chamas, a quem um homem também desconhecido beijava no colo, enquanto apalpava os peitos. Aquela pausa ansiosa deu tempo ao tenor para recuperar o alento e um pouco da lucidez perdida nas primeiras investidas. Começou a tirar a roupa diante do espelho, sem pudor, e, diga-se de passagem, considerando-se melhor nu do que vestido. Necessita de um bom alfaiate, pensou Rose, que jamais tinha visto um homem nu, nem mesmo seus irmãos quando eram crianças, e cuja informação a respeito vinha inteiramente das exageradas descrições de livros picantes e de uns postais japoneses que havia descoberto na bagagem de John, nos quais os órgãos masculinos tinham proporções francamente otimistas. Ao contrário do que temia Karl Bretzner, o fruto com ponta de pião, que surgiu rosado e teso diante de seus olhos, não a assustou; ao contrário, provocou-lhe uma alegre risada. Isso deu o tom daquilo que viria depois. Em vez da solene e dolorosa cerimônia que a defloração costuma ser, eles se divertiram com seus corcoveios de brinquedo, perseguiram-se pelo aposento saltando como crianças por cima dos móveis, beberam o resto da champanha e abriram outra garrafa para banhar-se com seus jorros espumantes, disseram indecências entre risos e juramentos de amor sussurrados, morderam-se, lamberam-se e patinaram no alagado sem fundo do amor que acabava de ser estreado, e isso pela tarde afora e noite adentro, sem lembrar-se nem um instante da hora nem do resto do universo. Só eles existiam. O tenor vienense levou Rose a alturas épicas, e ela, aluna aplicada, seguiu-o sem vacilar, e, uma vez lá em cima, pôs-se a voar sozinha, com um talento natural e surpreendente, guiando-se por indícios e perguntando aquilo que não conseguia adivinhar, deslumbrando o mestre e, por fim, vencendo-o com sua destreza improvisada e o imensurável presente do seu amor. Quando conseguiram separar-se e aterrissar na realidade, o relógio marcava dez da noite. O teatro estava vazio, lá fora reinava a escuridão e, para cúmulo, havia baixado uma bruma espessa como geleia.

Entre os amantes, teve início um frenético intercâmbio de cartas, flores, balas, versos copiados e pequenas relíquias sentimentais, que durou tanto quanto a temporada lírica em Londres. Encontravam-se onde podiam, e a paixão levou-os a perder completamente a prudência. Para ganhar tempo, procuravam quartos de hotéis próximos do teatro, sem importar-se com a possibilidade de que os reconhecessem. Rose escapava de casa apresentando desculpas ridículas, e a mãe, aterrorizada, não falava a Jeremy de suas suspeitas, mas rezava para que a falta de comedimento da filha fosse passageira e desaparecesse sem deixar vestígios. Karl Bretzner chegava atrasado aos ensaios e, de tanto tirar a roupa a qualquer hora, apanhou um resfriado e não pôde cantar em duas apresentações, mas, longe de lamentar, aproveitou o tempo para fazer amor, exaltado pelos tremores da febre. Apresentava-se no aposento alugado levando flores para Rose, champanha para brindar e banhar-se, pastéis de creme, poemas escritos às pressas para ler na cama, óleos aromáticos para massagear lugares até então fechados à chave, livros eróticos (que folheavam à procura das cenas mais inspiradas), penas de avestruz para fazer cócegas e uma infinidade de outros instrumentos para usar em suas brincadeiras. Em seu sentimento, a jovem abria-se como uma flor carnívora, emanando perfumes embriagadores para atrair o homem como se ele fosse um inseto, triturá-lo, engoli-lo, digeri-lo e finalmente cuspir seus ossinhos transformados em pequenos fragmentos. Estava dominada por uma energia insuportável, asfixiava-se, não podia aquietar-se nem um instante, devorada pela impaciência. De sua parte, Karl Bretzner patinava na confusão, às vezes exaltado até o delírio, às vezes exangue, procurando cumprir suas obrigações musicais, mas deteriorando-se a olhos vistos, e os críticos, implacáveis, disseram que certamente Mozart se retorcia no sepulcro ao ouvir o tenor vienense executar — literalmente — suas composições.

Os amantes viam aproximar-se, em pânico, o momento da separação, e entraram na fase do amor contrariado. Propunham fugir para o Brasil, suicidar-se juntos, mas nunca mencionaram a possibilidade de casar-se. Por fim, o apetite pela vida foi mais forte do que a tentação trágica e, depois da última apresentação, tomaram um coche e foram tirar férias em uma hospedaria campestre no norte da Inglaterra. Haviam decidido gozar aqueles dias de anonimato, antes de Karl Bretzner partir para a Itália, onde devia cumprir dois outros contratos. Rose iria encontrá-lo em Viena assim que ele conseguisse uma casa própria, organizasse a vida e lhe mandasse o dinheiro para a viagem.

Tomavam o café da manhã embaixo de um toldo, no terraço do hotel, com as pernas cobertas por uma manta de lã, porque o vento que vinha do mar era frio e cortante, quando foram interrompidos por Jeremy Sommers, indignado e solene como um profeta. Rose havia deixado tantas pistas que foi fácil para o irmão mais velho descobrir seu paradeiro e segui-la até aquele balneário distante. Ao vê-lo, ela soltou um grito de surpresa, mais que de susto, pois o regozijo do amor lhe infundira coragem. Naquele momento teve consciência, pela primeira vez na vida, daquilo que havia cometido, e o peso das consequências lhe foi revelado em toda a sua magnitude. Ela se pôs de pé, disposta a defender seu direito de viver como bem quisesse, mas o irmão não lhe deu tempo de falar e dirigiu-se diretamente ao tenor.

— Você deve uma explicação à minha irmã. Suponho que não lhe contou que é casado e tem dois filhos — atirou na cara do sedutor.

Esse era o único detalhe que Karl Bretzner havia deixado de contar a Rose. Tinham falado até a saciedade, e ele lhe dera a conhecer até os mais íntimos detalhes de seus amoricos anteriores, sem excluir as extravagâncias do Marquês de Sade contadas pela mentora, a francesa de olhos de tigre, porque ela demonstrara uma curiosidade mórbida para saber quando, com quem e especialmente como havia feito amor, desde os dez anos até a véspera de conhecê-la. E tudo ele havia contado sem escrúpulos, ao perceber quanto ela gostava de ouvi-lo e como incorporava tudo aquilo à sua própria teoria e prática. Mas, sobre a esposa e os filhos, não dissera uma palavra, por compaixão para com aquela formosa virgem que se havia oferecido de maneira incondicional. Não desejava destruir a magia daquele encontro: Rose merecia gozar a plenitude do seu primeiro amor.

— Está me devendo uma reparação — Jeremy o desafiou, atingindo-lhe o rosto com uma luva.

Karl Bretzner era um homem do mundo e não iria cometer a barbaridade de bater-se em um duelo. Compreendeu que havia chegado o momento de retirar-se e lamentou não ter uns momentos a sós com Rose para explicar-lhe as coisas. Não queria deixá-la com o coração destroçado nem com a ideia de que ele a havia seduzido com a má intenção de abandoná-la em seguida. Necessitava dizer-lhe uma vez mais quanto verdadeiramente a amava e lamentava não ser livre para realizarem seus sonhos, mas leu no rosto de Jeremy Sommers que ele não iria permitir. Jeremy agarrou o braço da irmã, que parecia distante, e levou-a com firmeza para o coche, sem dar-lhe a oportunidade de se despedir do amante ou até mesmo de apanhar sua pouca bagagem. Levou-a para a casa de uma tia na Escócia, onde ela deveria permanecer até que se revelasse seu estado. Se ocorresse a pior desgraça, como Jeremy chamou a gravidez, sua vida e a honra da família estariam arruinadas para sempre.

— Nem uma palavra a ninguém, nem mesmo à nossa mãe, nem mesmo a John, entendeu? — foi tudo o que disse durante a viagem.

Rose viveu algumas semanas de incerteza, até ficar comprovado que não estava grávida. A certeza trouxe-lhe imenso sopro de alívio, como se o céu a houvesse absolvido. Passou mais três meses de castigo, fazendo tricô para os pobres, lendo e escrevendo às escondidas, sem derramar uma única lágrima. Durante todo esse tempo, refletiu sobre o seu destino e algo deu a volta dentro de si, porque, quando terminou a clausura na casa da tia, era outra pessoa. Só ela percebeu a mudança. Reapareceu em Londres tal como havia saído, risonha, tranquila, interessada em canto e leitura, sem uma palavra de rancor por Jeremy tê-la arrebatado dos braços do amante ou de sentir saudade do homem que a enganara, olímpica em sua atitude de ignorar a maledicência alheia e as caras dolorosas de sua família. Aparentemente, parecia a mesma garota de antes, e nem sua mãe pôde encontrar uma falha em sua perfeita compostura que lhe permitisse uma repreensão ou um conselho. Por outro lado, a viúva não estava em condições de ajudar a filha ou de protegê-la; um câncer devorava-a rapidamente. A única modificação na conduta de Rose foi aquele capricho de passar horas escrevendo, encerrada em seu quarto. Enchia dúzias de cadernos com uma letra minúscula, e guardava--os a sete chaves. Como nunca tentou mandar uma carta, Jeremy Sommers, que temia, acima de tudo, o escárnio, deixou de preocupar-se com aquele vício de escrever e se convenceu de que a irmã tomara a ajuizada decisão de esquecer o nefasto cantor vienense. Mas Rose não apenas não o havia esquecido, como também lembrava com enorme clareza cada detalhe do que havia ocorrido e cada palavra do que haviam dito ou sussurrado. Tudo que tratou de esquecer foi o desencanto de ter sido enganada. A mulher e os filhos de Bretzner simplesmente desapareceram, porque jamais haviam ocupado algum lugar no imenso painel de suas lembranças amorosas.

O retiro na casa da tia na Escócia não bastara para evitar o escândalo, mas, como os rumores não puderam ser confirmados, ninguém ousou afrontar abertamente a família. Um a um, foram retornando os numerosos pretendentes que antes haviam feito acusações a Rose, porém ela os afastou, usando como pretexto a enfermidade de sua mãe. Aquilo de que não se fala é igual àquilo que não aconteceu, garantia Jeremy Sommers, disposto a eliminar, por meio do silêncio, qualquer vestígio daquele episódio. A injuriosa escapada de Rose ficou suspensa no limbo das coisas que não se mencionam, embora às vezes os irmãos fizessem referências tangenciais que lhes mantinham vivo o rancor, mas também os uniam na partilha do segredo. Anos mais tarde, quando ninguém mais se importava com aquilo, Rose muniu-se de coragem para contar a história ao seu irmão John, diante de quem sempre havia assumido o papel de menina mimada e inocente. Pouco depois da morte da mãe, Jeremy Sommers recebeu um convite para chefiar a filial da Companhia Britânica de Importação e Exportação no Chile. Partiu com a irmã Rose, levando o segredo intacto para o outro lado do mundo.

Chegaram no final do inverno de 1830, quando Valparaíso ainda era uma aldeia, mas onde também já existiam empresas e famílias europeias. Rose considerou o Chile como a sua penitência, e a assumiu com estoicismo, resignando-se a pagar a sua falta com aquele desterro irremediável, mas não permitindo que ninguém, principalmente o irmão, suspeitasse do seu desespero. Sua disciplina para não queixar-se e não falar do amante perdido, nem mesmo em sonho, foi o que a sustentou quando lhe pesavam as coisas desagradáveis. Instalou-se no hotel o melhor que pôde, disposta a defender--se da umidade e das correntes de vento, isso porque havia se desencadeado uma epidemia de difteria, que os barbeiros da cidade combatiam a golpes de navalha. A primavera e o verão atenuaram um pouco a sua má impressão do país. Decidiu esquecer-se de Londres e tirar proveito de sua nova situação, apesar do ambiente provinciano e do vento marítimo que lhe amoleciam os ossos, mesmo com o sol forte do meio-dia. Convenceu o irmão, e o irmão convenceu a filial, da necessidade de adquirir uma casa decente em nome da firma e trazer o mobiliário da Inglaterra. Insistiu nesse ponto como se fosse uma questão de autoridade e prestígio: não era possível que o representante de uma empresa tão importante morasse em um hotel de baixa categoria. Dezoito meses mais tarde, quando a pequena Eliza entrou em suas vidas, os irmãos já moravam em uma grande casa de Cerro Alegre, Miss Rose havia relegado o antigo amante a um compartimento selado da memória e estava inteiramente dedicada a conquistar um lugar privilegiado na sociedade em que vivia. Nos anos seguintes, Valparaíso cresceu e modernizou-se com a mesma rapidez com que ela deixava para trás o passado e se transformava na mulher exuberante e de aparência feliz, que, onze anos depois, arrebataria Jacob Todd. O falso missionário não foi o primeiro a ser rejeitado, mas o fato é que ela não tinha nenhum interesse em casar-se. Havia descoberto uma fórmula extraordinária a fim de permanecer em idílico romance com Karl Bretzner, revivendo cada um dos momentos daquela incendiária paixão e outros delírios inventados em suas noites de solteira.

O Amor

Ninguém melhor do que Miss Rose para saber o que se passava na alma de Eliza, doente de amor. Adivinhou imediatamente a identidade do homem, até porque só um cego não seria capaz de ver a relação entre os desvarios da moça e a visita do empregado de seu irmão, com as caixas do tesouro destinado a Feliciano Rodríguez de Santa Cruz. Seu primeiro impulso foi despachar o jovem, sem mais considerações, apenas por ser pobre e insignificante, mas logo percebeu que ela própria havia sentido sua perigosa atração e não podia tirá-lo da cabeça. De fato, olhara primeiro para a sua roupa remendada e sua palidez lúgubre, mas um segundo olhar lhe bastara para perceber sua aura trágica de poeta maldito. Enquanto bordava furiosamente na saleta de costura, pensava mil vezes naquele revés da sorte, que vinha alterar seus planos de conseguir para Eliza um marido complacente e endinheirado. Seus pensamentos ocupavam-se da criação de armadilhas destinadas a derrotar aquele amor antes mesmo que começasse, e elas iam desde a ideia de internar Eliza na Inglaterra, em uma escola para senhoritas, ou a de mandá-la para a casa de sua velha tia na Escócia, até a de contar toda a verdade ao irmão, a fim de que este despedisse o empregado. Contudo, para grande tristeza sua, lá no fundo de seu coração, ia germinando o secreto desejo de que Eliza vivesse aquela paixão até esgotá-la, para compensar o tremendo vazio que o tenor, dezoito anos atrás, havia deixado em sua própria existência.

* * *

Para Eliza, entretanto, as horas se passavam com aterradora lentidão, em um redemoinho de sentimentos confusos. Não sabia mais quando era dia ou noite, se era terça ou sexta-feira, se haviam decorrido algumas horas ou vários anos desde que conhecera aquele jovem. De repente, sentia que seu sangue se tornava espumoso e então sua pele se cobria de manchas e inchaços, destinados a sumir tão rápida e inexplicavelmente quanto haviam surgido. Via o amado em todos os lugares: nas sombras dos recantos escuros da casa, nas formas das nuvens, na xícara de café e sobretudo nos sonhos. Não sabia como o rapaz se chamava e não se atrevia a perguntar a Jeremy Sommers, por temer o desencadeamento de uma onda de suspeitas, mas passava horas imaginando um nome apropriado para ele. Sentia a desesperada necessidade de falar com alguém sobre seu amor, analisar cada detalhe da breve visita do jovem, especular sobre o que haviam silenciado, o que deveriam dizer um ao outro e o que transmitiriam com os olhares, os rubores e as intenções, mas não havia uma só pessoa na qual pudesse confiar. Ansiava pela próxima visita do capitão John Sommers, aquele tio com vocação para aventuras, que fora o personagem mais fascinante de sua infância, o único capaz de entendê-la e ajudá-la naquela encruzilhada. Não tinha dúvida de que Jeremy Sommers, caso viesse a saber, declararia uma guerra sem tréguas ao modesto empregado de sua firma, e não podia prever a atitude de Miss Rose. Decidiu que, quanto menos se soubesse em casa, mais liberdade de ação ela e o futuro namorado teriam. Jamais lhe passou pela cabeça a possibilidade de não ser correspondida com igual intensidade de sentimentos, pois lhe parecia simplesmente impossível que um amor de tal porte houvesse causado aturdimento apenas do seu lado. A lógica e a justiça mais elementares indicavam que em algum lugar da cidade ele estava sofrendo o mesmo e delicioso tormento.

Eliza escondia-se a fim de tocar no próprio corpo, naqueles lugares secretos e nunca antes explorados. Fechava os olhos e, então, era a mão dele que a acariciava com delicadeza de pássaro, eram os lábios dele que ela beijava no espelho, a cintura dele que abraçava na almofada, eram dele os murmúrios de amor que o vento lhe trazia. Nem seus sonhos escapavam ao poder de Joaquín Andieta. Ele aparecia como uma sombra imensa que se debruçava sobre ela e a devorava de mil maneiras absurdas e perturbadoras. Namorado, demônio, arcanjo, não sabia o que ele era. Não queria acordar, e praticava, com fanática determinação, o modo de entrar e sair à vontade dos próprios sonhos, conforme lhe havia ensinado Mama Frésia. Foi tal o domínio por ela alcançado nessa arte que seu amante ilusório aparecia de corpo presente, e ela podia tocá-lo, cheirá-lo e ouvir sua voz perfeitamente nítida e próxima. Se pudesse permanecer sempre adormecida, de nada mais necessitaria: de sua cama, pensava, poderia continuar a amá-lo para sempre. Teria morrido no desvario daquela paixão se Joaquín Andieta não houvesse aparecido uma semana depois, a fim de retirar os pacotes do tesouro e enviá-los para o cliente nortista.

Na noite anterior, ela soube, não por instinto ou premonição, que o rapaz viria, como insinuaria anos mais tarde, quando contou o caso a Tao Chi'en, mas porque na hora da ceia ouviu Jeremy Sommers dando instruções a Miss Rose e Mama Frésia.

— Quem virá apanhar o carregamento será o mesmo empregado que trouxe os pacotes — acrescentou de passagem, sem imaginar o furacão de emoções que, por diferentes motivos, suas palavras desencadeavam sobre aquelas três mulheres.

A garota passou a manhã no terraço, vigiando o caminho que subia pela colina até alcançar a casa. Perto do meio-dia, chegou o carroção, puxado por seis mulas e seguido por peões a cavalo e portando armas. Eliza sentiu uma paz gelada, como se tivesse morrido, e não percebeu que, de casa, era observada por Miss Rose e Mama Frésia.

— Tanto esforço para educar essa moça e ela vai se apaixonar pelo primeiro joão-ninguém que aparece no caminho! — resmungou Miss Rose entre dentes.

Havia decidido fazer o possível para evitar o desastre, mas sem muita convicção, pois conhecia de sobra a empedernida natureza do primeiro amor.

— Eu entrego a carga. Diga a Eliza que volte para casa, e não deixe que ela saia por motivo nenhum — ordenou.

— E como acha que posso fazer isso? — perguntou Mama Frésia, de má vontade.

— Se for preciso, tranque Eliza no quarto.

— Tranque a senhora, se puder. Não me meta nessa história — replicou a índia, e saiu arrastando as chinelas.

Não foi possível impedir que a garota se aproximasse de Joaquín Andieta e lhe entregasse uma carta. Fez isso abertamente, olhando nos olhos do outro, e com uma determinação de tal maneira feroz que Miss Rose não teve ânimo para interceptá-la, nem Mama Frésia para cortar-lhe o passo. Nesse momento, as duas mulheres compreenderam que o feitiço era muito mais potente do que poderiam ter imaginado, e não havia portas fechadas nem velas bentas capazes de conjurá-lo. O jovem também havia passado aquela semana obcecado pela lembrança da garota, que supunha filha do patrão, Jeremy Sommers, e portanto absolutamente fora de seu alcance. Não podia imaginar a impressão que havia causado, e não passou pela sua cabeça que, ao lhe oferecer aquele memorável copo de refresco, na primeira visita, ela estivesse fazendo uma declaração de amor, e por isso levou um formidável susto quando a garota lhe entregou o envelope lacrado. Confuso, embolsou o envelope e continuou a vigiar o embarque das caixas no carroção, enquanto as orelhas pegavam fogo, a roupa inundava-se de suor e arrepios febris lhe percorriam a espinha. De pé, imóvel e silenciosa, Eliza o observava fixamente a poucos passos de distância, sem notar a expressão furiosa de Miss Rose e a face compungida de Mama Frésia. Quando a última caixa foi amarrada na carreta e as mulas deram meia-volta para começar a descida, Joaquín Andieta pediu desculpas a Miss Rose por tê-la perturbado e se foi o mais depressa que pôde.

O bilhete de Eliza era constituído de apenas duas linhas, nas quais ela indicava onde e como se encontrariam. O estratagema era de uma tal audácia e simplicidade que qualquer um podia confundir Eliza com uma especialista em atos indecorosos: dentro de três dias, Joaquín devia estar às nove da noite na ermida da Virgem do Perpétuo Socorro, uma pequenina capela erguida em Cerro Alegre como proteção para os caminhantes e a uma pequena distância da casa dos Sommers. Eliza escolheu o lugar por ser próximo e a data por ser quarta-feira. Miss Rose, Mama Frésia e os criados estariam necessariamente em cena e ninguém notaria se ela se ausentasse por algum tempo. Desde a partida do decepcionado Michael Steward, não havia motivo para bailes, nem o inverno prematuro os aconselhava, mas Miss Rose manteve o hábito das tertúlias apenas para esvaziar as intrigas que corriam envolvendo seu nome e o do oficial da marinha. Suspender as noitadas musicais na ausência de Steward equivaleria a confessar que ele era o único motivo para realizá-las.

Às sete horas, Joaquín Andieta já estava impaciente à espera. De longe, via o resplendor da casa iluminada, o desfile de carruagens com os convidados e os faróis acesos dos cocheiros que esperavam ao longo do caminho. Por duas vezes teve de se esconder dos vigias noturnos, que paravam a fim de reacender as lâmpadas da ermida, apagadas pelo vento. A capela era uma pequena construção retangular de adobe, coroada por uma cruz de madeira pintada; o interior, em espaço apenas um pouco maior do que um confessionário, albergava uma imagem de Nossa Senhora, feita em gesso. Havia uma travessa com fileiras de velas votivas apagadas e uma ânfora com flores já mortas. A noite era de lua cheia, mas no céu havia muitas nuvens isoladas, que, de vez em quando, apagavam por completo a claridade lunar. Às nove em ponto, ele sentiu a presença da garota e percebeu sua figura totalmente envolta por um manto escuro.

— Estava à sua espera, senhorita — foi tudo o que lhe ocorreu dizer, gaguejando e sentindo-se como um idiota.

— Eu sempre estive esperando por você — replicou ela sem a menor vacilação.

Livrou-se do manto e Joaquín pôde ver que ela estava em roupa de festa, mas havia arregaçado a saia e calçado chinelos. Para não sujá-los de barro pelo caminho, trazia na mão suas meias brancas e seus sapatos de camurça. Partido ao meio, o cabelo negro caía de ambos os lados em tranças presas com fitas de cetim. Sentaram-se no interior da ermida, sobre o manto que ela estendeu no chão, ocultando-se atrás da estátua da Virgem, silenciosos, muito próximos, mas evitando tocar-se. Durante um bom tempo, não se atreveram a olhar-se na suave penumbra; aturdidos pela mútua proximidade, respiravam o mesmo ar e sentiam-se arder, apesar das lufadas, que ameaçavam deixá-los na escuridão.

— Meu nome é Eliza Sommers — disse ela afinal.

— E o meu é Joaquín Andieta — respondeu ele.

— Pensei que seu nome fosse Sebastian.

— Por quê?

— Porque você parece com São Sebastião, o mártir. Não vou à igreja papista, sou protestante, mas Mama Frésia me levou algumas vezes, quando foi pagar suas promessas.

E nesse ponto a conversa terminou, porque não sabiam mais o que dizer; olhavam-se de esguelha e ruborizavam-se ao mesmo tempo. Eliza sentia seu cheiro de sabão e suor, mas não se atrevia a cheirá-lo bem de perto, como desejava. Na ermida, os únicos sons eram o sussurro do vento e a respiração agitada de ambos. Depois de alguns minutos, ela anunciou que devia voltar para casa, antes que sua ausência fosse notada, e se despediram com um aperto de mão. Daquele mesmo modo, iriam se encontrar nas quartas-feiras seguintes, sempre em horas diferentes e a curtos intervalos. A cada um daqueles excitantes encontros, correspondia um gigantesco avanço em seus delírios e tormentos amorosos. Apressados, contaram um ao outro o indispensável, porque as palavras pareciam perda de tempo, e logo estavam de mãos entrelaçadas, porém continuavam a falar, os corpos cada vez mais perto à medida que as almas se aproximavam, até que na noite da quinta quarta-feira beijaram-se na boca, primeiro tentando, depois explorando e finalmente perdendo-se no deleite até fundir inteiramente o fervor que os consumia. A essa altura, já haviam trocado pequenos resumos dos dezesseis anos de Eliza e dos vinte e um de Joaquín. Discutiram sobre a improvável cesta de vime com lençóis de cambraia e cobertor de *vison*, bem como sobre a caixa de sabão de Marselha, e foi um alívio para Andieta saber que ela não era filha de nenhum dos Sommers, que a origem dela era tão incerta quanto a sua, embora fosse indiscutível que um abismo social e econômico os separava. Eliza soube que Joaquín era fruto de um amor passageiro, o pai se desfizera em fumaça com a mesma presteza demonstrada ao fazer o plantio da semente, que o menino havia crescido sem saber seu sobrenome, usando apenas o da mãe e sentindo a marca da condição de bastardo, destinada a limitar cada passo de seu caminho. A família excluiu de seu convívio a filha desonrada e ignorou o menino ilegítimo. Avós e tios, comerciantes e funcionários de uma classe média atolada em preconceitos, viviam naquela mesma cidade, a poucas quadras de distância, porém jamais se cruzavam. Aos domingos, frequentavam a mesma igreja, mas em horários diferentes, porque os pobres não iam à missa do meio-dia. Marcado pelo estigma, Joaquín não brincou nos mesmos parques nem se educou nas escolas em que estudavam seus primos, mas teve de usar as roupas e brinquedos por eles descartados, que uma tia compassiva mandava, por tortuosos caminhos, à irmã repudiada. A mãe de Joaquín Andieta teve bem menos sorte do que Miss Rose, e pagou um preço muito mais alto por sua fraqueza. As duas tinham quase a mesma idade, mas, enquanto a inglesa continuava a brilhar em sua juventude, a outra se apresentava desgastada pela miséria, a exaustão e o triste ofício de bordar enxovais de noivas à luz de uma vela. Mas a má sorte não tinha abalado sua dignidade, e ela havia formado o filho nos princípios inquebrantáveis da honra. Desde criancinha, Joaquín aprendera a andar de cabeça erguida, desafiando qualquer tentativa de lástima ou escárnio.

— Um dia vou tirar minha mãe daquele cortiço — prometeu Joaquín em um daqueles cochichos com Eliza na ermida. — Um dia hei de lhe dar uma vida decente, como a que ela levava antes de perder tudo...

— Tudo, ela não perdeu. Tem um filho — replicou Eliza.

— Eu fui a desgraça dela.

— A desgraça dela foi ter se apaixonado por um homem ruim. Você será a salvação — sentenciou ela.

Os encontros eram muito breves. Sempre se realizavam em horários diferentes, e Miss Rose não podia manter a vigilância noite e dia. Sabia que alguma coisa acontecia às suas costas, mas não teve a perfídia de guardar Eliza embaixo de chave, ou de mandá-la para o campo, como seria o seu dever, e se absteve de mencionar suas suspeitas ao irmão Jeremy. Supunha que Eliza e o namorado trocavam cartas, mas não conseguiu interceptar nenhuma, apesar de ter posto todos os empregados em alerta quanto a isso. As cartas existiam, e eram de uma tal intensidade que, se as visse, Rose teria se sentido arrasada. Joaquín não mandava as cartas, ele mesmo as entregava à namorada cada vez que se encontravam. Nelas, dizia em termos mais febris aquilo que, por pudor e orgulho, não era capaz de dizer de viva-voz. Ela as escondia em uma caixa, trinta centímetros abaixo do chão, no pequeno horto da casa, ao qual ia todos os dias a pretexto de cuidar das ervas de Mama Frésia. Mil vezes relidas em retalhos de tempo roubados, aquelas cartas eram o alimento maior de sua paixão, pois revelavam um aspecto de Joaquín Andieta que não vinha à tona quando estavam juntos. Pareciam escritas por outra pessoa. Aquele jovem altivo, sempre na defensiva, sombrio e atormentado, que a abraçava com ar de louco e em seguida a afastava, como se o contato o queimasse, ao escrever abria as portas da alma e era como um poeta que descrevia seus próprios sentimentos. Mais tarde, nos anos em que Eliza perseguia as imprecisas pegadas de Joaquín Andieta, aquelas cartas seriam seu único indício da verdade, a prova irrefutável de que aquele amor não fora uma coisa engendrada por sua imaginação de adolescente, que havia existido como uma bênção passageira e um suplício prolongado.

Depois da primeira noite de quarta-feira no interior da ermida, sumiram sem deixar rastro as cólicas de que Eliza costumava sofrer, e nada em sua conduta ou em seu aspecto revelava o segredo por ela guardado, excetuando-se o brilho demente dos olhos e o uso um pouco mais frequente de seu talento para se tornar invisível. Às vezes dava a impressão de estar em vários lugares ao mesmo tempo, o que deixava todos aparvalhados; ninguém podia se lembrar de onde e quando a tinha visto pela última vez, e no exato momento em que começavam a procurá-la ela se materializava, com a atitude de quem não sabia que os outros estavam à sua procura. Em outras ocasiões, quando estava ao lado de Miss Rose na saleta de costura ou na cozinha preparando um guisado com Mama Frésia, tornava-se tão silenciosa e transparente que nenhuma das duas mulheres tinha a sensação de vê-la. Sua presença era sutil, quase imperceptível, e sua ausência só seria percebida horas depois.

— Parece um espírito! Estou farta de andar atrás de você. Não quero que saia de casa, nem que fique longe dos meus olhos — ordenava-lhe Miss Rose, repetidamente.

— Não saí daqui a tarde inteira — replicava Eliza, impávida, aparecendo suavemente de um recanto qualquer, com um livro ou um bordado na mão.

— Então, pelo amor de Deus, faça algum ruído, menina! Como posso ver você, se você parece mais calada do que um coelho? — alegava Mama Frésia, por sua vez.

Ela dizia que sim e, logo em seguida, fazia o que lhe dava vontade, mas sempre dando um jeito de parecer obediente e voltar às boas graças das duas. Em poucos dias, adquiriu uma incrível perícia para emaranhar a realidade, como se houvesse passado a vida inteira praticando a arte dos mágicos. Diante da impossibilidade de agarrá-la em uma única contradição ou em uma mentira possível de ser desmascarada, Miss Rose optou por ganhar a sua confiança, e a cada momento referia-se ao tema do amor. Havia pretextos de sobra: mexericos envolvendo as amigas, leituras românticas compartilhadas, libretos de novas óperas italianas que aprendiam de memória, mas Eliza não deixava escapar uma só palavra capaz de trair seus sentimentos. Em vão, Miss Rose procurava pela casa algum sinal que a delatasse; examinou cuidadosamente o quarto de Eliza, remexeu em suas roupas, virou e revirou sua coleção de bonecas e caixinhas de música, seus livros e cadernos, mas não conseguiu encontrar o seu diário. Se o tivesse encontrado, teria sofrido uma decepção, pois em suas páginas não havia menção nenhuma a Joaquín Andieta. Eliza só escrevia para recordar. Em seu diário, havia de tudo, desde sonhos que se repetiam até a interminável lista de receitas culinárias e conselhos domésticos, como a maneira de engordar uma galinha ou limpar manchas de gordura. Havia também especulações sobre o seu próprio nascimento, a cesta de luxo e a caixa de sabão de Marselha, mas nem uma palavra sequer sobre Joaquín Andieta. Não necessitava de um diário para lembrar-se dele. Somente alguns anos mais tarde começaria a relatar nas páginas daquele diário seus encontros amorosos das quartas.

Finalmente, houve uma noite em que os dois não se encontraram na ermida, mas na residência dos Sommers. Para chegar a esse momento, Eliza passou pelo tormento de infinitas dúvidas, pois compreendia que aquele seria um passo definitivo. Só o fato de estarem juntos sem uma pessoa para vigiá-los já era o bastante para que perdesse a honra, o mais precioso tesouro de uma jovem, sem a qual não havia futuro possível. "Mulher sem virtude não vale coisa nenhuma, nunca poderá se tornar esposa nem mãe, e melhor seria se lhe amarrasse uma pedra no pescoço e a atirasse ao mar", haviam-lhe dito repetidas vezes. Pensou que não haveria atenuante para a falta que ia cometer, calculadamente premeditada. Às duas da manhã, quando não restava uma alma desperta na cidade e só os guardas-noturnos moviam-se pelas ruas escuras, Joaquín Andieta deu um jeito de entrar como um ladrão na biblioteca dos Sommers, onde Eliza o esperava descalça, vestindo apenas uma camisola de dormir, tremendo de frio e ansiedade. Tomou-o pela mão e o conduziu às cegas pela casa, até um quarto dos fundos, onde era guardado, em grandes armários, o vestuário da família, e em diversas caixas os materiais para vestidos e chapéus usados por Miss Rose ao longo dos anos. No chão, estiradas e envoltas em peças de pano, as cortinas da sala e do refeitório esperavam a próxima estação. Para Eliza, aquele era o lugar mais seguro, pois estava distante dos outros aposentos. De qualquer modo, a título de precaução, havia pingado umas gotas de valeriana no copinho de licor de anis que Miss Rose costumava beber antes de dormir, e outro tanto na aguardente que Jeremy saboreava depois do jantar, enquanto fumava seu charuto cubano. Conhecia cada centímetro da casa, sabia exatamente onde o soalho rangia, o jeito de abrir as portas para que não chiassem, e podia guiar Joaquín na obscuridade sem outra luz que a da própria memória, e ele a seguiu, dócil e pálido de medo, ignorando a voz da consciência, que se confundia com a de sua mãe, fazendo-o implacavelmente lembrar-se do código de honra de um homem decente. Jamais farei a Eliza aquilo que meu pai fez à minha mãe, dizia a si mesmo enquanto avançava guiado pela mão da garota, sabendo, porém, que todas aquelas juras eram inúteis, pois já se sentia vencido por um desejo impetuoso que não o deixava em paz desde o momento em que a vira pela primeira vez. De sua parte, Eliza debatia-se entre as vozes da advertência que retumbavam em sua cabeça e o impulso do instinto, com seus prodigiosos artifícios. Não tinha ideia clara do que iria acontecer no quarto dos armários, mas de antemão se entregara.

Suspensa no ar como uma aranha exposta ao vento, a casa dos Sommers não tinha como permanecer bem aquecida, apesar dos braseiros de carvão que as criadas mantinham acesos durante sete meses por ano. O hálito perseverante do mar trazia os lençóis sempre úmidos, e as pessoas dormiam com garrafas de água quente nos pés. O único lugar sempre aquecido era a cozinha, onde o fogão a lenha, uma peça enorme e de usos os mais diversos, jamais se apagava. Durante o inverno as madeiras estalavam, tábuas desprendiam-se e o esqueleto da casa parecia prestes a sair para navegar, como se fosse uma velha fragata. Miss Rose jamais acostumara-se às tempestades vindas do Pacífico, e muito menos aos tremores de terra. Os verdadeiros terremotos, aqueles que deixavam o mundo de pernas para o ar, aconteciam mais ou menos de seis em seis anos, e, cada vez que um deles ocorria, Miss Rose demonstrava um surpreendente sangue-frio, mas o trepidar diário que sacudia a vida, esse deixava-a de péssimo humor. Nunca aceitou guardar a porcelana e os serviços do dia a dia em prateleiras junto ao chão, como faziam os chilenos, e, quando o móvel do refeitório tremia e seus pratos caíam em pedaços, sussurrava maldições contra aquele país. Na parte inferior achava-se o quarto de guardar coisas da casa, e era nele que Eliza e Joaquín se amavam sobre o grande pacote de pesadas cortinas de veludo verde do salão. Faziam amor entre armários solenes, caixas de chapéus e pacotes que guardavam os vestidos primaveris de Miss Rose. Não sofriam nem com o frio nem com o cheiro de naftalina, pois estavam muito além dos inconvenientes práticos, muito além do medo e das consequências, muito além de sua própria falta de jeito. Não sabiam como fazer, mas foram inventando pelo caminho, aturdidos e confusos, em completo silêncio, guiando-se mutuamente sem muita destreza. Aos vinte e um anos, ele era tão virgem quanto ela. Aos catorze, havia decidido ser sacerdote, para satisfazer sua mãe, mas aos dezesseis havia se iniciado nas leituras liberais, declarando-se inimigo dos padres, embora nada tivesse contra a religião, e resolvera permanecer casto até cumprir o propósito de afastar a mãe do cortiço. Parecia-lhe uma retribuição mínima pelos inumeráveis sacrifícios que ela fizera. Apesar da virgindade e do tremendo medo de serem surpreendidos, os jovens foram capazes de encontrar na escuridão aquilo que procuravam. Soltaram botões, desataram laços, despojaram-se de pudores e ficaram nus, cada um bebendo o ar e a saliva do outro. Aspiraram fragrâncias atrevidas e, febrilmente, puseram isso aqui e aquilo acolá, em um honesto esforço para decifrar os enigmas, alcançar o fundo do outro e perderem-se no mesmo abismo. As cortinas de verão ficaram manchadas de suor quente, sangue virginal e sêmen, mas nenhum dos dois chegou a pensar nesses sinais deixados pelo amor. Mal podiam perceber, no escuro, os contornos um do outro e medir o espaço disponível, para não derrubar, com seus abraços e movimentos, as pilhas de caixas e os longos cabides dos vestidos. Davam graças ao vento e à chuva que caía no telhado, porque dissimulavam os gemidos do piso, mas eram tão ruidosos o galope de seus corações e o arrebatamento de seus arquejos e suspiros de amor que eles próprios se admiravam de não acordar a casa inteira.

De madrugada, Joaquín Andieta saiu pela mesma janela da biblioteca, e Eliza regressou, exangue, à sua cama. Enquanto ela dormia, envolvida em vários cobertores, ele gastava duas horas percorrendo as ruas debaixo da tormenta. Atravessou discretamente a cidade, sem chamar a atenção da guarda, para chegar em casa justamente quando os sinos das igrejas começavam a chamar os fiéis para a primeira missa. Planejava entrar na ponta dos pés, lavar-se um pouco, trocar o colarinho da camisa e partir para o trabalho com a roupa molhada, pois não tinha outra, mas, como todas as manhãs, a mãe o esperava com água quente para o mate e uma torrada de pão do dia anterior.

— Onde você esteve, meu filho? — perguntou ela com tanta tristeza que o rapaz não teve coragem de enganá-la.

— Descobrindo o amor, mãe — respondeu ele, abraçando-a, sem esconder a alegria.

Joaquín Andieta vivia atormentado por um romantismo político que não encontrava eco naquele país de gente prática e prudente. Tornara-se um fanático admirador das teorias de Laminais, que lia em medíocres e confusas traduções do francês, semelhantes àquelas em que lia os enciclopedistas. Como seu mestre, Andieta preconizava o liberalismo católico em política e a separação de Estado e Igreja. Dizia-se um cristão primitivo, como os apóstolos e os mártires, mas detestava os padres, traidores de Jesus e sua verdadeira doutrina, como costumava dizer, comparando-os a sanguessugas alimentadas pela credulidade dos fiéis. Tinha, no entanto, o cuidado de não defender tais ideias diante da mãe, que morreria de desgosto se ele o fizesse. Também se considerava inimigo da oligarquia, inútil e decadente, no seu entender, e do governo, porque não representava os interesses do povo, mas dos ricos, o que seus amigos provavam com inumeráveis exemplos nas reuniões realizadas na Livraria Santos Torneiro, e como ele explicava pacientemente a Eliza, embora ela se limitasse a ouvi-lo, pois estava mais interessada em seu cheiro do que em seus discursos. O jovem mostrava-se disposto a arriscar a vida pela glória inútil de um relâmpago de heroísmo, mas tinha um medo visceral de olhar Eliza nos olhos e falar-lhe de seus sentimentos. Estabeleceram a rotina de fazer amor pelo menos uma vez por semana, naquele mesmo quarto dos armários, transformado em ninho. Eram tão poucos e preciosos os momentos em que podiam estar juntos que a ela parecia insensatez gastá-los com filosofias; se o problema dele era falar, preferia que falasse de seus gostos, de seu passado, de sua mãe e de seus planos para casar-se com ela algum dia. Teria dado qualquer coisa para ouvir de sua boca as frases magníficas que ele escrevia nas cartas. Ouvi-lo dizer, por exemplo, que seria mais fácil medir as intenções do vento, ou a paciência das ondas na praia, do que a intensidade de seu amor; que não havia noite invernal capaz de esfriar a infinita fogueira de sua paixão; que passava os dias sonhando e as noites insone, constantemente atormentado pela loucura das lembranças, contando, como um condenado, as horas que faltavam para abraçá-la outra vez: "És meu anjo e minha perdição, em tua presença alcanço o êxtase divino e em tua ausência desço ao inferno. Em que consiste esse domínio que exerces sobre mim, Eliza? Não me fales do amanhã nem do ontem, vivo apenas para esse instante do hoje em que volto a submergir na noite infinita de teus olhos escuros". Alimentada pelos romances de Miss Rose e pelos poetas românticos, cujos versos sabia de cor, a jovem perdia-se no deleite intoxicante de sentir-se adorada como uma deusa, e não percebia a incongruência entre aquelas declarações inflamadas e a pessoa real de Joaquín Andieta. Nas cartas, ele se transformava no amante perfeito, capaz de descrever sua paixão em um tom angelical, e para quem a culpa e o temor desapareciam, dando lugar à exaltação absoluta dos sentidos. Ninguém havia amado de tal maneira, alguém os escolhera entre todos os mortais para viver uma paixão inimitável, Joaquín dizia nas cartas, e ela acreditava. No entanto, ele fazia amor de um modo aflito e famélico, sem saboreá-lo, como quem se entrega a um vício, atormentado pela culpa. Não concedia a si mesmo o tempo necessário para conhecer o corpo de Eliza, nem para revelar o seu; era vencido pela urgência do desejo e do segredo. Parecia-lhe que nunca dispunham de tempo para nada, embora Eliza o tranquilizasse, explicando-lhe que ninguém ia àquele quarto durante a noite, que os Sommers dormiam drogados, que Mama Frésia descansava na casinha dos fundos e o restante da criadagem, no sótão. O instinto atiçava a audácia da garota, incitando-a a descobrir as múltiplas possibilidades do prazer, mas logo aprendeu a reprimir-se. Suas iniciativas no jogo amoroso punham Joaquín na defensiva; ele se sentia criticado, ferido ou ameaçado em sua virilidade. As piores suspeitas o atormentavam, pois não podia imaginar tanta sensualidade natural em uma garota de dezesseis anos, cujo único horizonte eram as paredes daquela casa. O medo de uma gravidez piorava a situação, pois nenhum dos dois sabia como evitá-la. Joaquín compreendia apenas vagamente a mecânica da fecundação, e pensava que, retirando-se a tempo, estariam a salvo da gravidez, mas não conseguia agir desse modo. Percebia a frustração de Eliza, mas não sabia como consolá-la, e, em vez de tentar, refugiava-se imediatamente em seu papel de mentor intelectual, terreno em que se sentia seguro. Enquanto ansiava por ser acariciada, ou pelo menos por descansar a cabeça no ombro do amante, ele afastava-se, vestia-se às pressas e gastava o precioso tempo que ainda lhe restava sustentando com novos argumentos as mesmas ideias políticas cem vezes repetidas. Aqueles abraços deixavam-na em chamas, mas Eliza não se atrevia a admiti-lo, nem mesmo no mais profundo de sua consciência, pois isso equivaleria a questionar a qualidade do amor. Caía, então, na armadilha da compaixão, e desculpava o amante, pensando que, se dispusessem de mais tempo e de um lugar seguro, poderiam amar-se satisfatoriamente. Muito melhores do que os jogos compartilhados eram as horas posteriores, no decorrer das quais inventava o que se passara, e as noites em que ficava sonhando com o que talvez pudesse acontecer da próxima vez no quarto dos armários.

Com a mesma seriedade que punha em todos os seus atos, Eliza entregou-se à tarefa de idealizar o namorado até transformá-lo em uma obsessão. Tudo que desejava era servi-lo incondicionalmente pelo resto da existência, sacrificar-se e sofrer como prova de sua abnegação, morrer por ele, se necessário fosse. Ofuscada pelo feitiço daquela paixão inaugural, era incapaz de perceber que ele não lhe correspondia com igual intensidade. Seu galã nunca estava de todo presente. Mesmo quando a abraçava fervorosamente em cima do monte de cortinas, seu espírito andava por outros lugares, estava ausente ou pronto para ausentar-se. Revelava-se, fugazmente, apenas pela metade, em um exasperante jogo de sombras chinesas, mas, ao despedir-se, quando ela, faminta de amor, estava a ponto de cair no choro, ele entregava-lhe uma de suas prodigiosas cartas. Para Eliza, o universo inteiro se convertia então em um cristal, cuja única finalidade era refletir seus sentimentos. Submetida à árdua tarefa de apaixonar-se de forma absoluta, não duvidava de sua própria capacidade de entrega sem reservas, e exatamente por isso não percebia a ambiguidade de Joaquín. Tinha inventado um amante perfeito, e nutria essa quimera com uma invencível energia. Sua imaginação compensava os incompletos abraços do amante, que a deixavam perdida no limbo escuro do desejo insatisfeito.

SEGUNDA PARTE
1848-1849

A notícia

Em 21 de setembro, dia inaugural da primavera, conforme ordenava o calendário de Miss Rose, os aposentos tinham de ser ventilados, os colchões e os cobertores, levados para o sol, os móveis de madeira, encerados, e as cortinas da sala, trocadas. Mama Frésia lavou, sem comentários, as cortinas floreadas de cretone, convencida de que as manchas secas eram urina de rato. Preparou, no pátio, grandes tinas de barrela quente com cascas de *quillay*, manteve as cortinas de molho durante um dia inteiro, engomou-as com água de arroz e estendeu-as ao sol para secarem; em seguida, as mulheres passaram as cortinas a ferro, e, quando ficaram como novas, foram penduradas para receber a estação que estava chegando. Nesse meio-tempo, indiferentes à agitação primaveril de Miss Rose, Eliza e Joaquín se refestelavam sobre as cortinas de veludo verde, mais macias do que as de cretone. Não fazia mais frio, e as noites se haviam tornado claras. O amor estava completando três meses, e as cartas de Joaquín Andieta, salpicadas de girândolas poéticas e declarações grandiloquentes, tinham se reduzido de maneira notável. Eliza sentia o namorado ausente, às vezes tinha a impressão de abraçar um fantasma. Mas, apesar da angústia do desejo insatisfeito e da carga esmagadora de tantos segredos, a jovem parecia ter recuperado a calma. Passava todas as horas do dia envolvida com as mesmas ocupações de sempre, entretida com seus livros e exercícios de piano, ou fazendo coisas na cozinha e na saleta de costura, sem demonstrar o menor interesse em sair de casa; no entanto, se Miss Rose lhe pedisse, acompanhava-a com a boa disposição de quem não tivesse nada melhor para fazer. Como sempre, dormia cedo e acordava cedo; tinha bom apetite e parecia saudável, mas esses sintomas de perfeita normalidade despertavam horríveis suspeitas em Miss Rose e Mama Frésia, que não tiravam os olhos de cima dela. Não podiam acreditar que a embriaguez do amor houvesse se evaporado de uma hora para a outra, mas, como semanas e semanas se passavam sem que Eliza desse qualquer sinal de perturbação, foram pouco a pouco afrouxando a vigilância. Afinal de contas, a índia avaliou, as velas acesas a Santo Antônio bem podiam ter servido para alguma coisa; talvez, apesar de tudo, aquilo não fosse amor, Miss Rose pensou, sem muita convicção.

A notícia da descoberta de ouro na Califórnia chegou ao Chile em agosto. Primeiro foi um rumor alucinado, que saía da boca dos marinheiros bêbados nos bordéis de El Almendral, mas, alguns dias mais tarde, o comandante da escuna *Adelaida* anunciou que metade de seus marinheiros havia desertado em San Francisco.

— Existe ouro por toda parte; o ouro pode ser recolhido até com uma pá, e foram encontradas pepitas do tamanho de uma laranja! — contava o capitão, afogado no entusiasmo. — Qualquer um, desde que tenha disposição, pode se tornar milionário!

Em janeiro daquele ano, nas imediações do moinho de um fazendeiro suíço estabelecido na margem do Rio Americano, um sujeito chamado Marshall encontrou uma pepita de ouro na água. Essa partícula amarela, que desencadeou toda a loucura, fora descoberta nove dias após a assinatura do Tratado de Guadalupe Hidalgo, que punha fim à guerra entre o México e os Estados Unidos. Antes de se saber que aquele território estava assentado em cima de um tesouro inesgotável, ninguém se interessara muito por ele; para os americanos, era uma região de índios, e os pioneiros preferiam conquistar o Oregon, onde, segundo acreditavam, havia melhores condições para a agricultura. O México considerava-o um esconderijo de ladrões, e por isso não se dignara a enviar tropas para defendê-lo durante a guerra. Pouco depois, Sam Brannan, editor de um jornal e pregador mórmon enviado para propagar sua fé, percorria as ruas de San Francisco anunciando a novidade. Ao que parece, as pessoas custaram a acreditar nele, pois sua fama era meio duvidosa — havia rumores de que fizera mau uso do dinheiro de Deus e, quando a igreja mórmon exigira a sua devolução, ele dissera que só o entregaria de volta se lhe dessem um recibo assinado... por Deus —, mas suas palavras eram respaldadas por um frasco de ouro em pó, que foi passando de mão em mão e empolgando as pessoas. Ao grito de "Ouro! Ouro!", três em cada quatro homens abandonaram tudo e correram para as aluviões. A única escola da área teve de ser fechada, pois só as crianças não foram atrás do minério. No Chile, o impacto da notícia foi idêntico. O salário médio era de vinte centavos por dia, e os jornais diziam que, finalmente, fora descoberto o Eldorado, a cidade sonhada pelos conquistadores, cujas ruas eram pavimentadas com o precioso metal: "A riqueza das minas se iguala à dos contos de Simbad ou à da lâmpada de Aladim; calcula-se, sem exagero, que o lucro diário chegue a uma onça de ouro puro", escreviam os jornais, acrescentando que havia o bastante para enriquecer milhares e milhares de homens durante dezenas de anos. A cobiça não tardou a incendiar a alma de mineiro dos chilenos, e a corrida para a Califórnia começou no mês seguinte. Em comparação com os aventureiros que vinham pelo Atlântico, os chilenos já haviam percorrido metade do caminho. A viagem da Europa a Valparaíso demorava três meses, e daí mais dois para chegar à Califórnia. A distância entre Valparaíso e San Francisco não chegava a onze mil quilômetros; da Costa Leste dos Estados Unidos até a Califórnia, passando pelo Cabo Horn, a viagem era de quase trinta mil quilômetros. Isso, como Joaquín Andieta calculou, representava uma vantajosa dianteira para os chilenos, pois os primeiros a chegarem certamente teriam direito aos melhores filões.

Feliciano Rodríguez de Santa Cruz fez a mesma conta e resolveu embarcar imediatamente, com cinco de seus melhores e mais leais mineiros, prometendo-lhes uma recompensa como incentivo para que deixassem as famílias e se lançassem naquele arriscado empreendimento. Gastou três semanas reunindo os suprimentos necessários para uma permanência de vários meses naquela terra ao norte do continente, que imaginava desolada e selvagem.

Levava uma boa vantagem sobre a maioria dos incautos que partiam às cegas, mão na frente e outra atrás, incitados pela tentação da fortuna fácil, mas sem ter a menor ideia dos perigos e esforços que os aguardavam. Feliciano, ao contrário, não ia disposto a partir a espinha trabalhando como um mouro, por isso viajava bem abastecido e acompanhado de servidores de confiança, explicou à mulher, que esperava o segundo filho, mas insistia em viajar com ele. Paulina pensava em levar duas amas, seu cozinheiro, uma vaca e galinhas vivas, que forneceriam leite e ovos às crianças durante a travessia, mas pela primeira vez o marido foi firme na negativa. A ideia de partir para aquela odisseia com a família nas costas lhe parecia um plano absolutamente louco. Sua mulher tinha perdido o juízo.

— Como se chamava aquele capitão amigo de Mr. Todd? — Paulina interrompeu-o, na metade do discurso, equilibrando uma xícara de chocolate no alto da imensa barriga, enquanto mordiscava um pequeno pastel de massa folheada com recheio de doce de leite, uma receita que havia aprendido com as monjas clarissas.

— John Sommers?

— Estou me referindo àquele que estava farto de navegar à vela e vivia falando de navios a vapor.

— É o próprio.

Paulina ficou uns momentos a pensar, enquanto levava pastéis à boca e ignorava por completo a lista de perigos que seu marido invocava. Havia engordado, e nela pouco restava daquela moça graciosa que havia fugido de um convento com a cabeça raspada.

— Quanto tenho na minha conta em Londres? — perguntou finalmente.

— Cinquenta mil libras. Você é uma senhora muito rica.

— Não basta. Pode me emprestar o dobro, a juros de dez por cento, com o prazo de três anos para pagar?

— Mulher de Deus! Você e suas ideias! Para que diabo quer tanto dinheiro?

— Para comprar um navio a vapor. O grande negócio não é o ouro, Feliciano, que, no fundo, não passa de cocô amarelo. O grande negócio são os mineiros. Necessitam de tudo na Califórnia e estão dispostos a pagar à vista. Dizem que os navios a vapor navegam em linha reta, não têm de submeter-se aos caprichos do vento, são maiores e mais rápidos. Os veleiros são coisa do passado.

Feliciano foi em frente com seus planos, mas a experiência o havia ensinado a não desdenhar das premonições financeiras de sua mulher. Durante várias noites não pôde dormir. Passeava insone pelos ostentosos salões de sua mansão, entre sacos de provisões, caixas de ferramentas, barris de pólvora e pilhas de armas para a viagem, medindo e pesando as palavras de Paulina. Quanto mais pensava nelas, mais acertada lhe parecia a ideia de investir em transporte, mas, antes de decidir-se, resolveu consultar o irmão, seu sócio em todos os empreendimentos. O outro escutou boquiaberto e, quando Feliciano terminou de fazer sua explicação, deu um tapa na testa.

— Caramba, meu irmão! Por que não pensamos nisso antes?

Enquanto isso, como milhares de outros chilenos de sua idade e de qualquer condição social, Joaquín Andieta sonhava com bolsas de ouro em pó e pepitas espalhadas pelo chão. Vários conhecidos seus já haviam partido, inclusive um daqueles amigos que se reuniam na Livraria Santos Torneiro, um jovem liberal que, apesar de viver falando mal dos ricos e estar sempre pronto para denunciar a corrupção do dinheiro, não pudera resistir ao chamado do ouro e tinha ido embora sem despedir-se de ninguém. Para Joaquín, a Califórnia representava a única oportunidade de sair da miséria, tirar sua mãe do cortiço e buscar a cura para seus pulmões enfermos; de apresentar-se a Jeremy Sommers com a cabeça erguida e os bolsos cheios de dinheiro, a fim de pedir-lhe a mão de Eliza. Ouro... ouro ao seu alcance... Podia ver os sacos de ouro em pó, os cestos cheios de grandes pepitas, as notas em seu bolso, o palácio que mandaria construir, mais sólido e mais rico em mármore do que o Clube da União, para tapar a boca dos parentes que haviam humilhado sua mãe. Via-se também saindo da Igreja Matriz de braços dados com Eliza Sommers, os noivos mais felizes do planeta. Era uma questão apenas de atrever-se. Com que futuro lhe acenava o Chile? Na melhor das hipóteses, envelheceria contando as mercadorias que passavam pelo escritório da Companhia Britânica de Importação e Exportação. Nada tinha a perder, já que nada possuía. A febre do ouro deixou-o transtornado — ele perdeu o apetite e não podia dormir; andava angustiado, olhando o mar com olhos de louco. Seu amigo livreiro emprestou-lhe mapas e livros sobre a Califórnia, além de um folheto no qual era ensinada a maneira de lavar o metal, que leu com avidez, enquanto pensava desesperadamente em um meio de financiar a viagem. As notícias dos jornais não podiam ser mais tentadoras: "Há uma parte das minas, chamada *dry diggins*, em que uma faca é o único utensílio necessário para desprender o metal das rochas. Em outras, ele já se encontra separado, e só é necessário usar uma maquinaria muito simples, que consiste em uma bateia feita de tábuas, de fundo redondo com uns três metros de comprimento e sessenta centímetros de largura na parte superior. Não sendo necessário capital, é grande a competição no trabalho, e homens que antes eram capazes apenas de procurar o mínimo indispensável para um mês agora são donos de milhares de pesos em ouro".

Quando Andieta mencionou a possibilidade de embarcar para o Norte, sua mãe reagiu tão mal quanto Eliza. Embora não se conhecessem, as duas mulheres disseram exatamente as mesmas palavras: se você for, Joaquín, eu morro. Ambas tentaram abrir-lhe os olhos para os inumeráveis perigos daquela aventura e juraram que preferiam ter ao lado a pobreza irremediável a uma fortuna ilusória, sob o risco de perdê-lo para sempre. A mãe garantiu-lhe que, mesmo se tornando milionária, não deixaria o cortiço, pois era ali que estavam suas amizades, e não tinha para onde ir neste mundo. Eliza, por sua vez, se propôs a fugir, caso não lhes permitissem casar-se. Ele, porém, não lhes dava ouvidos, vivia perdido em seus desvarios, certo de que não teria outra oportunidade igual àquela, e deixá-la passar seria uma imperdoável covardia. Pôs a serviço de sua nova mania a mesma intensidade antes empregada quando propagava as ideias liberais, mas faltavam-lhe os meios para realizar seus planos. Não podia cumprir seu destino sem dispor de determinada quantia para pagar a passagem e munir-se do indispensável à viagem. Procurou um banco a fim de pedir emprestado a pequena soma de que necessitava, mas, diante da ausência de garantia e de sua aparência de pobre-diabo, despediram-no glacialmente.

Pela primeira vez pensou em recorrer aos parentes da mãe, com quem até então jamais trocara uma palavra, mas era demasiado orgulhoso para isso. A visão de um futuro deslumbrante não o deixava em paz, e era a duras penas que conseguia fazer seu trabalho, as longas horas no escritório transformando-se em verdadeiro castigo. Ficava com a pena suspensa no ar, olhando a página em branco sem vê-la, enquanto repetia de memória os nomes dos navios que podiam tê-lo conduzido para o Norte. Passava as noites entre sonhos tempestuosos e insônias agitadas, amanhecia com o corpo esgotado e a imaginação fervendo. Cometia erros de principiante, enquanto, ao seu redor, a exaltação chegava às barras da histeria. Todos queriam partir, e os que não podiam ir pessoalmente organizavam empresas, investiam em companhias formadas às pressas, ou mandavam em seu lugar um representante de confiança, com quem os lucros seriam repartidos. Os que não eram casados foram os primeiros a zarpar; mas os casados não demoraram a deixar os filhos e embarcar da mesma maneira, sem olhar para trás, apesar das truculentas histórias de doenças desconhecidas, acidentes calamitosos e crimes de grande brutalidade. Os homens mais pacíficos estavam dispostos a enfrentar os riscos de balaços e punhaladas; os mais prudentes abandonavam a segurança alcançada em anos de esforço e se lançavam à aventura com sua bagagem de delírios. Uns gastavam suas economias em passagens, outros pagavam a viagem trabalhando como marinheiros ou empenhando os ganhos futuros, mas, com tantos candidatos, Joaquín Andieta não encontrou lugar em nenhuma embarcação, apesar de ir ao porto todos os dias em busca de informações.

Em dezembro não aguentou mais. Ao fazer o detalhado registro de uma carga recém-chegada, sua tarefa cotidiana, alterou as cifras no livro de entrada, destruindo, em seguida, os documentos do desembarque. Assim, por meio desse ilusionismo contábil, deu sumiço a várias caixas que continham revólveres e munições procedentes de Nova York. Durante três noites consecutivas, conseguiu burlar a vigilância da guarda, violar as fechaduras e entrar no armazém da Companhia Britânica de Importação e Exportação, a fim de roubar o conteúdo daquelas caixas. Teve de fazer várias viagens, porque a carga era pesada. Primeiro saiu com algumas armas nos bolsos e outras embaixo da roupa, atadas a pernas e braços; depois levou as balas. Várias vezes esteve a ponto de ser surpreendido pelos vigias noturnos, mas a sorte o acompanhava, e em cada uma dessas ocasiões conseguiu escapulir a tempo. Sabia que decorreriam duas semanas antes que alguém reclamasse os caixotes e o roubo fosse descoberto; supunha também que seria muito fácil seguir o fio dos documentos ausentes e dos números trocados até chegar ao culpado, mas então, conforme esperava, já estaria em alto-mar. E, quando tivesse amealhado seu próprio tesouro, devolveria o dinheiro, com juros, até o último centavo, pois a única razão para cometer aquela falta, dizia mil vezes a si mesmo, tinha sido o desespero. Era um caso de vida ou morte: a vida, como ele a entendia, estava na Califórnia; ficar de pés e mãos atados ao Chile era o mesmo que morrer lentamente. Parte de seu butim foi vendida a preço vil nos bairros populares, e a outra aos seus amigos da Livraria Santos Torneiro, depois de fazê-los jurar que guardariam o segredo. Aqueles exaltados idealistas jamais haviam empunhado uma arma, mas fazia anos que se preparavam, em palavra, para uma utópica revolução contra o governo conservador. Teria sido uma traição às suas próprias intenções não comprar os revólveres oferecidos pelo mercado negro, sobretudo quando eram vendidos a preço de banana. Joaquín Andieta reservou dois para si mesmo, decidido a usá-los quando fosse necessário abrir caminho, mas não disse uma palavra aos camaradas sobre sua intenção de partir. Naquela noite, no depósito da livraria, também levou a mão direita à altura do coração, a fim de jurar, em nome da pátria, que daria sua vida pela democracia e a justiça. Na manhã seguinte comprou uma passagem de terceira classe na primeira escuna prestes a zarpar, além de várias bolsas contendo farinha, feijão, arroz, açúcar, carne-seca de cavalo e tiras de toucinho, provisões que, consumidas com moderação de avarento, talvez lhe dessem forças para a travessia.

Na noite de 22 de dezembro, despediu-se de Eliza e de sua mãe, e no dia seguinte partiu para a Califórnia.

Mama Frésia descobriu as cartas de amor por puro acaso, quando arrancava cebolas no seu pequeno horto e o forcado tropeçou na caixa de flandres. Não sabia ler, mas bastou olhar para perceber do que se tratava. Sentiu-se tentada a entregar o achado a Miss Rose, porque se sentia ameaçada pelo simples fato de ter as cartas na mão. Podia jurar que o pacote atado com uma fita palpitava como um coração vivo, mas o carinho por Eliza pôde mais do que a prudência, e assim, em vez de procurar a patroa, pôs as cartas de volta na caixa de biscoitos, escondeu-a embaixo da saia larga e se dirigiu, suspirando, ao aposento da garota. Encontrou Eliza sentada em uma poltrona, as costas retas e as mãos sobre a saia, como se estivesse na missa, olhando o mar pela janela, tão angustiada que o ar ao seu redor parecia espesso e pesado de premonições. Pôs a caixa nos joelhos da moça e ficou à espera de uma explicação.

— Esse homem é um demônio. Só vai trazer desgraça para você — disse-lhe afinal.

— As desgraças já começaram. Ele partiu há seis semanas para a Califórnia, e minhas regras até agora não vieram.

Mama Frésia sentou-se no chão, com as pernas cruzadas, como costumava fazer quando seus ossos pareciam abandoná-la, e começou a mexer com o tronco para a frente e para trás, gemendo suavemente.

— Cale a boca, mãezinha, Miss Rose pode nos ouvir — suplicou Eliza.

— Um filho de ninguém! Um *huacho*! O que vamos fazer, minha filha? O que vamos fazer? — lamentava-se a mulher sem parar.

— Vou me casar com ele.

— Como, se ele foi embora?

— Vou ter de procurá-lo.

— Ah, meu bendito Menino Jesus! Ficou louca? Vou lhe preparar um remédio e em poucos dias você vai estar nova em folha.

A índia preparou uma infusão à base de *borraja* e um pouco de excremento de galinha diluído em cerveja preta, coisas que Eliza devia beber três vezes ao dia; além disso, obrigou-a a tomar banhos de assento com enxofre e aplicou compressas de mostarda em seu ventre. O resultado foi que a moça começou a ficar pálida, a empapar-se de um suor pegajoso que fedia a gardênias podres, mas, ao cabo de uma semana, ainda não havia nenhum sinal de aborto. Mama Frésia decretou que o feto era macho e, sem dúvida, estava amaldiçoado, e era por isso que se apegava de tal maneira às tripas da mãe. Era um contratempo maior do que as suas forças, coisa do diabo, e por isso apenas sua mestra, a *machi*, poderia afastar tão poderoso infortúnio. Naquela tarde pediu à patroa licença para sair e, uma vez mais, fez a pé o difícil percurso até o recôncavo da montanha, onde se apresentou, cabisbaixa, à feiticeira velha e cega. Levava-lhe de presente duas formas de marmelada e um pato recheado com estragão.

A *machi* ouviu o relato dos últimos acontecimentos, sempre assentindo com ar enfastiado, como se soubesse de antemão tudo aquilo que havia acontecido.

— Já lhe disse, a teimosia é um mal muito forte: amarra o cérebro e rebenta o coração. Há muitas formas de teimosia, mas a de amor é a pior de todas.

— Pode fazer alguma coisa para que minha filha bote fora esse *huacho*?

— Poder, posso. Mas isso não vai deixar a moça curada. Não há jeito. Dessa ou daquela forma, ela irá atrás do seu homem.

— Ele viajou para muito longe, foi procurar ouro.

— Depois do amor, a pior teimosia é a do ouro — sentenciou a *machi*.

Mama Frésia compreendeu que seria impossível tirar Eliza de casa para levá-la à choupana da *machi*, fazer-lhe um aborto e trazê-la de volta à casa, sem que Miss Rose viesse a saber. A feiticeira tinha cem anos e fazia cinquenta que não saía de seu miserável casebre, de modo que também não poderia ir à casa dos Sommers a fim de tratar a jovem. Assim, a única saída para Mama Frésia seria fazer, ela mesma, aquilo que devia ser feito. A *machi* entregou-lhe um fino talo de capim-gigante e uma porção de pomada escura e fétida, explicando-lhe em detalhes como untar a cana com aquele creme e introduzi-la em Eliza. Ensinou-lhe depois as palavras mágicas que haviam de eliminar o filho do diabo e, ao mesmo tempo, proteger a vida da mãe. A operação, advertiu a feiticeira, deveria ser realizada na noite de sexta-feira, único dia autorizado para tal intervenção. Mama Frésia regressou muito tarde, exausta, com o talo de capim-gigante e a pomada embaixo do manto.

— Reze, menina, porque dentro de duas noites você vai ter o remédio — avisou a Eliza quando foi lhe levar na cama o chocolate matutino.

O capitão John Sommers desembarcou em Valparaíso no dia marcado pela *machi*. Era a segunda sexta-feira de fevereiro de um verão excepcional. As águas da baía fervilhavam de atividade, com meia centena de embarcações ancoradas, enquanto outras esperavam no alto-mar uma oportunidade para aproximar-se do porto. Como sempre, Eliza acompanhou Jeremy e Rose ao cais, a fim de receber aquele tio admirável, que chegava carregado de novidades e presentes. A burguesia, que aproveitava a ocasião para visitar as embarcações e comprar mercadorias contrabandeadas, misturava-se com marinheiros, viajantes, estivadores e funcionários da alfândega, enquanto as prostitutas, mantidas a certa distância, faziam suas contas. Nos últimos meses, desde que a notícia do ouro viera aguçar a cobiça dos homens em todos os lugares do mundo, os navios entravam e saíam em ritmo alucinante, e os bordéis não davam conta da demanda. Mas as mulheres mais intrépidas não se conformavam com a rajada de sorte que bafejava seu negócio em Valparaíso, e calculavam que poderiam ganhar muito mais se fossem para a Califórnia, onde havia duzentos homens para cada mulher, segundo se contava. Em Valparaíso, as pessoas tropeçavam em carretas, animais e cargas; falavam-se várias línguas, soavam as sirenes dos navios e os apitos dos guardas. Miss Rose, o nariz protegido por um lenço perfumado com essência de baunilha, examinava os passageiros dos botes, procurando seu irmão predileto, enquanto Eliza aspirava o ar em sorvos curtos, procurando separar e identificar os cheiros. O cheiro acre do pescado, exposto ao sol em grandes cestos, misturava-se às emanações dos excrementos dos animais de carga e do suor humano. Foi a primeira a pôr os olhos no capitão Sommers, e sentiu um alívio tão grande que por pouco não desatou a chorar. Fazia meses que o esperava, certa de que só ele poderia entender a angústia de seu amor contrariado. Nem uma palavra sequer sobre Joaquín Andieta fora dita a Miss Rose e muito menos a Jeremy Sommers, mas estava certa de que seu tio navegante, a quem nada podia surpreender ou assustar, iria ajudá-la.

Mal o capitão pôs os pés em terra firme, Eliza e Miss Rose correram agitadas ao seu encontro; ele tomou ambas pela cintura, com seus fornidos braços de corsário, levantou-as ao mesmo tempo e se pôs a girar como um pião, em meio aos gritos de júbilo de Miss Rose e aos protestos de Eliza, que estava a ponto de vomitar. Jeremy Sommers veio saudá-lo com um aperto de mão, perguntando-se como era possível que seu irmão não houvesse mudado nem um pouco nos últimos vinte anos, como podia continuar tão estouvado quanto antes.

— O que é que há, menininha? Você não está com uma cara boa — disse o capitão, examinando Eliza.

— Comi fruta verde, tio — explicou ela, apoiando-se nele para não piorar da tontura.

— Sei que não vieram ao porto para me receber. O que vocês querem é comprar perfumes, não é? Vou lhes dizer quem tem os melhores, trazidos do coração de Paris.

Nesse momento um forasteiro passou ao lado e esbarrou nele, acidentalmente, com a maleta que levava no ombro. John Sommers virou-se, indignado, mas, ao reconhecê-lo, soltou uma de suas características pragas em tom de brincadeira e o deteve pelo braço.

— Venha cá, chinês — chamou cordialmente o desconhecido. — Vou apresentar você à minha família.

Eliza observou o homem sem dissimular seu interesse, pois jamais tinha visto um habitante da China, aquele país fabuloso que aparecia em muitas das histórias de seu tio. Era um homem de idade indeterminável, e bem mais alto do que os chilenos em geral, embora, ao lado do corpulento comandante inglês, parecesse um adolescente. Caminhava desgracioso, tinha o rosto liso, o corpo delgado de um rapazinho e uma expressão antiga em seus olhos rasgados. A circunspecção doutoral contrastava com seu riso infantil, que brotou do fundo do peito quando Sommers lhe dirigiu a palavra. Vestia uma calça que cobria apenas metade das canelas, uma blusa solta de tecido grosseiro, e tinha a cintura envolvida por uma faixa que servia para prender uma grande faca; calçava sapatos leves, sem tacões, e sua cabeleira, protegida por um esquisito chapéu de palha, prolongava-se em uma trança que lhe caía pelas costas abaixo. Fez suas saudações inclinando várias vezes a cabeça, sem livrar-se da maleta e sem olhar diretamente para o rosto de ninguém. Surpreendidos pela familiaridade com que seu irmão tratava aquele indivíduo de nível social claramente inferior, Miss Rose e Jeremy Sommers não sabiam como se comportar, e retribuíram apenas com um gesto breve e seco. Para horror de Miss Rose, Eliza estendeu a mão ao chinês, mas o homem fingiu não tê-la visto.

— Esse é Tao Chi'en, o pior cozinheiro que já tive, mas, para compensar, sabe a cura de todas as doenças. Foi só por isso que nunca o atirei no mar — brincou o capitão.

Tao Chi'en inclinou-se várias outras vezes, soltou outra risada sem razão aparente e, em seguida, afastou-se andando para trás. Eliza perguntou a si mesma se ele entenderia inglês. Atrás das duas mulheres, John Sommers dizia baixinho ao irmão que o chinês era capaz de lhe fornecer coisas como ópio da melhor qualidade e pó de chifre de rinoceronte, ótimo remédio para impotência, no qual podia pensar se algum dia resolvesse abandonar o mau hábito do celibato. Ocultando o rosto atrás do leque, Eliza escutou, intrigada, a conversa dos irmãos.

Naquela tarde, em casa, quando se servia de chá, o capitão distribuiu os presentes que havia trazido: creme de barbear inglês, um jogo de tesouras toledanas e charutos havaneses para o irmão, pentes de casco de tartaruga e uma mantilha de seda de Manila para Rose, e, como sempre, uma joia para o enxoval de Eliza. Dessa vez, tratava-se de um colar de pérolas, que a jovem agradeceu comovida e guardou em seu porta-joias, ao lado de outros presentes que havia recebido. Graças à teimosa disposição de Miss Rose e à generosidade daquele tio, seu baú de casamento ia ficando repleto de tesouros.

— O costume do enxoval me parece idiota — sorriu o capitão —, principalmente quando ainda nem se pescou um noivo. Ou, por acaso, já existe um no horizonte?

Eliza trocou um olhar de terror com Mama Frésia, que acabava de entrar com a bandeja de chá. O capitão guardou silêncio, mas ficou perguntando a si mesmo por que a irmã não era capaz de notar as mudanças que estavam ocorrendo com a jovem. Pelo visto, a intuição feminina não era lá grande coisa.

O restante da tarde foi preenchido com os fantásticos relatos do capitão sobre a Califórnia, embora ele próprio não tivesse navegado por aqueles mares depois da extraordinária descoberta, e de San Francisco só pudesse dizer que era apenas um casario bem mais miserável do que Valparaíso, porém situado na baía mais bonita do mundo. A corrida do ouro era o único assunto das conversas na Europa e nos Estados Unidos, e a notícia já havia chegado até mesmo às longínquas fronteiras da Ásia. Seu navio estava repleto de passageiros que se destinavam à Califórnia; a maioria deles não tinha a menor ideia do que vinha a ser mineração, e muitos jamais tinham visto ouro nem mesmo no dente de alguém. Não havia um modo confortável e rápido de chegar a San Francisco — a travessia durava meses e as condições eram as mais precárias, o capitão explicou — mas, por terra, através do continente americano, desafiando-se a imensidade do território e a agressividade dos indígenas, a viagem demorava ainda mais, e eram menores as probabilidades de alguém chegar lá com vida. Os que se aventuravam de navio até o Panamá cruzavam o istmo primeiro em jangadas que deslizavam pelo meio de selvas habitadas por animais ferozes, depois em costas de mulas por dentro da floresta, e, uma vez alcançada a costa do Pacífico, tomavam outro navio, agora para o Norte. Tinham de suportar um calor infernal, répteis peçonhentos, além da maldade humana em seu mais alto grau. Os viajantes que sobreviviam ilesos às quedas das cavalgaduras no fundo dos precipícios e aos perigos dos pântanos tornavam-se vítimas de bandidos que os despojavam de seus pertences ou de exploradores que lhes cobravam uma fortuna para levá-los a San Francisco, amontoados como gado, em navios velhos e desconjuntados.

— A Califórnia é muito grande? — perguntou Eliza, procurando evitar que a voz lhe traísse a ansiedade do coração.

— Traga o mapa que vou lhe mostrar. É muito maior do que o Chile.

— E como se chega ao lugar do ouro?

— Dizem que o ouro está por toda parte...

— Mas se alguém quisesse, digamos, encontrar uma pessoa na Califórnia...

— Seria muito difícil — replicou o capitão, estudando com curiosidade a expressão de Eliza.

— Vai para lá em sua próxima viagem, tio?

— Tenho uma oferta tentadora e creio que vou aceitá-la. Alguns investidores chilenos querem estabelecer uma linha regular de carga e passageiros para a Califórnia. Necessitam de alguém para comandar um navio a vapor.

— Então vamos vê-lo com mais frequência, John! — exclamou Rose.

— Você não tem experiência com vapores — observou Jeremy.

— Não, mas de fato conheço o mar melhor do que ninguém.

Na noite da sexta-feira marcada pela *machi*, Eliza esperou que a casa estivesse em silêncio para poder ir até a pequena moradia do último pátio, a fim de encontrar-se com Mama Frésia. Deixou a cama e desceu descalça, vestindo apenas uma camisola de cambraia. Não imaginava que tipo de medicação receberia, mas tinha certeza de que passaria um mau pedaço; sua experiência lhe dizia que todos os tratamentos eram desagradáveis, mas os da índia chegavam a ser repelentes. "Não se preocupe, menina, vou te dar tanta aguardente que, quando você acordar da carraspana, não vai se lembrar da dor. Bom, vamos necessitar de um bocado de toalhas para estancar o sangue", dissera a índia. Muitas vezes Eliza tinha feito aquele mesmo percurso às escuras, através da casa, a fim de receber o amante, e não necessitava tomar maiores precauções, mas naquela noite seguia bem lentamente, retardando o passo, desejando que ocorresse um daqueles terremotos chilenos, capazes de pôr tudo abaixo, apenas para ter um bom pretexto de faltar ao encontro com Mama Frésia. Sentiu os pés gelados, e um arrepio percorreu-lhe a espinha. Não soube dizer se aquilo seria frio, medo ou a advertência final de sua consciência. Desde a primeira suspeita de gravidez, tinha a sensação de que uma voz a chamava. Estava certa de que era a voz do menino no fundo de seu ventre, clamando pelo direito de viver. Tentava não ouvi-la e não pensar, caíra na armadilha e já não era mais impossível notar seu estado, não havia esperança nem perdão para ela. Ninguém poderia compreender seu erro; não havia maneira nenhuma de recuperar a honra perdida. Nem as rezas nem as velas de Mama Frésia impediriam a desgraça; seu amante não voltaria da metade do caminho, a fim de apresentar-se de súbito e casar-se com ela antes que a gravidez se tornasse evidente. Era muito tarde para isso. Sentia-se aterrorizada pela ideia de terminar como a mãe de Joaquín, marcada pelo estigma infamante, expulsa de sua família e vivendo na pobreza, na solidão, com um filho ilegítimo; não suportaria o repúdio, preferia morrer de uma vez por todas. E podia morrer naquela mesma noite, nas mãos da boa mulher que a havia criado e a amava mais do que ninguém.

A família se recolheu cedo, mas durante horas o capitão e Miss Rose estiveram encerrados na saleta de costura, conversando baixinho. Em cada uma de suas viagens, John Sommers trazia livros para a irmã e, ao partir, levava consigo alguns misteriosos pacotes que bem poderiam ser, como Eliza suspeitava, os escritos de Miss Rose. Eliza a vira uma vez empacotando cuidadosamente os cadernos, os mesmos que, nas tardes ociosas, costumava cobrir com sua caligrafia cerrada. Por respeito e por uma espécie de estranho pudor, ninguém os mencionava, da mesma forma que ninguém comentava suas pálidas aquarelas. A escrita e a pintura eram tratadas pelos Sommers como pecados veniais, nada que realmente chegasse a envergonhá-los, mas também nada que merecesse algum alarde. A arte culinária de Eliza era recebida com a mesma indiferença pelos Sommers, que saboreavam seus pratos em silêncio, e mudavam de assunto quando alguma visita aplaudia imerecidamente suas esforçadas apresentações ao piano, mesmo que se destinassem apenas a acompanhar o andamento das canções alheias. Eliza sempre tinha visto sua protetora escrevendo, mas nunca lhe perguntara o que escrevia e também nunca ouvira a pergunta ser feita por John ou Jeremy. Gostaria de saber por que seu tio levava em sigilo os cadernos de Miss Rose, mas, sem que ninguém lhe houvesse dito, sabia que aquele era um dos segredos básicos que garantiam o equilíbrio da família, e violá-lo talvez só servisse para fazer desmoronar o castelo de cartas em que viviam. Já fazia algum tempo que Jeremy e Rose dormiam em seus aposentos, e Eliza supunha que o tio John saíra a cavalo depois de cear. Conhecendo os hábitos do capitão, a jovem imaginou que naquele momento estaria se divertindo em companhia de algumas de suas amigas pouco ajuizadas, aquelas que o saudavam na rua quando Miss Rose não o acompanhava. Sabia que dançavam e bebiam, mas, como só ouvira falar de prostitutas em cochichos, a ideia de algo mais sórdido nunca lhe ocorrera. A possibilidade de fazer por dinheiro ou divertimento aquilo que, por amor, havia feito com Joaquín Andieta estava fora de suas cogitações. Segundo seus cálculos, o tio John não voltaria antes do amanhecer, por isso levou um tremendo susto quando alguém a agarrou pelo braço em plena escuridão. Sentiu o calor de um corpo avultado contra o seu, recebeu um hálito de bebida e tabaco no rosto, e não teve mais dúvida de que o outro era o tio John. Tentou soltar--se, enquanto procurava às pressas uma explicação para o fato de encontrar-se ali de camisola, no meio da noite, mas o capitão levou-a com firmeza para a biblioteca, iluminada apenas por alguns raios de luar que passavam pela janela. Obrigou-a a sentar-se na poltrona de couro inglês do irmão Jeremy, enquanto procurava fósforos para acender a vela.

— Bem, Eliza, agora me diga o que está se passando com você — ordenou o capitão em um tom que jamais havia usado em suas conversas com ela.

Em um súbito clarão de lucidez, Eliza descobriu que o capitão, ao contrário do que havia suposto, não seria seu aliado. A tolerância que costumava alardear não seria aplicada àquele caso: tratando-se do bom nome da família, sua lealdade estaria com os irmãos. Muda, a jovem sustentou seu olhar, desafiando-o.

— Rose me disse que você anda caída por um idiota de sapatos furados, é verdade?

— Só o vi duas vezes, tio John. E já se passaram vários meses. Não sei nem o nome dele.

— Mas não conseguiu esquecê-lo, não é verdade? O primeiro amor é como a varíola, deixa marcas indeléveis. Esteve com ele a sós?

— Não.

— Não acredito. Pensa que sou tolo? Qualquer pessoa pode ver quanto você mudou, Eliza.

— Estou adoentada, tio. Comi umas frutas verdes e ando com as tripas alvoroçadas. É só isso. Estava indo à latrina.

— Você está com olhos de cadela no cio!

— E o senhor, por que está me insultando?

— Desculpe. Você não nota que a amo muito e estou preocupado? Não posso permitir que arruíne sua vida. Rose e eu temos um plano excelente... gostaria de ir para a Inglaterra? Posso ajeitar as coisas para que as duas embarquem dentro de um mês. Teriam tempo para comprar tudo o que é necessário para a viagem.

— Inglaterra?

— Viajarão de primeira classe, como rainhas, e em Londres ficarão instaladas em uma pensão encantadora, a poucas quadras do Palácio de Buckingham.

Eliza compreendeu que os irmãos já haviam decidido seu destino. A última coisa que desejava era partir na direção contrária àquela que fora escolhida por Joaquín, pondo entre eles dois oceanos de distância.

— Obrigada, tio. Conhecer a Inglaterra muito me encantaria — disse com toda a doçura que conseguiu reunir.

O capitão bebeu uma aguardente após a outra, acendeu o cachimbo e passou as horas seguintes a enumerar as vantagens da vida em Londres, onde uma jovem como ela poderia frequentar a melhor sociedade, ir aos bailes, ao teatro e aos concertos, comprar os mais belos vestidos e fazer um bom casamento. Já havia chegado à idade de casar. E não gostaria também de ir a Paris ou à Itália? Ninguém devia morrer sem ter visto Veneza ou Florença. Ele se encarregaria de satisfazer todos os seus caprichos, não era isso que sempre havia feito? O mundo estava repleto de homens bonitos, interessantes e de boa posição social; ela mesma iria comprovar o que estava dizendo, assim que saísse do buraco em que aquela cidade esquecida a encerrava. Valparaíso não era lugar para uma jovem tão linda e tão educada quanto ela. Não tinha culpa de apaixonar-se pelo primeiro que surgisse em seu caminho, pois vivia presa. E quanto a esse rapaz como era mesmo o nome dele? Empregado de Jeremy, não? Logo o esqueceria. O amor, garantiu o capitão John, morre inexoravelmente por autocombustão, isso quando não tem as raízes arrancadas pela distância. Ninguém melhor do que ele para lhe dar conselhos a respeito, pois, afinal, era um especialista em distâncias e amores convertidos em cinzas.

— Não sei do que está me falando, tio. Miss Rose inventou uma história romântica a partir de um copo de suco de laranja. Um sujeito apareceu aqui para entregar uns pacotes, eu lhe ofereci um refresco, ele bebeu e foi embora. Foi só isso. Não houve nada e não voltei a vê-lo.

— Se é como acaba de dizer, você está com sorte: não precisará arrancar nenhuma fantasia da cabeça.

John Sommers continuou a beber e a falar até de madrugada, enquanto Eliza, encolhida na poltrona de couro, entregava-se ao sonho, pensando que, afinal, o céu tinha escutado seus pedidos. Não fora um oportuno terremoto que a salvara do terrível remédio de Mama Frésia; fora o tio. Em seu casebre, a índia esperou a noite toda.

A despedida

Sábado à tarde, John Sommers convidou sua irmã Rose a visitar o navio dos Rodríguez de Santa Cruz. Se tudo saísse bem nas negociações em curso, seria ele o escolhido para capitaneá-lo, realizando, assim, seu sonho de navegar a vapor. Mais tarde Paulina recebeu-os no salão do Hotel Inglês, onde se hospedava. Viera do Norte a fim de pôr em marcha seu projeto, pois fazia vários meses que o marido estava na Califórnia. Ambos aproveitavam o ininterrupto tráfego de navios nas duas direções para comunicar-se mediante uma vigorosa correspondência, na qual as declarações de afeto conjugal misturavam-se aos planos comerciais. Fora por intuição que Paulina escolhera John Sommers para trabalhar em sua empresa. Lembrara-se vagamente de que ele era irmão de Jeremy e Rose Sommers, uns gringos que seu pai havia convidado duas vezes para visitar a fazenda da família, porém só o tinha visto uma vez e com ele trocara apenas umas poucas palavras de cortesia. Sua única referência era a amizade em comum com Jacob Todd, mas nas últimas semanas andara investigando e se sentia bastante satisfeita com o que soubera. O capitão Sommers tinha sólida reputação nos círculos marítimos e nos escritórios comerciais. Diziam que era possível confiar na sua experiência, e na sua palavra, mais do que era habitual naqueles dias de loucura coletiva, quando qualquer um alugava uma embarcação, formava uma companhia de aventureiros e zarpava. Tratava-se geralmente de pobretões metidos a ricos, e seus navios estavam meio desconjuntados, mas nada disso importava muito, pois, com a chegada à Califórnia, as sociedades desfaziam-se, os navios eram deixados ao abandono e todos disparavam para as jazidas auríferas. Paulina, ao contrário, tinha uma visão mais ampla. Primeiro, não estava obrigada a acatar exigências de estranhos, pois seus únicos sócios eram o marido e o cunhado, e segundo, a maior parte do capital lhe pertencia, de modo que podia tomar suas decisões com plena liberdade. Seu navio a vapor, ao qual deu o nome de Fortuna, embora fosse pequeno e tivesse vários anos de mar, estava em perfeitas condições. Paulina dispunha-se a pagar bons salários à tripulação, a fim de evitar que seus membros trocassem o navio pela farra do ouro, mas presumia que, sem a mão férrea de um bom comandante, não haveria dinheiro capaz de manter a disciplina a bordo. A ideia do marido e do cunhado consistia em exportar ferramentas de mineração, madeira para a construção de casas, roupas de trabalho, utensílios domésticos, carne-seca, cereais, feijão e outros produtos não perecíveis, mas bastou chegar a Valparaíso para Paulina descobrir que muitos tinham pensado naquele mesmo plano, concluindo que a disputa seria feroz. Uma olhada ao redor mostrou-lhe a escandalosa quantidade de verduras e frutas produzidas por aquele verão generoso. Não havia como vender tudo aquilo. As hortaliças cresciam nos pátios e os galhos das árvores se quebravam com o peso das frutas; poucos se dispunham a pagar pelo que obtinham de graça. Pensou na herdade de seu pai, onde os produtos apodreciam, porque ninguém tinha interesse em colhê-los. E concluiu: se pudesse levá-los para a Califórnia, lá eles seriam mais valiosos do que o próprio ouro. Produtos frescos, vinho chileno, medicamentos, ovos, roupa fina, instrumentos musicais e — por que não? — espetáculos teatrais, operetas, zarzuelas. San Francisco recebia centenas de imigrantes por dia. Naquele momento eram aventureiros e bandidos, mas não tinha dúvida de que logo começariam a chegar colonos procedentes do outro lado dos Estados Unidos, fazendeiros honestos, advogados, médicos, professores e outras categorias de pessoas decentes, dispostas a se estabelecer com suas famílias. Onde houver mulheres, haverá civilização, e assim que esta começar a existir em San Francisco — como decidiu Paulina —, lá estará meu navio com tudo de que ela necessitar.

Paulina recebeu o capitão John Sommers e sua irmã Rose na hora do chá, quando já havia baixado um pouco o calor do meio-dia e começava a soprar uma brisa fresca vinda do oceano. Vestia-se com um luxo excessivo para a sóbria sociedade de Valparaíso, musselina dos pés à cabeça, rendas cor de manteiga, um anel de tranças acima das orelhas e mais joias do que o aceito para aquela hora do dia. Seu filho de dois anos debatia-se nos braços de uma ama uniformizada e, a seus pés, um cãozinho peludo recebia os pedaços de pastel que ela lhe dava na boca. Os primeiros trinta minutos foram gastos com as apresentações, o chá e as lembranças de Jacob Todd.

— O que foi feito do nosso bom amigo? — quis saber Paulina, que nunca havia esquecido a intervenção do excêntrico inglês em seu noivado com Feliciano.

— Durante uma porção de tempo nada soube dele — informou o capitão. — Partiu comigo para a Inglaterra, dois anos atrás. Estava muito deprimido, mas o ar do oceano lhe fez bem, e quando desembarcou já havia recuperado o bom humor. Da última vez que tive notícia dele, soube que pensava em criar uma colônia utópica.

— Uma o quê? — exclamaram em uníssono Paulina e Miss Rose.

— Um grupo de pessoas que se propõem a viver fora da sociedade, com suas próprias leis, seu governo, guiando-se, ao que me parece, pelos princípios da igualdade, do amor livre e do trabalho comunitário. Pelo menos foi assim que ele me explicou mil vezes durante a viagem.

— Deve estar de miolo mais mole do que todos pensávamos — concluiu Miss Rose, expressando um pouco de lástima por seu pretendente.

— As pessoas com ideias originais sempre acabam com a fama de loucas — disse Paulina. — Eu mesma, para não irmos muito longe, tenho uma ideia que gostaria de discutir com o senhor, capitão Sommers. Decerto já conhece o *Fortuna*, não? Quantos dias um vapor leva para ir de Valparaíso ao Golfo de Penas?

— Golfo de Penas? Isso fica para lá do sul do Sul!

— Certo. Mais ao sul de Puerto Aisén.

— E o que eu iria fazer lá? Ali, minha senhora, só existem ilhas, florestas e chuva.

— Conhece bem este lado do mundo?

— Sim, mas pensei que me queriam para ir a San Francisco...

— Prove esses pastéis de massa folheada, estão uma delícia — ofereceu ela, acariciando o cachorro.

Enquanto John e Rose Sommers conversavam com Paulina no salão do Hotel Inglês, Eliza caminhava com Mama Frésia pelo bairro El Almendral. Àquela hora começavam a reunir-se os alunos e convidados para os bailes da academia, e excepcionalmente Miss Rose lhe permitira sair de casa por duas horas, sob a guarda de Mama Frésia. Habitualmente, Eliza não tinha permissão para ir à academia sem Miss Rose, mas o professor de dança não costumava oferecer bebidas alcoólicas antes do pôr do sol, e durante as primeiras horas da tarde isso mantinha a distância os jovens de espírito rebelde. Decidida a aproveitar aquela oportunidade única de sair à rua sem Miss Rose, Eliza convenceu a índia a ajudá-la em seus planos.

— Me dê a sua bênção, mãezinha — pediu. — Tenho de ir para a Califórnia, vou procurar Joaquín.

— Mas você não pode ir assim, sozinha, grávida! — exclamou a índia, horrorizada.

— Se não me ajudar... eu irei de qualquer maneira.

— Vou contar tudo a Miss Rose!

— Se contar, eu me mato. E depois virei atormentar suas noites. Juro — respondeu a jovem, com feroz determinação.

No dia anterior tinha visto no porto um grupo de mulheres negociando o embarque. Como sua aparência era muito diferente daquelas com quem normalmente cruzava na cidade — inverno e verão cobertas pelos mantos negros —, concluiu que se tratava de mulheres de rua, iguais àquelas que divertiam seu tio John. "São mariposas que se deitam por dinheiro e vão de quatro para o inferno", explicara-lhe Mama Frésia. Eliza havia captado algumas frases do capitão, contando a Jeremy Sommers que muitas chilenas e peruanas estavam indo embora para a Califórnia, planejando apoderar-se do ouro dos mineiros, mas não conseguia saber como se arranjavam para fazer a viagem. Sim, a jovem decidiu, se aquelas mulheres estavam descobrindo um meio de embarcar, ela também descobriria o seu. Caminhava depressa, com o coração agitado, o leque encobrindo metade do rosto, suando com o calor de dezembro. Em uma pequena bolsa de veludo, levava as joias do enxoval. Suas botinas recém-compradas torturavam-lhe os pés e o corpete lhe apertava a cintura; o fedor das águas sujas que corriam pelas valas aumentava sua náusea, mas, mesmo assim, caminhava com a coluna tão reta quanto naqueles tempos em que havia aprendido a equilibrar um livro na cabeça e a tocar piano com uma vareta atada nas costas. Gemendo e murmurando litanias em sua língua, Mama Frésia mal podia segui-la, com suas banhas e suas varizes. Para onde estamos indo, menina, pelo amor de Deus, mas Eliza não podia responder, porque não sabia. De uma coisa, estava certa: não poderia empenhar suas joias e com o dinheiro adquirir uma passagem para a Califórnia, porque não havia meio de fazer tal operação sem que seu tio soubesse. Apesar das dezenas de embarcações que recebia diariamente, Valparaíso era uma cidade pequena e, no porto, todos conheciam o capitão John Sommers. Também não tinha documento de identidade e muito menos passaporte, aliás, impossível de obter, pois fazia algum tempo que a legação dos Estados Unidos no Chile estava fechada, em consequência de um malsucedido caso amoroso do embaixador americano com uma dama chilena. Concluiu, então, que o único meio de ir atrás de Joaquín Andieta na Califórnia seria embarcar clandestinamente. O tio John havia lhe contado que às vezes passageiros clandestinos entravam nos navios com a cumplicidade de algum tripulante. Alguns conseguiam permanecer escondidos durante toda a travessia, outros morriam e seus corpos eram lançados ao mar sem que o comandante soubesse, mas, quando descobria algum clandestino, castigava igualmente o vagabundo e aquele que o havia ajudado. Esse, o capitão dissera, era um dos casos em que exercia com maior rigor sua inquestionável autoridade de comandante: no alto-mar, só havia uma justiça e uma lei: a sua.

Segundo o tio, era nas tavernas que se realizava a maioria das transações ilegais. Eliza jamais havia pisado em tais lugares, mas viu uma figura feminina dirigir-se a um local próximo e reconheceu nela uma das mulheres que, no dia anterior, estavam no cais procurando um meio de embarcar. Era uma jovem rechonchuda, com duas tranças negras caindo nas costas, vestindo saia de algodão, blusa bordada, os ombros cobertos com um lenço triangular. Eliza seguiu-a sem pensar duas vezes, enquanto Mama Frésia permanecia no meio da rua repetindo advertências: "Aí só entram as putas, minha filha, é um pecado mortal". Empurrou a porta e necessitou de vários segundos para habituar-se à penumbra e ao cheiro de tabaco e de cerveja rançosa que impregnava o ar. O local estava repleto de homens, e todos os olhos se voltaram para as duas mulheres. Por alguns instantes, reinou um silêncio expectante, ouvindo-se em seguida um coro de assobios e comentários grosseiros. A outra avançou com passo aguerrido para uma das mesas no fundo da sala, distribuindo socos à direita e à esquerda cada vez que alguém tentava tocar nela, mas Eliza recuou às cegas, horrorizada, sem compreender bem o que estava acontecendo, nem por que os homens gritavam com ela. Ao chegar à porta, chocou-se com um cliente que ia entrando. O sujeito soltou uma exclamação em outra língua e conseguiu segurá-la no momento em que ela desabava. Ao vê-la, o homem não escondeu sua surpresa: com seu leque e seu vestido virginal, Eliza parecia-lhe inteiramente deslocada naquele lugar. Ela o olhou, e de imediato reconheceu nele o cozinheiro chinês que seu tio havia saudado no dia anterior.

— Tao Chi'en? — perguntou, dando graças à sua boa memória.

O homem saudou-a juntando as mãos diante do rosto e inclinando-se repetidamente, enquanto a assuada continuava no bar. Dois marinheiros se ergueram e aproximaram-se cambaleantes. Tao Chi'en indicou a porta a Eliza, e ambos saíram.

— Miss Sommers? — perguntou depois que deixaram a sala.

Eliza assentiu, mas nada conseguiu acrescentar, porque foram interrompidos por um dos vários marinheiros que apareceram na porta do bar, todos bêbados e à cata de uma boa briga.

— Como se atreve a molestar essa preciosa senhorita, chinês de merda? — ameaçavam.

Tao Chi'en baixou a cabeça, deu meia-volta e fez um gesto de quem se retira, mas um dos homens o interceptou, agarrando-o pela trança e dando-lhe um puxão, enquanto o outro lisonjeava Eliza, asfixiando-a com seu bafo de vinho. O chinês virou-se com a rapidez de um felino e enfrentou o agressor. Empunhava sua comprida faca, cujo aço brilhava como um espelho ao sol do verão. Mama Frésia soltou um grito e, sem mais pensar, deu uma cabeçada no marinheiro mais próximo, agarrou Eliza por um braço e saiu a correr pela rua abaixo, com uma agilidade inesperada para uma pessoa de tanto peso. Correram várias quadras, afastando-se da zona de risco, só se detendo quando alcançaram a pequena Praça de Santo Agostinho, onde Mama Frésia caiu, tremendo, no primeiro banco ao seu alcance.

— Ah, menina! Se souberem o que está acontecendo, os patrões me matam! Vamos agora mesmo para casa...

— Mas ainda não fiz o que tinha de fazer, mãezinha. Tenho de voltar àquela taverna.

Mama Frésia cruzou os braços, negando-se a deixar o banco, enquanto Eliza andava com grandes passadas para lá e para cá, tentando elaborar um plano em meio àquela confusão. Era pouco o tempo de que dispunha. As instruções de Miss Rose tinham sido claras: às seis em ponto, seu coche deveria parar diante da academia de dança, a fim de levar as duas de volta para casa. Tinha de agir rápido, a jovem decidiu, pois não haveria outra oportunidade. Nesse momento, viram o chinês marchando serenamente na direção delas, com seu passo vacilante e seu imperturbável sorriso. Saudou-as repetindo as vênias habituais, e logo se dirigiu a Eliza em bom inglês, a fim de saber se a honorável filha do capitão John Sommers necessitava de ajuda. Ela esclareceu que não era sua filha, mas sua sobrinha, e em um ímpeto de repentina confiança, ou de desespero, confessou que de fato necessitava de sua ajuda, tratando-se, porém, de um assunto muito reservado.

— Alguma coisa que o capitão não pode saber?

— Ninguém pode saber.

Tao Chi'en desculpou-se. O capitão era um bom homem, disse o chinês. Era verdade que o havia agarrado de mau jeito para fazê-lo trabalhar em seu navio, mas o tratara bem e não pensava em atraiçoá-lo. Abatida, Eliza desabou no banco com o rosto entre as mãos, enquanto Mama Frésia os observava sem nada entender do que diziam em inglês, mas adivinhando--lhes as intenções. Por fim, aproximou-se de Eliza e deu uns puxões na bolsa de veludo em que estavam as joias do enxoval.

— Você acha, menina, que neste mundo alguém faz alguma coisa de graça? — perguntou a índia.

Eliza compreendeu imediatamente. Enxugou as lágrimas, indicou o banco ao seu lado e convidou o homem a sentar-se. Meteu a mão na bolsa, tirou de dentro o colar de pérolas que seu tio John lhe dera de presente no dia anterior, depositando-o nos joelhos de Tao Chi'en.

— Pode me esconder em um navio? Preciso ir à Califórnia — explicou.

— Por quê? Aquele não é um lugar para mulheres, só serve para bandidos.

— Vou à procura de algo.

— Ouro?

— Mais valioso do que ouro.

O homem ficou boquiaberto, pois jamais tinha visto, na vida real, uma mulher capaz de chegar a tais extremos; aquilo só acontecia nos romances clássicos, nos quais as heroínas sempre acabavam morrendo.

— Com esse colar, pode comprar sua passagem. Não precisa viajar escondida — disse Tao Chi'en, que não tinha intenção de se complicar violando a lei.

— Nenhum comandante me levará sem antes avisar à minha família.

A surpresa inicial de Tao Chi'en agora se convertia em verdadeiro pasmo: aquela mulher pensava simplesmente em desonrar a família e ainda esperava que ele a ajudasse! Tinha um demônio no corpo, sem dúvida. Eliza meteu novamente a mão na bolsa, recolheu um broche de ouro com turquesas e o depositou sobre a perna do chinês, ao lado do colar.

— Alguma vez amou alguém mais do que a sua própria vida, senhor? — perguntou a jovem.

Tao Chi'en olhou-a nos olhos pela primeira vez desde que se haviam conhecido, e algo deve ter visto neles, porque tomou o colar e o escondeu embaixo da camisa, enquanto devolvia o broche a Eliza. Pôs-se de pé, esticou as calças de algodão, acomodou a faca na cinta de pano e se inclinou cerimoniosamente.

— Não estou mais trabalhando para o capitão Sommers. Amanhã, o bergantim *Emilia* parte para a Califórnia. Venha hoje às dez da noite e porei você a bordo.

— Como?

— Ainda não sei. Veremos.

Tao Chi'en fez outra educada vênia de despedida e afastou-se, tão misteriosa e rapidamente que pareceu esfumar-se. Eliza e Mama Frésia voltaram à academia de baile a tempo de encontrar o cocheiro, que, durante meia hora, estivera a esperá-las, bebendo o vinho de seu cantil.

O *Emilia* era um navio de origem francesa que no passado fora esbelto e veloz, mas, tendo sulcado muitos mares, perdera havia muito o ímpeto da juventude. Estava marcado por velhas cicatrizes deixadas pelo mar, carregava uma camada de moluscos incrustados em suas ancas de matrona, suas fatigadas armações gemiam sob o açoite das ondas e suas velas manchadas e mil vezes remendadas pareciam restos de velhas anáguas. Zarpou de Valparaíso na radiante manhã de 18 de fevereiro de 1849, levando oitenta e sete passageiros do sexo masculino, cinco mulheres, seis vacas, oito porcos, três gatos, dezoito marinheiros, um capitão holandês, um piloto chileno e um cozinheiro chinês. Eliza também estava no navio, mas a única pessoa que sabia de sua existência a bordo era Tao Chi'en.

Os passageiros de primeira classe amontoavam-se na ponte da proa, sem grande privacidade, mas em situação muito mais cômoda do que todos os demais, alojados em camarotes minúsculos, com quatro camas em cada um, ou no chão das cobertas, em locais escolhidos na sorte para se acomodar juntamente com seus pertences. Um camarote abaixo da linha da água foi reservado para cinco chilenas que iam atrás de riqueza na Califórnia. No porto de Callao, subiram duas peruanas, que se juntaram a elas sem maiores cerimônias, de modo que cada cama passou a ser ocupada por duas. O capitão Vincent Katz recomendou à tripulação e aos passageiros que não mantivessem o menor contato social com as referidas damas, pois não estava disposto a tolerar comércio indecente em seu navio, e no seu modo de ver estava claro que aquelas viajantes não eram as mais virtuosas, mas é lógico que suas ordens foram violadas uma vez ou outra durante a travessia. Os homens sentiam falta de companhia feminina, e elas, humildes meretrizes lançadas à aventura, não tinham sequer um peso em suas bolsas. Bem atados em pequenos currais da ponte inferior, as vacas e os porcos deviam prover de leite e carne fresca os viajantes, cuja dieta consistia basicamente em feijão, biscoitos duros e escurecidos, carne-seca salgada e mais aquilo que conseguissem pescar. Para compensar tamanha escassez, os passageiros com mais recursos levavam seus próprios mantimentos, com destaque para os vinhos e os cigarros, mas a maioria praticamente passava fome. Havia sempre dois gatos soltos, com a missão de espantar os ratos, que, de outro modo, se reproduziriam sem controle durante os dois meses da viagem. O terceiro viajava em companhia de Eliza.

No ventre do *Emilia*, empilhavam-se as variadas bagagens dos viajantes e os pacotes de mercadorias destinados à venda na Califórnia, tudo organizado de modo a tirar o máximo proveito do limitado espaço dos porões. Em nada daquilo se tocaria antes do destino final do navio, e ali ninguém entrava, exceto o cozinheiro, o único com acesso autorizado aos alimentos secos, severamente racionados. Tao Chi'en mantinha as chaves presas na cintura e respondia perante o próprio capitão por aquilo que estava armazenado na despensa. Ali, no mais profundo e escuro do porão, em um espaço de apenas dois metros por dois, viajava Eliza. As paredes e o teto de seu cubículo eram formados por baús e caixas de mercadorias, sua cama era um saco, e a única luz vinha de um toco de vela. Dispunha de uma tigela para comer, de um jarro de água e de um urinol. Podia dar dois passos e estirar-se entre as caixas; e podia chorar e gritar à vontade, pois o açoite das ondas contra o casco engolia-lhe a voz. Seu único laço com o mundo exterior era Tao Chi'en, que, sob diversos pretextos, descia até lá, tratando então de alimentá-la e esvaziar-lhe o urinol. A companhia de Eliza era um gato, encerrado na despensa para controlar os ratos, mas, no decorrer das terríveis semanas de navegação, o infeliz animal foi ficando louco, e assim, por mais que lastimasse, já perto do final, Tao Chi'en teve de cortar-lhe o pescoço com sua faca.

Eliza entrou no navio dentro de um saco levado por um estivador, um dos muitos que ajudaram a carregar o *Emilia* em Valparaíso. Jamais soube o que Tao Chi'en havia feito para conquistar a cumplicidade do estivador e burlar a vigilância do capitão e do piloto, que anotavam em um livro tudo que entrava. Tinha fugido de casa poucas horas antes, mediante um complicado ardil, que incluía a falsificação de um convite escrito da família del Valle para passar alguns dias em sua fazenda. Não era uma ideia que parecesse absurda. Em duas ocasiões anteriores, as filhas de Agustín del Valle tinham feito aquele mesmo convite a Eliza, e Miss Rose lhe dera permissão para ir, sempre acompanhada por Mama Frésia. Despediu-se de Jeremy, Miss Rose e seu tio John com fingida naturalidade, enquanto sentia no peito o peso de um rochedo. Viu-os sentados à mesa do café da manhã, lendo jornais ingleses, ignorando completamente seus planos, e uma dolorosa incerteza esteve a ponto de fazê-la desistir. Eles eram a sua única família, representavam segurança e bem-estar, mas àquela altura já cruzara a linha da decência e não tinha mais como voltar. Os Sommers haviam-na educado dentro das estritas normas do bom comportamento, e uma falta tão grave maculava o prestígio de todos. Com sua fuga, a reputação da família ficaria enodoada, mas pelo menos existiria uma dúvida: sempre poderiam dizer que ela havia morrido. Fosse qual fosse a explicação que dessem ao mundo, ela não estaria ali para vê-los passar vergonha. A odisseia de sair em busca do amante parecia-lhe o único caminho possível, mas, naquele momento de silenciosa despedida, viu-se assaltada por tamanha tristeza que esteve a ponto de cair no choro e confessar tudo. Mas então a última imagem de Joaquín Andieta na noite da partida apresentou-se a ela, com uma precisão atroz, a fim de lembrá-la das obrigações do amor. Ajeitou as mechas soltas do penteado, cobriu a cabeça com um chapéu de palha italiano e saiu dizendo adeus com um gesto de mão.

Levava a maleta arrumada por Miss Rose com seus melhores vestidos de verão, algum dinheiro, subtraído do aposento de Jeremy Sommers e as joias de seu enxoval. Viu-se tentada a apoderar-se também das joias de Miss Rose, mas no último instante derrotou-a o grande respeito por aquela mulher que lhe havia servido de mãe. Em seu aposento, dentro de um cofre vazio, deixou uma breve nota agradecendo o muito que havia recebido e reiterando quanto os amava. Acrescentou uma confissão do que levava em sua bagagem, a fim de proteger os serviçais de qualquer suspeita. Mama Frésia havia posto na maleta suas botinas mais resistentes, assim como seus cadernos e o maço de cartas de amor de Joaquín Andieta. Levava ainda uma pesada manta de lã de Castela, presente de seu tio John. Saíram sem provocar suspeitas. O cocheiro deixou-as na rua da família del Valle e, sem esperar que abrissem a porta, perdeu-se de vista. Mama Frésia e Eliza correram na direção do porto a fim de encontrar-se com Tao Chi'en, no lugar e na hora acertados.

O homem aguardava-as. Tirou a maleta das mãos de Mama Frésia e, com um gesto, disse a Eliza que o seguisse. A jovem e Mama Frésia abraçaram-se prolongadamente. Tinham certeza de que não voltariam a se ver, mas nenhuma das duas verteu uma lágrima.

— O que vai dizer a Miss Rose, mãezinha?

— Nada. Agora mesmo vou para minha aldeia, no Sul, onde nunca ninguém me encontrará.

— Obrigada, mãezinha. Sempre vou me lembrar da senhora...

— E eu vou rezar para que tudo saia bem com você, minha filha — foram as últimas palavras que Eliza ouviu dos lábios de Mama Frésia, antes de entrar em um casebre de pescador, seguindo os passos do cozinheiro chinês.

No sombrio casebre de madeira sem janelas, onde tudo cheirava a redes úmidas e cuja única ventilação era a que entrava pela porta, Tao Chi'en entregou a Eliza umas calças acolchoadas e um blusão muito gasto pelo uso, mandando que os vestisse. Não deu mostras de retirar-se ou mesmo de virar-se por discrição. Eliza vacilou, jamais havia trocado de roupa diante de um homem, exceto Joaquín Andieta, porém Tao Chi'en não percebeu seu estado de confusão, pois lhe faltava o sentido da privacidade; o corpo e suas funções eram para ele perfeitamente naturais, e considerava o pudor mais como um inconveniente do que como uma virtude. Ela compreendeu que aquele não era um bom momento para escrúpulos, que o navio partiria naquela mesma manhã e que os últimos botes estavam levando as bagagens que ainda faltavam. Tirou o chapeuzinho de palha, desabotoou as botinas de camurça e o vestido, soltou as cintas que prendiam as anáguas e, morta de vergonha, pediu ao chinês que a ajudasse a desatar o corpete. À medida que suas vestimentas de menina inglesa se amontoavam no chão, ia perdendo um a um os contatos com a realidade conhecida e entrando, inexoravelmente, na estranha atmosfera que envolveria sua vida nos anos que viriam. Experimentou nitidamente a sensação de que estava começando outra história, na qual ela seria, ao mesmo tempo, protagonista e narradora.

O Quarto Filho

Nem sempre se chamara Tao Chi'en. De fato, não tivera nome nenhum até os onze anos, pois seus pais eram pobres demais para ocupar-se de semelhantes detalhes: chamava-se simplesmente o Quarto Filho. Havia nascido nove anos antes de Eliza, em uma aldeia da província de Kuangtung, a um dia e meio de distância da cidade de Cantão. Vinha de uma família de curandeiros. Durante incontáveis gerações, os homens de seu sangue haviam passado de pais para filhos os conhecimentos sobre plantas medicinais, a arte de extrair maus humores, a magia para espantar demônios e a habilidade para regular a energia *qi*. No ano em que o Quarto Filho nasceu, a família estava em grande miséria, tendo perdido parte da terra para os agiotas e os donos da jogatina. Os funcionários do Império arrecadavam impostos, guardavam o dinheiro e, em seguida, aplicavam novos tributos a fim de cobrir os seus roubos, além de cobrar subornos e comissões ilegais. Como a maioria dos camponeses, a família do Quarto Filho não podia pagar o que cobravam. Às vezes conseguiam salvar das garras dos mandarins um pouco dos rendimentos, mas logo suas escassas moedas eram perdidas no jogo, uma das poucas diversões ao alcance dos pobres. Apostava-se em corridas de sapos e grilos, em brigas de baratas ou no *fan tan*, além de muitos outros jogos populares.

O Quarto Filho era um menino alegre, que ria por nada, mas também tinha uma tremenda capacidade de atenção e vontade de aprender. Aos sete anos, sabia que o talento de um bom curandeiro consistia em manter o equilíbrio do *yin* e do *yang*; aos nove, conhecia as propriedades das plantas da região, tornando-se capaz de ajudar o pai e os irmãos no complicado preparo dos emplastros, pomadas, tônicos, bálsamos, xaropes, pós e pílulas da farmacopeia camponesa. Em companhia do Primeiro Filho, seu pai ia, a pé, de aldeia em aldeia, oferecendo curas e remédios, enquanto os filhos Segundo e Terceiro cultivavam um mísero pedaço de terra, o único capital da família. Ao Quarto Filho, cabia a missão de colher plantas, o que, afinal, ele gostava de fazer, porque lhe permitia vagar pelos arredores sem ser vigiado, enquanto inventava brincadeiras e imitava os gorjeios dos pássaros. Às vezes, quando lhe restava alguma disposição depois de ter se desincumbido das intermináveis tarefas caseiras, sua mãe o acompanhava, já que, devido à sua condição de mulher, não podia trabalhar a terra sem tornar-se alvo das burlas dos vizinhos. Iam sobrevivendo a duras penas, cada vez mais endividados, até que chegou aquele fatal ano de 1834, quando os piores demônios desabaram de uma vez só sobre a família. Primeiro, a irmã menor queimou-se da cabeça aos pés com uma panela de água fervendo. Aplicaram-lhe clara de ovo sobre as queimaduras e trataram-na com ervas geralmente indicadas para o caso, mas, em menos de três dias, a menina cansou de sofrer e morreu. A mãe não se recuperou do golpe. Havia perdido outros filhos ainda crianças, e cada um deles havia deixado uma ferida em sua alma, mas o acidente com a menina foi o último grão de arroz derramado da tigela. Começou a minguar a olhos vistos, a cada dia mais fraca, a pele esverdeada, os ossos quebradiços, sem que as beberagens do marido conseguissem deter o inexorável avanço de sua misteriosa enfermidade, até que certa manhã encontraram-na rígida, com um sorriso de alívio e os olhos em paz, pois afinal ia reunir-se aos filhos mortos. Tratando-se de uma mulher, os ritos fúnebres foram mais simples. Não puderam contratar um monge, nem tinham arroz para oferecer aos parentes e vizinhos durante a cerimônia, mas pelo menos tiveram a certeza de que o espírito da morta não havia procurado refúgio no telhado, no poço ou nos buracos dos ratos, de onde mais tarde poderia sair a fim de atormentá-los. Sem a presença da mãe, que, com seu esforço e ilimitada paciência, havia mantido a família unida, foi impossível deter a calamidade. Aquele foi um ano de tufões, de más colheitas e de fome generalizada, no decorrer do qual o vasto território da China encheu-se de pedintes e bandidos. A menina de sete anos, que permanecia com a família, foi vendida a um intermediário, e nunca se soube que fim levou. O Primeiro Filho, que deveria suceder ao pai no ofício de médico ambulante, foi mordido por um cão raivoso e morreu pouco depois com o corpo esticado como um arco e soltando espuma pela boca. Os filhos Segundo e Terceiro já estavam em idade de trabalhar, sobre eles recaindo a tarefa de cuidar do pai enquanto este estivesse vivo, realizar os ritos fúnebres quando ele morresse e honrar a sua memória, juntamente com a dos outros antepassados masculinos ao longo de cinco gerações. Não sendo particularmente útil nem havendo como alimentá-lo, o Quarto Filho foi vendido pelo pai, na condição de escravo e pelo prazo de dez anos, a uma caravana de comerciantes que passara pelas imediações da aldeia. O menino tinha, então, onze anos.

Graças a um daqueles acontecimentos fortuitos que iriam fazê-lo mudar de rumo com frequência, o período de escravidão, que poderia ter sido infernal para o menino, foi, na verdade, muito melhor do que os anos vividos na casa paterna. Duas mulas arrastavam a carreta na qual levavam a carga mais pesada da caravana. Um enervante chiado acompanhava cada volta dada pelas rodas, que não eram lubrificadas justamente para espantar os demônios com o ruído. Para evitar que fugisse, amarraram a um dos animais o Quarto Filho, que chorava desconsolado desde o momento em que se separara do pai. Descalço e com sede, levando às costas a bolsa com seus escassos pertences, ele viu sumir no horizonte os tetos de sua aldeia e a paisagem familiar. A vida naquele casebre era tudo que conhecia, e não fora ruim, pois seus pais sempre o haviam tratado com ternura: sua mãe contava-lhe histórias e, mesmo nos tempos de maior pobreza, qualquer coisa era pretexto para rir e celebrar. Trotava ao lado da mula, convencido de que a cada passo adentrava ainda mais o território dos espíritos malignos, e temia que o chiado das rodas e as campainhas penduradas na carreta não fossem suficientes para protegê-lo. Entendia mal o dialeto dos viajantes, mas as poucas palavras apanhadas no ar iam lhe introduzindo nos ossos um verdadeiro pavor. Eles falavam dos muitos gênios descontentes que vagueavam pela região, almas perdidas de mortos que não tinham merecido um funeral apropriado. A fome, o tifo e a cólera haviam semeado aquela região com um número incrível de cadáveres, e não havia sobreviventes em número bastante para homenagear tantos defuntos. Felizmente, espectros e demônios tinham a fama de ser vagarosos: não sabiam dobrar uma esquina e facilmente se distraíam com ofertas de comida e presentes de papel. Algumas vezes, porém, ninguém conseguia separá-los, e então podiam materializar-se com disposição para ganhar a liberdade, matando forasteiros ou entrando em seus corpos a fim de obrigá-los a realizar impensáveis malfeitorias. Haviam se passado algumas horas de marcha; eram intensos o calor do verão e a sede, o menininho tropeçava a cada dois passos, e seus novos amos, impacientes, mas sem verdadeira maldade, açoitavam suas pernas com pequenas varas de arbustos. Ao pôr do sol, resolveram parar e acampar. Aliviaram os animais de suas cargas, acenderam o fogo, fizeram chá e se dividiram em pequenos grupos para jogar *fan tan* e *mah jong*. Por fim, alguém se lembrou do Quarto Filho e passou-lhe uma tigela de arroz e uma xícara de chá, que ele atacou com uma voracidade acumulada em meses e meses de fome. Naquele momento foram surpreendidos por um grande alarido e logo se viram envolvidos em uma nuvem de poeira. À gritaria dos malfeitores, somou-se a dos viajantes, e o aterrorizado menino tratou de esconder-se embaixo da carreta, até onde lhe permitia a corda à qual estava amarrado. Não se tratava de uma legião de demônios, como a princípio haviam imaginado, mas de um dos muitos bandos de salteadores que, burlando os ineficientes soldados do Império, dominavam as estradas naqueles tempos de desespero. Assim que se recuperaram da surpresa, os mercadores apanharam suas armas e enfrentaram os fora da lei numa batalha de gritos, ameaças e tiros, que durou apenas alguns minutos. Quando a poeira baixou, um dos bandidos havia escapado e os outros dois estavam caídos com sérios ferimentos. Arrancaram os trapos que lhes escondiam a cara e constataram que se tratava apenas de adolescentes vestidos de farrapos e armados com cacetes e lanças improvisadas. Resolveram que seriam decapitados sem delongas, para que sofressem a humilhação de deixar este mundo esquartejados, e não inteiros, como haviam chegado, e empalaram as cabeças em estacas fincadas dos dois lados da estrada. Recobrada a tranquilidade, notou-se que um dos integrantes da caravana estava caído e se debatia com enorme ferimento de lança na coxa. O Quarto Filho, que havia passado o tempo todo paralisado de horror embaixo da carreta, saiu arrastando-se de seu esconderijo e, respeitosamente, pediu permissão aos honrados comerciantes para cuidar do ferido, e, como não havia alternativa, autorizaram. O menino pediu chá para lavar a ferida, em seguida tirou do bolso um frasquinho com *oai yao*. Aplicou uma pasta branca no ferimento, atou a perna com firmeza e anunciou, sem a menor vacilação, que, em menos de três dias, a ferida estaria fechada. E fechou. O episódio o salvou de passar os dez anos seguintes trabalhando como escravo e sendo mais maltratado do que um cão, pois, graças às suas habilidades, os comerciantes o venderam em Cantão a um célebre médico, experiente em métodos tradicionais e mestre de acupuntura — um *zhong yi* —, que andava à procura de um aprendiz. Com aquele sábio, o Quarto Filho adquiriu conhecimentos que jamais teria obtido com seu rude pai.

O velho mestre era um homem plácido, com uma cara lisa de lua cheia, voz lenta, mãos ossudas e sensíveis, seus melhores instrumentos de trabalho. Seu primeiro cuidado foi dar um nome ao criado. Consultou livros de astrologia e adivinhação, descobrindo afinal o nome que correspondia aos signos do menino: Tao. Era uma palavra de vários significados, entre os quais caminho, direção, sentido e harmonia, mas queria dizer, sobretudo, "a viagem da vida". Ao nome escolhido, o mestre acrescentou o seu próprio sobrenome.

— Vais te chamar Tao Chi'en. Esse nome te inicia no caminho da medicina. Teu destino será dar alívio à dor das outras pessoas e alcançar a sabedoria. Serás um *zhong yi*, como eu.

Tao Chi'en... O jovem aprendiz recebeu o nome com gratidão. Beijou as mãos de seu novo amo e sorriu pela primeira vez desde a sua saída de casa. O impulso nascido da alegria, que antes o fazia dançar sem nenhum motivo particular, voltou a palpitar em seu peito e, durante semanas, o sorriso não lhe saiu dos lábios. Andava aos saltos pela casa, saboreando seu nome como se o fruísse, como se tivesse um caramelo na boca, repetindo-o em voz alta, sonhando, até que conseguiu identificar-se plenamente com ele. Seu mestre, que seguia Confúcio nas questões práticas e Buda no terreno das ideias, ensinou-lhe com mão firme, mas ao mesmo tempo com muita ternura, a disciplina que o levaria a fazer dele um bom médico.

— Se eu conseguir ensinar-te tudo o que pretendo — disse o médico ao menino —, algum dia serás um homem muito instruído.

O médico assegurava que os ritos e cerimoniais eram tão necessários quanto as normas da boa educação e o respeito pelas hierarquias. Valia pouco o conhecimento sem sabedoria, não podia haver sabedoria sem espiritualidade e a verdadeira espiritualidade sempre incluiria o serviço ao próximo. Conforme explicara muitas vezes, o essencial em um bom médico era a abertura para a compaixão e o sentido da ética, sem os quais a sagrada arte da cura poderia degenerar em simples charlatanice. Gostava do sorriso fácil de seu aprendiz.

— Já avançaste um bom pedaço no caminho da sabedoria, Tao. O sábio está sempre alegre — afirmava o mestre.

Durante todo o ano, Tao Chi'en levantava-se ao amanhecer, como qualquer estudante, dedicando uma hora à meditação, aos cânticos e às orações. Tinha apenas um dia de descanso para a celebração do Ano-Novo, e trabalhar e estudar eram suas únicas ocupações. Antes de tudo, devia dominar com perfeição o chinês escrito, meio oficial de comunicação naquele imenso território com suas centenas de povos e línguas. O mestre era inflexível no tocante à beleza e à precisão da caligrafia, que, no seu entender, distinguia o homem refinado do indivíduo tolo e inculto. Insistia, ainda, em desenvolver no discípulo a sensibilidade artística, que, segundo ele, caracterizava as pessoas superiores. Como todo chinês civilizado, sentia um irreprimível desprezo pela guerra, admirando, em troca, as artes da música, pintura e literatura. Com ele, Tao Chi'en aprendeu a apreciar a delicadeza de uma teia de aranha perlada de gotas de orvalho à luz do amanhecer e expressar seu deleite em inspirados poemas escritos em caligrafia elegante. Na opinião do mestre, só havia uma coisa pior do que não escrever poesia: escrever poesia ruim. Naquela casa, o menino presenciava frequentes reuniões, durante as quais os convidados compunham versos na inspiração do momento, e admirando o jardim, enquanto ele servia o chá e escutava encantado. Era possível alcançar-se a imortalidade escrevendo um livro, principalmente se fosse de poesia, afirmava seu mestre, que já havia escrito vários. Aos grosseiros conhecimentos práticos que Tao Chi'en havia adquirido vendo o pai trabalhar, foi acrescentado o impressionante volume teórico da antiga medicina chinesa. O jovem aprendeu que o corpo humano é composto de cinco elementos — madeira, fogo, terra, metal e água —, os quais se associam a cinco planetas, cinco condições atmosféricas, cinco cores e cinco notas musicais. Mediante o uso adequado de plantas medicinais, acupuntura e ventosas, um bom médico podia prevenir e curar muitos males, além de controlar a energia masculina — *yin* —, ativa e ágil, e a energia feminina, passiva e escura — *yang*. Contudo, o propósito de tal arte era menos eliminar doenças do que manter a harmonia. "Deves escolher teus alimentos, orientar a posição de tua cama e conduzir tua meditação conforme a estação do ano e a direção do vento. Assim estarás sempre em consonância com o universo", aconselhava o mestre.

O *zhong yi* mostrava-se feliz com sua sorte, embora a falta de descendentes pesasse como uma sombra na serenidade de seu espírito. Não gerara filhos, apesar das ervas milagrosas que havia ingerido regularmente, durante a vida inteira, a fim de limpar o sangue e fortalecer o sexo, e dos remédios e encantamentos aplicados às duas esposas, mortas em plena juventude, assim como às numerosas concubinas que vieram depois delas. Tinha de aceitar com humildade que a culpa não fora daquelas abnegadas mulheres, mas da apatia de seu líquido viril. Nenhum dos remédios para a fertilidade, que lhe haviam servido para ajudar outras pessoas, surtira resultado em si mesmo, o que o levou a resignar-se com o inegável fato de que seus rins estavam secos. Deixou de castigar suas mulheres com exigências inúteis e passou a gozá-las plenamente, de acordo com os preceitos dos belos *livros de travesseiro* que colecionava. Mas já fazia muito tempo que o velho havia desistido daqueles prazeres, tornando-se cada vez mais interessado em adquirir novos conhecimentos e a percorrer o estreito caminho da sabedoria, razão pela qual fora se desfazendo, uma a uma, das concubinas, cuja presença o distraía de seus trabalhos intelectuais. Não necessitava ter diante dos olhos uma jovem para descrevê-la em poemas de alta qualidade; bastava lembrar-se dela. Também havia desistido dos filhos legítimos, mas tinha de pensar no futuro. Quem o ajudaria na última etapa e na hora da morte? Quem limparia seu sepulcro e veneraria sua memória? Já havia tentado formar vários aprendizes, e cada um deles despertara seu desejo de adotá-lo como filho, mas nenhum se mostrara digno de tamanha honra. Tao Chi'en não era mais inteligente nem mais intuitivo do que os outros, mas carregava dentro de si uma obsessiva vontade de aprender, que o mestre reconheceu imediatamente, até porque era idêntica à sua. Além disso, era um menininho meigo e divertido, fácil de tornar motivo de carinho do mestre. Nos anos de convivência com ele, chegou a estimá-lo o bastante para perguntar frequentemente a si mesmo como era possível que não fosse seu filho de verdade. Contudo, a estima pelo aprendiz não o cegava; sua experiência lhe dizia que as mudanças ocorridas na adolescência costumam ser muito profundas, e assim não podia predizer que tipo de homem ele seria. Como diz um provérbio chinês: "O fato de seres brilhante quando jovem não significa que, adulto, prestes para alguma coisa". Tinha medo de equivocar-se mais uma vez, e preferia esperar com paciência que se revelasse a verdadeira natureza do menino. Enquanto isso, cuidaria de orientá-lo, à semelhança do que fazia com as jovens árvores de seu jardim, tendo por finalidade ajudá-lo a crescer corretamente. Este pelo menos aprende com rapidez, pensava o velho médico, calculando quantos anos de vida lhe restavam. De acordo com suas observações astrológicas e a cuidadosa observação de seu próprio corpo, não teria tempo para treinar outro aprendiz.

Cedo, Tao Chi'en aprendeu a escolher, no mercado e nas tendas dos herbanários — regateando, como era seu dever —, os vegetais de que necessitava para preparar os remédios sem a ajuda do mestre. Observando o trabalho do médico, descobriu como funcionavam os intrincados mecanismos do corpo humano, os procedimentos para esfriar as pessoas febris ou de temperamento afogueado, dar calor aos que sofriam antecipadamente o frio da morte, melhorar os sucos internos dos estéreis e secar aqueles que estavam esgotados pelos fluxos. Fazia largas incursões pelos campos à procura das melhores plantas em seu ponto exato de maior eficácia, levando-as envolvidas em trapos úmidos para que se mantivessem frescas durante a caminhada até a cidade. Quando completou catorze anos, o mestre considerou-o maduro para a prática da medicina, e o mandava regularmente atender prostitutas, ordenando-lhe terminantemente que se abstivesse de ter relações com elas, pois, como ele mesmo podia comprovar ao examiná-las, elas levavam a morte nas costas.

— As doenças dos bordéis matam mais gente do que o ópio e o tifo. Mas, se cumprires com as tuas obrigações e aprenderes com rapidez, no devido momento te comprarei uma garota virgem — prometeu o mestre.

Embora Tao Chi'en houvesse passado fome na infância, seu corpo esticou tanto que ele acabou mais alto do que qualquer outro membro da família. Aos catorze anos, não sentia atração nenhuma pelas mulheres de aluguel, apenas curiosidade científica. Eram tão diferentes dele, viviam em um mundo tão remoto e secreto, que não podia realmente considerá-las humanas. Mais tarde, quando o repentino assalto de sua própria natureza tirou-o dos eixos e ele se pôs a andar como um bêbado, tropeçando na sombra, seu preceptor lamentou ter-se distanciado de suas concubinas. Nada distraía tanto um bom estudante de suas responsabilidades quanto o estalido das forças viris. Ter mulher o tranquilizaria e, de quebra, serviria para aumentar seus conhecimentos práticos, mas, como a ideia de comprar uma lhe parecesse incômoda — sentia-se confortável em seu universo estritamente masculino —, obrigava Tao a tomar infusões destinadas a lhe acalmar os ardores. O *zhong yi* deixara de lembrar-se de como era o furacão das paixões carnais, e, com a melhor das intenções, mandava o aluno ler os *livros de travesseiro* de sua biblioteca, sem medir o efeito enervante que teriam sobre o coitado do menino. Fazia-o memorizar cada uma das duzentas e vinte e duas posições amorosas, com seus nomes poéticos, exigindo-lhe que as identificasse, sem vacilar, nas belas ilustrações dos livros, o que contribuía notavelmente para a falta de atenção do jovem.

Tao Chi'en familiarizou-se com a cidade de Cantão, como se ela não fosse maior do que a sua pequena aldeia. Gostava daquela velha cidade cercada de muralhas, caótica, de ruas tortuosas e canais, onde palácios e casebres se misturavam em total promiscuidade, e onde havia pessoas que nasciam e morriam em barcos que flutuavam no rio, sem jamais pôr os pés em terra firme. Acostumou-se ao clima úmido e quente dos longos meses de verão açoitados por tufões, mas agradável no inverno, de outubro a março. Cantão estava fechada aos forasteiros, o que não impedia a cidade de, vez por outra, ser atacada por piratas com bandeiras de outras nações. Havia alguns postos de comércio com os quais os estrangeiros podiam trocar mercadorias apenas de novembro a maio, mas os impostos, os regulamentos e os obstáculos eram tantos que os comerciantes internacionais preferiam estabelecer-se em Macau. De manhã cedo, quando Tao Chi'en saía para ir ao mercado, costumava encontrar meninas recém-nascidas atiradas à rua ou flutuando nos canais, frequentemente destroçadas pelos dentes dos cães ou dos ratos. Ninguém queria meninas, elas eram descartáveis. Para que alimentar uma filha que nada valia e cujo destino era terminar como serva da família do marido? "É preferível ter um filho disforme a uma dúzia de filhas sábias como Buda", rezava um provérbio popular. Havia, portanto, meninos em excesso, mas, mesmo assim, eles continuavam a nascer como ratos. Proliferavam-se por toda parte os bordéis e os lugares para fumar ópio. Cantão era uma cidade populosa, rica e alegre, repleta de templos, restaurantes e casas de jogo, nos quais se celebravam ruidosamente as datas festivas do calendário. Até castigos e execuções se convertiam em motivo de festa. As multidões se reuniam para aplaudir os carrascos, com seus aventais ensanguentados e seus vários e afiados facões, com os quais decepavam cabeças de um só golpe. A justiça era aplicada de forma rápida e simples, sem apelação possível nem crueldade desnecessária, exceto no caso de traição ao imperador, o pior de todos os crimes, pago com morte lenta, desterro e rebaixamento de todos os parentes à escravidão. As faltas menores eram castigadas com açoites ou com a aplicação de uma canga de madeira ao pescoço, que imobilizava o culpado por vários dias, impedindo-o de descansar ou valer-se das mãos para comer ou coçar-se. Nas praças e nos mercados, exibiam-se os contadores de histórias, que, como os monges mendicantes, viajavam pelo país preservando uma tradição oral várias vezes milenar. Malabaristas, acrobatas, encantadores de serpentes, travestis, músicos itinerantes, magos e contorcionistas encontravam-se nas ruas, enquanto ao redor deles agitava-se o comércio de seda, chá, jade, especiarias, ouro, cascos de tartaruga, porcelana, marfim e pedras preciosas. Vegetais, frutas e carnes eram vendidos em confusa mistura: repolhos e tenros brotos de bambu ao lado de gatos enjaulados, cães e *mapaches* que o açougueiro matava a pedido dos clientes, arrancando-lhes a pele com um único puxão. Havia longas ruas em que só se vendiam pássaros, pois em nenhuma casa podiam faltar aves e gaiolas, das mais simples às confeccionadas com delgadas peças de madeira incrustadas de prata e nácar. Outros trechos do mercado eram reservados aos peixes exóticos, que atraíam a sorte favorável. Sempre curioso, Tao Chi'en se distraía observando e fazendo amigos, e então tinha de correr para cumprir sua obrigação na área onde vendiam os produtos usados em seu ofício. Podia identificá-los de olhos fechados, pelo cheiro penetrante das especiarias, plantas e cascas medicinais. As serpentes sem pele empilhavam-se enroladas como cachos cobertos de poeira; sapos, salamandras e estranhos animais marinhos pendiam de cordéis, lembrando colares; grilos e grandes besouros de casca rígida e fosforescente enlanguesciam em suas celas; macacos de todos os tipos esperavam a hora de morrer; patas de ursos e de orangotangos, chifres de antílopes e de rinocerontes, olhos de tigre, barbatanas de tubarão e garras de misteriosas aves noturnas eram vendidos a peso.

Os primeiros anos de Tao Chi'en em Cantão foram dedicados ao estudo, ao trabalho e ao serviço de seu velho mestre, que chegou a estimar como se fosse um avô. Anos felizes, aqueles. A lembrança de sua própria família apagou-se, e ele acabou por esquecer o rosto do pai e dos irmãos, mas não o da mãe, que lhe aparecia com frequência. Dentro de pouco tempo, o estudo deixou de ser visto como tarefa para se transformar em paixão. Cada vez que aprendia algo novo, voava até onde o mestre estivesse, a fim de contar o fato com um jorro de palavras. "Quanto mais aprenderes", o velho dizia rindo, "mais cedo descobrirás como é pouco o que sabes". Por iniciativa própria, Tao Chi'en resolveu dominar o mandarim e o cantonês, já que o dialeto de sua aldeia era por demais limitado. Como adquiria com enorme rapidez os conhecimentos do mestre, este costumava dizer, brincando, que o discípulo lhe roubava até os sonhos, mas a sua própria paixão pelo ato de ensinar tornava-o generoso. Dividiu com o garoto tudo que este queria conhecer, não somente em matéria de medicina, como também de outras áreas da sua vasta reserva de conhecimentos e refinada cultura. Bondoso por natureza, era, contudo, severo na crítica e exigente no esforço. Alegava: "Não me resta muito tempo e, como para o outro mundo não posso levar o que sei, alguém deverá utilizar esses conhecimentos depois de minha morte". Advertia-o, no entanto, contra a voracidade de conhecer, que pode desencadear em um homem tanto a gula como a luxúria. "O sábio nada deseja, não julga, não faz planos, mantém a mente aberta e o coração em paz", afirmava. Era grande a sua tristeza quando este o repreendia; Tao Chi'en chegava a preferir que ele o açoitasse, mas essa prática repugnava o temperamento do *zhong yi*, sempre atento para que a cólera não lhe guiasse as ações. As únicas ocasiões em que bateu nele com uma varinha de bambu, sem raiva, mas cerimoniosamente firme em seu propósito didático, foi ao comprovar, sem a menor dúvida, que seu aprendiz tinha cedido à tentação do jogo ou pago para ter uma mulher. Tao Chi'en havia se habituado a alterar as contas quando ia ao mercado, a fim de ter com que apostar nas casas de jogo, que o atraíam de modo irresistível, ou para alugar, por alguns momentos, com o desconto normalmente concedido a estudantes, os braços de alguma de suas pacientes dos bordéis. Seu amo descobria facilmente esses tropeços do discípulo, pois, quando perdia no jogo, não tinha como explicar para onde fora o dinheiro do troco, e, quando ganhava, não sabia dissimular a euforia. Já as mulheres deixavam seu cheiro na pele do rapaz.

— Tira a camisa, pois serei obrigado a te dar umas lambadas, para ver se afinal entendes as coisas, filho. Quantas vezes já te disse que os piores males da China são o jogo e o bordel? No primeiro, os homens perdem o produto de seu trabalho e, no segundo, perdem a saúde e até a própria vida. Com tais vícios, nunca serás nem um bom médico nem um bom poeta.

Tao Chi'en tinha dezesseis anos em 1839, quando estourou a Guerra do Ópio entre a China e a Grã-Bretanha. Era uma época em que o país fora invadido pelos mendigos. Verdadeiras massas humanas abandonavam os campos e, cobertos de farrapos e pústulas, os homens dirigiam-se às cidades, de onde eram expulsos à força, vendo-se obrigados a vagar como matilhas de cães famintos pelas estradas do Império. Bandos de foragidos e rebeldes batiam-se com as tropas do governo, numa infindável guerra de emboscadas. Era uma época de destruição e pilhagem. Os enfraquecidos exércitos imperiais, comandados por oficiais corruptos que recebiam ordens contraditórias de Pequim, não puderam fazer frente à poderosa e bem-disciplinada frota da marinha britânica. Não contavam com o apoio popular, pois os camponeses estavam cansados de ver suas culturas destruídas, suas aldeias em chamas e suas filhas violadas pela soldadesca. Ao fim de quase quatro anos de luta, a China teve de aceitar uma derrota humilhante, pagar aos vencedores o equivalente a vinte e um milhões de dólares, entregar-lhes Hong Kong e dar-lhes o direito de estabelecer "concessões", bairros residenciais amparados pelas leis da extraterritorialidade. Nesses locais, viviam os estrangeiros, com polícia, serviços, leis e governos próprios, protegidos pelas tropas de seus respectivos países; eram verdadeiras nações forâneas dentro do território chinês, de onde os europeus controlavam o comércio, principalmente o do ópio. Em Cantão, os vencedores só entraram cinco anos mais tarde, mas, ao comprovar a vergonhosa derrota de seu venerado imperador e ver o desmoronamento da economia e da moral de sua pátria, o velho mestre de acupuntura concluiu que já não tinha mais motivo para continuar a viver.

Nos anos da guerra, a alma do velho *zhong yi* ficara perturbada, e ele perdera a serenidade tão arduamente adquirida ao longo da existência. Seu distanciamento e falta de atenção no tocante às coisas materiais tornaram-se de tal maneira agudos que, depois de ver o mestre passar dias e dias sem alimentar-se, Tao Chi'en sentia-se na obrigação de dar-lhe comida na boca. As contas da casa descontrolaram-se, e os credores começaram a bater-lhe à porta, mas o velho mandava-os embora sem maiores considerações, pois tudo que tivesse a ver com dinheiro parecia-lhe uma carga vergonhosa, da qual os sábios estavam naturalmente livres. Na confusão senil daqueles anos finais, esquecera os bons propósitos de adotar seu aprendiz e conseguir-lhe uma esposa; na verdade, estava tão perturbado que, vez por outra, ficava a olhar para Tao Chi'en com expressão de perplexidade, sentindo-se incapaz de lembrar seu nome ou de situá-lo no labirinto de rostos que assaltavam sua mente, sem ordem e sem concerto. Mas teve ânimo de sobra para decidir sobre os detalhes de seu enterro, pois, para um chinês ilustre, o evento mais importante na vida era seu próprio funeral. A ideia de pôr fim ao seu desalento, escolhendo um meio elegante de morrer, rondava-o já havia algum tempo, mas esperou até o desenlace da guerra, alimentando a secreta e irracional esperança de ver o triunfo dos exércitos do Celeste Império. Para ele, a arrogância dos estrangeiros era intolerável, sentia um grande desprezo por aqueles *fan güey*, fantasmas brancos que não se lavavam, bebiam leite e álcool, ignoravam totalmente as regras da boa educação e eram incapazes de honrar corretamente os seus antepassados. Os acordos comerciais pareciam-lhe um favor concedido pelo imperador àqueles bárbaros ingratos, que, em vez de se curvarem em agradecimento e gratidão, exigiam cada vez mais. A assinatura do Tratado de Nanquim foi o golpe definitivo para o velho *zhong yi*. O imperador e todos os habitantes da China estavam desonrados. Como recuperar a dignidade depois de semelhante afronta?

O velho sábio envenenou-se bebendo ouro. Seu discípulo, ao voltar de uma de suas incursões ao campo, com a finalidade de recolher ervas, o encontrou no jardim, reclinado em almofadas de seda e vestido de branco, como sinal de seu próprio luto. Ao lado, estavam o chá ainda morno e o pincel ainda úmido de tinta. Sobre uma pequena mesa, havia um verso por terminar e o desenho de uma libélula perfilando-se na suavidade do pergaminho. Tao Chi'en beijou as mãos do homem que tanto lhe dera e, em seguida, parou um instante a fim de observar, à luz do entardecer, o desenho das asas transparentes do inseto, tal como o mestre certamente teria gostado que fizesse.

O funeral do sábio atraiu uma grande multidão, pois, em sua longa vida, ele havia ajudado milhares de pessoas a viverem com saúde e a morrerem sem angústia. Os funcionários e representantes do governo desfilaram com grande solenidade, os literatos recitaram seus melhores poemas e as cortesãs se apresentaram vestidas com seda. Um adivinho determinou o dia propício para o enterro, e um artista especializado em objetos fúnebres visitou a casa do defunto a fim de tirar cópias de suas obras de arte. Percorreu a casa lentamente, dando a impressão de que não tomava medidas nem notas, mas, embaixo das volumosas mangas de sua vestimenta, havia tabuinhas de cera, nas quais suas unhas iam fazendo certas marcas; nos dias seguintes o artista usou papel para fazer miniaturas da casa, com suas divisões e seus móveis, além dos objetos favoritos do morto, a serem queimados juntamente com molhos de dinheiro, igualmente de papel. No outro mundo, não devia faltar ao mestre nada daquilo que desfrutara na terra. O ataúde, enorme e decorado como uma carruagem imperial, passou pelas avenidas da cidade entre duas fileiras de soldados em uniforme de gala, precedidos por cavaleiros ataviados de cores brilhantes e uma banda de músicos com címbalos, tambores, flautas, campainhas, triângulos metálicos e um conjunto de instrumentos de corda. A algaravia era insuportável, conforme, aliás, se esperava, tendo em vista a importância do extinto. Sobre a tumba, empilharam flores, roupas e alimentos; acenderam velas e incenso, e queimaram finalmente o dinheiro e os numerosos objetos de papel. A tradicional tabuinha de madeira revestida de ouro, na qual estava gravado o nome do mestre, foi deixada sobre a tumba para acolher o espírito no momento em que o corpo retornasse à terra. Ao filho mais velho de um morto, cabia receber a tabuinha, levá-la para casa e depositá-la no lugar de honra, ao lado das tabuinhas dos outros antepassados masculinos, mas o médico não tinha quem cumprisse essa obrigação. Tao Chi'en era apenas um ajudante, e teria sido uma absoluta quebra da etiqueta oferecer-se para fazê-lo. Estava genuinamente comovido. Na multidão, ele era o único cujas lágrimas e gemidos expressavam dor verdadeira, mas a tabuinha ancestral foi parar nas mãos de um sobrinho distante, este, sim, moralmente obrigado a depositar oferendas e rezar diante dela a cada quinze dias, por ocasião de cada um dos festivais do ano.

Uma vez concluídos os solenes ritos funerários, os credores caíram como chacais sobre as propriedades do mestre. Violaram seus textos sagrados e seu laboratório, revolveram suas ervas, estragaram preparados medicinais, desordenaram suas coleções de poemas, levaram móveis e objetos de arte, pisotearam seu belo jardim e leiloaram sua velha mansão. Pouco antes, Tao Chi'en tinha posto a salvo as agulhas de ouro com que o mestre praticava acupuntura, uma caixa com instrumentos médicos e alguns remédios essenciais, bem como certa quantidade de dinheiro, que fora subtraindo aos poucos nos últimos três anos, desde que o patrão começara a perder-se na floresta da demência senil. Não tivera a intenção de roubar o venerável *zhong yi*, a quem estimava como um avô, mas de guardar aquele dinheiro para sustentá-lo na ocasião adequada, pois via as dívidas se acumulando e temia por seu futuro. O suicídio precipitou as coisas, e Tao Chi'en viu-se na posse de um pequeno e inesperado tesouro. Apoderar-se daqueles fundos podia custar-lhe a cabeça, pois seria considerado crime contra um superior, mas estava certo de que ninguém saberia daquilo, a não ser o espírito do morto, que certamente aprovaria sua atitude. Não teria ele preferido dar um prêmio ao seu fiel servente a pagar uma das muitas dívidas que agora eram cobradas pelos ferozes credores? Carregando aquele modesto tesouro e levando consigo uma única muda de roupa limpa, Tao Chi'en fugiu da cidade. Ocorreu-lhe fugazmente a ideia de voltar à aldeia natal, mas imediatamente a abandonou. Para a sua família, ele seria sempre o Quarto Filho e, como tal, devia submissão e obediência aos irmãos mais velhos. Teria de trabalhar para eles, aceitar a esposa que lhe escolhessem e resignar-se à miséria. Nada o impelia naquela direção, nem mesmo as obrigações para com o pai e os antepassados, que recaíam sobre os irmãos mais velhos. Tinha de ir para longe, para um lugar onde o braço da justiça chinesa não pudesse alcançá-lo. Tinha vinte anos, faltava-lhe um ano para terminar os dez de servidão, e qualquer um dos credores podia reclamar o direito de usá-lo como escravo nesse período.

Tao Chi'en

Tao Chi'en embarcou em uma sampana para Hong Kong, com a intenção de começar vida nova. Agora era um *zhong yi*, treinado na medicina tradicional chinesa pelo melhor mestre de Cantão. Devia eterna gratidão aos espíritos dos antepassados, que haviam orientado seu carma com tanta benevolência. O que iria fazer primeiro, decidiu, seria escolher uma mulher, pois já alcançara a idade indicada para casar-se, e o celibato pesava-lhe bastante. A falta de esposa era um indisfarçável sinal de pobreza. Alimentava a ambição de adquirir uma jovem delicada e dona de belos pés. Seus *lírios dourados* não poderiam ter mais de seis ou oito centímetros de comprimento, e deviam ser gorduchos e delicados ao tato, como os de um bebê de poucos meses. Sentia-se fascinado pelo modo de andar das jovens de pés minúsculos, com seus passos curtinhos e vacilantes, aparentando estar sempre a ponto de cair, as ancas projetadas para trás, balouçantes como os juncos que cresciam à beira do pequeno lago existente no jardim de seu mestre. Detestava os pés das camponesas — grandes, musculosos e frios. Em sua aldeia, tinha visto de longe algumas meninas veladas, orgulho de suas famílias, que certamente poderiam vendê-las por bom preço, porém somente quando começara a relacionar-se com as prostitutas de Cantão pudera apalpar um daqueles *lírios dourados*, extasiando-se com os pequeninos sapatos bordados que os traziam sempre cobertos, pois durante anos os ossos arruinados desprendiam uma substância malcheirosa. Depois de tocá-los, compreendeu que sua elegância era fruto de um sofrimento sem tréguas, e era isso que os tornava ainda mais valiosos. Só então, valorizou devidamente os livros dedicados aos pés femininos, colecionados por seu mestre, nos quais eram enumerados cinco tipos e dezoito diferentes estilos de *lírios dourados*. A mulher que Tao Chi'en esperava adquirir também deveria ser muito jovem, pois a beleza dura pouco, começando por volta dos doze anos e terminando logo depois dos vinte. Era o que seu mestre lhe havia explicado. Não por acaso, as mais célebres heroínas da literatura chinesa morriam sempre no exato momento em que eram mais encantadoras; benditas aquelas que desapareciam antes de serem destruídas pela idade e podiam ser lembradas na plenitude de seu frescor. Além disso, havia razões para preferir uma jovem núbil: ela lhe daria filhos varões e seria fácil domar seu caráter, a fim de torná-la verdadeiramente submissa. Nada podia ser mais desagradável do que uma esposa resmungona; tinha visto algumas que chegavam a cuspir e esbofetear seus maridos e filhos, às vezes em plena rua e diante da vizinhança. Receber semelhante afronta de mãos femininas era o pior dos desdouros para um homem. Na sampana que o levava devagar pela rota de cento e quarenta e quatro quilômetros entre Cantão e Hong Kong, distanciando-o paulatinamente de sua vida anterior, Tao Chi'en sonhava com essa jovem e também com o prazer e os filhos que ela lhe traria. Contava e recontava o dinheiro que levava na bolsa, como se pudesse aumentá-lo mediante cálculos abstratos, mas ficava claro que, mesmo assim, não teria o suficiente para comprar uma esposa com tais qualidades. No entanto, por maior que fosse a urgência, não pensava em se conformar com uma inferior, em viver o resto de seus dias ao lado de uma esposa de pés grandes e caráter voluntarioso.

A Ilha de Hong Kong apresentou-se repentinamente aos olhos do jovem, com seu perfil montanhoso e sua verde natureza, emergindo como uma sereia das águas azuis do Mar da China. Assim que a leve embarcação atracou no porto, Tao Chi'en notou a presença dos odiados estrangeiros. Antes, havia divisado alguns, mas de longe; agora eles estavam bem perto, e quase se dispunha a tocá-los, a fim de comprovar se aquelas criaturas grandalhonas e sem graça eram realmente humanas. Descobriu com assombro que muitos *fan güey* tinham cabelos dourados ou ruivos, olhos claros e pele tão avermelhada quanto a de uma lagosta em água fervente. As mulheres, que lhe pareceram feíssimas, usavam chapéus cobertos de penas e flores, talvez com a intenção de dissimular seus cabelos diabólicos. Vestiam-se de maneira estranha, com roupas duras e coladas ao corpo; talvez fosse por isso que se moviam como robôs, que não se inclinavam amavelmente para saudar os outros, passando rígidas, sem olhar para ninguém, e sofrendo em silêncio o calor do verão dentro de sutis vestimentas incômodas. No porto havia uma dúzia de navios europeus, cercados por milhares de embarcações asiáticas de todos os tamanhos e cores. Nas ruas viu alguns coches puxados por cavalos e conduzidos por homens uniformizados, perdidos entre os veículos de transporte movidos pela força humana, liteiras, palanquins, macas, homens que simplesmente transportavam seus clientes nas costas. O cheiro de peixe atingiu-o como um soco, lembrando-lhe que estava com fome. O primeiro a fazer, portanto, seria descobrir um daqueles lugares onde vendiam comida, assinalados por longas faixas de pano amarelo.

Tao Chi'en comeu como um príncipe em um restaurante cheio de gente que ria e falava aos gritos, sinal inequívoco de alegria e boa digestão; saboreou pratos delicados que, na casa do mestre, haviam caído no esquecimento. O *zhong yi* fora muito guloso durante quase toda a vida, e se vangloriava de ter tido a seu serviço os melhores cozinheiros de Cantão, mas, nos últimos anos, alimentara-se apenas de chá-verde, arroz e alguns poucos vegetais. Ao escapar de sua servidão, Tao Chi'en estava tão fraco quanto qualquer um dos muitos tuberculosos de Hong Kong. Aquela foi sua primeira refeição decente em muito tempo, e o fato é que se extasiou com os sabores, os aromas e as texturas da comida. O festim terminou com um cachimbo prazerosamente aspirado. Saiu para a rua flutuando e rindo sozinho, como um louco: nunca se sentira tão entusiasmado e tão bafejado pela sorte. Aspirou o ar ao redor, muito parecido com o de Cantão, e concluiu que seria fácil conquistar aquela cidade, à semelhança do que fizera com a outra, nove anos antes. Primeiro iria ao mercado e ao bairro dos curandeiros e vendedores de ervas, onde esperava encontrar hospedagem e oferecer seus serviços profissionais. Em seguida, voltaria a pensar na mulher de pés pequenos...

Naquela mesma tarde Tao Chi'en conseguiu hospedar-se no sótão de uma grande casa dividida em muitos cômodos pequeninos, em cada um dos quais se abrigava uma família, um autêntico formigueiro humano. Seu aposento, tenebroso túnel de um metro de largura por três de comprimento, desprovido de janela, escuro e quente, atraía os cheiros dos alimentos e dos dejetos de outros inquilinos, misturados com a inconfundível pestilência da sujeira. Em comparação com a refinada casa de seu mestre, aquilo era como viver em um buraco de ratos, mas então se lembrou de que, na cabana do pai, fora ainda mais pobre do que agora. Como solteiro, não necessitava de mais espaço nem de nenhum luxo, nada além de um local para desenrolar a esteira de dormir e acomodar sua pequena bagagem. Mais à frente, quando se casasse, procuraria uma residência apropriada, na qual também pudesse preparar seus medicamentos, atender seus clientes e ser corretamente servido pela mulher. Por ora, enquanto procurava fazer alguns contatos indispensáveis para conseguir trabalhar, aquele espaço pelo menos lhe oferecia um teto e um pouquinho de privacidade. Deixou suas coisas ali e foi tomar um bom banho, fazer a barba e refazer a trança que lhe caía pelas costas. Assim que se julgou apresentável, partiu em busca de uma casa de jogo, disposto a duplicar seu capital o mais rapidamente possível; era assim que pretendia dar os primeiros passos no caminho do êxito.

Em menos de duas horas apostando no *fan tan*, Tao Chi'en perdeu todo o seu dinheiro, e só não perdeu os instrumentos com que praticava a medicina porque não os levava consigo. A gritaria na sala de jogo era ensurdecedora, as apostas faziam-se por meio de sinais, em meio a uma espessa nuvem de fumaça de tabaco. O *fan tan* era muito simples, consistia em um punhado de botões embaixo de uma xícara. Faziam-se as apostas, mostravam-se os quatro botões, e ganhava quem adivinhasse quantos restavam embaixo da xícara — um, dois, três ou nenhum. Tao Chi'en mal podia ver as mãos do homem que lançava os botões e os contava. Teve a impressão de que ele trapaceava, mas acusá-lo em público seria uma ofensa muito grave, poderia pagar com a vida caso estivesse enganado. Em Cantão, todos os dias eram encontrados nas imediações das casas de jogo vários cadáveres de perdedores inconformados; não podia ser diferente em Hong Kong. Voltou ao túnel do sótão e se deitou na esteira, chorando como um bebê, pensando nas cipoadas que havia recebido de seu velho mestre. O desespero durou até o dia seguinte, quando, então, compreendeu, com assombrosa clareza, a impaciência e a soberba que o possuíam. Neste momento, pôs-se a rir da lição que acabara de receber, convencido de que o espírito travesso do mestre viera até ele a fim de lhe ensinar algo mais. Havia despertado em meio a uma profunda obscuridade, que não o impedia, porém, de ouvir os ruídos da casa e da rua. Vestiu, às apalpadelas, sua única muda de roupa limpa, mas ainda rindo sozinho; apanhou sua maleta de médico e dirigiu-se ao mercado. No local onde se alinhavam as barracas dos tatuadores, cobertas de cima a baixo com tiras de pano e papel em que eram exibidas as figuras que podiam ser gravadas, o cliente podia escolher entre milhares de desenhos, desde discretas flores de um azul-anilado até fantásticos dragões em cinco cores, capazes de decorar, com suas asas abertas e as labaredas que saíam de sua boca, as costas de qualquer homem robusto. Passou meia hora regateando, até conseguir fechar negócio com um daqueles artistas, que se propunha a trocar uma pequena tatuagem por um remédio capaz de limpar-lhe o fígado. Em menos de dez minutos, ele gravou no dorso da mão direita de Tao Chi'en, em traços simples e elegantes, a palavra NÃO.

— Se o remédio lhe fizer bem, recomende meus serviços aos seus amigos — pediu Tao Chi'en.

— Faça o mesmo se gostar da tatuagem — replicou o artista.

Tao Chi'en sempre afirmava que aquela tatuagem lhe dera sorte. Saiu da tenda para a confusão do mercado, recorrendo aos empurrões e cotoveladas para avançar pelos estreitos becos entupidos de gente. Não se via um só estrangeiro, e o mercado parecia-lhe idêntico ao de Cantão. O ruído era como o de uma cascata, os vendedores apregoavam as qualidades de seus produtos e os clientes regateavam aos gritos em meio à bulha ensurdecedora dos pássaros engaiolados e os gemidos de animais à espera do cutelo. De tão denso, era possível apalpar o pestilento cheiro de suor, de animais vivos e mortos, de excremento e lixo, de especiarias, de ópio, das cozinhas e de todo tipo de produtos e criaturas de terra, mar e ar. Uma vendedora apregoava seus caranguejos. Tirava-os vivos de um saco, fervia-os por alguns minutos em uma panela, cuja água tinha a consistência pastosa do fundo do mar, pescava-os com uma concha de coar, ensopava-os em molho de soja e os servia aos fregueses em pedaços de papel. Tinha as mãos cobertas de verrugas. Tao Chi'en negociou com ela o almoço de um mês em troca de tratamento para aquela doença.

— Ah! Pelo jeito, você gosta muito de caranguejos — disse a mulher.

— Detesto. Mas vou comê-los para me penitenciar dos meus pecados, para não me esquecer de uma lição que devo lembrar para sempre.

— E se dentro de um mês você não tiver me curado, quem vai me devolver os caranguejos comidos?

— Se dentro de um mês você continuar com as verrugas, eu perco meu prestígio. — Tao sorriu. — Depois disso, quem iria comprar os meus medicamentos?

— Está bem.

Assim, Tao Chi'en começou sua vida de homem livre em Hong Kong. Em dois ou três dias, a inflamação cedeu, e a tatuagem apareceu como um nítido desenho de traços azuis. No decorrer daquele mês, enquanto ia e vinha pelo mercado oferecendo seus serviços profissionais, comia apenas uma vez por dia, unicamente caranguejos fervidos, e de tanto perder peso podia manter uma pequena moeda presa entre as costelas. Cada vez que, vencendo a repugnância, levava um caranguejo à boca, sorria pensando em seu mestre, que também não gostava daquele prato. As verrugas da mulher desapareceram após vinte e seis dias de tratamento, e, grata, ela espalhou a boa-nova pelas vizinhanças. Propôs outro mês de caranguejos em troca da cura de uma catarata, mas Tao Chi'en considerou suficiente o castigo, podendo dar-se ao luxo de não provar caranguejos pelo resto de sua existência. À noite, regressava, exausto, à sua pocilga, contava suas moedas à luz de uma vela, escondia-as debaixo de uma tábua do assoalho e, em seguida, aquecia água no fogareiro a carvão, a fim de enganar a fome com um pouco de chá. Vez ou outra, quando lhe fraquejavam as pernas e a vontade, comprava uma tigela de arroz, um pouco de açúcar e um cachimbo com ópio, que saboreava lentamente, grato pelo fato de existirem no mundo coisas admiráveis como o consolo do arroz, a doçura do açúcar e os perfeitos sonhos do ópio. Seu dinheiro era gasto apenas com o aluguel, as aulas de inglês, a raspagem da barba e a lavagem da sua muda de roupa, pois não podia andar como um tratador de porcos. Seu mestre vestia-se como um mandarim. "A boa aparência é sinal de civilidade, um *zhong yi* é diferente de um curandeiro de aldeia. Por uma questão de respeito", ensinava o velho, "quanto mais pobre for o doente, mais ricas devem ser as tuas roupas". A reputação de Tao Chi'en espalhou-se pouco a pouco, primeiro entre o pessoal do mercado e suas famílias, e em seguida pelo bairro portuário, onde tratava dos marinheiros que haviam se ferido nas brigas, ou sofriam de escorbuto, pústulas venéreas ou intoxicação.

Passados seis meses, Tao Chi'en contava com uma clientela fiel e começava a se tornar próspero. Mudou-se para um quarto com janela, mobiliando-o com uma cama de casal, que lhe serviria quando contraísse matrimônio, uma poltrona e uma escrivaninha inglesa. Como fazia anos que desejava se vestir bem, comprou também algumas roupas. E, tendo descoberto imediatamente onde se encontrava o poder, tomou a decisão de aprender inglês. Um punhado de britânicos controlava Hong Kong, fazia e aplicava as leis, dirigia o comércio e a política. A gigantesca multidão chinesa dividia com eles o mesmo espaço e o mesmo tempo, mas existia como se não existisse. Pelo porto de Hong Kong, saíam produtos refinadíssimos, que iam diretamente para os salões de uma certa Europa, fascinada por aquela cultura remota e milenar. As "chinesices" estavam na moda. A seda causava furor no vestuário; nos parques, não podiam faltar aquelas pequenas e graciosas pontes que, com suas pequenas lâmpadas e seus salgueiros melancólicos, imitavam a maravilha dos jardins secretos de Pequim; os tetos de pagode eram usados em coretos, e os motivos de dragões e flores de cereja eram repetidos até o limite do insuportável na decoração. Não havia mansão inglesa sem um salão oriental com um biombo Coromandel, uma coleção de porcelanas e marfins, leques bordados por mãos de crianças que usavam o *ponto proibido* e canários imperiais em gaiolas esculpidas. Os navios que transportavam esses tesouros para a Europa não voltavam vazios; traziam o ópio da Índia para ser vendido no contrabando e bugigangas que arruinavam as pequenas indústrias locais. Os chineses tinham de competir com os ingleses, holandeses, franceses e norte-americanos para praticar o comércio em seu próprio país. Mas a grande desgraça foi o ópio. Fazia séculos que os chineses usavam-no como passatempo e com finalidades medicinais, mas, quando os ingleses inundaram o mercado, o produto se converteu em um mal incontrolável, que atacou todos os setores da sociedade, debilitando-a e esfrangalhando-a como um pão dormido e passado.

Inicialmente os chineses encararam os estrangeiros com desprezo, asco e a imensa superioridade dos que se sentiam os únicos seres realmente civilizados do mundo, mas, aos poucos, aprenderam a temê-los. De sua parte, os europeus agiam imbuídos do mesmo conceito de superioridade racial, certos de serem arautos da civilização em uma terra de gente suja, feia, ruidosa, corrupta e selvagem, que comia gatos, devorava cobras e matava as filhas assim que acabavam de nascer. Poucos sabiam que os chineses haviam começado a empregar a escrita mil anos antes do que eles. Enquanto os comerciantes impunham a cultura da droga e da violência, os missionários procuravam evangelizar o povo. O cristianismo tinha de se propagar a qualquer preço, pois era a única fé verdadeira, e o fato de Confúcio ter vivido quinhentos anos antes de Cristo nada significava. Para eles, os chineses eram apenas humanos, mas, mesmo assim, tentavam salvar suas almas e lhes pagavam as conversões em arroz. Os novos cristãos consumiam sua ração de suborno divino e, em seguida, iam até onde houvesse outra igreja, a fim de converter-se novamente, divertindo-se bastante com aquela mania dos *fan güey* de pregar suas crenças como se fossem as únicas. Para eles, práticos e tolerantes, a espiritualidade estava mais próxima da filosofia do que da religião; era uma questão de ética, jamais de dogma.

Tao Chi'en aprendeu inglês com um compatriota que falava essa língua numa versão gelatinosa, desprovida de consoantes, mas a escrevia com grande correção. Em comparação com os caracteres chineses, o alfabeto europeu parecia de uma simplicidade encantadora e, em cinco semanas, Tao Chi'en já era capaz de ler os jornais britânicos sem vacilar no tocante às letras, embora a cada cinco palavras tivesse de recorrer ao dicionário. Passava as noites estudando. Sentia falta de seu venerável mestre, que o havia marcado para sempre com a sede do conhecimento, tão perseverante quanto a sede do álcool para o ébrio ou a do poder para o ambicioso. Já não contava mais com a biblioteca do velho nem com a sua inesgotável fonte de experiência, tampouco podia recorrer a ele a fim de pedir conselho ou discutir os sintomas de um paciente; assim, sentia-se órfão, necessitado de um guia. Desde a morte de seu preceptor, não voltara a escrever nem ler poesia, não reservava um pouco de seu tempo para admirar a natureza, para meditar ou para observar os ritos e as cerimônias do cotidiano, que antes enriqueciam sua existência. Sentia-se cheio de ruído por dentro, ansiava pelo vazio do silêncio, pela solidão que o mestre lhe ensinara a cultivar como o mais precioso dos dons. À medida que praticava a medicina, ia aumentando seu conhecimento sobre a natureza dos seres humanos, as diferenças emocionais entre homens e mulheres, as doenças que só podem ser tratadas com remédios e as enfermidades que também pedem a magia da palavra certa, mas lhe faltava com quem partilhar suas experiências. O sonho de comprar uma esposa e constituir uma família continuava em sua mente, mas tênue e esfumado como uma bela paisagem pintada sobre seda; em compensação, ia se transformando em obsessão seu desejo de comprar livros, estudar e encontrar novos mestres dispostos a ajudá-lo no caminho do conhecimento.

Assim estavam as coisas quando Tao Chi'en conheceu o Doutor Ebanizer Hobbs, um aristocrata inglês que nada tinha de arrogante e, ao contrário de outros europeus, interessava-se pelas peculiaridades locais. Viu-o pela primeira vez no mercado, examinando as ervas à venda em uma barraca de curandeiros. O estrangeiro falava apenas dez palavras de mandarim, porém as repetia com uma voz tão estentórea e uma tão indubitável convicção que, ao redor dele, havia se formado uma pequena multidão, ao mesmo tempo assustada e zombeteira. Era fácil vê-lo de longe, pois sua cabeça sobressaía acima da massa de chineses. Tao Chi'en nunca tinha visto um estrangeiro por aquelas bandas, tão distante das áreas por onde normalmente circulavam, e deu uns passos a fim de observá-lo mais de perto. Era um homem ainda jovem, alto e magro, com feições nobres e grandes olhos azuis. Tao Chi'en constatou, encantado, que podia traduzir as dez palavras daquele *fan güey* e que ele próprio conhecia pelo menos outras tantas em inglês, de modo que talvez fosse possível estabelecer-se uma comunicação entre eles. Saudou-o com uma cordial reverência, e o outro respondeu-lhe imitando desajeitadamente suas inclinações. Ambos sorriram e, em seguida, puseram-se a rir, e seus risos logo foram acompanhados por um amável coro de gargalhadas dos espectadores. Iniciaram um ofegante diálogo de vinte palavras mal pronunciadas pelos dois lados, e prosseguiram com uma cômica pantomima de saltimbancos, provocando crescente hilaridade nos curiosos. Em pouco tempo, havia se formado uma pequena multidão, que obstruía o tráfego e acabou por atrair a atenção de um policial britânico, que, do alto de sua sela, tratou de dissolver imediatamente a aglomeração. Assim nasceu uma sólida amizade entre os dois homens.

Ebanizer Hobbs sentia-se tão consciente das limitações de seu ofício quanto Tao Chi'en das suas. O primeiro desejava aprender os segredos da medicina oriental, vislumbrado em suas viagens pela Ásia, especialmente o controle da dor mediante o emprego de agulhas aplicadas nos terminais nervosos, assim como o uso de combinações de plantas e ervas no tratamento de diversas enfermidades que na Europa eram consideradas fatais. O segundo estava fascinado pela medicina ocidental e por seus métodos agressivos de cura, tão diferentes dos seus, que compunham uma arte sutil de equilíbrio e harmonia, um vagaroso trabalho de redirecionamento da energia desviada, de prevenir enfermidades e de buscar as causas dos sintomas. Tao Chi'en nunca havia praticado uma cirurgia, e seus conhecimentos de anatomia, muito precisos no tocante aos diversos ritmos do pulso e aos pontos de acupuntura, reduziam-se àquilo que podia ver e palpar. Sabia de memória os desenhos anatômicos da biblioteca de seu velho mestre, mas nunca havia pensado em abrir um cadáver. Esse era um costume desconhecido na medicina chinesa; seu sábio mestre, que passara a vida inteira praticando a arte de curar, pouquíssimas vezes tinha visto os órgãos internos da criatura humana, e era incapaz de fazer um diagnóstico no caso de deparar com sintomas que não fizessem parte do repertório de males conhecidos. Ebanizer Hobbs, ao contrário, aumentava seus conhecimentos abrindo cadáveres e buscando as causas das doenças. A primeira vez que Tao Chi'en abriu um foi no subsolo do hospital dos ingleses, em uma noite de ventos fortes, na qualidade de ajudante do Doutor Hobbs, que na manhã anterior, no consultório em que Tao Chi'en recebia sua clientela, havia aplicado pela primeira vez as agulhas de acupuntura, com o objetivo de aliviar uma enxaqueca. Em Hong Kong havia alguns missionários tão interessados em curar o corpo quanto em converter a alma dos paroquianos chineses, com os quais o Doutor Hobbs mantinha excelentes relações. Estavam muito mais próximos da população local do que os médicos britânicos da colônia e admiravam os métodos da medicina oriental. Por isso, abriram aos *zhong yi* as portas de seus pequenos hospitais. O entusiasmo de Tao Chi'en e Ebanizer Hobbs pelo estudo e pelas experiências conduziu-os inevitavelmente a uma relação afetuosa. Juntavam-se quase em segredo, pois teriam colocado em risco sua reputação se a amizade se tornasse pública. Nem os pacientes europeus nem os chineses aceitariam que outra raça tivesse algo para ensinar-lhes.

Assim que suas finanças se normalizaram, o desejo de comprar uma esposa voltou a ocupar os sonhos de Tao Chi'en. Quando completou vinte e um anos, calculou mais uma vez o dinheiro guardado, como fazia frequentemente, e comprovou, com entusiasmo, que já era o suficiente para adquirir uma esposa de pés pequenos e caráter meigo. Como não tinha pais para encarregar-se do negócio, tal como era exigido pelo costume do país, teve de recorrer aos serviços de um agente. Mostraram-lhe retratos de várias candidatas, mas todas lhe pareciam iguais; era impossível adivinhar o aspecto de uma garota — e muito menos sua personalidade — a partir daqueles modestos desenhos a nanquim. Não lhe era permitido vê-la com os próprios olhos, nem ouvir sua voz, como gostaria; não tendo família, também não tinha uma pessoa do sexo feminino para fazer a observação em seu lugar. Podia ver os pés por baixo de uma cortina, mas lhe haviam dito que isso não bastaria para deixá-lo seguro, pois os agentes podiam enganá-lo mostrando os *lírios dourados* de outra mulher. Estava a ponto de decidir na sorte, mas a tatuagem no dorso da mão direita trouxe-lhe à lembrança suas antigas desventuras com os jogos de azar, de modo que preferiu atribuir a tarefa ao espírito de sua mãe e ao do mestre de acupuntura. Depois de ter visitado cinco templos fazendo oferendas, deitou a sorte com os palitos do I Ching, nos quais leu que o momento era propício, e, assim, finalmente escolheu sua noiva. O método não falhou. Quando retirou o lenço de seda vermelha da cabeça de sua recém-escolhida esposa, depois de realizar somente as cerimônias mais indispensáveis, pois não tinha dinheiro para um casamento marcado pelo fausto, viu-se diante de um rosto harmonioso, cujos olhos estavam obstinadamente voltados para o chão. Repetiu seu nome três vezes antes que ela se atrevesse a olhá-lo com os olhos cheios de lágrimas, tremendo de pavor.

— Serei bom contigo — prometeu ele, tão emocionado quanto ela.

Desde o momento em que a livrou daquele pano vermelho, Tao adorou a jovem que a sorte havia escolhido para ele. Aquele amor o apanhou de surpresa: não imaginava que tais sentimentos pudessem existir em homem e mulher. Jamais testemunhara tal espécie de amor, tudo o que sabia dele vinha de vagas referências na literatura clássica, em que as donzelas, como as paisagens ou a lua, eram temas obrigatórios de inspiração poética. Acreditava, contudo, que as mulheres eram apenas criaturas destinadas ao trabalho e à reprodução, como aquelas camponesas entre as quais fora criado, ou, por outro lado, objetos caros de decoração. Lin não correspondia a nenhuma dessas categorias; era uma pessoa misteriosa e complexa, capaz de desafiá-lo com suas perguntas. Ela o fazia rir como ninguém, inventava-lhe histórias impossíveis, provocava-o com jogos de palavras. Diante de Lin, tudo parecia iluminar-se com um fulgor irresistível. A prodigiosa descoberta da intimidade com outro ser humano foi a experiência mais profunda da vida de Tao. Com as prostitutas, não tivera mais do que encontros de galo apressado, nunca dispusera de tempo, nem de amor, para conhecer a fundo o outro sexo. Abrir os olhos ao raiar do dia e ver Lin dormindo ao seu lado fazia Tao Chi'en rir de felicidade e, um instante depois, tremer de angústia. E se um dia ela não despertasse? O cheiro agradável de sua transpiração, nas noites de amor, o fino traço de suas sobrancelhas elevadas, em um gesto de perpétua surpresa, a surpreendente esbelteza de sua cintura, tudo isso o dobrava de ternura. Ah! E os dois caíam na risada. Isso era o melhor de tudo, a livre e solta alegria daquele amor. Os *livros de travesseiro* de seu velho mestre, que tanta exaltação inútil lhe haviam provocado na adolescência, mostravam-se afinal muito proveitosos na hora do prazer. Como era de se esperar de uma jovem virgem corretamente educada, Lin se revelava modesta e recatada no comportamento diário, mas, assim que perdeu o medo de seu marido, veio à tona sua natureza cheia de espontaneidade e paixão. Em pouco tempo, a ávida aluna de Tao Chi'en aprendeu as duzentas e vinte e duas maneiras de amar, e, sempre disposta a segui-lo nessa tresloucada corrida, sugeriu-lhe que inventasse mais algumas. Para a sorte de Tao Chi'en, os refinados conhecimentos que havia adquirido teoricamente na biblioteca de seu preceptor incluíam numerosas formas de proporcionar prazer às mulheres; e ele também sabia que o vigor importa menos que a paciência. Seus dedos estavam preparados para captar as diversas pulsações do corpo e encontrar, de olhos fechados, seus pontos mais sensíveis; suas mãos, cálidas e firmes, hábeis em proporcionar alívio às dores dos pacientes, converteram-se em instrumentos de infinito gozo para Lin. Ele também havia descoberto algo que seu honorável *zhong yi* se esquecera de ensinar-lhe: que o melhor de todos os afrodisíacos é o amor. Por serem tão felizes na cama, esqueciam durante a noite as dificuldades da vida. Mas essas dificuldades eram numerosas, como se tornou claro depois de algum tempo.

Os espíritos invocados por Tao Chi'en para ajudá-lo em sua decisão matrimonial atenderam-no com perfeição: Lin tinha os pés pequeninos e era tão tímida e meiga quanto um esquilo. Mas não ocorrera a Tao Chi'en que também devia pedir aos espíritos que sua esposa fosse forte e tivesse boa saúde. A mesma mulher que, durante a noite, parecia inesgotável de dia se transformava numa inválida. Mal podia andar duas quadras com seus curtos passos de mutilada. Era verdade que, ao fazê-lo, movia-se com a graça de um junco exposto à brisa, como havia escrito o velho mestre de acupuntura em alguns de seus poemas, mas também era verdade que uma pequena excursão ao mercado, a fim de comprar repolho para a ceia, representava um tormento para seus *lírios dourados*. Ela jamais se queixava em voz alta, mas bastava observar como transpirava e mordia os lábios para adivinhar o esforço de cada movimento. Também não tinha bons pulmões. Respirava com um silvo agudo de pintassilgo, passava a estação chuvosa resfriada e a temporada seca em uma quase asfixia, como se o ar quente ficasse preso entre os dentes. Nem as ervas de seu marido nem os tônicos de seu amigo, o médico inglês, conseguiam aliviá-la. Quando engravidou, os males existentes se acentuaram, pois seu frágil esqueleto mal suportava o peso da criança. No quarto mês, deixou definitivamente de sair de casa, e ficava languidamente sentada diante da janela vendo a vida passar pela rua. Tao Chi'en contratou duas criadas, uma para as tarefas domésticas, a outra para assisti-la, pois temia que Lin morresse na sua ausência. Duplicou suas horas de trabalho e, pela primeira vez, acossava seus clientes com cobranças, o que muito o envergonhava. Sentia o olhar crítico de seu mestre recordando-lhe o dever de servir sem esperar recompensa, pois "quem mais sabe, mais obrigações tem para com a humanidade". Contudo, não podia atender gratuitamente ou em troca de favores, como fazia antes, pois necessitava de cada centavo para manter Lin confortavelmente. Nessa época, dispunha do segundo andar de uma velha casa, e nele instalou sua mulher com refinamentos que nenhum dos dois havia conhecido antes, mas, mesmo assim, não estava satisfeito. Decidiu encontrar uma casa com jardim, para que ela dispusesse de beleza e ar puro. Seu amigo Ebanizer Hobbs tratou de explicar-lhe — já que o amigo se negava a encarar as evidências — que a tuberculose estava muito avançada e não havia jardim capaz de curar Lin.

— Em vez de trabalhar da madrugada até a meia-noite para lhe comprar vestidos de seda e móveis de luxo, fique ao lado dela o máximo de tempo possível, Doutor Chi'en. Desfrute de sua presença, enquanto a tiver — aconselhava-o Hobbs.

Os dois médicos concordavam, cada um a partir de sua própria experiência, que o parto seria uma prova de fogo para Lin. Nenhum deles entendia muito dessa matéria, pois tanto na Europa como na China o nascimento das crianças sempre estivera a cargo das parteiras, mas decidiram estudá-la. Não confiavam na perícia de uma parteira ignorante, como imaginavam que fossem todas as que viviam do ofício. Tinham-nas visto trabalhar com suas mãos asquerosas, suas bruxarias e seus métodos brutais para separar a criança da mãe, e resolveram impedir que Lin passasse por tão funesta experiência. A jovem, no entanto, não queria dar à luz diante de dois homens, especialmente quando um deles era um *fan güey* de olhos redondos, incapaz de expressar-se na língua dos seres humanos. Pediu ao marido que procurasse a parteira do bairro, pois a decência mais elementar a impedia de abrir as pernas diante de um diabo estrangeiro, mas Tao Chi'en, sempre disposto a satisfazê-la, dessa vez se mostrou inflexível. Por fim, acertaram que ele a atenderia pessoalmente, enquanto Ebanizer Hobbs permaneceria no aposento ao lado, para apoiá-lo verbalmente, caso fosse necessário.

O primeiro anúncio do parto foi um ataque de asma, que quase custou a vida de Lin. Confundiram-se, então, os esforços para respirar com os esforços do ventre para expelir a criança, e tanto Tao Chi'en, com seu amor e sua ciência, como Ebanizer Hobbs, com seus textos de medicina, foram incapazes de ajudá-la. Dez horas mais tarde, quando os gemidos da mãe se haviam reduzido ao áspero ronco de um afogado e a criança não dava nenhum sinal de nascer, Tao Chi'en saiu voando à procura da parteira, e, apesar da repulsa que experimentava, praticamente arrastou-a até a sua casa.

Tal como ele e Hobbs temiam, a parteira era uma velha malcheirosa, com a qual foi impossível trocar qualquer conhecimento médico, pois o que ela acumulava não era ciência, mas um instinto sem idade e uma experiência de muitos anos. Começou por afastar os dois homens, empurrando-os e proibindo-os de espreitar pela cortina que separava os dois aposentos. Tao Chi'en jamais pôde saber o que aconteceu atrás daquela cortina, mas acalmou-se quando ouviu Lin respirar livremente e gritar com força. Nas horas seguintes, enquanto Ebanizer Hobbs dormia extenuado em um sofá e Tao Chi'en consultava desesperadamente o espírito de seu mestre, Lin trouxe ao mundo uma menina exangue. Como se tratava de uma criança do sexo feminino, nem a parteira nem o pai tentaram revivê-la, entregando--se ambos à tarefa de salvar a mãe, que perdia suas escassas forças com o sangue vertido entre as pernas.

Lin pouquíssimo lamentou a morte da filha, como se adivinhasse que não viveria o bastante para criá-la. Refez-se lentamente do parto difícil e, durante algum tempo, procurou ser novamente a alegre companheira dos jogos noturnos. Com a mesma disciplina de que se valia para dissimular a dor que sentia nos pés, fingia receber com entusiasmo os apaixonados abraços do marido. "O sexo é uma viagem, uma viagem sagrada", dizia-lhe com frequência, mas não tinha ânimo para acompanhá-lo de verdade. Tao Chi'en desejava excessivamente aquele amor, e isso o levava a ignorar cada um dos sinais que denunciavam a mudança, e a continuar acreditando até o final que Lin voltara a ser a mesma de antes. Durante anos havia sonhado com filhos varões, mas agora toda a sua preocupação era proteger a mulher de uma nova gravidez. Seus sentimentos por Lin se haviam transformado em uma veneração que só a ela podia confessar; pensava que ninguém mais seria capaz de entender aquele angustiante amor por uma mulher, ninguém conhecia Lin como ele, ninguém sabia quanto ela lhe iluminava a existência. Sou feliz, sou feliz, repetia a fim de afastar as funestas premonições que o assaltavam tão logo abrisse a guarda. Mas não era. Já não ria mais com a leveza de antes e, quando estava com ela, mal podia gozá-la, salvo em uns poucos momentos de prazer carnal, pois vivia a observá-la com preocupação, sempre de olho em sua saúde, consciente de sua fragilidade, medindo o ritmo de sua respiração. Chegou ao ponto de odiar os *lírios dourados*, que no início do casamento costumava beijar em transportes de exaltação e desejo. Ebanizer Hobbs era da opinião de que Lin fizesse caminhadas ao ar livre, de modo a fortalecer os pulmões e abrir o apetite, mas ela mal conseguia dar dez passos sem desfalecer. Tao não podia ficar o tempo todo junto de Lin, como sugeria Hobbs, pois tinha de ganhar o sustento de ambos. Cada instante longe dela parecia-lhe um pedaço de vida gasto na infelicidade, um pouco de tempo roubado ao amor. Pôs a serviço da amada toda a sua farmacopeia e todos os conhecimentos adquiridos em muitos anos de prática da medicina, mas, um ano depois do parto, Lin estava convertida em mera sombra da moça alegre que um dia tinha sido. Tao Chi'en esforçava-se para fazê-la rir, mas agora o riso soava tão falso nela quanto nele.

Chegou o dia em que Lin não pôde mais sair da cama. Sentia-se asfixiada, perdia as forças juntamente com o sangue que tossia e o trabalho de respirar. Negava-se a ingerir qualquer alimento, exceto algumas colheradas de sopa rala, pois o esforço para comer a esgotava. Dormia sobressaltada nos raros momentos em que a tosse se acalmava. Pelos cálculos de Tao Chi'en, fazia seis semanas que sua respiração era acompanhada daquele tipo de ronco, que parecia vir de uma pessoa embaixo da água. Quando levantava-lhe os braços, comprovava a sua perda de peso e então sentia na alma uma retração de terror. De tanto vê-la sofrer, recebeu sua morte com alívio, mas, naquele dia fatídico, em que amanheceu abraçado ao corpo frio de Lin, achou que também morreria. Um grito longo e terrível, nascido do próprio seio da terra, como o clamor de um vulcão, sacudiu a casa e despertou o bairro. Os vizinhos acorreram, abriram a porta a pontapés e o encontraram despido, no centro do aposento, gritando com a mulher nos braços. Tiveram de usar a força para separá-lo do cadáver e dominá-lo, até que chegou Ebanizer Hobbs e o obrigou a engolir uma dose de láudano suficiente para derrubar um leão.

Tao Chi'en mergulhou na viuvez com total desespero. Fez um altar com o retrato de Lin e alguns de seus objetos, e passava horas contemplando-o com desolação. Deixou de visitar seus pacientes e de compartir com

Ebanizer Hobbs o estudo e as pesquisas que eram a base da amizade entre ambos. Repugnavam-lhe os conselhos do inglês, para quem o segundo cravo faz esquecer o primeiro, e o melhor meio de recompor-se daquela perda seria visitar de vez em quando os bordéis, nos quais poderia ter quantas mulheres de *lírios dourados* quisesse. Como Hobbs podia fazer-lhe tão absurda sugestão? Tao estava certo de que não havia ninguém para ocupar o lugar de Lin e que jamais voltaria a amar outra mulher. Naquele período, a única coisa que aceitava de Hobbs eram as suas generosas garrafas de uísque. Passou semanas mergulhado no álcool, em estado de letargia, até que o dinheiro acabou e, aos poucos, teve de vender ou empenhar seus bens e finalmente mudar-se para um hotel de baixa categoria. Então se lembrou de que era um *zhong yi* e voltou a trabalhar, embora o fizesse a duras penas, com a roupa suja, a trança desfeita e o rosto mal barbeado. Devido à boa reputação anterior, de início os pacientes suportaram, com a resignada atitude dos pobres, seu aspecto de espantalho e seus erros de bêbado, mas logo deixaram de consultá-lo. Ebanizer Hobbs também não voltou a chamá-lo para tratar de casos difíceis, pois havia perdido a confiança em sua capacidade de julgamento. Até então, os dois vinham se complementando com êxito: pela primeira vez, graças às poderosas drogas e às agulhas de ouro capazes de mitigar a dor, reduzir as hemorragias e encurtar os períodos de cicatrização, o médico britânico se sentira encorajado a praticar cirurgias, ao passo que o chinês aprendia a usar o bisturi e diversos outros métodos da ciência europeia. Mas, com as mãos trêmulas e os olhos nublados pela embriaguez e as lágrimas, Tao Chi'en passara a representar mais um perigo do que uma ajuda.

Na primavera de 1847, o destino de Tao Chi'en experimentou mais uma virada repentina, como já havia acontecido duas vezes em sua vida. Com os pacientes habituais indo embora e aumentando seu desprestígio como médico, Tao foi obrigado a concentrar suas atividades nos bairros mais pobres da cidade, onde ninguém lhe pedia referências. Os casos eram os de rotina: contusões, navalhadas e perfurações produzidas por bala. Certa noite, foi chamado com urgência a uma taverna a fim de costurar um marinheiro que acabara de sair de uma briga monumental. Levaram-no para os fundos do estabelecimento, onde o homem jazia com a cabeça aberta como um melão. Seu adversário, um gigante norueguês, havia usado uma das mesas do bar como arma para defender-se de seus atacantes, um bando de chineses dispostos a dar-lhe uma surra inesquecível. Lançaram-se todos de uma vez para cima do estrangeiro, e o teriam convertido em picadinho se não tivessem vindo em sua ajuda vários outros marinheiros nórdicos que bebiam no mesmo local, de modo que aquilo que havia começado como uma discussão de jogadores embriagados se convertera em uma batalha racial. Quando Tao Chi'en chegou ao local, os que ainda podiam caminhar já haviam desaparecido. O norueguês voltara ileso para o seu navio, escoltado por dois policiais ingleses, e as únicas pessoas à vista eram o taberneiro, a vítima agonizante e o piloto da embarcação, que dera um jeito de afastar os policiais. Se fosse europeu, o ferido teria certamente acabado em um hospital britânico, mas, como se tratava de um asiático, as autoridades não se preocupavam muito com ele.

Tao Chi'en necessitou de um simples relance de olhos para concluir que nada podia fazer pelo pobre-diabo de crânio partido e miolos à vista. Foi isso o que explicou ao piloto, um inglês barbudo e grosseiro.

— Maldito chinês! Não pode drenar esse sangue e costurar a cabeça dele? — disse o piloto, mais exigindo que perguntando.

— Está com o crânio aberto; de que adianta costurar? Ele tem o direito de morrer em paz.

— Não pode morrer! Meu navio parte ao amanhecer e necessito desse homem a bordo. É o cozinheiro!

— Sinto muito — replicou Tao Chi'en, fazendo uma vênia respeitosa e procurando disfarçar a aversão que sentia por aquele insensato *fan güey*.

O piloto pediu uma garrafa de Genebra e convidou Tao Chi'en para beber em sua companhia. Já que não havia esperança nenhuma para o cozinheiro, podiam pelo menos beber um copo em sua homenagem, disse o inglês, evitando, assim, que o merda do seu fantasma viesse lhe puxar os pés durante a noite. Sentaram-se a poucos passos do moribundo e se embriagaram sem pressa. De vez em quando, Tao Chi'en tomava o pulso do ferido, calculando que lhe restavam apenas alguns minutos de vida, mas o homem se mostrava mais resistente do que esperava. Distraído, o *zhong yi* não se dava conta de que o inglês enchia seguidamente o seu copo, enquanto ele próprio apenas bebericava. Logo o chinês estava embriagado e nem ao menos conseguia lembrar o motivo pelo qual fora parar naquela taverna. Uma hora mais tarde, quando o paciente sofreu duas convulsões, Tao Chi'en não o viu expirar, pois havia desabado no chão e estava inconsciente.

Despertou sob a luz de um meio-dia fulgurante, abriu os olhos com tremenda dificuldade e, mal readquiriu alguma consciência, percebeu que tudo ao redor não passava de céu e água. Levou algum tempo para compreender que estava reclinado em um grande rolo de cordas, na coberta de um navio. O choque das ondas com o casco da embarcação vibrava em sua cabeça como se fossem fortíssimas badaladas de um sino. Escutava vozes e gritos, mas não tinha certeza de nada, podia até ter ido parar no inferno. Pôs-se de gatinhas, avançou uns dois metros, sentiu-se invadido pela náusea e caiu de bruços. Minutos mais tarde, sentiu o choque provocado por um balde de água fria na cabeça, e ouviu uma voz que se dirigia a ele em cantonês. Levantou a cabeça e seus olhos se encontraram com um rosto imberbe e simpático, que o saudava com um grande sorriso, ao qual faltava metade dos dentes. Um segundo balde de água salgada acabou de acordá-lo. O jovem chinês, que, com tanto afã, o molhava, agachou-se ao seu lado, rindo alto, dando palmadas nas coxas, como se achasse uma graça irresistível em sua patética situação.

— Onde estou? — Tao Chi'en conseguiu balbuciar.

— Bem-vindo a bordo do *Liberty*! Ao que me parece, estamos indo para oeste.

— Mas eu não pretendo ir para lugar nenhum! Quero desembarcar imediatamente!

Novas gargalhadas acolheram suas intenções. Quando finalmente conseguiu controlar sua hilaridade, o rapaz lhe explicou que fora "contratado", da mesma maneira que havia acontecido com ele próprio, seis meses atrás. Tao Chi'en sentiu que ia perder os sentidos. Conhecia aquele modo de contratação. Quando faltavam homens para completar uma tripulação, os comandantes recorriam descaradamente à prática de embriagar os incautos, ou fazê-los desmaiar com uma porrada na cabeça, a fim de embarcá-los sem seu consentimento. A vida no mar era dura e mal remunerada, os acidentes, a desnutrição e as doenças faziam estragos, e em cada viagem morriam vários marinheiros, seus corpos indo parar no fundo do oceano, sem que ninguém se lembrasse deles. Além disso, os capitães costumavam ser déspotas, não tinham de dar satisfações a ninguém, e à mais leve falta usavam a chibata para castigar seus subordinados. Em Xangai fora necessário um acordo de cavalheiros entre os capitães para se conseguir a limitação dos sequestros de homens livres e para que as tripulações deixassem de ser mutuamente forçadas a trocar de embarcação. Antes desse acordo, cada vez que um marinheiro descia a fim de esvaziar alguns copos, corria o risco de amanhecer em outro navio. O piloto do *Liberty* decidira substituir o cozinheiro morto por Tao Chi'en — segundo seu modo de ver, todos os "Amarelos" eram iguais e tanto fazia que fosse este ou aquele —, e, depois de embriagá-lo, o havia levado para bordo. Antes que Tao voltasse a si, o piloto cuidou de estampar a marca de seu dedo polegar em um contrato, amarrando-o por dois anos ao seu serviço. A magnitude do ocorrido foi, pouco a pouco, se delineando no cérebro embotado de Tao Chi'en. Não lhe ocorreu a ideia de rebelar-se, o que equivalia a um suicídio, mas tomou a decisão de desertar assim que o navio atracasse em qualquer porto do planeta.

O jovem o ajudou a levantar-se, a lavar-se e, em seguida, o conduziu ao porão do navio, onde se alinhavam os camarotes e as camas. Indicou o lugar que lhe fora destinado e uma caixa na qual deveria guardar seus pertences. Tao Chi'en pensava que havia perdido tudo, mas viu, no estrado de madeira que lhe serviria de cama, a maleta com seus instrumentos médicos. O piloto tivera a boa ideia de salvá-la. Já o desenho de Lin fora deixado em seu altar. Compreendeu, horrorizado, que por isso talvez o espírito de sua mulher não conseguisse localizá-lo na imensidão do oceano. Os primeiros dias de mar foram para ele um suplício de náuseas; sentindo-se tão mal, de vez em quando chegava a pensar em atirar-se pela borda e, desse modo, acabar para sempre com seus sofrimentos. Assim que pôde manter-se de pé, foi destacado para a cozinha rudimentar do navio, onde os utensílios pendiam de ganchos e a cada vaivém batiam uns nos outros, produzindo um barulho ensurdecedor. As provisões frescas obtidas em Hong Kong esgotaram-se rapidamente, e, depois de algum tempo, havia apenas carne e peixes salgados, feijão, açúcar, manteiga, farinha infestada de vermes e biscoitos tão duros que às vezes precisavam ser partidos a golpes de martelo. Todos os alimentos eram regados com molho de soja. Cada marinheiro tinha direito a um quartilho de aguardente por dia, a fim de esquecer os sofrimentos e desinfetar a boca, pois as gengivas inflamadas eram um dos problemas da vida no mar. Para a mesa do capitão, Tao Chi'en dispunha de ovos e marmelada inglesa, produtos que, como lhe foi dito, devia proteger com a própria vida. As rações eram calculadas para durar o tempo da travessia, a menos que surgissem dificuldades naturais, como as tormentas, que os desviariam da rota, ou a falta de vento, que os paralisaria; e podiam ser complementadas com peixe fresco, pescado pelas redes que o navio lançava. De Tao Chi'en, não se esperava talento culinário; seu papel consistiria em controlar os alimentos, a bebida e a água doce que cabia a cada homem, além de impedir que certos produtos se deteriorassem ou fossem devorados pelos ratos. E, como qualquer marinheiro, também devia fazer serviços de limpeza e de navegação.

Passada uma semana, já havia aprendido a desfrutar o ar livre, a apreciar o trabalho pesado e a companhia daqueles homens vindos dos quatro pontos cardeais, cada um com suas histórias, suas lembranças e suas habilidades. Nos momentos de descanso, eles tocavam algum instrumento e contavam histórias de fantasmas do mar e de mulheres exóticas em portos longínquos. Os tripulantes vinham de muitos lugares, falavam diversas línguas e tinham diferentes costumes, mas estavam unidos por alguma coisa parecida com a amizade. O isolamento e a certeza de que necessitavam uns dos outros transformavam em camaradas homens que, em terra firme, não trocariam nem mesmo um olhar. Tao Chi'en voltou a rir, o que não lhe acontecia desde o início da doença de Lin. Certa manhã, o piloto o chamou, a fim de apresentá-lo ao capitão John Sommers, a quem só tinha visto de longe na ponte de comando. Viu-se diante de um homem alto, de pele curtida pelos ventos de muitas latitudes, barba escura e olhos de aço. Dirigiu-se a ele através do piloto, que falava um pouco de cantonês, mas o rapaz respondeu em seu inglês de estudante, com o afetado acento aristocrático que havia recebido de Ebanizer Hobbs.

— Mister Oglesby me disse que você é uma espécie de curandeiro.

— Sou um *zhong yi*, um médico.

— Médico? Como assim?

— A medicina chinesa é vários séculos mais antiga do que a inglesa, capitão — respondeu Tao Chi'en, sorrindo e repetindo exatamente as palavras de seu amigo Ebanizer Hobbs.

O capitão Sommers levantou as sobrancelhas, em um gesto de cólera diante da insolência daquele homenzinho, mas a verdade o desarmou. Começou a rir com satisfação.

— Vamos lá, mister Oglesby, sirva três copos de conhaque. Vamos brindar com o doutor. Este é um luxo muito raro. É a primeira vez que levamos a bordo o nosso próprio médico!

Como não sabia para onde estava indo, Tao Chi'en desistiu de seu propósito de desertar na primeira cidade em que o *Liberty* aportasse. Retomar sua desesperada existência de viúvo em Hong Kong era algo tão sem sentido quanto continuar aquela vida de navegante. Aqui ou ali, tudo dava no mesmo, mas na condição de marinheiro poderia pelo menos viajar e aprender os métodos de cura usados em outras partes do mundo. Atormentava-o apenas o temor de que, perambulando de onda em onda, Lin não pudesse encontrá-lo, por mais que gritasse seu nome a todos os ventos. No primeiro porto, desceu como os demais, com licença de permanecer seis horas em terra firme, mas, por ordem do capitão, em vez de passá-las nas tavernas, Tao Chi'en perdeu-se no mercado, à procura de especiarias e plantas medicinais. "Já que temos um médico, necessitamos de remédios", dissera o comandante. Deu-lhe uma bolsa com moedas contadas, advertindo-o de que, se pensasse em fugir ou desertar, ele mesmo iria procurá-lo e o traria amarrado pelo pescoço, pois ainda não havia nascido homem capaz de enganá-lo impunemente.

— Está claro, chinês?

— Está claro, inglês.

— Deve me tratar por senhor!

— Sim, senhor — replicou Tao Chi'en, baixando os olhos, pois estava aprendendo a não olhar diretamente para a cara dos brancos.

Sua primeira surpresa foi descobrir que a China não era o centro absoluto do universo. Havia outras culturas, certamente mais bárbaras, mas muito mais poderosas. Não imaginava que os britânicos controlassem boa parte do globo, assim como não suspeitava que outros *fan güey* fossem donos de extensas colônias em terras distantes, repartidas em quatro continentes, como o capitão Sommers se deu ao trabalho de explicar no dia em que o chinês lhe arrancou um molar infeccionado, quando passavam ao largo da costa africana. Tao Chi'en realizou a operação da maneira mais higiênica possível, e quase sem dor para o paciente, graças a uma combinação de dois tratamentos: a aplicação de suas agulhas de ouro nas têmporas do capitão e o uso de uma pasta de cravo e eucalipto na gengiva. Quando terminou a intervenção, e o paciente, aliviado, pôde terminar a sua garrafa de uísque, Tao Chi'en atreveu-se a perguntar-lhe para onde se dirigiam. Perturbava-o o fato de viajar às cegas, com a linha difusa do horizonte entre um mar e um céu infinitos como única referência.

— Vamos para a Europa, mas, no nosso caso, isso não muda coisa nenhuma. Somos homens do mar, estamos sempre na água. E você, quer voltar para casa?

— Não, senhor.

— Tem família em algum lugar?

— Não, senhor.

— Então pouco lhe importa se vamos para o norte ou para o sul, para leste ou para oeste, não é verdade?

— Sim, mas gosto de saber onde estou.

— Por quê?

— Porque posso cair na água; porque podemos afundar. Se isso acontecer, meu espírito precisa orientar-se para voltar à China; do contrário, ficará vagando sem rumo. A porta do céu está na China.

— As coisas que você tem na cabeça! — O capitão riu. — Quer me dizer que para chegar ao Paraíso a pessoa tem de morrer na China? Olhe o mapa, rapaz. Seu país é o maior, sem dúvida, mas há muito mundo além da China. Aqui está a Inglaterra, é apenas uma pequena ilha, mas, se você somar as nossas colônias, verá que somos donos de mais da metade do globo.

— Como conseguiram isso?

— Do mesmo jeito que conseguimos em Hong Kong: guerreando e trapaceando. Digamos que se trata de uma mistura de poderio naval, cobiça e disciplina. Não somos superiores, mas somos mais cruéis e mais decididos. Não estou particularmente orgulhoso de ser inglês e, quando você tiver viajado tanto quanto eu, também não sentirá mais orgulho de ser chinês.

No decorrer dos dois anos seguintes, Tao Chi'en pisou em terra firme apenas três vezes, uma delas na Inglaterra. Perdeu-se em meio à grosseira multidão do porto e andou pelas ruas de Londres, observando as novidades com olhos de um menino maravilhado. Para ele, os *fan güey* estavam repletos de surpresas; por um lado, não tinham o menor refinamento e se comportavam como selvagens, mas, por outro, eram donos de uma prodigiosa capacidade de inventar. Comprovou que, em seu país, os ingleses sofriam da mesma arrogância e má educação demonstradas em Hong Kong: tratavam-no sem nenhum respeito, nada sabiam de cortesia ou etiqueta. Quis tomar uma cerveja, mas o expulsaram da taverna aos empurrões. "Aqui não entram cães amarelos", disseram-lhe. Logo se juntou a outros marinheiros asiáticos, e encontraram um lugar dirigido por um velho chinês, onde puderam comer, beber e fumar em paz. Ouvindo as histórias dos outros homens, pensou nas muitas coisas que ainda tinha de aprender e decidiu que a primeira seria o modo de usar os punhos e o punhal. De pouco lhe serviriam seus conhecimentos se não fosse capaz de defender-se; o sábio mestre em acupuntura também se esquecera de lhe ensinar esse princípio fundamental.

Em fevereiro de 1849, o *Liberty* atracou em Valparaíso. No dia seguinte, o capitão John Sommers chamou-o à sua cabine e passou-lhe uma carta.

— Me entregaram no porto. É para você, e vem da Inglaterra.

Tao Chi'en tomou o envelope, enrubesceu e um enorme sorriso iluminou-lhe o rosto.

— Não me diga que é uma carta de amor! — brincou o capitão.

— Melhor do que isso — respondeu Tao, guardando a carta entre o peito e a camisa. A carta só podia vir de seu amigo Ebanizer Hobbs, e era a primeira que recebia naqueles dois anos de vida no mar.

— Fez um bom trabalho, Chi'en.

— Pensei que não gostasse de minha comida, senhor — respondeu Tao, com um sorriso.

— Como cozinheiro, você é um desastre, mas entende de medicina. Nesses dois anos não morreu um só homem no *Liberty* e ninguém sofre de escorbuto. Sabe o que isso significa?

— Um bocado de sorte.

— Seu contrato termina hoje. Acho que ainda teria como embriagá-lo e fazê-lo assinar uma renovação. Talvez eu fizesse isso com outro, mas devo a você alguns serviços e sou um homem que costuma pagar as dívidas. Quer continuar comigo? Você terá um aumento de salário.

— Vai para onde?

— Para a Califórnia. Mas não neste navio. Acabam de me oferecer um vapor, e essa é uma oportunidade que venho esperando há anos. Gostaria que fosse comigo.

Tao Chi'en ouvira algumas histórias sobre navios a vapor e tinha horror a eles. A ideia de enormes caldeiras cheias de água fervendo a fim de produzir vapor e movimentar um maquinário infernal só podia ter saído da cabeça de gente muito apressada. Não era melhor viajar conforme o ritmo dos ventos e correntes? Para que desafiar a natureza? Corriam histórias de caldeiras que explodiam em alto-mar, cozinhando viva toda a tripulação. Os pedaços de carne humana, fervidos como se fossem lagostas, saíam voando em todas as direções, indo servir de alimento aos peixes, enquanto as almas daqueles infelizes, desintegradas pelo calor da explosão e pelos redemoinhos de vapor, jamais poderiam reunir-se às de seus antepassados. Tao Chi'en lembrava-se claramente do aspecto de sua irmãzinha mais nova, que havia caído dentro da panela de água fervente, e não podia esquecer seus horríveis gemidos de dor e convulsões de sua morte. Não estava disposto a correr semelhante risco. O ouro da Califórnia, que, segundo diziam, aflorava tanto das planícies como dos penhascos, também não o tentava muito. Nada devia ao capitão Sommers. O capitão era um pouco mais tolerante do que a maioria dos *fan güey*, tratava sua tripulação com certa equanimidade, mas não era seu amigo e jamais o seria.

— Não, senhor, obrigado.

— Não quer mesmo conhecer a Califórnia? Poderá ficar rico em pouco tempo e voltar à China transformado em magnata.

— Sim, quero, mas em uma embarcação à vela.

— Por quê? Os vapores são mais modernos e mais velozes.

Tao Chi'en não tentou explicar seus motivos. Permaneceu em silêncio, olhando para o piso com o gorro na mão, enquanto o capitão Sommers terminava de beber seu uísque.

— Não posso obrigá-lo — disse o capitão, encerrando a conversa. — Darei a você uma carta de recomendação ao meu amigo Vincent Katz, do bergantim *Emilia*, que também zarpará para a Califórnia nos próximos dias. É um holandês bem peculiar, muito religioso, muito rígido, mas bom homem e bom marinheiro. Sua viagem será mais lenta do que a minha, mas talvez nos vejamos em San Francisco. Se lá você estiver arrependido de sua decisão, sempre poderá voltar a trabalhar comigo.

Pela primeira vez, o capitão John Sommers e Tao Chi'en apertaram as mãos.

A viagem

Encolhida em seu refúgio na despensa do navio, Eliza começou a morrer. À obscuridade e à sensação de estar emparedada, juntava-se o cheiro, no qual se misturavam os odores de tudo que havia dentro dos volumes de carga, o do peixe salgado nos barris e o dos moluscos incrustados nas velhas madeiras da embarcação. Seu olfato apurado, tão útil quando se tratava de transitar pela casa de olhos fechados, havia se convertido em um instrumento de tortura. Não tinha outra companhia a não ser um estranho gato de três cores, também sepultado na despensa a fim de protegê-la dos ratos. Tao Chi'en lhe havia garantido que se habituaria ao fedor e ao isolamento, pois a quase tudo o corpo se habitua em tempos de necessidade, mas acrescentara que a viagem seria longa e que em nenhum momento poderia sair ao ar livre, e desse modo o melhor seria não pensar, porque, se pensasse, ficaria louca. Teria água e comida, o chinês prometera; dessas coisas, ele cuidaria, sempre que pudesse descer à despensa sem levantar suspeitas. O bergantim era pequeno, mas ia repleto de passageiros, de modo que poderia ter frequentes pretextos para escapulir da cozinha.

— Obrigada. Quando chegarmos à Califórnia, eu lhe darei meu broche de turquesas...

— Guarde seu broche, você já me pagou. Necessitará dele. Por que está indo para a Califórnia?

— Para me casar. Meu noivo se chama Joaquín Andieta. A febre do ouro o atacou e ele foi embora. Disse que voltaria, mas eu não posso esperar.

Assim que o navio deixou a baía de Valparaíso e seguiu sua rota pelo mar alto, Eliza começou a delirar. Passou horas deitada sobre os próprios excrementos, como se fosse um bicho, sentindo-se tão mal que nem mesmo podia lembrar onde estava, nem a razão para estar ali, até que finalmente a porta da despensa foi aberta e Tao Chi'en apareceu iluminado por um toco de vela, trazendo-lhe um prato de comida. Mas, ao chinês, bastou vê-la para perceber que a jovem não podia pôr nada na boca. Deixou-a com o gato, saiu para apanhar um balde de água e voltou a fim de limpá-la. Para começar, obrigou-a a beber uma forte infusão de gengibre e aplicou-lhe uma dúzia de suas agulhas de ouro, conseguindo, assim, que seu estômago se acalmasse. Eliza mal chegou a perceber que ele havia tirado toda a sua roupa, lavado delicadamente seu corpo com água do mar, enxaguando-o em seguida com uma tigela de água doce e, finalmente, massageando-o dos pés à cabeça com um bálsamo que também era recomendado para os casos de malária. Momentos depois ela dormia, envolta em sua manta de Castela, o gato deitado em seus pés, enquanto na coberta Tao Chi'en se inclinava sobre a borda, a fim de lavar-lhe a roupa no mar, procurando não chamar a atenção, embora naquele momento os marinheiros estivessem descansando. Os passageiros embarcados em Valparaíso sentiam-se tão enjoados quanto Eliza, mas eram encarados com indiferença pelos que vinham da Europa; estavam no terceiro mês de viagem e já haviam passado por aquela provação.

Nos dias que se seguiram, enquanto os novos passageiros do *Emilia* se acostumavam ao balanço das ondas e começavam a adotar as rotinas necessárias ao restante da travessia, no fundo da despensa Eliza se sentia cada vez mais doente. Tao Chi'en descia quantas vezes podia, a fim de lhe dar água e acalmar-lhe a náusea, estranhando que o mal-estar da moça aumentasse em vez de diminuir. Procurou aliviá-la com os recursos a que habitualmente recorria em tais casos e com outros que o desespero forçou-o a improvisar, mas Eliza quase nada conseguia reter no estômago e estava se desidratando. Ele juntava sal e açúcar na água, e, com infinita paciência, dava-lhe de beber pequenas colheradas da mistura, mas duas semanas se passaram sem que ela apresentasse melhora, e chegou um momento em que a jovem estava com a pele solta como um pergaminho e já não podia mais erguer-se para fazer os exercícios que Tao lhe impunha. "Se você não se movimentar, seu corpo ficará inchado, e suas ideias, confusas", ele sempre advertia. O bergantim tocou por algumas horas nos portos de Coquimbo, Caldera, Antofagasta, Iquique e Arica, e em cada oportunidade ele tentou convencê-la a desembarcar e a procurar um meio de voltar para casa, pois estava cada vez mais fraca e ele se assustava com seu estado.

Haviam deixado para trás o porto de Callao quando a situação de Eliza deu uma guinada fatal. Tao Chi'en havia adquirido no mercado uma provisão de folhas de coca, cuja reputação medicinal conhecia bem, e três galinhas vivas, que pensava manter escondidas, para sacrificá-las uma a uma, pois a enferma necessitava de algo mais suculento do que as magras rações do navio. Cozinhou a primeira em um caldo saturado de gengibre fresco e desceu a fim de dar um pouco dessa sopa a Eliza, nem que fosse à força. Acendeu um lampião alimentado a óleo de baleia, caminhou por entre as caixas e os pacotes da carga e se aproximou do refúgio da moça, que estava de olhos fechados, dando a impressão de que não percebia a sua presença. Embaixo de seu corpo, havia uma grande mancha de sangue. O *zhong yi* soltou uma exclamação e se inclinou sobre ela, suspeitando que a infeliz dera um jeito de suicidar-se. Não podia culpá-la; em condições semelhantes, pensou, ele teria feito o mesmo. Levantou a roupa da jovem, mas, em seu corpo, não havia nenhuma ferida visível, e, ao tocá-la, constatou que ela não havia morrido. Pôs-se a sacudi-la, até que ela finalmente abriu os olhos.

— Estou grávida — confessou a moça, com um fio de voz.

Tao Chi'en levou as mãos à cabeça, perdendo-se em uma litania de lamentos ditos no dialeto da aldeia onde nascera, ao qual fazia quinze anos não recorria; se soubesse, jamais teria concordado em ajudá-la; como aquela moça podia ter pensado em partir grávida para a Califórnia, estava louca, era só o que faltava, um aborto; se ela morresse, Tao Chi'en estaria perdido, em que grande confusão fora se meter, como era tolo, não fora capaz de adivinhar o motivo da pressa para escapar do Chile. Acrescentou juramentos e maldições em inglês, mas a moça estava de novo desmaiada e surda a qualquer espécie de reprimenda. Suspendeu-a nos braços, ninando-a como se fosse uma criança, enquanto sua raiva aos poucos se transformava em irreprimível compaixão. Por um instante, alimentou a ideia de procurar o capitão Katz e confessar-lhe tudo que havia feito, mas não podia prever a sua reação. Aquele holandês luterano, que tratava as mulheres a bordo como se fossem portadoras da peste, certamente ficaria furioso se soubesse que levava mais uma, escondida e, o pior de tudo, moribunda. E que castigo o comandante lhe reservaria? Não, não podia contar nada a ninguém. Sua única opção era esperar que Eliza partisse, caso fosse esse o seu carma, e em seguida lançar seu corpo às águas, juntamente com os sacos de lixo da cozinha. O melhor que podia fazer por ela, caso percebesse que sofria demais, seria ajudá-la a morrer com dignidade.

Dirigia-se para a saída quando sua pele o advertiu de uma presença estranha. Assustado, ergueu o lampião e viu dentro do círculo de luz, com perfeita clareza, sua adorada Lin, que o observava a uma pequena distância, com aquela expressão brincalhona, o que de mais encantador havia em seu rosto translúcido. Vestia uma roupa de seda verde, bordada com fios dourados, a mesma que usava nas grandes ocasiões, prendera sobre as orelhas duas peônias recém-colhidas e enrodilhara o cabelo em um coque, fixado com longos palitos de marfim. Fora com aquela aparência que a tinha visto pela última vez, vestida para a cerimônia fúnebre pelas mulheres da vizinhança. De tão real, aquela aparição da esposa provocou-lhe pânico: por melhores que tenham sido em vida, os espíritos podem ser cruéis com os mortais. Tratou de alcançar a porta para fugir, mas Lin bloqueou seu passo. Tao Chi'en caiu de joelhos, tremendo, mas sem largar o lampião, seu único contato com a realidade. Tentou rezar uma oração destinada a exorcizar os demônios, caso houvessem assumido a forma de Lin com o objetivo de confundi-lo, mas não conseguiu lembrar-se das palavras, e tudo que saiu de seus lábios foi um longo gemido de amor e de saudade. Então, à sua maneira inesquecivelmente suave, Lin se curvou sobre ele, chegando tão perto que poderia beijá-la, se a tanto se atrevesse, e sussurrou que não tinha vindo das lonjuras para lhe fazer medo, mas para lembrar-lhe os deveres de um médico respeitável. Como aquela garota, ela também estivera a ponto de esvair-se depois de ter dado sua filha à luz, e naquela ocasião ele fora capaz de salvá-la. Por que não fazia o mesmo por aquela jovem? O que estava acontecendo com seu amado Tao? Teria perdido seu bom coração? Teria se transformado em uma barata? Morrer prematuramente, Lin assegurou, não era o carma de Eliza. Quando uma jovem, a fim de encontrar seu homem, dispõe-se a cruzar o mundo emparedada em um lugar de puro pesadelo, é porque tem muito *qi*.

— Deve ajudá-la, Tao. Se ela morrer sem ter visto o amado, você nunca terá paz, e o fantasma dela irá persegui-lo para sempre — advertiu-o Lin antes de desfazer-se.

— Espera! — suplicou ele, tentando segurá-la com a mão, seus dedos se fechando no vazio.

Tao Chi'en ficou prostrado por um prolongado momento, tentando recuperar a consciência, até que seu coração enlouquecido cessou de galopar, enquanto o tênue perfume de Lin se dissipava na despensa. Não vá, não vá, repetiu mil vezes, dominado pelo amor. Por fim, conseguiu erguer-se, abrir a porta e sair para o ar livre.

Era uma noite tépida. Sob os raios da lua, o Pacífico refulgia como se fosse de prata, e uma leve brisa inflava as velas do *Emilia*. Muitos passageiros já haviam se recolhido ou jogavam cartas nos camarotes, enquanto alguns penduravam suas redes a fim de passar a noite em meio àquela desordem de máquinas, arreios de cavalos e caixotes cheios de cobertores, e outros permaneciam na popa observando os golfinhos, que brincavam na espuma deixada pelo navio. Em sinal de gratidão, Tao Chi'en ergueu os olhos para a imensa abóbada celeste. Desde que morrera, aquela era a primeira vez que Lin o visitava, apresentando-se sem a menor timidez. Antes de entrar para aquela vida de marinheiro, várias vezes havia sentido sua proximidade, o que acontecia principalmente quando mergulhava em meditação profunda, mas sabia que, nessas ocasiões, era fácil confundir a tênue presença de Lin com as fantasias de viúvo. Lin costumava passar ao lado de Tao, roçando-o com seus dedos finos, mas ele não saberia dizer se aquilo era realmente ela ou apenas uma criação de sua alma atormentada. Mas não tinha dúvida sobre o que lhe acontecera minutos antes na despensa: o rosto de Lin se apresentara tão radiante e tão nítido quanto a lua que brilhava sobre o mar.

Sentia-se acompanhado e contente, como nas remotas noites em que ela dormia encolhida em seus braços, depois de terem feito amor.

Tao Chi'en dirigiu-se ao dormitório da tripulação, onde dispunha de um estreito beliche de madeira, longe da porta, único lugar pelo qual o cômodo recebia ventilação. Era impossível dormir ali, respirando o ar rarefeito e a pestilência dos homens, mas não tivera de fazê-lo, pois desde a partida de Valparaíso o verão permitia-lhe deitar-se sobre as tábuas da coberta. Procurou seu baú, fixado no piso para não desmantelar-se com o vaivém das ondas, pegou a chave que trazia pendurada no pescoço, abriu o cadeado e tirou de dentro sua maleta de médico, além de um vidro de láudano. Em seguida, apanhou às escondidas uma dupla porção de água doce e, na cozinha, recolheu alguns trapos, que teria de usar à falta de algo mais apropriado.

Regressava à despensa quando alguém o agarrou pelo braço. Voltou-se com surpresa e viu uma das chilenas que, desafiando a ordem do capitão para que se recolhessem após o pôr do sol, havia escapado a fim de seduzir clientes. Reconheceu-a imediatamente. Entre todas as mulheres a bordo, Azucena Placeres era a mais simpática e a mais atrevida. Nos primeiros dias fora a única que se dispusera a ajudar os passageiros enjoados e também cuidara com esmero de um jovem marinheiro que caíra do mastro e quebrara a perna. Ganhara, assim, o respeito de todos, inclusive o do severo capitão Katz, que, a partir de então, fazia vista grossa à sua indisciplina. Azucena não cobrava por seus serviços de enfermeira, mas quem ousasse pôr a mão em suas carnes rijas teria de pagar-lhe em dinheiro sonante e cantante, pois, como costumava dizer, não admitia que confundissem bom coração com idiotice. Este é meu único capital e, se eu não cuidar dele, estou fodida, explicava, dando alegres palmadas nas nádegas. Azucena dirigiu-se a ele com quatro palavras compreensíveis em qualquer idioma: chocolate, café, tabaco e aguardente. Como sempre fazia ao cruzar com ele, explicou com gestos atrevidos seu desejo de trocar qualquer um daqueles artigos de luxo por seus favores, mas o *zhong yi* livrou-se dela com um empurrão e foi em frente.

* * *

Tao Chi'en passou boa parte da noite ao pé de Eliza, dominada pela febre. Trabalhou naquele corpo exausto, usando os limitados recursos de sua maleta, sua longa experiência e uma ternura ainda vacilante, até vê-la expulsar de dentro de si um molusco sanguinolento. Tao Chi'en examinou-o à luz do lampião de azeite e pôde concluir, sem nenhuma dúvida, que se tratava de um feto de várias semanas, e que saíra inteiro do ventre de Eliza. Para poder limpar adequadamente as entranhas da mocinha, Tao espetou agulhas em seus braços e pernas, provocando-lhe fortes contrações. Quando teve certeza dos resultados, respirou com alívio: só restava pedir a Lin que interviesse a fim de evitar uma infecção. Até aquela noite, Eliza representava para ele um acerto de natureza comercial, e no fundo de seu baú estava o colar de pérolas que o comprovava. Era apenas uma jovem desconhecida, pela qual não acreditava sentir qualquer interesse pessoal, uma *fan güey* de pés grandes e temperamento aguerrido, que devia ter-se esforçado muito para conquistar um noivo, pois estava claro que não tinha a menor disposição de agradar e servir a um homem. Agora, maculada por um aborto, jamais poderia casar-se. Nem mesmo o amante, que, aliás, já a havia abandonado uma vez, voltaria a desejá-la como esposa, considerando-se improvável a hipótese de ser algum dia encontrado. Tao admitia que, para uma estrangeira, Eliza não era de todo feia, tinha pelo menos um leve ar oriental em seus olhos rasgados, bem como no cabelo comprido, negro e lustroso como a orgulhosa cauda de um cavalo imperial. Se sua cabeleira fosse loura ou ruiva, como tantas que tinha visto desde a sua saída da China, talvez não houvesse se aproximado dela; mas nem a sua boa aparência nem a sua firmeza de caráter iriam ajudá-la, sua sorte estava lançada, não havia esperança para ela: terminaria como prostituta na Califórnia. Visitara muitas mulheres assim em Cantão e Hong Kong. Devia grande parte de seus conhecimentos médicos aos anos de prática com os corpos daquelas infelizes maltratadas pelas surras, as enfermidades e as drogas. Várias vezes, no decorrer daquela comprida noite, pensou se não seria mais nobre deixá-la morrer, apesar das instruções de Lin, salvando-a, assim, de um destino horrível, mas Eliza pagara a ele adiantado, dizia para si mesmo, e sendo assim tinha de cumprir a sua parte no trato. Mas não, não era essa a única razão, concluiu, pois desde o início havia questionado suas próprias razões para embarcar aquela moça clandestinamente no navio. O risco era imenso, e ele não tinha certeza de haver cometido tamanha imprudência apenas pelo valor das pérolas. Alguma coisa presente na corajosa determinação de Eliza o havia comovido, e algo da fragilidade de seu corpo e do bravo amor que alimentava pelo amante levava Tao Chi'en a lembrar-se de Lin...

Ao amanhecer, Eliza deixou finalmente de sangrar. Ardia em febre e tiritava, apesar do calor insuportável da despensa, mas o pulso estava melhor e respirava mais tranquilamente em seu sono. Contudo, não estava fora de perigo. Tao Chi'en gostaria de ficar ali para observá-la, mas calculou que faltava pouco para o dia raiar e logo a sineta o estaria chamando para seu turno de trabalho. Arrastou-se extenuado até a coberta, deixando-se cair de bruços sobre as tábuas do piso e dormiu como uma criança, até que o amistoso pontapé de outro marinheiro o despertou, fazendo-o lembrar-se de suas obrigações. Submergiu a cabeça em um balde de água salgada a fim de reanimar-se e, ainda sonolento, foi para a cozinha ferver a papa de aveia que era servida como desjejum aos que viajavam no navio. Todos comiam aquilo sem fazer comentários, inclusive o sóbrio capitão Katz, mas os chilenos protestavam em coro, apesar de estarem mais bem petrechados, por terem sido os últimos a embarcar. Os outros haviam consumido suas provisões de tabaco, álcool e alimentos durante os meses de navegação que haviam suportado antes de tocar em Valparaíso. Corria à boca pequena que vários chilenos a bordo eram aristocratas, e por isso não sabiam lavar as próprias cuecas nem ferver a água para o chá. Aqueles que viajavam na primeira classe levavam seus criados, que pretendiam transformar em mineiros, pois não lhes passava pela cabeça a ideia de sujar as próprias mãos. Outros preferiam pagar aos marinheiros para servi-los, pois as mulheres tinham se negado em bloco a atendê-los; podiam ganhar dez vezes mais recebendo-os durante dez minutos na privacidade de suas cabines, não havendo, pois, motivo para passarem duas horas lavando-lhes as roupas. A tripulação e os demais passageiros zombavam daqueles mocinhos mimados, mas nunca diante deles. Os chilenos tinham bons modos, pareciam tímidos e faziam questão de mostrar-se educados e cavalheirescos, mas bastava a mínima fagulha para incendiar-lhes a soberba. Tao Chi'en fazia o possível para se manter longe deles. Aqueles homens não dissimulavam seu desprezo por ele e pelos dois viajantes negros embarcados no Brasil, os quais, embora houvessem comprado passagens com direito a todos os serviços, eram os únicos que não dispunham de camarote e não estavam autorizados a compartir a mesa com os demais. Preferia as cinco humildes chilenas, com seu sólido senso prático, seu perene bom humor e a vocação maternal que lhes aflorava nos momentos de emergência.

Cumpriu sua jornada de trabalho como um sonâmbulo, a mente voltada para Eliza, mas até o cair da noite não teve um momento livre para vê-la. Pelo meio da manhã, os marinheiros pescaram um enorme tubarão que agonizou na coberta, dando terríveis rabadas, sem que ninguém tivesse coragem de aproximar-se para liquidá-lo a pauladas. Na qualidade de cozinheiro, coube a Tao Chi'en acompanhar o trabalho de tirar-lhe a pele, cortá-lo em pedaços, cozinhar parte da carne e salgar o restante, enquanto os marinheiros lavavam com vassouras o sangue espalhado na coberta, e os passageiros celebravam o evento com suas últimas garrafas de champanha, antecipando o festim do jantar. Guardou o coração do peixe para a sopa de Eliza e pôs as barbatanas para secar, pois valiam um bom dinheiro no mercado de afrodisíacos. Enquanto as horas se passavam e ele se mantinha ocupado com o tubarão, Tao Chi'en imaginava Eliza morta nas profundidades da despensa. Sentiu uma tumultuosa felicidade quando finalmente pôde descer e comprovar não apenas que ela ainda vivia, mas que também estava até um pouco melhor. A hemorragia tinha cessado, o jarro de água estava vazio e tudo indicava que a jovem tivera momentos de lucidez durante aquele dia tão longo. Agradeceu rapidamente a Lin por sua ajuda. A jovem abriu os olhos com dificuldade, tinha os lábios secos e o rosto avermelhado pela febre. Ajudou-a a levantar-se e deu-lhe uma forte infusão de *tang kuei*, destinada a ajudá-la na reposição do sangue perdido. Quando teve certeza de que o estômago da enferma já aceitava algum alimento, deu-lhe uns goles de leite fresco, que ela bebeu com avidez. Reanimada, anunciou que tinha fome e pediu mais leite. As vacas que levavam a bordo não estavam habituadas a navegar, produziam pouco leite, tinham se reduzido a pele e ossos e já se falava em matá-las. Para Tao Chi'en, beber leite era um hábito asqueroso, mas o amigo Ebanizer Hobbs havia chamado a atenção para suas propriedades na reposição do sangue. Se Hobbs usava leite na dieta dos que recebiam ferimentos graves, concluiu que o efeito deveria ser o mesmo no caso de Eliza.

— Vou morrer, Tao?

— Desta vez, não — respondeu ele com um sorriso, e em seguida acariciou-lhe a cabeça.

— Quanto tempo falta para chegar à Califórnia?

— Muito. Mas não pense nisso agora. Agora trate de urinar.

— Não, por favor! — defendeu-se ela.

— Por que não? Tem de urinar!

— Mas na sua frente?

— Sou um *zhong yi*. Você não pode ter essas vergonhas comigo. Já vi tudo que tinha para ver no seu corpo.

— Não posso me mexer, não poderei aguentar a viagem, Tao, prefiro morrer... — soluçou ela, apoiando-se nele para sentar-se no urinol.

— Ânimo, menina! Lin diz que você tem muito *qi* e não andou tanto para morrer no meio do caminho.

— Quem?

— Não importa.

Naquela noite, Tao Chi'en compreendeu que não podia cuidar sozinho de Eliza, que necessitava de ajuda. No dia seguinte, mal as mulheres saíram de sua cabine e se instalaram na popa, como sempre faziam, a fim de lavar as roupas, desembaraçar os cabelos e cuidar das plumas e contas dos vestidos que usavam por necessidade profissional, Tao fez um sinal de que queria falar com Azucena Placeres. No decorrer da viagem, nenhuma daquelas mulheres tinha usado suas vistosas roupas de meretriz — vestiam-se com saias escuras e blusas desprovidas de enfeites, calçavam sapatos sem saltos, cobriam-se com mantos ao entardecer, prendiam os cabelos em tranças duplas que desciam pelas costas e não usavam pintura no rosto. Pareciam um grupo de simples camponesas ocupadas com seus trabalhos domésticos. A chilena deu uma piscada de alegre cumplicidade para as companheiras e seguiu o chinês até a cozinha. Tao Chi'en deu-lhe um avantajado pedaço de chocolate, subtraído da reserva destinada ao capitão, e se pôs a explicar o seu problema, mas, como ela nada entendia de inglês, ele começou a perder a paciência. Azucena Placeres cheirou o chocolate e um sorriso infantil iluminou sua cara redonda de índia. Tomou a mão do cozinheiro e levou-a até um dos seus peitos, ao mesmo tempo que apontava para a cabine das mulheres, que naquela hora estava completamente vazia. Ele, porém, retirou a mão de onde a mulher a pusera e levou-a até o alçapão de acesso à despensa. Dividida entre a curiosidade e a estranheza, Azucena ensaiou uma fraca defesa, mas o chinês não lhe deu a oportunidade de recuar, abriu o alçapão e mandou-a descer a escada, sempre sorrindo, a fim de tranquilizá-la. Durante alguns instantes, permaneceram no escuro, até que ele encontrou o lampião de azeite pendurado em uma viga, e conseguiu acendê-lo. Azucena ria: afinal, aquele chinês extravagante compreendera direitinho os termos do pacto. Nunca havia se deitado com um asiático e gostaria muito de saber se a sua ferramenta era como a dos outros homens, mas o cozinheiro não parecia interessado em aproveitar-se da situação, e continuava a conduzi-la pela mão, abrindo caminho por aquele verdadeiro labirinto de fardos e caixotes. Temendo que o homem estivesse fora dos eixos, começou a fazer tentativas de soltar-se, mas, em vez de libertá-la, o chinês obrigou-a a prosseguir até que a chama do lampião iluminou o esconderijo onde jazia Eliza.

— Jesus, Maria, José! — exclamou Azucena aterrorizada, e em seguida se persignou.

— Peça a ela que nos ajude — Tao Chi'en disse a Eliza em inglês, sacudindo-a a fim de reanimá-la.

Durante um bom quarto de hora, Eliza esteve traduzindo, com a voz fraca, as breves instruções de Tao Chi'en, que nesse meio-tempo havia tirado o broche de turquesas da bolsinha de joias e o brandia diante dos olhos da trêmula Azucena. Ficava acertado, ele explicou, que ela deveria descer duas vezes por dia a fim de lavar e alimentar Eliza, mas sem que ninguém soubesse o que se passava. Se cumprisse o acordo, o broche seria seu quando chegassem a San Francisco, mas, se dissesse uma só palavra a alguém, ele cortaria seu pescoço. E, dizendo isso, tirou o punhal da cinta e passou-lhe diante do nariz, enquanto com a outra mão exibia o broche, a fim de que a mensagem ficasse bem clara.

— Está entendendo?

— Diga a esse maldito chinês que estou entendendo e que guarde essa faca, porque, num descuido qualquer, ele pode acabar me matando.

Em um período que parecia interminável, Eliza debateu-se em meio aos delírios da febre, sendo atendida à noite por Tao Chi'en e de dia por Azucena. A mulher aproveitava a primeira hora da manhã e a primeira depois do almoço, quando a maioria dos passageiros dormia, para se dirigir discretamente à cozinha, onde Tao entregava-lhe a chave. Inicialmente descia à despensa morta de medo, mas logo sua natural boa índole — para não mencionar o broche — começou a falar mais alto do que o pavor. Primeiro ela esfregava Eliza com um pedaço de pano ensaboado, até limpá-la dos suores noturnos, e em seguida a obrigava a comer papa de aveia com leite e tomar caldo de galinha reforçado com o *tang kuei* preparado por Tao Chi'en, administrava-lhe as ervas conforme ele havia determinado e, por iniciativa própria, dava-lhe diariamente uma xícara de infusão de *borraja*. Confiava cegamente nesse remédio, destinado a limpar o ventre daquela que tivesse engravidado; *borraja* e uma imagem de Nossa Senhora do Carmo tinham sido as primeiras coisas que ela e suas companheiras de aventura haviam posto nas malas de viagem, pois, sem aquelas defesas, os caminhos da Califórnia poderiam ser muito difíceis de percorrer. A enferma andou perdida nos espaços da morte até o dia em que atracaram no porto de Guayaquil, que não passava de um casario meio engolido pela exuberante vegetação equatorial, onde poucos navios aportavam, a não ser quando alguém pretendia comprar frutas ou café, mas esse não era o caso do capitão Katz, que apenas havia prometido entregar algumas cartas a uma família de missionários holandeses. Fazia mais de seis meses que essa correspondência estava em seu poder, e ele não era homem de fugir aos compromissos. Na noite anterior, sentindo-se tão acalorada quanto se estivesse no meio de uma fogueira, Eliza suou até a última gota da água retida em seu corpo, dormiu sonhando que subia descalça a refulgente ladeira de um vulcão em erupção e despertou ensopada, mas lúcida e com a cabeça leve. Todos os passageiros, inclusive as mulheres, e boa parte da tripulação desceram por algumas horas, a fim de estirar as pernas, tomar banho no rio e empanturrar-se de frutas, mas Tao Chi'en permaneceu no navio a fim de ensinar Eliza a acender e fumar o cachimbo que levava em seu baú. Tinha dúvida sobre os recursos de que dispunha para tratar a jovem, e, naquela ocasião, daria tudo por um conselho de seu sábio mestre. Compreendia a necessidade de mantê-la tranquila, o que a ajudaria a passar o tempo na prisão da despensa, mas, considerando que ela havia perdido muito sangue, tinha medo de que a droga aguasse o pouco que lhe restara. Tomou a decisão ainda vacilante, depois de suplicar a Lin que vigiasse de perto o sono de Eliza.

— Ópio. Isso te fará dormir e, assim, o tempo passará mais rápido.

— Ópio! Isso enlouquece!

— Você já está louca — disse Tao com um sorriso. — Não tem muito a perder.

— E você quer me matar, não é?

— Claro que sim. Não consegui quando você estava se esvaindo, mas agora vou conseguir com o ópio.

— Ai, Tao, sinto medo...

— Em grande quantidade, o ópio é ruim. Mas, em pequena quantidade, ele nos dá alívio, e eu vou te dar só um pouquinho.

A jovem não podia saber o que era muito ou pouco. Tao Chi'en administrava-lhe suas poções — *osso de dragão e concha de ostra* —, juntamente com pequenas doses de ópio, cuja finalidade era proporcionar-lhe umas poucas horas de meia vigília, não permitindo, assim, que ela se perdesse em um paraíso sem retorno. Eliza passou a semana seguinte voando por outras galáxias, longe da cova insalubre em que seu corpo jazia prostrado, despertando apenas quando desciam para alimentá-la, lavá-la e obrigá-la a dar alguns passos no estreito labirinto da despensa. Não sentia o tormento das pulgas e dos piolhos, nem o cheiro nauseabundo que inicialmente não podia suportar, pois as drogas enfraqueciam seu poderoso olfato. Entrava e saía dos sonhos sem que nada a controlasse, mas igualmente sem lembrar-se deles. Tao Chi'en, no entanto, estava com a razão: o tempo passou rapidamente para ela. Azucena Placeres não entendia por que Eliza viajava naquelas condições. Nenhuma delas havia pagado passagem, tinham embarcado mediante um acordo com o capitão, que deixara para receber o dinheiro depois que chegassem a San Francisco.

— Se as coisas que contam tiverem fundamento, em um só dia você poderá embolsar quinhentos dólares. Os mineiros pagam em ouro puro. Passam meses sem ver mulheres, andam desesperados. Fale com o capitão e pague quando chegar lá — insistia Azucena, nos momentos em que Eliza estava lúcida.

— Não sou como vocês — replicava Eliza, flutuando na doce bruma das drogas.

Finalmente, em um momento de completa lucidez, Azucena Placeres conseguiu que Eliza lhe confessasse uma parte de sua história. A ideia de estar ajudando alguém que fugia por amor apoderou-se da imaginação da mulher, que, a partir de então, passou a tratar a enferma com os maiores cuidados. Já não se limitava mais a lavá-la e alimentá-la, conforme os termos do acordo, mas também ficava ao seu lado, pelo prazer de vê-la dormir. Quando a moça permanecia acordada, Azucena contava-lhe sua própria vida e lhe ensinava como rezar o rosário, o que, no seu entender, era a melhor forma de passar as horas sem pensar, e, ao mesmo tempo, de ganhar o céu sem muito esforço. Para as pessoas que exerciam aquela profissão, Azucena explicou, rezar era a melhor das saídas. A chilena separava rigorosamente uma parte de seus ganhos a fim de comprar indulgências à Igreja, e desse modo reduzia o número de dias que teria de passar no purgatório, embora, segundo seus cálculos, jamais chegassem a ser suficientes para o perdão de todos os seus pecados. Transcorreram semanas sem que Eliza soubesse quando era dia ou noite. Tinha a vaga sensação de contar, às vezes, com uma presença feminina ao seu lado, mas logo adormecia e despertava confusa, sem saber se havia sonhado com Azucena Placeres ou se, na verdade, existia uma mulher de pequena estatura, cabelos negros, nariz chato e pômulos avultados, que lhe parecia uma versão mais jovem de Mama Frésia.

A temperatura baixou um pouco assim que deixaram para trás o Panamá, onde o capitão, temeroso de que alguém fosse contagiado pela febre amarela, não permitiu que passageiros e tripulantes desembarcassem, limitando-se a despachar um bote com dois marinheiros encarregados de trazê-lo carregado de água doce, pois a pouca que lhes restava tinha virado lama. Passaram pelo México, e, quando o *Emilia* entrou nas águas do norte da Califórnia, encontraram o inverno pela frente. O calor sufocante da primeira parte da viagem deu lugar ao frio e à umidade; das maletas, surgiram gorros de pele, botas, luvas e abrigos de lã. De vez em quando, o bergantim cruzava com outras embarcações, trocavam saudações a distância, mas sem diminuir a marcha. Em cada serviço religioso, o capitão agradecia ao céu os ventos favoráveis, pois conhecia a história de navios que se haviam desviado até a costa do Havaí, ou mesmo um pouco mais, em busca de impulso para as velas. Aos golfinhos brincalhões, vieram juntar-se grandes e solenes baleias, que durante dias e dias acompanhavam o navio. Ao entardecer, quando os últimos reflexos do sol tingiam a água de vermelho, os imensos cetáceos amavam-se em um fragor de espuma dourada, chamando uns aos outros com profundos bramidos submarinos. E às vezes, no silêncio da noite, aproximavam-se tanto do navio que se podia ouvir nitidamente o rumor pesado e misterioso de suas presenças. As provisões frescas haviam desaparecido, e até mesmo as rações secas começavam a escassear; pescar e jogar cartas eram as únicas diversões possíveis. Os viajantes passavam horas discutindo os pormenores das sociedades formadas para aquela aventura, algumas frouxamente reguladas, outras instituindo regras estritamente militares, nas quais até o fardamento era previsto. Todas propunham basicamente uma união destinada a financiar a viagem e os equipamentos, explorar as minas, transportar o ouro e, em seguida, repartir os lucros com equidade. Nada se sabia acerca do terreno e das distâncias. Uma das sociedades estipulava que todas as noites seus membros deveriam voltar ao navio, no qual pensavam viver durante meses, e nas ausências deixar o ouro guardado em um cofre. O capitão Katz explicou que o *Emilia* não lhes podia servir de hotel, pois pensava em voltar para a Europa o mais cedo possível, e as minas ficavam a centenas de quilômetros do porto — mas todos eles se portaram como se não tivessem escutado aquelas palavras. Fazia cinquenta e dois dias que estavam no mar, a monotonia das águas infinitas começava a mexer com seus nervos, e as brigas estalavam ao menor pretexto. Quando um passageiro chileno quase descarregou sua arma em um marinheiro ianque a quem Azucena Placeres provocava em excesso, o capitão Vincent Katz confiscou as armas existentes, sem esquecer as navalhas de barbear, prometendo devolvê-las quando San Francisco fosse avistada. A única pessoa autorizada a usar facas era o cozinheiro, a quem cabia a ingrata obrigação de matar, um a um, os animais domésticos. Quando a última vaca foi parar nos pratos, Tao Chi'en improvisou uma elaborada cerimônia para obter o perdão dos animais sacrificados e, em seguida, desinfetou o seu punhal, passando-o várias vezes ao dia pela chama de uma vela.

Assim que o navio entrou nas águas da Califórnia, Tao Chi'en foi suspendendo paulatinamente as ervas tranquilizantes e o ópio que ministrava a Eliza, tratou de alimentá-la melhor e obrigou-a a exercitar-se para que pudesse sair da prisão com os próprios pés. Azucena Placeres ensaboava-a com paciência e chegou a improvisar um modo de lavar-lhe o cabelo com pequenas xícaras de água, enquanto ia contando sua triste vida de meretriz e sua alegre fantasia de enriquecer na Califórnia e voltar para o Chile transformada em uma senhora, com um dente de ouro e seis baús repletos de vestidos dignos de uma rainha. Tao Chi'en não sabia como iria desembarcar Eliza, mas, se fora capaz de introduzi-la em um saco, certamente poderia usar o mesmo recurso para tirá-la dali. E, uma vez em terra, a moça deixaria de ser responsabilidade sua. A ideia de desligar-se definitivamente dela causava-lhe um misto de tremendo alívio e inexplicável ansiedade.

Faltando poucas léguas para chegar ao seu destino, o *Emilia* se pôs a bordejar a Costa Norte da Califórnia. Segundo Azucena Placeres, aquele litoral parecia tanto com o do Chile que certamente haviam andado em círculos, como as lagostas, e estavam de novo em Valparaíso. Milhares de focas e lobos-marinhos pulavam das rochas e caíam pesadamente na água, em meio à angustiante algazarra de gaivotas e pelicanos. Não se vislumbrava uma só alma nas escarpas do litoral, não se via nenhum sinal de povoações, sombra nenhuma dos índios, que, segundo se dizia, eram habitantes seculares daquela região misteriosa. Por fim, aproximaram-se dos faróis que anunciavam a proximidade da Porta de Ouro, a famosa Golden Gate, umbral da Baía de San Francisco. Espessa, a bruma envolveu o navio como um manto, nada se via a meio metro de distância e o capitão mandou parar e soltar a âncora, com medo de chocar-se contra algum obstáculo. Tinham chegado muito perto, e a impaciência dos passageiros estava se transformando em tumulto. Todos falavam ao mesmo tempo, preparando-se para pisar em terra firme e correr em busca dos prazeres e tesouros. A maioria das sociedades destinadas a explorar as minas tinha se desfeito nos últimos dias, o tédio da longa navegação havia criado inimigos entre aqueles que antes eram sócios e agora cada um pensava apenas em si mesmo, mergulhado em seus propósitos de imensurável riqueza. Não faltou quem fizesse declarações de amor às prostitutas, dispondo-se a pedir ao capitão que os casasse antes do desembarque, pois ouviam dizer que, naquelas terras bárbaras, as mulheres eram o produto mais escasso de todos. Uma das peruanas aceitou a proposta de um francês que, de tanto tempo no mar, já havia esquecido o próprio nome, mas o capitão Vincent Katz negou-se a celebrar o matrimônio, ao saber que o homem tinha mulher e quatro filhos em Avignon. As outras rejeitaram de pronto os pretendentes, pois tinham feito aquela penosa viagem para enriquecer, e não para se transformar em servidoras gratuitas do primeiro pobretão que lhes fizesse uma proposta de casamento.

O entusiasmo dos homens apaziguava-se à medida que iam passando as horas na imobilidade, submersos na leitosa irrealidade da neblina. No final do segundo dia, o céu clareou repentinamente, e então puderam suspender a âncora e lançar-se de velas desfraldadas à última etapa da longa viagem. Passageiros e tripulantes foram até a coberta, a fim de admirar a estreita abertura da Golden Gate, seis milhas de navegação impelida pelo vento de abril, debaixo de um céu diáfano. De um lado e de outro, erguiam-se colinas rentes ao mar, coroadas de bosques, expostas como feridas pelo trabalho eterno das ondas, o Pacífico lá atrás e, diante delas, a esplêndida baía, estendendo-se como um lago de águas prateadas. Uma salva de exclamações saudou o fim da árdua travessia e o princípio da aventura do ouro para aqueles homens e mulheres, assim como para os vinte tripulantes, que decidiram imediatamente entregar o navio à própria sorte e correr para a aventura das minas. Os únicos a se manterem impassíveis foram o capitão holandês Vincent Katz, que permaneceu em seu posto ao lado do timão, sem revelar emoção nenhuma, pois o ouro não o comovia e tudo que desejava era voltar para Amsterdã a tempo de passar o Natal com sua família, e Eliza Sommers, no ventre do navio, pois, só muitas horas mais tarde, soube que haviam chegado.

Ao entrar na baía, a primeira coisa que se apresentou aos olhos de Tao Chi'en foi uma floresta de mastros à sua direita. Era impossível contá-los, mas, pelos seus cálculos, havia mais de uma centena de embarcações abandonadas, em uma típica desordem de batalha. Cavando a terra, qualquer homem poderia ganhar mais em um dia do que um marinheiro em um mês de trabalho no mar. Os homens, contudo, não desertavam apenas por causa do ouro; também se sentiam tentados a fazer dinheiro carregando sacos, assando pão ou forjando ferraduras. Algumas das embarcações vazias eram alugadas como armazéns, outras se convertiam em hotéis improvisados, enquanto muitas se deterioravam, cobertas de algas e ninhos de gaivotas. Um segundo olhar revelou a Tao Chi'en a cidade espalhada como um leque pelas encostas das colinas, um amontoado de tendas de campanha, barracos de tábuas e papelão, algumas construções simples, mas bem-acabadas, as primeiras com essas características naquele ambiente de colonização. Depois de baixar a âncora, receberam o primeiro bote, que não pertencia à capitania dos portos, como pensavam, mas a um chileno ansioso por dar as boas-vindas aos compatriotas e recolher o correio. Era Feliciano Rodríguez de Santa Cruz, que havia adotado um nome menos pomposo, Felix Cross, para que os ianques pudessem pronunciá-lo. Embora alguns dos viajantes fossem seus amigos pessoais, ninguém o reconheceu, porque nada restava nele do janota de sobrecasaca e bigode em gomalina que estavam acostumados a ver em Valparaíso; o que acabava de surgir diante deles era um cavernícola hirsuto, com a pele curtida de índio, roupa de montanhês, botas russas que alcançavam as coxas e duas pistolas no cinto, acompanhado por um negro de aspecto igualmente selvagem, também armado como um bandoleiro. Era um escravo fugitivo que, ao pisar o solo da Califórnia, havia se transformado em homem livre, mas, como não fora capaz de suportar a dureza das minas, decidira ganhar a vida como pistoleiro de aluguel. Assim que se identificou, Feliciano foi saudado com gritos de entusiasmo e levado praticamente nos braços até a primeira classe, onde, a uma só voz, os passageiros lhe pediram notícias. O único interesse deles consistia em saber se o ouro era tão abundante quanto diziam, ao que ele respondeu que era muito mais, e em seguida despejou de sua bolsa uma substância amarela, em forma de cocô amassado, anunciando que aquilo era uma pepita de meio quilo de peso, e que se dispunha a trocá-la por toda a bebida que houvesse a bordo, mas a proposta não pôde ser aceita, pois haviam restado apenas três garrafas, todas as outras tinham sido consumidas durante a viagem. A pepita fora encontrada, Feliciano revelou, por alguns bravos mineiros vindos do Chile, que agora trabalhavam para ele nas margens do Rio Americano. Depois de terem brindado com a última reserva de álcool e entregado as cartas ao chileno, este começou a lhes ensinar como sobreviver naquela região.

— Até meses atrás, tínhamos um código de honra, e mesmo os piores brigões se comportavam com decência. Qualquer um podia deixar seu ouro na barraca, pois ninguém tocava nele. Mas agora tudo está mudado. Impera a lei da selva, só existe cobiça na cabeça das pessoas. Não se separem de suas armas e andem sempre em duplas ou em grupos; isto aqui é uma terra de foragidos.

Vários botes se haviam aproximado do navio, tripulados por homens que propunham, aos gritos, os mais diversos negócios, declarando-se dispostos a comprar qualquer coisa, pois em terra poderiam vendê-la por cinco vezes do que valesse. Foi assim que, de imediato, os inocentes viajantes descobririam a arte da especulação. À tarde, apareceu o chefe da capitania dos portos, acompanhado de um funcionário da alfândega, e atrás deles vinham dois botes ocupados por vários mexicanos e uma dupla de chineses que se ofereciam para transportar até o cais o carregamento do navio. Cobravam uma fortuna, mas não havia alternativa. O chefe da capitania não mostrava interesse nenhum em examinar os passaportes ou verificar a identidade dos passageiros.

— Documentos? Não é preciso! Vocês acabam de chegar ao paraíso da liberdade. Aqui não há papel selado — anunciou.

Em compensação, ele se interessou muito pelas mulheres. Vangloriava-se de ser o primeiro a comer todas que desembarcavam em San Francisco, embora não fossem tantas quanto gostaria. Contou que as primeiras a aparecer na cidade, vários meses antes, tinham sido recebidas por uma verdadeira multidão de homens eufóricos, que fizeram fila durante horas, cada qual esperando o momento de deitar-se com uma das recém-chegadas, que seriam pagas com ouro em pó, com pepitas ou com moedas e até em lingotes. Eram duas valentes garotas ianques, que tinham vindo de Boston e haviam alcançado o Pacífico atravessando o Istmo do Panamá. Reservavam-se para quem lhes fizesse o melhor lance e, desse modo, ganhavam em um dia aquilo que estavam habituadas a receber em um ano. Desde então, haviam chegado mais de quinhentas, quase todas mexicanas, chilenas e peruanas — havia apenas umas poucas norte-americanas e francesas —, mas, mesmo assim, ainda estavam em número insignificante para fazer face à crescente invasão de homens jovens e solitários.

Azucena Placeres não ouviu as notícias dadas pelo ianque, porque Tao Chi'en levou-a para a despensa assim que soube da presença do funcionário da alfândega. Não poderia desembarcar Eliza dentro de um saco, no ombro de um estivador, do mesmo modo que a havia embarcado, pois certamente as cargas seriam fiscalizadas. Eliza surpreendeu-se ao vê-los, pois estavam irreconhecíveis: ele vestia blusa e calça recém-lavadas, sua trança brilhava como estivesse oleada e havia raspado até o último pelo do rosto, ao passo que Azucena Placeres tinha trocado seu traje de camponesa pela roupa de combate, um vestido azul com plumas no decote, fizera um penteado alto coroado por um chapéu e passara carmim nos lábios e nas faces.

— A viagem terminou, menina, e você ainda está viva — anunciou Azucena alegremente.

Sua intenção era emprestar a Eliza um de seus faustosos vestidos e retirá-la do navio como se a moça fosse mais uma de seu grupo, ideia que lhe parecia aceitável, pois, como explicou, aquela seria a única profissão que a jovem poderia exercer em terra firme.

— Vim para me casar com meu noivo — respondeu Eliza pela centésima vez.

— Não vai haver noivo nenhum para amparar você. Se para comer é necessário vender o traseiro, vende-se. A essa altura, menina, você não pode se prender a detalhes.

Tao Chi'en interrompeu-as. Se durante dois meses havia apenas sete mulheres a bordo, não podiam desembarcar oito, argumentou. Estava de olho em um grupo de mexicanos e chineses que havia subido a bordo a fim de descarregar o navio e que esperava na coberta as ordens do comandante e do fiscal alfandegário. Indicou o grupo a Azucena, que logo tratou de prender o longo cabelo de Eliza em uma trança semelhante à de Tao, e agora saía para apanhar outra muda das roupas do chinês. Vestiram a jovem com uma calça, um blusão amarrado na cintura com uma corda e um chapéu de palha em forma de guarda-chuva. Naqueles dois meses em que andara atravessando os areais do inferno, Eliza havia perdido peso e estava magra e pálida como uma folha de papel de arroz. Com as roupas de Tao Chi'en, grandes demais para ela, parecia um menino chinês, desnutrido e triste.

Azucena Placeres envolveu-a em seus robustos braços de lavadeira e deu--lhe um beijo emocionado na testa. Sentia-se cheia de ternura por ela e, no fundo, se alegrava pelo fato de haver um noivo esperando-a, pois não podia imaginá-la submetida às brutalidades da vida que ela própria suportava.

— Você está parecendo uma lagartixa — disse, rindo, Azucena Placeres.

— E se me descobrirem?

— O pior que pode acontecer é o capitão Katz obrigar você a pagar a passagem. Você pode pagar com suas joias; não é para isso que elas estão guardadas? — sugeriu Azucena.

— Ninguém deve saber que você está aqui. Assim, o capitão Sommers não irá procurar por você na Califórnia — disse Tao Chi'en.

— Se ele me encontrar, vai me levar de volta para o Chile.

— Para quê? Seja como for, você já está desonrada. Os ricos não suportam isso. Sua família deve estar muito feliz por você ter desaparecido, pois, do contrário, teriam de atirá-la na rua.

— Só isso? Na China você seria morta pelo que fez.

— É, chino, mas não estamos no seu país. Não assuste a menina. Pode sair tranquila, Eliza. Ninguém vai prestar atenção em você. Todos estarão olhando para mim — garantiu Azucena Placeres, despedindo-se com um redemoinho de plumas azuis e o broche de turquesas preso no decote.

E assim foi. As cinco chilenas e as duas peruanas, em suas mais exuberantes vestimentas de conquistadoras, foram o espetáculo do dia. Desceram aos botes pendurando-se em escadas de corda, precedidas por sete afortunados marinheiros, que haviam conquistado o privilégio de sustentar na cabeça os traseiros das mulheres, em meio a um coro de assobios e aplausos de centenas de curiosos amontoados no porto a fim de recebê-las. Ninguém prestou atenção nos mexicanos e nos chineses, que, como uma fileira de formigas, iam passando os pacotes de mão em mão. Eliza ocupou um dos últimos botes, ao lado de Tao Chi'en; o chinês explicou aos seus compatriotas que o menino era surdo-mudo e um pouco retardado, de modo que seria inútil procurar comunicar-se com ele.

Argonautas

Tao Chi'en e Eliza Sommers pisaram pela primeira vez em San Francisco às duas horas da tarde de uma terça-feira de abril de 1849. Antes deles, milhares de aventureiros haviam passado brevemente por ali a caminho de seus sonhos. Um vento pertinaz dificultava a marcha, mas o dia estava limpo, de modo que os dois puderam apreciar o panorama da baía em sua esplêndida beleza. Tao Chi'en tinha uma aparência esquisita, com sua maleta de médico, da qual jamais se separava, uma trouxa nas costas, um chapéu de palha na cabeça e, como abrigo, um multicolorido poncho de lã que acabara de comprar dos carregadores mexicanos. Mas, naquela cidade, o aspecto de uma pessoa era o que menos importava. Depois de dois meses de desuso, as pernas de Eliza tremiam e, em terra firme, ela voltava a sentir o mesmo enjoo que havia experimentado no mar, mas a roupa masculina dava-lhe uma liberdade desconhecida — nunca havia se sentido tão invisível. Uma vez passada a impressão de estar nua, foi-lhe possível desfrutar a brisa que entrava pelas bocas da calça e pelas largas mangas da blusa. Acostumada à prisão das anáguas, agora respirava a plenos pulmões. Era com dificuldade que carregava a maleta na qual levava alguns daqueles primorosos vestidos dos quais Miss Rose havia cuidado com a melhor das intenções; ao perceber que a jovem vacilava, Tao Chi'en tirou-lhe a maleta das mãos e passou a carregá-la no ombro. Enrolada embaixo do braço, a manta de Castela pesava tanto quanto a maleta, mas Eliza compreendeu que não podia abandoná-la, pois à noite ela seria o mais precioso de seus bens. Com a cabeça baixa, escondida sob o chapéu de palha, ia tropeçando em meio à pavorosa anarquia da cidade. Fundado em 1769 por uma expedição espanhola, o vilarejo de Yerba Buena contava com menos de quinhentos habitantes, mas bastou que alguém dissesse a palavra "ouro" para que os aventureiros começassem a chegar. Em poucos meses, aquele povoadinho sem importância saiu da letargia, e agora, com o nome de San Francisco, sua fama espalhava-se até o último confim do mundo. Mesmo assim, não chegava a ser uma verdadeira cidade, mas apenas um gigantesco acampamento de homens que estavam de passagem.

Ninguém ficou indiferente à febre do ouro: ferreiros, carpinteiros, professores, médicos, soldados, fugitivos da lei, pregadores, padeiros, revolucionários e loucos mansos, de cepas as mais diversas, deixaram para trás suas famílias e propriedades, a fim de atravessar meio mundo em busca daquela aventura. "Procuram ouro e, pelo caminho, vão perdendo a alma", repetia incansavelmente o capitão Katz em cada um dos breves ofícios religiosos dominicais que impunha aos passageiros e tripulantes do *Emilia*, mas ninguém lhe dava ouvidos, pois todos estavam ofuscados pela ilusão de uma riqueza que viria de repente e que seria capaz de mudar-lhes as vidas. Pela primeira vez na história, o ouro podia ser encontrado à flor da terra, não tinha dono, era grátis e abundante, e estava ao alcance daquele que decidisse apanhá-lo. Os argonautas vinham das terras mais distantes: eram europeus que fugiam de guerras, pestes e tiranias; ianques ambiciosos e corajosos; negros em busca de liberdade; russos e oregonenses vestidos de peles, como índios; mexicanos, chilenos e peruanos; bandidos australianos; lavradores chineses quase mortos de fome, que arriscavam a cabeça ao violar a proibição imperial de abandonar a pátria. Conclusão: nas enlameadas ruelas de San Francisco, misturavam-se todas as raças.

As ruas principais, traçadas como amplos semicírculos cujos extremos tocavam a praia, estavam cortadas por retas que desciam das colinas abruptas e terminavam no porto, e algumas eram tão íngremes e tinham tanta lama que nem as mulas conseguiam galgá-las. De repente, soprava um daqueles ventos passageiros de tempestade, que erguia torvelinhos de pó e areia, mas, passados alguns minutos, o ar se acalmava, e o céu voltava a ficar límpido.

Em pouco tempo, haviam surgido vários edifícios de tijolos, e dúzias de outros estavam em construção; entre esses últimos, alguns se anunciavam como futuros hotéis de luxo, mas o restante era uma salada de moradias provisórias, barracas, casebres feitos de pedaços de flandres, madeira ou papelão; o inverno, terminado poucos dias antes, havia transformado a cidade em um pântano; os poucos veículos existentes atolavam-se no barro e se improvisavam pranchas de madeira para atravessar as regueiras cheias de lixo, milhares de garrafas quebradas e outros desperdícios. Não havia canalização, superficial ou subterrânea, e a água dos poços estava contaminada; cólera e disenteria causavam mortandade, salvo entre os chineses, que tinham o hábito de tomar chá, e os chilenos, criados com a água infecta de seu país e, portanto, imunes às bactérias menores. A heterogênea multidão pululava, presa de uma atividade frenética: correndo e tropeçando, transportando materiais de construção, barris, caixotes, tocando mulas e conduzindo carroças. Os carregadores chineses penduravam seus pacotes nas extremidades de varapaus e se mostravam indiferentes aos que atingiam de passagem; os mexicanos, fortes e pacientes, levavam nas costas o equivalente ao próprio peso e subiam as ladeiras trotando; os malaios e havaianos aproveitavam qualquer pretexto para iniciar uma briga; os ianques entravam a cavalo nas mercearias improvisadas, pisoteando quem achassem pela frente; os californianos nascidos na região exibiam com orgulho suas belas jaquetas bordadas, esporas de prata e calças com aberturas laterais e uma dupla fileira de botões de ouro da cintura até as botas.

Ao clamor das brigas ou dos acidentes, juntava-se o barulho dos martelos, serras e brocas. Os tiros eram ouvidos com aterradora frequência, mas um morto a mais ou a menos não mexia com os nervos de ninguém, ao passo que o furto de uma simples caixa de pregos atraía imediatamente um grupo de cidadãos indignados e dispostos a fazer justiça com as próprias mãos. A propriedade valia muito mais do que a vida; qualquer roubo superior a cem dólares era pago com a forca. Abundavam as casas de jogo, os bares e os *saloons*, decorados com imagens de mulheres nuas, à falta de mulheres de verdade. Nas barracas, vendia-se um pouco de tudo, principalmente bebidas e armas, a preços sempre exagerados, porque ninguém tinha tempo de regatear. Os clientes pagavam quase sempre com ouro e não se davam ao trabalho em recolher o pó que ficava grudado na balança. Tao Chi'en concluiu que a famosa *Gum San*, a Montanha Dourada de que tanto ouvira falar, era o próprio inferno, e calculou que, com os preços tão altos, suas economias durariam pouco. A bolsa de joias de Eliza também de nada valeria, pois a única moeda aceita era ouro.

Eliza abriu caminho pelo meio da turba, colada em Tao e feliz por estar vestida de homem, pois não via mulheres em lugar nenhum. As sete passageiras do *Emilia* tinham sido levadas em triunfo para um dos muitos *saloons*, onde certamente estavam começando a ganhar os duzentos e setenta dólares da passagem que deviam ao capitão Vincent Katz. Pela boca dos carregadores, Tao Chi'en fora informado de que a cidade estava dividida em setores e que, a cada nacionalidade, correspondia um bairro. Aconselharam-no a não se aproximar da área ocupada pelos malvados australianos, que costumavam atacar por simples divertimento, e em seguida apontaram-lhe na direção de um amontoado de barracas e casebres onde viviam os chineses. Tao Chi'en seguiu o rumo indicado.

— Como irei encontrar Joaquín no meio dessa confusão? — perguntou Eliza, que se sentia perdida e impotente.

— Se existe um bairro chinês, também deve existir um bairro chileno. Vá procurá-lo.

— Não estou pensando em me separar de você, Tao.

— À noite volto para o navio — advertiu o chinês.

— Para quê? Não se interessa pelo ouro?

Tao Chi'en apertou o passo, e ela tratou de fazer o mesmo, a fim de não perdê-lo de vista. Em pouco tempo, chegaram ao bairro chinês — *Little Canton*, como o chamavam —, um par de ruas insalubres, onde imediatamente ele se sentiu em casa, pois ali não se via uma só cara de *fan güey*, o ar estava impregnado dos deliciosos cheiros da comida de seu país e as pessoas falavam em vários dialetos, principalmente o cantonês. Para Eliza, ao contrário, foi como se a houvessem transportado para outro planeta: não entendia uma palavra e parecia-lhe que todo mundo estava furioso, pois todos gesticulavam e gritavam. Ali também não viu mulheres, mas Tao Chi'en apontou-lhe para dois postigos nos quais assomavam uns rostos desesperados. Fazia dois meses que não conhecia mulher e aquelas o estavam chamando, mas ele conhecia muito bem os estragos causados pelas doenças venéreas e não se dispunha a correr risco com mulheres de tão baixa categoria. Eram jovens camponesas compradas por umas poucas moedas e trazidas das mais distantes províncias da China. Pensou em sua irmã, vendida pelo pai, e sentiu a náusea subir e dobrá-lo na metade do corpo.

— O que está sentindo, Tao?

— Lembranças ruins... Essas moças são escravas.

— Mas não dizem que na Califórnia não existem escravos?

Entraram em um restaurante, assinalado pelas tradicionais bandeirolas amarelas. Havia uma mesa comprida, ocupada por homens que devoravam a comida rapidamente, entrechocando os cotovelos. O ruído dos palitos mergulhando nas tigelas e a conversa em voz alta eram música para os ouvidos de Tao Chi'en. Entraram numa fila e esperaram de pé até conseguir dois lugares. Não podiam escolher a comida, tinham de aproveitar tudo que lhes caísse ao alcance da mão. Era necessário ter perícia para agarrar o prato que passava voando, antes que outro mais esperto o interceptasse, mas Tao Chi'en capturou um para Eliza e outro para si. Ela observou desconfiada um líquido verdoso, no qual flutuavam fiapos esbranquiçados e moluscos gelatinosos. Gabava-se de reconhecer qualquer ingrediente pelo cheiro, mas aquele nem sequer parecia comestível; tinha aspecto de água do pântano povoada de girinos, com a vantagem de não exigir palitos, podendo ser sorvido diretamente na tigela. A fome pôde mais do que a suspeita, e Eliza resolveu provar aquilo, enquanto às suas costas os impacientes fregueses da fila gritavam para que se apressasse. O prato era delicioso, e teria tomado outro com prazer, mas Tao Chi'en não lhe deu tempo, e, agarrando-lhe o braço, dirigiu-se à rua. Ela o seguiu. Primeiro percorreram as tendas do bairro, pois Tao queria repor os produtos medicinais de sua maleta e conversar com os dois vendedores de ervas chinesas instalados na cidade; e depois ir até uma casa de jogo, uma das muitas que havia em cada quadra. A que escolheu ocupava um prédio construído de madeira, acabado com alguns toques de luxo, decorado com pinturas de mulheres vestidas pela metade. Ali as pessoas iam pesar o ouro em pó, a fim de trocá-lo por moedas, à razão de dezesseis dólares por onça, ou simplesmente para arriscar no jogo tudo aquilo que traziam na bolsa. Americanos, franceses e mexicanos formavam a maioria da clientela, embora houvesse também aventureiros do Havaí, Chile, Austrália e Rússia. Os jogos mais populares eram o *monte*, de origem mexicana, o *lasquenet* e o *vingt-et-un*. Como preferiam o *fan tan* e costumavam arriscar apenas alguns centavos, os chineses não eram bem-vindos nas mesas de jogos mais caros. Não havia um só negro jogando, embora houvesse alguns tocando instrumentos ou servindo os clientes nas mesas; mais tarde, Tao e Eliza souberam que, quando entravam nos bares ou nas casas de jogo, os negros recebiam grátis uma dose de bebida e, em seguida, tinham de sair, sob pena de serem escorraçados a tiros. Havia três mulheres no salão, duas jovens mexicanas de olhos grandes e cintilantes, vestidas de branco e fumando um cigarro atrás do outro, e uma francesa com um corpete apertado e espessa maquilagem no rosto, um tanto madura, mas ainda bonita. Elas percorriam as mesas incitando ao jogo e à bebida, e com frequência uma delas desaparecia, levada pelo braço de algum cliente para trás de uma pesada cortina de veludo vermelho. Tao Chi'en foi informado de que cobravam uma onça de ouro para sentar-se ao lado de um homem no bar, durante apenas uma hora, e várias centenas de dólares para passar a noite inteira com um solitário; mas a francesa era mais cara e não fazia negócios com negros nem chineses.

Despercebida no seu papel de adolescente oriental, Eliza sentou-se a um canto, extenuada, enquanto ele conversava com um e outro, averiguando detalhes sobre o ouro e a vida na Califórnia. Para Tao Chi'en, que se sentia protegido pela lembrança de Lin, era mais fácil enfrentar a tentação das mulheres do que a do jogo. O som das fichas do *fan tan* e dos dados contra as superfícies das mesas era uma voz de sereia a chamá-lo. A visão das cartas nas mãos dos jogadores fazia-o suar, mas conseguiu abster-se, fortalecido pela convicção de que a boa sorte o abandonaria para sempre caso quebrasse a promessa. Anos mais tarde, depois de numerosas aventuras, Eliza lhe perguntou a que boa sorte se referia, e ele, sem pensar duas vezes, respondeu que era a de estar vivo e tê-la conhecido. Naquela tarde, soube que as minas situavam-se nas áreas dos rios Sacramento, Americano, São Joaquim e suas centenas de pequenos afluentes, mas as distâncias eram enormes e os mapas não mereciam confiança. O ouro fácil da superfície começava a escassear. Não faltavam, decerto, mineiros de sorte, que tropeçavam em uma pepita de ouro do tamanho de um sapato, mas a maioria tinha de se conformar com um punhado de pó reunido ao custo de um trabalho desmesurado. Falava-se muito do ouro, disseram-lhe, mas pouco do sacrifício para obtê-lo. Necessitava-se de uma onça diária para viver como um cachorro, pois os preços eram extravagantes, e o ouro ia embora num piscar de olhos. Em compensação, comerciantes e prestamistas enriqueciam rapidamente; era o que havia acontecido a um certo camponês, que começara lavando roupas e, passados poucos meses, já havia construído uma casa de tijolos, pondo-se a pensar então em voltar para a China, comprar várias esposas e dedicar-se a produzir filhos varões; ou a outro, que emprestava dinheiro em uma baiuca a dez por cento por hora, ou seja, a mais de oitenta e sete mil por ano. Tao Chi'en teve a confirmação de várias histórias fabulosas que lhe haviam contado, de pepitas enormes, de abundância de ouro em pó misturado com areia, de veios em rochas de quartzo, de mulas cujos cascos descobriam por acaso tesouros em penhascos, mas, para enriquecer, era preciso trabalhar e ter sorte. Os ianques não tinham paciência, não sabiam trabalhar em conjunto, tornavam-se vítimas da desorganização e da cobiça. Mexicanos e chilenos entendiam de mineração, mas eram muito gastadores; os russos e os que vinham do Oregon perdiam seu tempo bebendo e brigando. Os chineses, ao contrário dos outros, conseguiam tirar proveito de seus recursos, por menores que fossem, pois eram frugais, não se embriagavam e trabalhavam como formigas dezoito horas sem descansar nem queixar-se. Percebendo que os *fan güey* sentiam-se indignados com seu êxito, os chinos compreenderam que era necessário dissimular, fazer-se de tolos, não provocá-los, ou então passariam maus bocados, como já ocorria com os orgulhosos mexicanos. Sim, informaram-lhe, existia um acampamento de chilenos; ficava um pouco distante do centro da cidade, do lado direito, e davam-lhe o nome de Chilezinho, mas já era bem tarde para aventurar-se por aquelas bandas, acompanhado apenas pelo irmão retardado.

— Vou voltar para o navio — anunciou Tao Chi'en a Eliza quando saíram da espelunca.

— Estou me sentindo tonta, como se fosse cair.

— Você esteve muito doente. Necessita comer bem e descansar.

— Não posso fazer isso sozinha, Tao. Por favor, não me deixe por enquanto...

— Assinei um contrato, o capitão mandará me buscar.

— E quem cumprirá a ordem? Todos os navios estão abandonados. Não resta ninguém a bordo. O capitão Katz pode gritar até ficar rouco, mas nenhum de seus marinheiros voltará para bordo.

O que fazer com ela? Tao Chi'en perguntou em voz alta, usando o dialeto cantonês. O trato entre ambos terminava ali, em San Francisco, mas não se sentia capaz de abandoná-la naquele lugar. Estava preso à jovem, pelo menos até que ela recuperasse as forças, conseguisse ligar-se a outros chilenos ou descobrisse o paradeiro de seu namorado fujão. Não seria difícil, imaginou. Por mais confusa que parecesse, San Francisco não tinha nenhum segredo para os chineses, de modo que podia esperar o dia seguinte e levá-la até o Chilezinho. A noite já havia caído, dando ao lugar uma aparência fantasmagórica. Os alojamentos eram quase todos de lona, e, à luz dos lampiões acesos em seu interior, tornavam-se transparentes e luminosos como diamantes. As tochas e fogueiras que ardiam nas ruas e a música produzida pelos gritos da jogatina contribuíam para acentuar a impressão de irrealidade. Tao Chi'en saiu à procura de um lugar para passar a noite, e acabou encontrando um galpão de aproximadamente vinte e cinco metros de comprimento, construído com tábuas e folhas metálicas retiradas de navios encalhados, e coroado por uma placa com a palavra "Hotel". Lá dentro, havia duas fileiras de beliches elevados, nada mais do que simples estrados de madeira nos quais um homem podia deitar-se encolhendo as pernas, com um balcão no fundo, onde vendiam bebida. Não havia janelas, e o ar entrava apenas pelas frestas entre as tábuas. Pagava-se um dólar pelo pernoite, e cada um devia trazer sua roupa de cama. Os primeiros a chegar ocupavam os beliches, os outros tinham de deitar-se no chão; quando Tao e Eliza chegaram, ainda havia beliches desocupados, mas, como eram chineses, tiveram de ficar mesmo no chão de terra batida. Estenderam-se nele, usando a trouxa de roupa como almofada, e o *sarape* e a manta de Castela como abrigo. Daí a pouco, o lugar estava lotado de homens de diferentes raças e aparências, todos deitados lado a lado, em filas apertadas, vestidos e com as mãos em cima de suas armas. O fedor de sujeira, tabaco e eflúvios humanos, além dos roncos e das vozes dos que andavam perdidos em seus pesadelos, tudo isso dificultava o sono, mas Eliza estava tão cansada que nem soube como as horas se passaram. Acordou ao amanhecer. Tiritava de frio, estava colada às costas de Tao Chi'en, e nesse momento descobriu seu cheiro de mar. No navio, o cheiro dele se confundia com o da água que os rodeava, mas naquela madrugada conheceu finalmente a fragrância do corpo daquele homem. Fechou os olhos, aconchegou-se ainda mais a ele e logo voltou a dormir.

Naquele dia, saíram à procura do Chilezinho, que ela reconheceu imediatamente ao ver uma bandeira chilena ondeando no alto de um mastro de madeira e ao constatar que a maioria dos homens levava na cabeça os típicos chapéus *maulinos*, em forma de cone. Eram cerca de oito ou dez conjuntos atulhados de gente, com a presença de umas poucas mulheres e crianças que tinham viajado com os homens, todos dedicados a alguma profissão ou negócio. Os alojamentos eram tendas de campanha, casebres e barracos de tábua, cercados por uma confusão de destroços e ferramentas de trabalho, mas também havia restaurantes, hotéis improvisados e bordéis. Pelos cálculos de alguns, chegavam a dois mil os chilenos instalados no bairro, mas ninguém os havia contado, e na verdade aquilo era apenas um lugar de passagem para os recém-chegados. Eliza sentiu-se feliz ao ouvir a língua de seu país e ao ver em uma tenda esfarrapada um letreiro no qual se anunciavam *pequenes* e *chunchules*. Aproximou-se, e, disfarçando seu acento chileno, pediu uma porção de *chunchules*. Tao Chi'en ficou observando aquele estranho alimento, que, à falta de prato, era servido em pedaços de papel de jornal, sem saber que diabos aquilo podia ser. Ela lhe explicou que se tratava de tripas de porco fritas na banha.

— Ontem tomei a sua sopa chinesa. Hoje você come os meus *chunchules* chilenos — ordenou ela.

— Como é que vocês, sendo chineses, falam castelhano? — perguntou o vendedor amavelmente.

— Meu amigo não fala. Só eu falo, porque estive no Peru — respondeu Eliza.

— E o que estão procurando por aqui?

— Um chileno. O nome dele é Joaquín Andieta.

— Estão procurando por quê?

— Temos um recado para ele. Conhece-o?

— Por aqui passou muita gente nos últimos meses. Ninguém demora mais do que alguns dias, as pessoas vão logo para as minas. Uns voltam, outros, não.

— E Joaquín Andieta?

— Não me lembro, mas vou perguntar.

Eliza e Tao Chi'en sentaram-se para comer à sombra de um pinheiro. Vinte minutos mais tarde, o vendedor de comida regressou na companhia de um homem com cara de índio do norte do Chile, pernas curtas e ombros largos; o índio informou que Joaquín Andieta havia tomado o rumo das minas de Sacramento fazia pelo menos dois meses, embora ali ninguém guardasse datas nem se preocupasse com as andanças alheias.

— Nós vamos para Sacramento, Tao — decidiu Eliza, assim que se afastaram do Chilezinho.

— Você ainda não pode viajar. Precisa descansar algum tempo.

— Descansarei lá, depois de tê-lo encontrado.

— Prefiro voltar com o capitão Katz. A Califórnia não é um bom lugar para mim.

— O que está acontecendo com você? Tem sangue de barata? Não ficou ninguém naquele navio, a não ser o capitão com sua Bíblia. O mundo inteiro anda à procura de ouro, e você pensa em continuar a ser cozinheiro, em troca de um salário miserável!

— Não acredito em fortuna fácil. Quero uma vida tranquila.

— Bom, já que não gosta de ouro, talvez haja alguma outra coisa capaz de interessar a você...

— Aprender.

— Aprender o quê? Você já sabe muito.

— Que nada! Ainda tenho quase tudo por aprender!

— Pois acaba de chegar ao lugar perfeito para isso. Não sabe nada sobre este país. Aqui há necessidade de médicos. Quantos homens você pensa que estão nas minas? Milhares e milhares! E todos necessitam de médico. Esta é a terra das oportunidades, Tao. Venha comigo para Sacramento. Aliás, se você não me acompanhar, eu não chegarei muito longe...

As condições da embarcação eram funestas, e por isso Tao Chi'en e Eliza pagaram uma mixaria por sua viagem para o norte, que começava com a travessia da extensa Baía de San Francisco. O barco ia repleto de passageiros que levavam consigo muitos e complicados equipamentos de mineração; ninguém podia dar um passo naquele espaço atulhado de caixotes, ferramentas, cestos e sacos com provisões, pólvora e armas. O capitão e o imediato eram dois ianques com cara de poucos amigos, mas marinheiros competentes, além de generosos em relação aos alimentos escassos e mesmo no tocante às garrafas de uísque. Tao Chi'en negociou com eles a passagem de Eliza e, no seu próprio caso, conseguiu permissão para viajar trabalhando como marinheiro. Os passageiros, todos com pistolas na cinta, facas e navalhas à vista, trocaram poucas palavras no primeiro dia, salvo para insultar-se por causa de alguma cotovelada ou pisada, inevitáveis naquele aperto. Ao amanhecer do segundo dia, depois de uma longa noite fria e úmida ancorados perto do litoral, pois era impossível navegar na escuridão, cada um se sentia como se estivesse rodeado de inimigos. As barbas crescidas, a sujeira, a comida execrável, os mosquitos, o vento e a corrente contrária, tudo contribuía para irritar os ânimos. Tao Chi'en, o único a viajar sem planos nem objetivos, ostentava um ar perfeitamente sereno, e, quando não estava cuidando da vela, admirava o extraordinário panorama da baía. Eliza, ao contrário, sentia-se desesperada no seu papel de adolescente retardado e surdo-mudo. Tao Chi'en a havia apresentado em poucas palavras como seu irmão mais novo e conseguira acomodá-la em um lugar mais ou menos protegido do vento, onde ela permaneceu tão quieta e silenciosa que, algumas horas depois, ninguém mais se lembrava de sua existência. De sua manta de Castela, escorria água, ela tremia de frio e tinha as pernas entorpecidas; sentia-se fortalecida, no entanto, pela ideia de que a cada minuto aproximava-se um pouco mais de Joaquín. Tocava no peito, onde levava as cartas de amor, e, em silêncio, recitava-as de memória. No terceiro dia, os passageiros tinham perdido boa parte da agressividade e jaziam prostrados em suas roupas molhadas, meio bêbados e bastante desanimados.

A baía revelou-se muito mais extensa do que haviam imaginado, as distâncias marcadas em seus patéticos mapas aparentemente nada tinham a ver com as milhas de verdade, e, quando supunham que estavam chegando ao destino, ainda lhes faltava atravessar uma segunda baía, a de São Paulo. Na costa, alguns acampamentos, alguns botes repletos de gente, outros carregados de mercadorias, densas florestas no fundo do cenário. Mas também não era ali que a viagem deveria terminar; tinham ainda de passar por um canal tormentoso e entrar numa terceira baía, a de Suisun, onde a navegação se tornou ainda mais lenta e difícil, e depois percorrer um rio estreito e profundo, que os conduziria até Sacramento. Estavam, finalmente, próximos do lugar onde, pela primeira vez, fora encontrada uma pepita de ouro. Aquela coisinha insignificante, do tamanho de uma unha de mulher, havia provocado uma incontrolável invasão, mudando a face da Califórnia e a alma da nação norte-americana, como, poucos anos mais tarde, escreveria Jacob Todd, já então convertido em jornalista. "Os Estados Unidos foram fundados por peregrinos, pioneiros e modestos imigrantes, orientados pela ética do trabalho duro e dispostos a enfrentar a adversidade. O ouro evidenciou o pior do caráter americano: a cobiça e a violência."

O comandante da embarcação explicou-lhes que a cidade de Sacramento brotara no ano anterior, da noite para o dia. O porto estava atulhado de barcos os mais variados, e a cidade já contava com ruas bem-traçadas, casas e edifícios de madeira, estabelecimentos comerciais, uma igreja e um bom número de casas de jogo, bares e bordéis, mas ainda se parecia muito com um cenário de naufrágio, pois o chão estava coberto de sacos, arreios, ferramentas e toda espécie de lixo deixado pelos mineiros, sempre com pressa de chegar às jazidas. Grandes aves negras voejavam sobre os montes de lixo, nos quais as moscas engordavam. Eliza calculou que, em dois dias, poderia percorrer o povoado, casa por casa: não seria muito difícil encontrar Joaquín Andieta. Os passageiros da embarcação, agora animados e amistosos ante a proximidade do porto, compartilhavam seus últimos tragos de aguardente, despediam-se trocando palmadas nas costas e cantavam em coro alguma coisa sobre uma tal de Susana, tudo isso para a surpresa de Tao Chi'en, incapaz de compreender tão repentina transformação. Como levavam pouquíssima bagagem, Tao e Eliza desembarcaram antes dos outros, e, sem vacilar, dirigiram-se ao bairro dos chineses, onde conseguiram alguma comida e hospedagem embaixo de um toldo de lona encerada. Eliza não podia acompanhar as conversas em cantonês, e tudo que desejava era fazer sua averiguação sobre o namorado, mas Tao Chi'en lembrou-lhe que devia calar-se e lhe pediu que tivesse calma e paciência. Naquela mesma noite, o *zhong yi* teve de tratar do ombro destroncado de um camponês, pondo o osso de volta no lugar, com o que ganhou imediatamente o respeito do acampamento.

Na manhã seguinte, os dois saíram à procura de Joaquín Andieta. Comprovaram que seus companheiros de viagem já estavam de partida para as minas; alguns haviam adquirido mulas para transportar suas bagagens, mas a maioria estava mesmo destinada a seguir a pé, deixando para trás boa parte de seus pertences. Tao e Eliza percorreram o povoado de ponta a ponta, sem achar rastro daquele que procuravam, mas uns chilenos acreditavam lembrar-se de que alguém com aquele nome havia passado por ali um ou dois meses atrás. Foram aconselhados a seguir rio acima, onde talvez dessem com ele, claro, se a sorte assim o quisesse. Um mês era uma eternidade. Ninguém dava importância a quem houvesse passado pelo ajuntamento no dia anterior, ninguém ligava para os nomes ou os destinos alheios. Só o ouro importava.

— E agora, Tao, o que faremos?

— Trabalhar. Sem dinheiro, nada se pode fazer — respondeu ele, levando ao ombro uns pedaços de lona que acabara de encontrar em um monte de destroços abandonados.

— Não posso esperar! Tenho de encontrar Joaquín! Ainda me resta um pouco de dinheiro.

— Reais chilenos? Não dariam para muita coisa.

— E as joias que ainda tenho? Com certeza têm algum valor...

— Guarde suas joias, aqui elas valem pouquíssimo. Vou trabalhar para comprar uma mula. Meu pai ia de aldeia em aldeia curando as pessoas. Meu avô também. Posso fazer o mesmo, mas aqui as distâncias são grandes. Necessito da mula.

— Mula? Já temos uma: você. Como você é teimoso!

— Menos teimoso do que você.

Juntaram uma porção de pedaços de madeira, pediram ferramentas emprestadas e armaram um lugar para morar, usando as lonas como teto, o que resultou num casebre sem firmeza, pronto para desmoronar ao primeiro sopro de vento, porém capaz de protegê-los do sereno da noite e das chuvas primaveris. As notícias sobre os conhecimentos de Tao Chi'en espalharam-se rapidamente, e não tardaram a aparecer pacientes chineses, que deram testemunho do extraordinário talento daquele *zhong yi*; depois vieram mexicanos e chilenos, e por fim alguns americanos e europeus. Ao saber que Tao Chi'en era tão competente quanto qualquer um dos três médicos brancos que havia na cidade e cobrava menos do que eles, muitos venciam a repugnância que sentiam dos "celestiais" e resolviam experimentar a ciência asiática. Em alguns dias, Tao Chi'en viu-se tão ocupado que Eliza teve de ajudá-lo. Fascinava-a observar suas mãos delicadas e hábeis examinando pulsações em braços e pernas, palpando o corpo dos doentes, como se os acariciasse, aplicando agulhas em pontos misteriosos que só ele parecia conhecer. Quantos anos teria Tao Chi'en? Certa vez, Eliza lhe fez essa pergunta, e ele respondeu que, contando todas as suas encarnações, teria entre sete e oito mil. Aos olhos de Eliza, ele devia andar na casa dos trinta, embora, em alguns momentos, quando ria, parecesse até mais jovem do que ela. Contudo, quando se inclinava sobre um enfermo, absolutamente concentrado, parecia tão idoso quanto uma tartaruga; nessas ocasiões não lhe era difícil acreditar que levava séculos nas costas. Ela o observava, admirada, enquanto ele examinava a urina de seus pacientes em um vidro, e pelo cheiro e a cor do líquido se mostrava capaz de diagnosticar males ocultos, ou quando lhes estudava as pupilas com uma lente de aumento a fim de deduzir o que faltava ou sobrava no organismo. Às vezes limitava-se a pôr as mãos sobre o ventre ou sobre a cabeça do doente, fechava os olhos e dava a impressão de mergulhar em um sono prolongado.

— O que você fazia de olhos fechados?

— Sentia a dor dele e lhe passava um pouco de energia. A energia negativa produz sofrimento e doença, enquanto a energia positiva pode curar.

— E como é essa energia positiva, Tao?

— É como o amor, quente e luminosa.

Extrair balas e tratar ferimentos a faca eram trabalhos de rotina, e Eliza logo perdeu o horror ao sangue e aprendeu a costurar a carne humana com a mesma tranquilidade com que antes bordava os lençóis de seu enxoval. O fato de ter praticado cirurgia ao lado do inglês Ebanizer Hobbs revelava-se, agora, de grande utilidade para Tao Chi'en. Naquela terra infestada de cobras venenosas, não faltavam vítimas de suas picadas, que chegavam nos ombros de seus camaradas, intumescidas e azuis. As águas contaminadas distribuíam a cólera democraticamente e, para ela, ninguém conhecia remédio, acontecendo o mesmo no caso de outras doenças de sintomas bem claros, porém sempre fatais. Tao Chi'en cobrava pouco, mas sempre adiantado, pois sua experiência lhe dizia que um homem assustado paga sem chiar, enquanto aquele que já conseguiu alívio regateia. Cada vez que fazia uma cobrança antecipada, seu velho preceptor aparecia-lhe com uma expressão de censura, mas ele não a levava em conta. "Nestas circunstâncias, mestre, não posso me dar ao luxo de ser generoso", murmurava. Seus honorários não incluíam a anestesia, e quem desejasse livrar-se da dor por meio de drogas ou das agulhas de ouro devia pagar por fora. Tao abria uma exceção para os ladrões, que, depois de um julgamento sumário, eram açoitados ou perdiam as orelhas: os mineiros jactavam-se da rapidez de sua justiça, e ninguém se dispunha a dar dinheiro para construir e vigiar uma prisão.

— Por que você não cobra dos criminosos? — perguntou Eliza.

— Porque prefiro que me devam favor — respondeu ele.

Tao Chi'en parecia disposto a se estabelecer na cidade. Não tratou desse ponto com a amiga, mas o fato é que não desejava mudar-se, pois queria dar tempo a Lin para encontrá-lo. Fazia várias semanas que sua mulher não se comunicava com ele. Em compensação, Eliza contava as horas, ansiosa por continuar a viagem, e à medida que os dias se passavam, via-se dominada por sentimentos desencontrados em relação ao seu companheiro de aventura. Era grata à sua proteção e à forma como cuidava dela, como insistia para que se alimentasse bem, como a abrigava à noite, como lhe administrava ervas e agulhas a fim de fortalecer o seu *qi*, como dizia; no entanto, Eliza sentia-se irritada com sua calma, que confundia com falta de audácia. Ora sentia-se cativada pela expressão serena e o sorriso fácil de Tao Chi'en, ora aquilo a deixava aborrecida. Não entendia sua absoluta indiferença diante da ideia de tentar a fortuna nas minas, enquanto todos ao redor, especialmente seus compatriotas chineses, não pensavam em outra coisa.

— Você também não se interessa pelo ouro — respondeu ele, imperturbável, quando ela o censurou.

— Mas eu vim procurar outra coisa! E você, veio por quê?

— Porque era marinheiro. Não pensava em ficar aqui, só fiquei porque você me pediu.

— Você não é marinheiro, é médico.

— Aqui posso voltar a ser médico, pelo menos por algum tempo. Você tinha razão: neste lugar há muito para se aprender.

E aprender o ocupava sempre. Entrou em contato com os índios, a fim de conhecer a medicina de seus curandeiros. Eram pequenos grupos de índios vagabundos, que se cobriam com ensebadas peles de coiotes e andrajos europeus, e que, com a corrida do ouro, haviam perdido tudo. Iam de um lugar para outro, com suas mulheres cansadas e suas crianças famintas, tentavam extrair dos rios um pouco de ouro, usando para isso suas finas peneiras de vime, mas, assim que descobriam um lugar propício, eram expulsos a tiros. Quando eram deixados em paz, montavam suas pequenas aldeias de choças ou tendas e se instalavam por algum tempo, até serem obrigados a partir novamente. Familiarizaram-se com o chinês, recebiam-no respeitosamente, pois o consideravam um *medicine man* — o que, para eles, queria dizer "um homem sábio" —, e gostavam de dividir com ele seus conhecimentos. Eliza e Tao Chi'en sentavam-se no círculo que os índios formavam ao redor de um buraco, no qual aqueciam pedras para cozinhar sua papa de pinhas, ou para tostar gafanhotos e sementes colhidas na floresta, coisas que Eliza achava deliciosas. Depois fumavam, conversando com uma mistura de inglês, sinais e as poucas palavras da língua nativa que haviam aprendido. No meio daquela temporada, desapareceram misteriosamente alguns mineiros ianques e, embora os corpos não tivessem sido encontrados, seus companheiros acusaram os índios de tê-los assassinado, e em represália tomaram de assalto uma aldeia, fizeram quarenta prisioneiros entre mulheres e crianças e, para dar o exemplo, executaram sete homens.

— Se eles tratam desse modo os que são donos da terra, é claro que irão tratar os chineses muito pior, Tao. Você precisa se tornar invisível, como eu — disse Eliza, aterrada, quando soube do ocorrido.

Mas Tao Chi'en não tinha tempo para aprender os truques da invisibilidade, pois estava sempre ocupado com o estudo das plantas. Fazia longas excursões a fim de recolher amostras que deveria comparar com aquelas há muito usadas na China. Alugava uma parelha de cavalos ou caminhava quilômetros a pé debaixo do sol inclemente, levando Eliza como intérprete, para chegar aos ranchos dos mexicanos, que, por muitas gerações, tinham vivido naquela região e conheciam bem a sua natureza. Fazia pouco tempo que haviam perdido a Califórnia na guerra com os Estados Unidos, e aqueles grandes ranchos, que antes reuniam centenas de peões em um sistema comunitário, começavam a desmoronar. Os tratados entre os dois países não saíam do papel. No começo, os mexicanos, que entendiam de mineração, ensinaram aos recém-chegados os procedimentos para obter ouro, mas, a cada dia, chegavam mais forasteiros para invadir o território que eles consideravam seu. Na prática, os gringos os desprezavam, tanto quanto os de qualquer outra raça. Começou, então, uma incansável perseguição aos hispânicos, a quem negavam o direito de explorar as minas porque não eram americanos, embora aceitassem como cidadãos dos Estados Unidos os condenados australianos e os aventureiros europeus. Milhares de peões sem trabalho tentavam a sorte nas minas, mas, quando a perseguição dos gringos se tornava intolerável, migravam para o sul ou se transformavam em malfeitores. Em algumas das rústicas vivendas de famílias que haviam permanecido na região, Eliza podia passar algum tempo na companhia de mulheres, um luxo raro que, por breves momentos, lhe devolvia à tranquila felicidade dos tempos em que ajudava Mama Frésia na cozinha. Aquelas eram as únicas ocasiões em que saía do obrigatório mutismo e falava em seu próprio idioma. Aquelas mães fortes e generosas, que trabalhavam braço a braço com seus homens nas tarefas mais pesadas e estavam curtidas pelo esforço e a necessidade, comoviam-se diante do rapazinho chinês de aspecto tão frágil, maravilhando-se ao vê-lo falar espanhol como uma delas. Entregavam-lhe com prazer os segredos da natureza, secularmente usados para aliviar diferentes males, e, de quebra, as receitas de pratos saborosos, que ela anotava em seus cadernos, certa de que, cedo ou tarde, elas lhe seriam valiosas. Enquanto isso, o *zhong yi* mandava trazer de San Francisco remédios ocidentais que seu amigo Ebanizer Hobbs lhe havia ensinado a usar em Hong Kong. Além disso, Tao limpou um pequeno terreno ao lado da cabana, cercou-o para defendê-lo dos veados e ali plantou as ervas que considerava indispensáveis ao seu ofício.

— Meu Deus, Tao! Você pensa em ficar aqui até que brotem essas plantas raquíticas? — reclamava Eliza, exasperada diante dos talos sem cor e das folhas amareladas, obtendo como resposta apenas um gesto vago.

Para Eliza, cada dia transcorrido afastava-a um pouco mais de seu destino, sentia que Joaquín Andieta penetrava cada vez mais naquela região desconhecida, talvez estivesse a caminho das montanhas, enquanto ela perdia seu tempo em Sacramento, fazendo-se passar pelo irmão retardado de um curandeiro chinês. Cobria Tao Chi'en com os piores epítetos, tendo, porém, o cuidado de fazê-lo em castelhano, do mesmo modo que ele certamente fazia quando se dirigia a ela em cantonês. Haviam aperfeiçoado o código de sinais para comunicar-se diante dos outros, e de tanto atuar juntos acabaram por se tornar tão parecidos que ninguém duvidava de seu parentesco. Quando não havia pacientes, percorriam as ruas e visitavam tendas, fazendo amigos e perguntando por Joaquín Andieta. Eliza cozinhava, e logo Tao Chi'en se acostumou aos seus pratos, embora, de vez em quando, desse uma escapada para ir aos restaurantes chineses da cidade, nos quais, por dois dólares, podia comer quanto a barriga pedisse, verdadeira pechincha, caso se levasse em conta que uma cebola custava um dólar. Diante dos outros, eles se comunicavam com gestos, mas, a sós, falavam em inglês. Apesar dos ocasionais insultos em uma língua ou na outra, passavam a maior parte do tempo trabalhando lado a lado, como bons camaradas, e tinham muitas ocasiões para rir. Surpreendia-o o fato de poder compartir seu humor com Eliza, apesar dos ocasionais tropeços de linguagem e das diferenças culturais entre eles. Contudo, eram justamente essas diferenças que lhe arrancavam gargalhadas: Tao não podia acreditar que mulher nenhuma fizesse e dissesse tamanhas barbaridades. Observava-a com grande curiosidade e uma inconfessa ternura; costumava emudecer de admiração por ela, atribuía-lhe a coragem de um guerreiro, mas nas ocasiões em que fraquejava ela voltava a parecer menina, e ele se via dominado pelo desejo de protegê-la. Embora houvesse ganhado algum peso e alguma cor, era evidente que ainda estava fraca. Assim que a noite baixava, ela começava a cabecear, enrolava-se em sua manta e ia dormir; Tao se deitava ao lado dela. Estavam muito habituados a essas horas de intimidade, no decorrer das quais respiravam em uníssono, seus corpos se acomodavam sozinhos no sono, e se ela se movimentava, ele também o fazia, de modo a continuar colados um no outro. Às vezes acordavam presos como se estivessem colados nas mantas, entrelaçados. Quando era o primeiro a despertar, ele gozava aqueles momentos que lhe traziam à lembrança as horas felizes com Lin, mas permanecia imóvel, para que ela não percebesse seu desejo. Não podia suspeitar que Eliza fizesse o mesmo, sentindo-se grata por aquela presença masculina, que lhe permitia imaginar como seria, se a sorte a houvesse favorecido, sua vida com Joaquín Andieta. Nenhum dos dois jamais mencionava o que ocorria durante a noite, era como se vivessem uma existência paralela da qual não tinham consciência. Assim que se vestiam, desaparecia por completo o encanto secreto daqueles abraços e eles voltavam a ser irmãos. Em algumas raras ocasiões, Tao Chi'en fazia misteriosas saídas noturnas, das quais regressava em silêncio. Eliza se abstinha de fazer perguntas, pois, para ela, bastava sentir-lhe o cheiro: Tao estivera com uma mulher, podia até mesmo distinguir os adocicados perfumes das mexicanas. Ela permanecia enterrada em sua manta, tremendo no escuro, pendente do menor ruído nas imediações, assustada, empunhando uma faca, chamando--o com o pensamento. Não podia justificar o desejo de chorar que a invadia nessas ocasiões, como se ele a houvesse traído. Compreendia vagamente que os homens talvez fossem diferentes das mulheres; ela mesma não sentia nenhuma necessidade de sexo. Os castos abraços noturnos serviam para saciar sua ânsia de companhia e ternura, mas pensar em seu antigo amante não renovava nela a ansiedade que sentia nos tempos em que o recebia no quarto dos armários. Não sabia se nela amor e desejo eram a mesma coisa — e, ao faltar o primeiro, o segundo desaparecia naturalmente —, ou se a longa doença no porão do *Emilia* havia destruído alguma coisa essencial em seu corpo. Certa vez, atreveu-se a perguntar a Tao Chi'en se ainda poderia ter filhos, porque fazia vários meses que não menstruava, e ele garantiu que, tão logo recuperasse as forças, sua saúde retornaria à normalidade, e, no caso em questão, ele a ajudaria com as agulhas de acupuntura. Quando seu amigo se deitava silencioso ao seu lado, depois das escapadas, ela fingia dormir profundamente, mas, na verdade, permanecia horas acordada, ofendida pelo cheiro de outra mulher entre eles. Desde o desembarque em San Francisco, tinha voltado ao recato em que fora criada por Miss Rose. Tao Chi'en tinha-a visto nua durante as semanas da travessia marítima, e a conhecia por dentro e por fora, mas adivinhou suas razões e não lhe fez perguntas, a não ser para saber como lhe andava a saúde. E, quando lhe espetava as agulhas, tinha o cuidado de não ofender-lhe o pudor. Não trocavam de roupa na presença um do outro e tinham um acordo tácito para respeitar a privacidade do buraco atrás da cabana, que lhes servia de latrina, mas tudo o mais era compartido, do dinheiro às vestes. Muitos anos depois, revendo as notas de seu diário correspondentes àquele período, Eliza indagava-se com estranheza por que nenhum dos dois havia reconhecido a indubitável atração que sentiam, por que se haviam refugiado no pretexto do sono para tocar-se e por que durante o dia se comportavam com fingida frieza. Concluiu que o amor com alguém de outra raça lhes parecera impossível, tinham acreditado que no mundo não havia lugar para um casal como eles.

— Você só pensava em seu amante — esclareceu Tao Chi'en, cujos cabelos a essa altura já haviam branqueado.

— E você, em Lin.

— Na China, é possível ter várias esposas, e Lin sempre foi tolerante.

— Você também sentia repugnância pelos meus pés grandes — brincou ela.

— Sem dúvida — respondeu ele com grande seriedade.

Em junho, desabou sobre eles um verão sem misericórdia, os mosquitos se multiplicaram, as cobras saíram de suas tocas a fim de passear impunemente, e as plantas de Tao Chi'en brotaram tão robustas quanto se estivessem na

China. As hordas de argonautas continuavam a chegar, cada vez mais frequentes e numerosas. Como Sacramento era o ponto de acesso, não teve a mesma sorte de dezenas de outros povoados, que nasciam como cogumelos nas proximidades das jazidas auríferas, prosperavam com rapidez e desapareciam assim que se acabava o minério fácil de ser explorado. A cidade crescia a cada minuto, as casas de negócio abriam as portas, os terrenos não eram mais oferecidos de graça; agora eram vendidos a preços tão altos quanto os de San Francisco. Havia um esboço de governo e, com frequência, se realizavam assembleias a fim de se tomarem resoluções sobre detalhes administrativos. Entravam em cena os especuladores, os rábulas, os pastores de alma, os jogadores profissionais, os bandoleiros, as madames com suas garotas de vida alegre e outros arautos do progresso e da civilização. Centenas de homens inflamados de esperança e ambição passavam pelo povoado a caminho das jazidas, enquanto outros, esgotados e doentes, voltavam depois de meses de trabalho, dispostos a jogar fora seus ganhos. O número de chineses aumentava dia a dia, e logo eles estavam divididos em dois grupos rivais. Ambos os *tongs* eram clãs fechados, seus membros se ajudavam mutuamente como irmãos nas dificuldades da vida diária e do trabalho, mas também favoreciam a corrupção e o crime. Entre os recém-chegados, havia outro *zhong yi*, com quem Tao Chi'en passava horas de felicidade, comparando tratamentos e fazendo citações de Confúcio. O médico lhe trazia à lembrança Ebanizer Hobbs, porque não se conformava em repetir os tratamentos tradicionais e estava sempre à procura de novas possibilidades.

— Devemos estudar a medicina dos *fan güey*, a nossa não é suficiente — dizia Tao, e o outro se mostrava plenamente de acordo, pois, quanto mais aprendia, maior era a sua impressão de que nada sabia, e de que a vida seria pouca para estudar tudo aquilo que ainda desconhecia.

Eliza organizou um negócio de *empanadas* para serem vendidas a preço de ouro, primeiro aos chilenos e, em seguida, também aos ianques, que rapidamente se habituaram ao prato. Começou usando carne de vaca, quando conseguia comprá-la dos fazendeiros mexicanos que traziam gado de Sonora, mas, quando a carne escasseou, Eliza não hesitou em fazer suas *empanadas* com carne de veado, lebre, ganso selvagem, tartaruga, salmão e até de urso. Seus clientes fiéis consumiam tudo, pois a alternativa seria feijão com pimenta e porco salgado, a invariável dieta dos mineiros. Ninguém tinha tempo para caçar, pescar ou cozinhar; ninguém conseguia verduras nem frutas, e leite era um luxo mais raro ainda do que champanha, embora não faltassem farinha, banha e açúcar e também houvesse nozes, chocolate, algumas especiarias, pêssegos e cerejas secas. Eliza fazia tortas e biscoitos tão bons quanto as *empanadas*, além de pão cozido em um forno de barro que improvisara, lembrando-se de Mama Frésia. Quando encontrava ovos e toucinho, punha um letreiro na porta oferecendo desjejum e, então, os homens faziam fila para sentar-se debaixo do sol, diante de uma mesa improvisada. Aquela comida saborosa, preparada por um chinês surdo-mudo, lembrava-lhes os domingos passados com a família, em suas casas muito distantes dali. O abundante desjejum de ovos fritos com toucinho, pão saído do forno, torta doce e café à vontade custava três dólares. Alguns fregueses, emocionados e gratos, porque fazia muitos meses que não provavam nada parecido, depositavam mais um dólar no pires das gorjetas. Um dia, em meados do verão, Eliza apresentou-se a Tao Chi'en e mostrou-lhe suas economias.

— Com isto, podemos comprar cavalos e partir — anunciou.

— Para onde?

— Vamos encontrar Joaquín.

— Não tenho interesse em achá-lo. Vou ficar aqui.

— Não quer conhecer este país? Aqui há muito para aprender, Tao. Enquanto eu procuro Joaquín, você pode adquirir sua famosa sabedoria.

— Minhas plantas estão crescendo, e eu não gosto de andar de um lado para o outro.

— Bem, então eu vou.

— Sozinha, você não irá muito longe.

— Veremos.

Naquela noite, dormiram cada um numa extremidade da cabana, sem trocar uma palavra. No dia seguinte, Eliza saiu cedo a fim de comprar o necessário para a viagem, tarefa nada fácil em seu papel de surdo-mudo, mas voltou às quatro da tarde trazendo um cavalo mexicano, feioso e marcado de pisaduras, mas ainda forte. Também comprou botas, duas camisas, calças de tecido grosso, luvas de couro, um chapéu de abas largas, duas bolsas com alimentos secos, um cantil para água, uma pistola e um rifle que não sabia carregar e muito menos disparar. Passou o resto da tarde organizando sua bagagem e costurando as joias e o dinheiro dentro de uma faixa de algodão, a mesma que usava para esmagar os seios, sob a qual levava sempre o pequeno pacote de cartas de amor. Desistiu de levar a maleta com os vestidos, as anáguas e as botinas que ainda conservava. Com sua manta de Castela, improvisou uma sela, como tantas vezes tinha visto fazerem no Chile; tirou as roupas de Tao Chi'en usadas durante meses e vestiu as que acabara de comprar. Em seguida, afiou a navalha em uma tira de couro e cortou o cabelo na altura da nuca. A larga trança negra ficou no chão, como uma cobra morta. Olhou-se no seu pedaço de espelho quebrado e ficou satisfeita: com a cara suja e as sobrancelhas engrossadas por um traço de carvão, o disfarce estava perfeito. A essa altura, chegou Tao Chi'en, que voltava de uma de suas conversas com o outro *zhong yi*, e por um momento não pôde reconhecer o vaqueiro armado que acabara de invadir sua propriedade.

— Vou embora amanhã, Tao. Obrigada por tudo. Você é mais do que um amigo, é meu irmão. Vai me fazer muita falta...

Tao Chi'en nada respondeu. Quando anoiteceu, ela se deitou, vestida, em um canto da cabana, e ele se sentou do lado de fora, gozando a brisa estival e contando as estrelas.

O segredo

Na noite em que Eliza saíra de Valparaíso escondida no ventre do *Emilia*, os irmãos Sommers cearam no Hotel Inglês, como convidados de Paulina, a esposa de Feliciano Rodríguez de Santa Cruz, e regressaram tarde à sua casa de Cerro Alegre. Só uma semana mais tarde, vieram a saber do desaparecimento da moça, pois a imaginavam na fazenda de Agustín del Valle, em companhia de Mama Frésia.

No dia seguinte, John Sommers assinou seu contrato para comandar o *Fortuna*, o belo vapor de Paulina. O contrato foi fechado com a assinatura de um documento que apresentava, de modo simples, os termos do acordo. Um encontro foi o bastante para que se estabelecesse a confiança entre ambos, e nenhum deles dispunha de tempo para perder com minúcias legais — a ânsia de chegar à Califórnia era o único interesse que os movia. O Chile inteiro ia no mesmo rumo, apesar dos chamados à prudência que apareciam nos jornais e eram repetidos em apocalípticos sermões pronunciados nos púlpitos das igrejas. O capitão apressou-se em assumir o comando de seu vapor, pois as longas filas de candidatos dominados pela febre do ouro serpenteavam pelo cais. A fim de assegurar seus lugares, muitos haviam passado noites dormindo no chão. Para o espanto de outros homens do mar, que não podiam imaginar as razões, John Sommers recusou-se a levar passageiros, de modo que seu navio zarpou praticamente vazio. Não deu explicações. Tinha um plano de flibusteiro para evitar que seus homens desertassem na chegada a San Francisco, mas guardou-o em completo segredo, pois, do contrário, não conseguiria levar nenhum marinheiro para o navio. Também não avisou à tripulação que antes de se dirigirem para o Norte, fariam uma insólita volta pelo Sul. Esperou chegar ao alto-mar para mudar de rumo.

— Então, capitão Sommers, sente-se em condições de comandar meu vapor e controlar a tripulação, não é verdade? — perguntara-lhe Paulina mais uma vez, ao entregar-lhe o contrato para que o assinasse.

— Sim, senhora, não se preocupe com isso. Posso zarpar em três dias.

— Muito bem. Sabe o que faz muita falta na Califórnia, capitão? Produtos frescos: frutas, verduras, ovos, bons queijos, embutidos. Isso é o que vamos vender lá.

— Mas como? Tudo chegaria podre.

— Vamos levar essas coisas no gelo — respondeu ela, imperturbável.

— Em quê?

— No gelo. O senhor irá primeiro ao Sul, apanhar gelo. Sabe onde fica a Lagoa de São Rafael?

— Não muito longe de Puerto Alsén.

— Fico feliz em saber que conhece aquelas bandas. Disseram-me que por ali tem um glaciar de um azul belíssimo. Quero que encha o *Fortuna* com pedaços de gelo. Que tal?

— Desculpe, senhora, mas me parece uma loucura.

— Exatamente. Foi por isso que tal coisa não passou pela cabeça de ninguém. Leve algumas toneladas de sal grosso, uma boa quantidade de sacos, e com eles envolva grandes pedaços de gelo. Ah! Imagino que terá de abrigar seus homens para que não congelem. E de passagem, capitão, faça-me o favor de não comentar isso com ninguém, para que não nos roubem a ideia.

John Sommers despediu-se de Paulina inteiramente desconcertado. Primeiro, pensou que a mulher estava louca, mas, quanto mais pensava, mais gosto adquiria por aquela aventura. De resto, nada tinha a perder. Era ela quem corria o risco de arruinar-se; ele, ao contrário, cobraria seu salário, mesmo que o gelo se transformasse em água pelo caminho. E, se aquele disparate desse resultado, ele receberia, de acordo com o contrato, uma bonificação nada desprezível. No decorrer da semana, quando estourou a notícia do desaparecimento de Eliza, ele já rumava para o glaciar com as caldeiras resfolegando, de modo que só se inteirou na volta, quando parou em Valparaíso a fim de embarcar os produtos que Paulina havia preparado para serem transportados em um ninho de neve pré-histórica até a Califórnia, onde seu marido e seu cunhado os venderiam por preços muitas vezes maiores do que realmente valiam. Se tudo saísse como havia planejado, depois de três ou quatro viagens do *Fortuna*, ela teria muito mais dinheiro do que aquele com que inicialmente sonhava; havia calculado quanto tempo outros empresários levariam para copiar sua iniciativa e aborrecê-la com concorrência. Ele, por sua vez, levava um produto cuja venda esperava fazer pela melhor oferta: livros. Quando chegou o dia do regresso, e nem Eliza nem Mama Frésia apareceram em casa, Miss Rose mandou o cocheiro saber se a família del Valle ainda se encontrava em sua fazenda e se Eliza estava bem. Uma hora mais tarde, apareceu em sua porta, muito assustada, a esposa de Agustín del Valle. Nada sabia de Eliza, dissera ela. A família não havia saído de Valparaíso, pois o marido dela estava prostrado com um ataque de gota. Fazia meses que não via Eliza. Miss Rose teve sangue-frio o bastante para dissimular: fora um engano seu, desculpou-se. Eliza estava na casa de outra amiga, ela havia confundido as coisas, agradecia-lhe muito por ter tido a gentileza de vir pessoalmente... Como era de esperar, a Senhora del Valle não acreditou em uma palavra, e, antes que Miss Rose conseguisse avisar a seu irmão no escritório, a fuga de Eliza Sommers já se havia transformado no grande mexerico de Valparaíso.

Miss Rose passou o resto do dia a chorar, e Jeremy Sommers a fazer conjecturas. Revistando o quarto de Eliza, encontraram a carta de despedida e a releram várias vezes, tentando em vão descobrir alguma pista. Também não puderam encontrar Mama Frésia para interrogá-la e, então, se deram conta de que, embora ela houvesse trabalhado dezoito anos na casa, eles não sabiam qual era o seu sobrenome. Nunca lhe haviam perguntado de onde vinha, nem se tinha ou não família. Mama Frésia, como os demais criados da casa, pertencia ao nevoento limbo dos fantasmas úteis.

— Valparaíso não é Londres, Jeremy. Não podem ter ido muito longe. Temos de procurá-las.

— Já pensou no escândalo quando começarmos a fazer perguntas aos nossos amigos?

— Não me importa o que disserem! O que me importa é encontrar Eliza, antes que ela se meta em dificuldades.

— Com franqueza, Rose, se a garota nos abandonou assim, sem mais nem menos, depois de tudo que fizemos por ela, é porque já anda com problemas.

— O que quer dizer com isso? Que espécie de problemas? — perguntou Miss Rose, apavorada.

— Um homem, Rose. Essa é a única razão pela qual uma moça pode cometer uma besteira tão grande. Você sabe disso melhor do que ninguém. Com quem Eliza poderia estar?

— Não posso imaginar.

Mas Miss Rose imaginava, com absoluta exatidão. Sabia quem era o responsável pelo tremendo desatino de Eliza: aquele sujeito de cara fúnebre que, meses antes, havia trazido uns pacotes para guardar em casa, aquele empregado de Jeremy. Não sabia o nome dele, mas ia averiguar. Teve, porém, o cuidado de não falar dele ao irmão, porque achava que ainda estava a tempo de salvar a jovem das armadilhas do amor contrariado. Lembrava-se, com uma precisão de notário, de cada detalhe de sua própria experiência com o tenor vienense, ainda podia sentir na pele as aflições pelas quais havia passado naquela ocasião. Era verdade que não o amava mais, fazia séculos que o havia arrancado da alma, mas bastava murmurar seu nome para que um sino começasse a badalar estrepitosamente em seu peito. Karl Bretzner era a chave de seu passado e de sua personalidade, o encontro fugaz com ele determinara seu destino e moldara a mulher em que se convertera. Se voltasse a se apaixonar como naquela ocasião, Miss Rose pensava, faria tudo outra vez, mesmo sabendo quanto aquela paixão havia mudado o rumo de sua vida. Talvez Eliza tivesse melhor sorte, e o amor não lhe saísse tão errado; talvez, no caso dela, o amante fosse livre, não tivesse filhos, uma esposa enganada. Tinha de encontrar a menina, enfrentar o maldito sedutor, obrigá-los a casar-se, e, depois de tudo, ir a Jeremy a fim de apresentar-lhe os fatos consumados, na certeza de que o irmão acabaria por aceitá-los. Seria difícil, pois, quando se tratava de honra, o irmão era de uma grande rigidez, mas, assim como a perdoara, decerto perdoaria Eliza. Sua tarefa seria persuadi-lo. Decidiu que, depois de passar tantos anos desempenhando o papel de mãe, não iria ficar de braços cruzados ao ver sua única filha cometer um erro.

Enquanto Jeremy Sommers fechava-se em um silêncio digno e calculado, que nem por isso o protegeu da onda de intrigas, Miss Rose entrava em ação. Em poucos dias, descobriu a identidade de Joaquín Andieta e se inteirou, horrorizada, de que o rapaz era nada menos do que um fugitivo da justiça. Acusavam-no de ter alterado a contabilidade e roubado mercadorias da Companhia Britânica de Importação e Exportação. Logo percebeu que a situação era muito mais grave do que havia imaginado: Jeremy jamais aceitaria tal criatura como parte de sua família. Pior, assim que pudesse pôr a mão no ex-empregado, não hesitaria em mandá-lo para a cadeia, mesmo que, a essa altura, ele já fosse marido de Eliza. A menos que encontrasse um meio de obrigá-lo a retirar as acusações contra aquele maluco e, para o bem de todos nós, limpar o nome dele, Miss Rose cogitava em sua fúria. Primeiro tinha de encontrar os amantes, depois daria um jeito para que as coisas se arranjassem. Tendo o cuidado de não mencionar suas descobertas, passou o resto da semana fazendo perguntas aqui e ali, até que na Livraria Santos Torneiro alguém mencionou a mãe de Joaquín Andieta. Perguntando de igreja em igreja, descobriu onde ela morava; como suspeitava, os padres católicos sabiam tudo sobre seus paroquianos.

Sexta-feira, ao meio-dia, apresentou-se à mulher. Ia cheia de arrogância, animada pela justa indignação e disposta a dizer-lhe umas tantas verdades, mas foi se desinflando à medida que avançava pelas tortuosas ruelas daquele bairro, onde nunca havia posto os pés. Arrependeu-se do vestido que havia escolhido, lamentou seu chapéu excessivamente enfeitado e suas botinas brancas: sentiu-se ridícula. Bateu à porta, possuída por um sentimento de vergonha, que se transformou em franca humildade quando viu a mãe de Andieta. Não havia imaginado tanta miséria. Estava diante de um pedacinho de mulher, com olhos febris e expressão tristonha. Parecia uma anciã, mas, ao olhá-la com atenção, concluiu que ainda era jovem e um dia fora bela, mas, sem dúvida, estava doente. Recebeu-a sem surpresa, pois estava habituada à presença de senhoras ricas que vinham encomendar trabalhos de costura e bordado. Elas costumavam passar a recomendação umas às outras; portanto, nada havia de estranho que uma desconhecida batesse à sua porta. Dessa vez, tratava-se de uma estrangeira, podia adivinhar pelo vestido cor de mariposa, que nenhuma chilena ousaria vestir. Saudou-a sem sorrir, mandando-a entrar.

Miss Rose sentou-se na borda da cadeira que lhe foi oferecida e não pôde articular uma palavra. Tudo que havia planejado escapou de sua mente em um relâmpago de absoluta compaixão por aquela mulher, por Eliza e por si própria, enquanto as lágrimas desciam, em torrentes, de seu rosto e sua alma. Perturbada, a mãe de Joaquín Andieta tomou-lhe uma das mãos entre as suas.

— O que está sentindo, senhora? Posso ajudá-la?

Então, Miss Rose lhe contou aos borbotões, em seu espanhol de gringa, que sua única filha havia desaparecido fazia mais de uma semana, que estava apaixonada por Joaquín, os dois tinham se conhecido meses atrás e, desde então, a menina não era mais a mesma, andava inflamada de amor, qualquer um podia notar, menos ela, que, de tão egoísta e distraída, não havia se preocupado a tempo, e agora era tarde porque os dois tinham fugido, Eliza arruinara a própria vida, tal como ela arruinara a dela. E continuou, emendando uma coisa na outra, sem poder conter-se, até o ponto de contar àquela estranha o que jamais dissera antes a ninguém; falou-lhe de Karl Bretzner e seus amores órfãos e dos vinte e dois anos desde então transcorridos em seu coração adormecido e em seu ventre desabitado. Chorou caudalosamente as perdas que havia sofrido ao longo da vida, as raivas ocultadas em nome da boa educação, os segredos carregados às costas como pesos de ferro a fim de manter as aparências e a ardente juventude jogada fora pela simples infelicidade de ter nascido mulher. E quando, por fim, se dispersaram no ar seus soluços, permaneceu sentada, sem entender o que havia acontecido, nem de onde vinha aquele diáfano alívio que começava a serená-la.

— Tome um pouco de chá — disse a mãe de Joaquín Andieta depois de um comprido silêncio, pondo-lhe na mão uma xícara desbeiçada.

— Por favor, eu lhe imploro, diga-me se Eliza e seu filho são amantes. Acho que não estou louca, estou? — murmurou Miss Rose.

— É possível, senhora. Joaquín também andava fora dos eixos, mas nunca me disse o nome da moça.

— Ajude-me, tenho de encontrar Eliza...

— Garanto-lhe que ela não está com Joaquín.

— Como pode saber?

— A senhora não acaba de dizer que sua filha desapareceu há apenas uma semana? Meu filho foi embora em dezembro.

— Foi embora? Para onde?

— Não sei.

— Compreendo, senhora. Em seu lugar, eu também trataria de protegê--lo. Sei que seu filho tem problemas com a justiça. Dou-lhe a minha palavra de honra que o ajudarei, meu irmão é diretor da Companhia Britânica e fará o que eu pedir. Não direi a ninguém onde está seu filho, quero apenas falar com Eliza.

— Sua filha e Joaquín não estão juntos, pode acreditar.

— Sei que Eliza foi atrás dele.

— Não pode ter feito isso, senhora. Meu filho foi para a Califórnia.

No dia em que o capitão John Sommers regressou a Valparaíso, com o *Fortuna* cheio de gelo azulado, encontrou, como sempre, os irmãos esperando-o no cais, mas bastou ver suas caras para compreender que algo muito grave tinha acontecido. Rose estava consumida e, assim que a abraçou, ela se pôs a chorar descontroladamente.

— Eliza desapareceu — informou Jeremy, e tamanha era a sua raiva que mal podia modular as palavras.

Quando se viram a sós, Rose contou a John Sommers o que lhe havia dito a mãe de Joaquín Andieta. Durante aqueles dias infinitamente longos em que estivera esperando seu irmão favorito e andara com os cabelos sempre presos, convencera-se de que a menina fora atrás do amante na Califórnia, pois, se fosse o caso, Miss Rose teria feito o mesmo. John Sommers passou o dia fazendo perguntas a pessoas conhecidas, e assim ficou sabendo que Eliza não havia adquirido passagem em navio nenhum e que seu nome não constava de qualquer lista de viajantes. Em compensação, as autoridades confirmavam que um tal de Joaquín Andieta havia embarcado em dezembro. A jovem, no entanto, poderia ter trocado de nome para despistar e, com esse pensamento, voltou às mesmas pessoas, apresentando-lhes uma detalhada descrição de Eliza, mas ninguém pusera os olhos nela. Uma jovem, quase uma menina, viajando sozinha ou acompanhada apenas por uma índia, teria chamado imediatamente a atenção, garantiram-lhe; além do mais, pouquíssimas mulheres iam para San Francisco, para lá iam apenas as de vida virada e, de vez em quando, a esposa de um capitão ou de um comerciante.

— Ela não poderia ter embarcado sem deixar alguma pista, Rose — concluiu o capitão depois de ter repassado minuciosamente suas investigações.

— E Andieta?

— A mãe dele não mentiu para você. O nome de Andieta aparece em uma relação de passageiros.

— Ele se apropriou de algumas mercadorias da Companhia Britânica. Estou certa de que só fez isso porque não tinha outro meio de pagar a viagem. Jeremy não suspeita de que o ladrão que anda procurando seja o namorado de Eliza, e espero que nunca venha a saber.

— Não está cansada de tantos segredos, Rose?

— E vou fazer o quê? Minha vida é toda feita de aparências, não de verdades. Jeremy é como uma pedra, você sabe tão bem quanto eu. O que vamos fazer em relação à menina?

— Parto amanhã para a Califórnia, o vapor já está carregado. Se lá as mulheres forem tão poucas como dizem, será fácil topar com Eliza.

— Isso não basta, John!

— Consegue pensar em algo melhor?

Naquela noite, durante a ceia, Miss Rose insistiu mais uma vez na necessidade de mobilizar todos os recursos disponíveis a fim de encontrar a menina. Jeremy, que havia permanecido à margem da frenética atividade da irmã, sem oferecer conselhos nem expressar sentimento algum, salvo o aborrecimento por ter se tornado parte de um escândalo social, opinou que Eliza não merecia tanto alvoroço.

— Esse clima de histeria é muito desagradável. Sugiro que se acalmem. Estão procurando a garota para quê? Mesmo que a encontrem, ela nunca mais pisará nesta casa — anunciou.

— Eliza não significa nada para você? — perguntou Miss Rose, em tom acusatório.

— Não é disso que se trata. Ela cometeu uma falta imperdoável e deve arcar com as consequências.

— Assim como eu paguei pela minha durante quase vinte anos, não é?

Um silêncio gelado abateu-se sobre a mesa. Jamais haviam falado abertamente do passado, e Jeremy nem sequer tinha certeza de que John soubesse do ocorrido entre sua irmã e o tenor vienense, pois ele próprio tivera o cuidado de nunca lhe dizer uma palavra sobre o caso.

— Que consequências, Rose? Você foi perdoada e acolhida. Não tem nada a reclamar de mim.

— Pois, se foi tão generoso comigo, por que não poderá ser também com Eliza?

— Porque você é minha irmã, e uma irmã a gente deve proteger.

— Eliza é como se fosse minha filha, Jeremy.

— Mas não é. Não temos nenhuma obrigação para com ela; não pertence a esta família.

— Pois pertence! — gritou Miss Rose.

— Basta! — interrompeu o capitão com um murro que fez dançar os pratos e copos da mesa.

— Saiba que ela pertence, Jeremy. Eliza faz parte de nossa família — repetiu Miss Rose, soluçando com o rosto entre as mãos. — Ela é filha de John...

Então, Jeremy ouviu de seus irmãos o segredo que haviam guardado por dezesseis anos. Aquele homem de poucas palavras, que de tão controlado parecia invulnerável à emoção humana, explodiu pela primeira vez, e tudo que se mantivera em silêncio durante quarenta e seis anos de perfeita fleuma britânica saiu aos borbotões, afogando-o em uma torrente de censuras, de raiva e humilhações, como fui tolo, meu Deus, vivendo sem suspeitar em um ninho de mentiras, debaixo do mesmo teto, convencido de que meus irmãos eram pessoas decentes e que a confiança reinava entre nós, quando o que existe mesmo é o costume de enganar, o hábito da falsidade, quem sabe quantas outras coisas me ocultaram sistematicamente, mas isso é o cúmulo, por que diabos não me disseram, o que eu fiz para ser tratado como um monstro, para merecer que me manipulem dessa maneira, para que se aproveitem da minha generosidade e, ao mesmo tempo, me desprezem, pois não se pode chamar senão desprezo essa forma de me enredar em seus embustes e me excluir, eu só sirvo mesmo para pagar as contas, toda a vida foi assim, desde que éramos crianças vocês me enganavam pelas costas...

Mudos, sem ter como justificar-se, Rose e John suportaram a onda prendendo a respiração e, quando o discurso de Jeremy chegou ao fim, reinou um longo silêncio na sala de jantar. Os três pareciam extenuados. Pela primeira vez em suas vidas, enfrentavam-se sem a máscara da cortesia e das boas maneiras. Algo fundamental, que os havia mantido no frágil equilíbrio de uma mesa de três pernas, parecia irremediavelmente partido; contudo, à medida que ia recuperando o fôlego, Jeremy voltava a ter a expressão impenetrável e arrogante de sempre, enquanto arrumava a gravata torcida e a mecha de cabelos que lhe havia caído na testa. Então, Miss Rose levantou-se, aproximou-se dele por trás da cadeira e pôs-lhe a mão no ombro, único gesto de intimidade que se atreveu a fazer, embora sentisse que o peito doía de ternura por aquele irmão solitário, aquele homem silencioso e melancólico que lhe tinha sido como um pai, a quem nunca se dera ao trabalho de olhar nos olhos. Concluiu que, na verdade, nada sabia dele e que, em toda a sua vida, jamais havia tocado nele.

Dezesseis anos antes, na manhã de 15 de março de 1832, Mama Frésia saíra ao jardim e tropeçara em uma caixa comum de sabão de Marselha, coberta por uma folha de jornal. Intrigada, aproximara-se para ver do que se tratava e, ao afastar o papel, descobrira que na caixa havia um recém-nascido. Correra para casa, gritando, e, um instante depois, Miss Rose estava debruçada sobre o bebê. Tinha então vinte anos, era bela e corada como um pêssego, vestia uma roupa cor de topázio e o vento lhe sacudia os cabelos soltos, tal como Eliza a recordava ou a imaginava. As duas mulheres apanharam a caixa e a levaram para a saleta de costura, onde afastaram os papéis e retiraram de dentro a menina envolta em um casaco de lã. Não havia permanecido muito tempo ao ar livre, deduziram, pois, apesar do vento matutino, seu corpo estava quente e ela dormia com placidez. Miss Rose mandou a índia trazer uma coberta limpa, lençóis e uma tesoura, a fim de improvisar fraldas. Quando Mama Frésia voltou, o casaco havia desaparecido e o bebê chorava, nu, nos braços de Miss Rose.

— Reconheci o casaco imediatamente. Eu mesmo o havia tricotado para John no ano anterior. Escondi-o porque você também poderia tê-lo reconhecido — explicou a Jeremy.

— Quem é a mãe de Eliza, John?

— Não me lembro do nome...

— Não sabe como se chama? Imagino quantos bastardos você terá semeado pelo mundo! — exclamou Jeremy.

— Era uma jovem da cidade, uma chilena, e, pelo que me lembro, muito bonita. Nunca mais voltei a vê-la e nunca soube que estivesse grávida. Dois anos mais tarde, quando Rose me mostrou o casaco, eu me lembrei de que o havia posto nos ombros daquela moça, numa ocasião em que estávamos na praia e fazia frio. Não me lembrei de pedi-lo de volta. Entenda, Jeremy, vida de marinheiro é assim. Não sou um animal...

— Você estava bêbado.

— É possível. Quando compreendi que Eliza era minha filha, tratei de localizar a mãe, mas a moça havia desaparecido. É possível até que esteja morta, não sei.

— Por algum motivo, aquela mulher decidiu que devíamos criar a menina, Jeremy, e nunca me arrependi de ter feito isso. A Eliza, demos carinho, uma vida boa, uma educação. Talvez a mãe não pudesse lhe dar nada, e foi por isso que nos trouxe a criança envolvida no casaco, para que soubéssemos quem era o pai — acrescentou Miss Rose.

— Isso é tudo? Um casaco sujo? Isso não prova absolutamente nada! Qualquer um pode ter sido o pai. A tal mulher foi muito astuciosa na hora de se desfazer da filha.

— Esse era o meu temor, Jeremy, o de que você reagisse assim. Foi justamente por isso que nada lhe contei naquela ocasião — replicou a irmã.

Três semanas depois de despedir-se de Tao Chi'en, Eliza estava com cinco mineiros, lavando ouro às margens do Rio Americano. No mesmo dia de sua saída de Sacramento, juntou-se a um grupo de chilenos que se punha a caminho das jazidas. Tinham comprado cavalos, mas nenhum deles entendia de animais, e os rancheiros mexicanos haviam disfarçado habilmente a idade e os defeitos dos cavalos e das mulas. Eram uns bichos patéticos, tinham dissimulado suas pisaduras com tintas vegetais e drogado todos eles, e, assim, apenas algumas horas depois de iniciada a marcha, já haviam perdido o ímpeto, arrastavam as patas e coxeavam. Cada animal levava uma carga de ferramentas, armas e vasilhas de latão, e, com esse peso, a triste caravana avançava a passos lentos, em meio ao estrépito de metais. Pelo caminho, iam abandonando partes da carga, que ficavam largadas junto às cruzes plantadas para indicar os lugares onde haviam enterrado os defuntos. Eliza apresentava-se sob o nome de Elias Andieta, recém-chegado do Chile com a missão, que lhe fora dada pela mãe, de encontrar seu irmão Joaquín, e anunciava-se disposto a esquadrinhar a Califórnia de cima a baixo, até cumprir sua tarefa.

— Quantos anos você tem, seu fedelho? — quiseram saber.

— Dezoito.

— Parece não ter mais de catorze. Não acha que é muito moço para procurar ouro?

— Tenho dezoito e não ando procurando ouro, procuro meu irmão Joaquín — insistiu.

Os chilenos eram jovens, alegres, e ainda mantinham o entusiasmo que os impelira a sair de sua terra e aventurar-se por lugares tão distantes, embora começassem a perceber que as ruas da Califórnia não eram calçadas com tesouros, como lhes haviam contado. No início, Eliza não mostrava a cara e mantinha o chapéu em cima dos olhos, mas logo notou que os homens pouco se olhavam entre si. Acolheram a ideia de que se tratava de um rapaz, e ninguém estranhou a forma de seu corpo, sua voz e seus costumes. Inteiramente ocupados com seus próprios negócios, nenhum deles atentou para o fato de que o estranho não urinava diante dos outros, e cada vez que encontravam um charco e se desnudavam, aproveitando para se refrescar, o rapaz mergulhava vestido, lavando a roupa no próprio corpo. De outro lado, a limpeza era o de menos e, passados alguns dias, ela andava tão suada quanto seus companheiros. Descobriu que a sujeira a todos igualava na mesma abjeção; o nariz canino mal conseguia distinguir o cheiro de seu corpo do cheiro que vinha dos demais. O tecido grosso das calças arranhava-lhe as pernas, não tinha o costume de cavalgar por muitas horas, e, no segundo dia, com as nádegas em carne viva, mal conseguia dar um passo; mas os outros também procediam de cidades e estavam tão machucados quanto ela. O clima seco e quente, a sede, a fadiga e o assalto constante dos mosquitos logo tiraram deles o ânimo para as brincadeiras e zombarias. Avançavam calados, ao som de seus trastes, que se entrechocavam, arrependidos antes de começar.

Passaram semanas procurando um lugar propício à exploração do ouro, período que Eliza aproveitou para perguntar por Joaquín Andieta. Nem os indícios recolhidos nem os mapas maltraçados tinham grande serventia e, quando chegavam a um lugar bom para batear, já o encontravam ocupado por centenas de mineiros que os haviam precedido. Pelo direito, cada um requeria a concessão de 65 metros quadrados de área, marcava seu local diário de trabalho e ali deixava as ferramentas quando se ausentava, mas, se em dez dias não voltasse, outros podiam ocupá-lo e registrá-lo sob seus nomes. Os piores crimes, invadir a propriedade alheia e praticar o roubo, eram punidos com forca e açoites, depois de um julgamento sumário em que os mineiros eram juízes, jurados e verdugos. Por toda parte, havia grupos de chilenos. Eram conhecidos pela roupa e o modo de falar, abraçavam-se com entusiasmo, dividiam o mate, a aguardente e o charque, relatavam com vivacidade e colorido suas mútuas desventuras e entoavam canções nostálgicas à luz das estrelas, mas no dia seguinte se despediam, sem tempo para os excessos da hospitalidade. Pelo tom juvenil, Eliza deduziu que alguns vinham das altas-rodas de Santiago, eram janotas meio aristocratas que, até poucos meses antes, usavam sobrecasacas, botas de verniz, luvas de pelica e untavam o cabelo com brilhantina, mas, nas minas, era quase impossível diferenciá-los dos mais rústicos, com quem trabalhavam em condições iguais. Os melindres e preconceitos de classe haviam virado fumaça no contato com a realidade brutal da mineração, mas o mesmo não ocorria com o ódio racial, que, ao menor pretexto, resultava em brigas. Mais numerosos e empreendedores do que outros hispano-americanos, os chilenos atraíam o ódio dos gringos. Em San Francisco, Eliza soube que um grupo de australianos bêbados havia atacado o Chilezinho, desencadeando uma verdadeira batalha campal. Na região das minas, funcionavam várias companhias chilenas, que haviam trazido camponeses e trabalhadores urbanos secularmente submetidos a uma espécie de sistema feudal; trabalhavam em troca de um salário ínfimo e aceitavam que o ouro não fosse de quem o encontrasse, mas do patrão. Para os ianques, isso era escravidão pura e simples. As leis americanas favoreciam o indivíduo: cada propriedade se reduzia ao espaço que um homem pudesse explorar sozinho. As empresas chilenas burlavam as leis, usando os nomes dos peões a fim de conseguir mais terras.

Havia brancos de várias nacionalidades, com camisas de flanela, calças presas nas botas e dois revólveres na cinta; chineses com seus casacos acolchoados e calças largas; índios com esfarrapadas jaquetas militares e o traseiro descoberto; sul-americanos com ponchos curtos e largos cinturões de couro, nos quais levavam o punhal, o tabaco, a pólvora e o dinheiro; homens das Ilhas Sandwich, descalços e meio vestidos com faixas largas de seda; todos se fundindo em um grande caldeirão de cores, culturas, línguas, religiões e a obsessão que os dominava. A cada um, Eliza perguntava por Joaquín Andieta e pedia para espalhar a notícia de que seu irmão Elias o procurava. À medida que avançava, percebia quanto aquele território era imenso e como seria difícil encontrar seu amante entre cinquenta mil forasteiros que pulavam constantemente de um lugar para outro.

O grupo de extenuados chilenos decidiu finalmente instalar-se. Haviam chegado ao vale do rio Americano sob um calor de fornalha, com apenas duas mulas e o cavalo de Eliza, pois os outros animais haviam morrido pelo caminho. A terra estava seca e rachada, sem outra vegetação além dos pinheiros e carvalhos, mas um rio transparente e impetuoso descia das montanhas, saltando sobre pedras e atravessando o vale como se fosse uma faca. Em ambas as margens, enfileiravam-se homens que cavavam e enchiam baldes com terra fina, que, em seguida, lavavam em um artefato parecido com um berço de criança. Trabalhavam com a cabeça exposta ao sol, as pernas na água gelada e a roupa empapada de suor; deitavam-se no chão para dormir, sem afastar a mão de suas armas, comiam carne salgada com pão de vários dias, bebiam água contaminada pelas centenas de escavações rio acima e uma aguardente tão adulterada que a uns rebentava o fígado e a outros enlouquecia. Eliza viu dois homens morrerem em poucos dias, revolvendo-se de dor e cobertos pelo suor espumoso do cólera, e agradeceu à sábia lição de Tao Chi'en, que não lhe permitia beber água sem ferver. Por maior que fosse a sede, ela esperava até o entardecer, quando, então, acampavam, a fim de preparar o mate. De vez em quando, ouvia-se um grito de júbilo: alguém havia encontrado uma pepita de ouro, mas a maioria se considerava feliz quando conseguia separar alguns preciosos gramas de toneladas de terra inútil. Meses antes, ainda podiam ver escamas brilhando no fundo da água límpida, mas agora a natureza estava transtornada pela cobiça humana, com a paisagem alterada por montes de terra e pedras, buracos enormes, rios e arroios desviados de seus cursos, a água distribuída em inumeráveis charcos, milhares de troncos amputados onde antes havia um bosque. Para se chegar ao metal, era preciso ter uma determinação de titãs.

Eliza não pretendia ficar ali, mas estava esgotada e sentia-se incapaz de continuar cavalgando sozinha e à deriva. Seus companheiros ocuparam um pedaço de terra no final da longa fila de mineiros, bastante longe do pequeno povoado que começava a nascer, com sua taverna e seu armazém destinados a satisfazer às necessidades primordiais. Os vizinhos de Eliza eram três mineiros procedentes do Oregon, que trabalhavam e ingeriam álcool com descomunal resistência, e que não perderam tempo com saudações aos recém-chegados, mas, ao contrário, fizeram-nos saber que não reconheciam aos sebosos, como eles, o direito de explorar o solo americano. Um dos chilenos os enfrentou, argumentando que aquela terra também não pertencia a eles, na verdade a terra era dos índios, e, se os outros não interviessem, isso teria bastado para desencadear uma grande briga entre eles. O ruído era formado por uma contínua algaravia de pás, picaretas, jorros de água, rolar de rochas, maldições, mas o céu era límpido e o ar cheirava a folhagem de louro. Os chilenos estenderam-se no chão, mortos de cansaço, enquanto o falso Elias Andieta acendia o fogo para fazer café e dava de beber ao seu cavalo. Apiedado, deu água também às pobres mulas, que não eram suas, e descarregou-as para que pudessem descansar. A fadiga nublava-lhe os olhos e mal podia suportar o tremor dos joelhos, e isso a fez compreender que Tao Chi'en tinha razão ao adverti-la da necessidade de recuperar suas forças antes de se lançar àquela aventura. Pensou no barraco de tábuas e lonas em Sacramento, onde, àquela hora, ele estaria meditando ou escrevendo, com um pincel e tinta nanquim, em sua bela caligrafia. Sorriu, achando estranho que sua nostalgia não se estendesse à saleta de costura de Miss Rose ou à aquecida cozinha de Mama Frésia. Quanto mudei, suspirou, olhando para suas mãos queimadas pelo sol inclemente, cheias de bolhas.

No dia seguinte, seus camaradas mandaram-na ao armazém, a fim de comprar o indispensável para sobreviver, e um daqueles berços para peneirar a terra, pois haviam notado que o tal artefato era muito mais eficiente do que suas humildes bateias. A única rua do povoado, se era possível dar um nome assim àquele pequeno casario, não passava de um lodaçal coberto de lixo. O armazém, uma cabana de troncos e tábuas, era o centro da vida social daquela comunidade de homens solitários. Ali se vendia um pouco de tudo, servia-se bebida em doses individuais e ofereciam-se algumas coisas para comer; à noite, quando chegavam os mineiros, um violinista animava o ambiente com suas melodias e, então, alguns homens amarravam um lenço na cinta, sinal de que assumiam o papel das mulheres, e outros vinham, em turnos, tirá-los para dançar. Não havia uma única mulher nas redondezas, mas, de vez em quando, passava por ali um carroção, puxado por várias mulas e lotado de prostitutas. O dono do armazém era um mórmon loquaz e bondoso, que havia deixado três esposas em Utah e oferecia crédito a quem se convertesse à sua fé. Era abstêmio, e, enquanto vendia aguardente, pregava contra o vício da bebida. Sabia alguma coisa sobre um tal de Joaquín, e seu sobrenome soava como Andieta, informou a Eliza quando ela o interrogou, mas já fazia um bom tempo que o homem passara por ali, e não podia dizer qual direção havia tomado. Lembrava-se dele porque estivera envolvido em uma pendência entre americanos e espanhóis a propósito dos direitos sobre uma construção. Chilenos? Talvez; sua única certeza era a de que o rapaz falava castelhano, podia ser mexicano, disse; para ele, todos os *sebosos* pareciam iguais.

— E, afinal, o que aconteceu?

— Os americanos ficaram com o prédio, e os outros tiveram de ir embora. O que mais podia ter acontecido? Joaquín e outro homem passaram três dias aqui no armazém. Estendi umas mantas para eles em um canto e os deixei descansar, até que se recuperassem um pouco, pois estavam muito machucados. Não eram maus sujeitos. Eu me lembro de que seu irmão era um rapaz de cabelos negros e olhos grandes, um tipo bem determinado.

— É ele — disse Eliza, com o coração disparando.

TERCEIRA PARTE
1850–1853

Eldorado

Quatro homens, dois de cada lado, cruzaram a multidão empolgada, puxando o urso preso por grossas cordas. Arrastaram-no até o centro da arena e, com uma corrente de seis metros de comprimento, amarraram uma de suas patas ao poste, mas esperaram quinze minutos para soltá-lo das cordas, enquanto o animal, dominado pela fúria, procurava algo para arranhar e morder. Pesava mais de seiscentos quilos, tinha o pelo cinza-escuro, várias cicatrizes resultantes de lutas anteriores, mas ainda era jovem. Uma baba espumosa cobria suas mandíbulas de enormes dentes amarelos. Erguido nas patas traseiras, golpeando o ar com suas patas pré-históricas, percorria a multidão com o olho que lhe restara, puxando, desesperado, a corrente.

O povoado surgira poucos meses antes, erguido, da noite para o dia, por um grupo de desertores, e sem nenhuma ambição de durar muito. Em vez de uma arena de touros como as que havia em todos os vilarejos mexicanos da Califórnia, dispunha de uma grande área circular, que servia para prender mulas e domar cavalos, guarnecida com tábuas e provida de galerias de madeira para acomodar o público. Naquela tarde de novembro, o céu cor de aço ameaçava trazer chuva, mas não fazia frio, e a terra estava seca. Por trás da cerca, centenas de espectadores respondiam a cada rugido da fera com um coro de chacotas. As únicas mulheres presentes, meia dúzia de jovens mexicanas, com seus vestidos bordados e os inseparáveis cigarros, chamavam tanto a atenção quanto o urso, e eram saudadas com gritos de "olé", enquanto as garrafas de aguardente e as bolsas de ouro das apostas passavam de mão em mão. Com seus trajes urbanos — jaquetas enfeitadas, gravatas compridas e chapéus de abas largas —, os apostadores profissionais distinguiam-se da multidão suja e malvestida. Três músicos tocavam em seus violinos as canções favoritas, e, assim que atacaram com entusiasmo *Oh Susana*, o hino dos mineiros, uma dupla de cômicos barbudos, vestidos de mulher, saltou na arena e deu uma volta olímpica em meio a aplausos e obscenidades, levantando as saias a fim de mostrar as pernas cabeludas e as coxas dentro de calções cobertos de babados. O público retribuiu com uma generosa chuva de moedas e um estrépito de aplausos e gargalhadas. Quando se retiraram, um solene toque de corneta e um rufo de tambores anunciaram o começo da tradicional peleja, acompanhado pelo bramido da multidão eletrizada.

Perdida na multidão, Eliza assistia ao espetáculo com fascínio e horror. Tinha apostado o pouco dinheiro que lhe restava, na esperança de multiplicá-lo nos próximos minutos. Ao terceiro toque da corneta, abriram um portão de madeira, e um touro jovem, de pelo negro reluzente, entrou resfolegando. Durante alguns segundos, reinou nas galerias um silêncio total e fascinante, e em seguida ressoou um grito de "olé", saudando o animal. O touro parou, confuso; a cabeça erguida, coroada por grandes chifres não limados, os olhos em alerta medindo as distâncias, os cascos dianteiros batendo na areia, até que um rugido do urso captou finalmente a sua atenção. Seu adversário o tinha visto e começava, com grande pressa, a cavar uma trincheira a poucos passos do poste, na qual se agachou e se encolheu. Em resposta ao clamor do público, o touro abaixou a cerviz, enrijeceu os músculos e lançou-se em sua direção, deixando para trás uma nuvem de poeira, cego de cólera, bufando e soltando vapor pelo nariz. O urso o esperava. A primeira chifrada o atingiu no lombo, abriu-lhe um rasgo sanguinolento na pele grossa, mas não conseguiu movê-lo nem uma polegada. O touro deu uma volta trotando pela arena, confuso, enquanto a turba o cobria de insultos, e em seguida voltou à carga, tentando levantar o urso com os chifres, mas este se manteve agachado e recebeu o ataque sem dar um gemido, até que, vendo surgir a oportunidade, destroçou o focinho do touro com suas garras. Sangrando, transtornado pela dor e desorientado, o touro começou a *atacar* com cabeçadas às cegas, produzindo um ferimento aqui e ali no adversário, mas sem conseguir arrancá-lo do buraco. De repente, o urso levantou-se e agarrou o touro pelo pescoço, em um abraço terrível, cravando-lhe os dentes na nuca. Durante longos minutos rodopiaram juntos pelo círculo do tamanho da corrente, enquanto a arena se empapava de sangue e, das galerias, retumbava o bramido dos homens. Por fim, o touro conseguiu soltar-se, recuou alguns passos, vacilando, as patas frouxas, a pele de obsidiana manchada de vermelho, até que dobrou os joelhos e desabou de bruços. Um imenso clamor acolheu a vitória do urso. Dois cavaleiros entraram na arena, dispararam um tiro de rifle na testa do animal agonizante, amarraram-no pelas patas traseiras e o arrastaram para fora da arena. Enojada, Eliza abriu caminho para a saída. Havia perdido seus últimos quarenta dólares.

Durante os meses do verão e do outono de 1849, Eliza cavalgou ao longo do Grande Filão, de sul para norte, de Mariposa até Downieville e depois em sentido contrário, seguindo a pista cada vez mais confusa de Joaquín Andieta, por desfiladeiros apertados, pelos leitos dos rios e pelas encostas da Serra Nevada. No início, quando perguntava por ele, poucos se lembravam de alguém com aquele nome ou com a aparência descrita por ela, mas, à medida que ia se aproximando o final do ano, sua figura fora adquirindo contornos reais, e isso dera forças a Eliza para continuar a busca. Em certo momento, espalhou-se o rumor de que seu irmão Elias andava atrás dele, e, em algumas ocasiões, no decorrer daqueles meses, o eco chegou a lhe devolver a voz de Andieta. Várias vezes, ao perguntar por Joaquín, identificaram-na como o irmão dele, antes mesmo que Eliza se apresentasse. Naquela região selvagem, o correio chegava de San Francisco com meses de atraso, e os jornais demoravam semanas, mas a notícia que corria de boca em boca nunca deixava de produzir resultado. Como explicar, então, que Joaquín ainda não soubesse que o procuravam? Não tendo irmãos, decerto se perguntaria quem seria o tal de Elias, e, se tivesse um pingo de intuição, poderia associar esse nome ao da namorada, era o que Eliza pensava; mas, no caso de Joaquín não ter essa suspeita, o mínimo a esperar dele era que se sentisse curioso e quisesse descobrir quem andava se passando por seu parente. À noite, quase não conseguia dormir, enredada em conjeturas e tomada pela dúvida pertinaz de que o silêncio do amante só podia ser explicado pela sua morte ou pelo desejo de não ser encontrado. E se de fato estivesse fugindo dela, como Tao Chi'en havia insinuado? Passava o dia a cavalo e dormia em qualquer lugar, estendida no chão, sem tirar a roupa, cobrindo-se com sua manta de Castela e usando as botas como travesseiro. Já não sofria mais por causa da sujeira e do suor, comia quando podia, e suas únicas precauções eram: ferver a água de beber e não olhar os gringos nos olhos.

Àquela altura, havia mais de cem mil argonautas, e outros continuavam a chegar, espalhando-se ao longo do Grande Filão, indo e voltando, movendo montanhas, desviando rios, destruindo florestas, pulverizando rochas, removendo toneladas de areia e abrindo buracos descomunais. Nos pontos em que havia ouro, o território idílico, que havia permanecido imutável desde o início dos tempos, transformara-se em um pesadelo lunar.

Eliza sentia-se extenuada, mas havia recuperado as forças e perdido o medo. Voltara a menstruar quando menos lhe convinha, pois era difícil dissimular na companhia dos homens, mas recebeu o fato com gratidão, como sinal de que seu corpo havia sarado finalmente. "Tuas agulhas de acupuntura me fizeram muito bem, Tao. Espero ter filhos no futuro", escreveu ao amigo, certa de que ele a entenderia sem maiores explicações. Nunca se separava de suas armas, embora não soubesse usá-las e esperasse não ter a necessidade de fazê-lo. Uma única vez disparou para o alto, com o objetivo de afugentar uns meninos indígenas que se haviam aproximado dela e lhe pareceram ameaçadores, mas, caso tivesse entrado em luta com eles, teria se saído muito mal, pois era incapaz de acertar um burro a cinco passos de distância. Não tinha exercitado a pontaria, mas havia refinado seu antigo talento para se tornar invisível. Podia entrar nos povoados sem chamar a atenção, misturando-se aos grupos de latinos, entre os quais um menino com sua aparência passava despercebido. Aprendeu a imitar com perfeição os sotaques peruano e mexicano, confundindo-se, assim, com um deles quando procurava hospitalidade. Também trocou seu inglês britânico pelo norte-americano, e adotou certos palavrões indispensáveis para ser aceita entre os gringos. Percebeu que a respeitavam quando falava como eles; o importante era não dar explicações, falar o mínimo possível, nada pedir, ganhar sua própria comida, enfrentar as provocações e apegar-se à pequena Bíblia que havia comprado em Sonora. Até os mais rudes sentiam uma reverência supersticiosa por aquele livro. Sentiam-se confusos diante daquele rapaz imberbe, com voz de mulher, que lia as Sagradas Escrituras ao entardecer, mas não zombavam dele abertamente; pelo contrário, alguns passaram a protegê-lo, mostrando-se prontos a lutar contra quem o ofendesse. Naqueles homens solitários e embrutecidos, que haviam saído em busca da fortuna como os heróis militares da Grécia antiga, para depois se verem reduzidos ao mais elementar, muitas vezes doentes, entregues à violência e ao álcool, havia um desejo inconfesso de ternura e de ordem. As canções românticas umedeciam seus olhos, e eles se dispunham a pagar qualquer preço por uma fatia de torta de maçã, que, por um momento, aliviava-os da saudade de casa; faziam longos desvios a fim de se aproximar de uma casa em que houvesse uma criança, e ficavam a contemplá-la em silêncio, como se ela fosse um prodígio.

"Não se preocupe, Tao, não estou viajando sozinha, seria uma loucura", Eliza escreveu ao amigo. "Aqui é indispensável andar em grupos numerosos, bem-armados e atentos, pois nos últimos meses multiplicaram-se os bandos de foragidos. Os índios são bem mais pacíficos, apesar de seu aspecto aterrador, mas, quando encontram um cavaleiro desvalido, podem apoderar-se de seus preciosos pertences: cavalos, armas e botas. Sempre me junto a outros viajantes: mineiros à procura de novos filões, comerciantes que vão de um povoado a outro, famílias de fazendeiros, caçadores, empresários e agentes imobiliários que começam a invadir a Califórnia, jogadores, pistoleiros, advogados e outros canalhas, que, em geral, são os companheiros de viagem mais divertidos e generosos. Por esses caminhos, viajam também pregadores, que são sempre jovens e parecem loucos iluminados. Imagine de quanta fé se necessita para percorrer cerca de cinco mil quilômetros através de pradarias desabitadas a fim de combater os vícios alheios. Saem de seus povoados explodindo de energia e paixão, decididos a trazer a palavra de Cristo para este fim de mundo, sem se preocupar com os obstáculos e as más surpresas do caminho, porque Deus viaja com eles. Chamam os mineiros de 'adoradores do bezerro de ouro'. Você precisa ler a Bíblia, Tao; do contrário, nunca entenderá os cristãos. Esses pastores não se deixam vencer pelas dificuldades materiais, mas muitos acabam por perder a alma, impotentes diante da força avassaladora da cobiça. É reconfortante vê-los quando acabam de chegar, ainda inocentes, e é triste encontrá-los depois de abandonados por Deus, viajando penosamente de um acampamento a outro, com um sol causticamente queimando suas cabeças, sedentos, pregando em praças e tavernas para homens indiferentes, que os ouvem sem tirar o chapéu e, cinco minutos depois, estão se embriagando com as prostitutas. Conheci um grupo de artistas itinerantes, Tao, eram uns pobres diabos que paravam nos povoados a fim de divertir as pessoas com pantomimas, canções picarescas e comédias picantes. Andei com eles por várias semanas e acabaram por me incluir no espetáculo. Quando encontrávamos um piano, eu tocava, mas, não havendo piano, eu era a jovem dama da companhia, e todos se admiravam de como eu representava bem o papel de mulher. Tive de deixá-los porque a confusão estava me enlouquecendo, eu já não sabia mais se era uma mulher vestida de homem, um homem vestido de mulher ou uma aberração da natureza."

Fez amizade com o carteiro e, quando era possível, cavalgava ao seu lado, pois ele tinha contatos e viajava rápido; só alguém como ele poderia encontrar Joaquín Andieta, Eliza pensava. O carteiro entregava o correio aos mineiros e voltava com os alforjes cheios de ouro para ser guardado nos bancos. Ele era um dos muitos visionários que haviam enriquecido com a febre do ouro, sem, no entanto, jamais ter pegado em uma picareta ou uma pá. Cobrava dois dólares e meio para levar uma carta a San Francisco e, aproveitando a ansiedade dos mineiros pelas notícias de casa, pedia uma onça de ouro para entregar as cartas chegadas a eles. Ganhava uma fortuna com esse negócio, tinha clientes de sobra e nenhum deles reclamava dos preços, até porque não havia alternativa: não podiam abandonar a mina para apanhar a correspondência ou depositar seus ganhos a centenas de quilômetros de distância.

Eliza também buscava a companhia de Charley, um homenzinho carregado de histórias, que competia com os tropeiros mexicanos no transporte de mercadorias em lombo de mulas. Embora não tivesse medo nem mesmo do diabo, Charley sempre era grato a quem o acompanhava, pois necessitava de ouvintes para seus relatos. Quanto mais o observava, mais Eliza tinha certeza de que Charley, como ela própria, era uma mulher vestida de homem. Tinha a pele curtida pelo sol, mascava tabaco, blasfemava como um bandoleiro e não se separava de suas pistolas nem de suas luvas, mas, uma vez, Eliza pôde ver-lhe as mãos, e eram pequenas e brancas como as de uma donzela.

Apaixonou-se pela liberdade. Na casa dos Sommers, vivera sempre entre quatro paredes, em um ambiente imutável, no qual o tempo andava em círculos e mal se vislumbrava a linha do horizonte através de janelas quase sempre fechadas; crescera dentro da indevassável armadura das convenções e das boas maneiras, preparada, desde o início, para obedecer e servir, limitada pelo corpete, as rotinas, as normas sociais e o medo. O temor sempre fora seu companheiro: temor de Deus e de sua justiça imprevisível, da autoridade, dos pais adotivos, da doença e da maledicência, do desconhecido e do diferente, de deixar a proteção da casa e enfrentar os perigos da rua; temor de sua própria fragilidade feminina, da desonra e da verdade. Vivera uma realidade adocicada, feita de omissões, silêncios corteses, segredos bem guardados, ordem e disciplina. A virtude fora a sua aspiração, mas agora estava em dúvida quanto ao significado dessa palavra. Ao se entregar a Joaquín Andieta, no quarto dos armários, havia cometido uma falta irreparável aos olhos do mundo, mas, perante os seus, o amor justificava tudo. Não sabia se perdera ou ganhara com aquela paixão. Saíra do Chile com o propósito de encontrar o amante e tornar-se sua escrava para sempre, acreditando que, assim, apagaria a sede de submeter-se e o recôndito desejo de possuir, mas agora já não se sentia mais capaz de renunciar às asas que começavam a crescer em seus ombros. Não lamentava o que havia dividido com o amante, nem se envergonhava da fogueira que a transtornara; pelo contrário, sentia que, graças a ela, se tornara forte, que adquirira coragem para tomar decisões e arcar com as suas consequências. Não tinha de dar explicações a ninguém; se algum erro cometera, já fora castigada de sobra com a perda da família, o tormento de viver meses sepultada no porão de um navio, o filho morto e a absoluta incerteza do futuro. Quando engravidara e se vira presa na armadilha, escrevera em seu diário que havia perdido o direito à felicidade, mas, no decorrer daqueles últimos meses, cavalgando pela dourada paisagem da Califórnia, tinha a sensação de voar como um condor. Certa manhã, ao ser despertada pelo relincho do cavalo e pela luz do amanhecer em seu rosto, viu-se rodeada de altivas sequoias, que, como guardiãs centenárias, haviam velado seu sono, de suaves colinas e, a distância, de altos picos nevados; sentiu-se então invadida por uma felicidade atávica, jamais experimentada até aquele momento. Percebeu que não mais a oprimia aquela sensação de pânico sempre agarrada à boca do estômago, como um rato pronto para mordê-la. Os temores se haviam diluído na esmagadora grandiosidade daquele território. À medida que enfrentava os riscos, tornava-se intrépida: perdera o medo do medo. "Estou descobrindo novas forças em mim, forças que, provavelmente, sempre estiveram comigo, mas que não conhecia, porque, até então, não tinha necessitado utilizá-las. Não sei em qual das curvas do caminho perdeu-se a pessoa que eu era antes, Tao. Agora sou mais um dos incontáveis aventureiros dispersos pelas margens desses rios translúcidos e pelas encostas desses montes eternos. São homens orgulhosos, que, acima de seus chapéus, têm apenas o céu, que não se dobram diante de ninguém, porque estão inventando a igualdade. Quero ser um deles. Alguns caminham vitoriosos com uma bolsa de ouro às costas; outros, derrotados, carregam apenas desilusões e dívidas, mas todos se sentem donos de seu destino, da terra que pisam, do futuro, de sua própria e irrevogável dignidade. Depois de tê-los conhecido, não posso voltar a ser uma senhorita, como pretendia Miss Rose. Acabo finalmente de compreender Joaquín, aquele que roubava horas preciosas de nosso amor para me falar da liberdade. Era disso que ele falava... Dessa euforia, dessa luz, dessa felicidade tão intensa quanto a dos escassos momentos de amor que compartilhamos e dos quais consigo me lembrar. Sinto falta de você, Tao. Não tenho com quem falar daquilo que vejo, daquilo que sinto. Não conto com um só amigo nesta solidão e, em meu papel de homem, tenho de ser muito cuidadosa com aquilo que digo. Ando com a testa franzida, para que não tenham dúvida de que sou macho. É aborrecido ser homem, mas ser mulher é um aborrecimento ainda pior."

Vagando de um lado para outro, Eliza acabou por conhecer aquele acidentado território como se ali tivesse nascido, tornara-se capaz de situar-se e calcular as distâncias, distinguir as serpentes venenosas das não venenosas, os grupos hostis dos amistosos, previa o tempo pelo formato das nuvens e sabia a hora pelo ângulo de sua própria sombra; sabia o que fazer caso deparasse com um urso, e como aproximar-se de uma cabana abandonada para não ser recebida a tiros. Às vezes encontrava-se com rapazes recém-chegados, e eles arrastavam pelas encostas acima complicadas máquinas de mineração, que acabavam abandonadas por falta de utilidade, ou cruzava com homens devorados pela febre, que desciam das serras depois de meses de trabalho sem resultado. Não podia esquecer aquele cadáver pendurado em um carvalho, bicado pelos pássaros e exibindo uma inscrição de advertência... Em sua peregrinação, tinha visto americanos, europeus, havaianos, mexicanos, chilenos, peruanos, além de longas fileiras de chineses silenciosos trabalhando sob as ordens de um capataz que, por ser de sua raça, podia tratá-los como servos e remunerá-los com ninharias. Os chineses andavam com uma trouxa às costas e as botas penduradas na mão, pois sempre haviam usado sapatos delicados e seus pés não suportavam tanto peso. Eram econômicos, viviam praticamente com nada e gastavam o mínimo possível, compravam aquelas botas grandes porque as supunham mais valiosas, e se espantavam ao comprovar que custavam tanto quanto as menores. Eliza aguçara o instinto para fugir do perigo. Aprendera a viver cada dia sem fazer planos, como Tao Chi'en lhe havia aconselhado. Pensava nele com frequência e lhe escrevia regularmente, mas só podia lhe enviar as cartas quando chegava a um povoado em que houvesse serviço de correio para Sacramento. Era como se lançasse garrafas ao mar, pois não sabia se ele ainda vivia, se ainda estava naquela cidade, e o único endereço certo que possuía era o do restaurante chinês. Se suas cartas chegassem lá, estava certa de que ele as receberia.

Eliza falava-lhe da paisagem magnífica, do calor e da sede, das colinas com suas curvas voluptuosas, dos carvalhos grossos e dos pinheiros esbeltos, dos rios gelados de águas tão límpidas que era possível ver o ouro brilhando em seus leitos, dos gansos selvagens grasnando no céu, dos cervos e dos grandes ursos, da vida rude dos mineiros e da ilusão da fortuna fácil. Dizia-lhe aquilo que ambos já sabiam: que não valia a pena gastar a vida correndo atrás de um pó amarelado. E adivinhava a resposta de Tao: que tampouco fazia sentido gastá-la perseguindo um amor ilusório, mas, ainda assim, ela continuava, porque não conseguia parar. Joaquín Andieta começava a desvanecer-se, a excelente memória de Eliza já não podia mais, reconstituir com clareza os traços fisionômicos do amante, tinha de reler as cartas de amor para continuar certa de que ele realmente existia, que haviam se amado e que as noites no quarto dos armários não eram fruto de sua imaginação. Desse modo, renovava o doce tormento do amor solitário. Em suas cartas a Tao Chi'en, descrevia as pessoas que ia conhecendo pelo caminho, as massas de imigrantes mexicanos instalados em Sonora, único povoado onde havia crianças correndo pelas ruas, as mulheres humildes, que costumavam acolhê-la em suas casas de tijolos sem suspeitar que era uma delas, os milhares de jovens americanos que naquele outono se dirigiam para as minas, depois de terem cruzado o continente por terra, das costas do Atlântico até as do Pacífico. Calculava-se em quarenta mil o número dos recém-chegados, cada um deles disposto a enriquecer em um piscar de olhos e voltar, triunfante, para seu lugar de origem. Eram chamados "os de 49", nome que se tornaria popular e que também seria adotado pelos homens chegados antes ou depois deles. No leste do país, muitas povoações começavam a ficar inteiramente sem homens, tendo por habitantes apenas as mulheres, as crianças e os prisioneiros.

"Vejo pouquíssimas mulheres nas minas, mas existem algumas com garra bastante para acompanhar seus maridos nessa vida de cão. Os meninos morrem de epidemia ou acidentes, elas os enterram, choram por eles e continuam a trabalhar de sol a sol, para impedir que a barbárie acabe com os poucos vestígios de decência. Arregaçam as saias e se metem na água à procura de ouro, mas algumas descobrem que é mais lucrativo lavar roupa alheia ou assar galetos e vendê-los; com isso, lucram mais em uma semana do que ganham em um mês seus companheiros, rebentando a espinha na mineração.

Um homem satisfeito paga dez vezes mais para comer um pão amassado por mãos femininas, ao passo que eu, vestida de Elias Andieta, não receberia mais de alguns centavos se tentasse vender um igual, Tao. Os homens são capazes de andar muitas léguas para ver uma mulher de perto. Uma jovem sentada diante de uma taverna, tomando sol, em poucos minutos terá entre os joelhos uma coleção de bolsinhas de ouro, presenteadas por homens que se embasbacam diante da evocadora visão de uma saia. E os preços continuam subindo, os mineiros estão cada vez mais pobres e os comerciantes, cada vez mais ricos. Houve um momento de desespero em que paguei um dólar por um ovo, que eu queria comer cru, com sal, pimenta e um copo de aguardente, como me ensinou Mama Frésia: remédio infalível para o desamparo. Conheci um rapaz da Geórgia, um pobre lunático, mas me disseram que nem sempre foi assim. No começo do ano, ele descobriu casualmente um veio de ouro e, contando apenas com uma colher, raspou das pedras nada menos do que nove mil dólares, mas perdeu tudo em uma tarde, no jogo do monte. Ah, Tao, você não imagina a vontade que tenho de tomar um banho, fazer um chá e me sentar ao seu lado para conversar. Gostaria de pôr um vestido limpo e usar os brincos que Miss Rose me deu de presente, para que você me visse bonita e não continuasse a pensar que sou uma virago. Venho anotando em meu diário as coisas que me acontecem. Dessa maneira, poderei contá-las a você quando nos encontrarmos, porque, pelo menos de uma coisa, estou certa: um dia voltaremos a estar juntos. Penso em Miss Rose e em quanto deve andar aborrecida comigo, mas não posso escrever para ela antes de encontrar Joaquín, pois, até que isso aconteça, ninguém deve saber onde me encontro. Esta é a terra do pecado, diria Mr. Sommers, aqui não há lei nem moral, imperam o vício do jogo, o álcool e os bordéis, mas, para mim, este país é uma folha em branco. Aqui posso escrever minha nova vida, transformar-me naquilo que quiser, ninguém me conhece a não ser você, ninguém sabe do meu passado, posso até nascer novamente. Aqui não há senhores nem servos, apenas pessoas que trabalham. Vi ex-escravos que juntaram ouro bastante para financiar jornais, escolas e igrejas destinados aos seus irmãos de raça, e que combatem a escravidão a partir da Califórnia. Conheci um que comprou a liberdade de sua mãe; a pobre mulher chegou envelhecida e enferma, mas agora ganha quanto quiser vendendo comida, adquiriu um rancho e, aos domingos, vai à igreja vestida de seda em uma carruagem puxada por quatro cavalos. Você sabia que muitos marinheiros negros abandonaram os navios, não apenas por causa do ouro, mas por encontrarem aqui uma forma única de liberdade? Lembro-me das escravas chinesas que você me mostrou em San Francisco, atrás de uns postigos; não posso esquecê-las, elas me dão tanta pena quanto se fossem animais. Por estes lados, a vida das prostitutas também é brutal, e algumas se suicidam. Os homens esperam horas para saudar com respeito uma nova madame, mas tratam mal as moças dos *saloons*. Sabe como são chamadas por eles? Pombinhas maculadas. E os índios também se suicidam, Tao. São expulsos de todos os lugares, andam famintos e desesperados. Ninguém lhes dá emprego, alguém os acusa de vagabundagem, e então acabam por acorrentá-los e levá-los para os trabalhos forçados. Os chefes dos povoados pagam cinco dólares por um índio morto, matam os índios por esporte e, às vezes, lhes arrancam o couro cabeludo. Não são poucos os gringos que colecionam esses troféus e andam com eles pendurados em suas montarias. Talvez você goste de saber que alguns chineses preferiram viver com os índios. Foram para longe, para as florestas do norte, onde ainda existe caça. Dizem que restam pouquíssimos búfalos nas pradarias."

Eliza saiu da luta do urso sem dinheiro e com fome, não tinha comido desde a noite anterior e decidiu que nunca mais iria apostar suas economias de estômago vazio. Quando já não tinha mais nada para vender, passou dois dias sem saber como se manteria viva, até que resolveu sair à procura de trabalho e descobriu que ganhar a vida era mais fácil do que pensava, ou pelo menos preferível à difícil tarefa de arranjar ouro que lhe pagasse as despesas. Sem um homem que a proteja e mantenha, a mulher estará perdida, Miss Rose sempre havia dito e repetido, mas Eliza acabou por descobrir que nem sempre era assim. Em seu papel de Elias Andieta, conseguia trabalhos que também poderia fazer se estivesse vestida de mulher. Emprego de peão ou de vaqueiro era impossível para ela, pois não sabia usar um arado nem um laço, e não tinha força suficiente para levantar uma pá ou derrubar um novilho, mas havia outras ocupações ao seu alcance. Naquele dia, recorreu à pena, tal como havia feito tantas vezes antes. A ideia de escrever cartas foi um bom conselho de seu amigo carteiro. Quando não podia escrever em uma taverna, estendia sua manta de Castela no meio de uma praça, punha em cima um tinteiro e um maço de papel, e em seguida apregoava suas habilidades em voz alta. Pouquíssimos mineiros sabiam ler ou assinar o nome, mas todos esperavam o correio com um interesse comovedor, pois não tinham nenhum outro contato com suas famílias distantes. Os vapores do *Pacific Mail* chegavam a San Francisco de duas em duas semanas, trazendo os malotes de correspondência, e, assim que a silhueta das embarcações aparecia no horizonte, as pessoas corriam para fazer fila diante da sede do correio. Os empregados levavam de dez a doze horas para separar o conteúdo dos malotes, mas ninguém se importava de esperar o dia inteiro. Dali até chegar às minas, a correspondência demorava mais algumas semanas. Eliza oferecia seus serviços em inglês e espanhol, lia as cartas recebidas e escrevia as respostas. Se o cliente se limitava a ditar algumas frases lacônicas para informar que ainda estava vivo e mandar lembranças à família, ela o interrogava com paciência e ia acrescentando detalhes mais floridos, até preencher pelo menos uma folha de papel. Cobrava dois dólares para escrever uma carta, independentemente do tamanho; mas, quando acrescentava frases sentimentais que não haviam ocorrido ao cliente, costumava receber boas gorjetas. Alguns lhe levavam cartas para ser lidas, e essas ela também enfeitava um pouco, de modo que o infeliz recebesse o consolo de algumas palavras carinhosas. Cansadas de esperar do outro lado do continente, as mulheres costumavam mandar apenas queixas, críticas e uma série de conselhos cristãos, esquecidas de que seus homens estavam doentes de solidão. Em uma segunda-feira de céu encoberto, um xerife veio buscá-la para que escrevesse as últimas palavras de um condenado à morte, um jovem de Wisconsin, acusado, naquela mesma manhã, de ter roubado um cavalo. Imperturbável, apesar dos seus dezenove anos completados poucos dias antes, ele ditou a Eliza: "Querida Mamãe, espero que esteja bem quando receber esta notícia, e diga a Bob e James que vão me enforcar hoje. Lembranças, Theodore". Eliza tratou de suavizar um pouco a mensagem, para evitar que a infeliz mãe sofresse um colapso, mas o xerife disse que não havia tempo para salamaleques. Minutos depois, alguns cidadãos respeitáveis conduziram o réu ao centro do povoado, sentaram-no em um cavalo com a corda no pescoço, passaram a outra extremidade pelo galho de um carvalho e, em seguida, deram uma lambada nas ancas do animal, e, assim, sem mais delongas, Theodore ficou pendurado no ar. Não era o primeiro enforcado que Eliza via. Pelo menos aquele castigo era rápido — quando o acusado era de outra raça, costumavam açoitá-lo antes da execução, e, mesmo que ela se afastasse, os gritos do condenado e a algazarra dos espectadores permaneciam durante semanas em seus ouvidos.

Naquele dia, quando se preparava para perguntar na taverna se podia instalar ali o seu negócio de escrevente, teve a atenção desviada por um novo alarido. Justamente quando o público saía da luta do urso, entravam pela única rua do povoado uns carroções puxados por mulas e precedidos por um menino índio que tocava um tambor. Os veículos não eram iguais aos outros, suas lonas haviam sido pintadas, das cobertas pendiam fitas, plumas e lanternas chinesas, as mulas estavam enfeitadas como animais de circo e seus passos eram acompanhados por um insuportável tilintar de campainhas de cobre. Sentada na boleia do primeiro carroção, viajava uma mulher avantajada, de seios hiperbólicos, que se vestia de homem e levava um cachimbo de bucaneiro entre os dentes. O segundo carroção era conduzido por um sujeito enorme, que se vestia com peles de lobo, tinha a cabeça raspada, levava argolas nas orelhas e portava armas como se fosse para a guerra. Cada carroção levava outro a reboque, e era nesses que viajava o restante do grupo, ou seja, quatro jovens vestidas de brocados melancólicos e veludos já surrados, todas atirando beijos para os homens, deslumbrados. A surpresa durou apenas um momento, porque, assim que os veículos foram reconhecidos, uma salva de gritos e tiros animou a tarde. Até um pouco antes, as pombinhas maculadas haviam reinado sem concorrência feminina, mas a situação mudara com a instalação das primeiras famílias nos povoados, seguida da chegada dos pregadores, que vinham para sacudir as consciências mediante ameaças de condenação eterna. À falta de templos, eles organizavam os serviços religiosos nos mesmos *saloons* nos quais floresciam os vícios. Durante uma hora, suspendia-se a venda de bebidas alcoólicas, recolhiam-se os baralhos e viravam-se para a parede os quadros com figuras lascivas, enquanto os homens recebiam as admoestações do pastor, que condenava suas heresias e desregramentos. Observando a cena do balcão do andar superior, as prostitutas engoliam filosoficamente as reprimendas, suavizadas pela certeza de que, uma hora depois, tudo voltaria ao normal. Enquanto o negócio não esfriasse, pouco lhes importava saber quem eram os que pagavam para fornicar, embora houvesse quem as condenasse por cobrar por seu trabalho, como se o pecado não fosse deles, mas daquelas pelas quais se sentiam tentados. Assim se estabelecia uma clara fronteira entre as mulheres decentes e as de vida suspeita. Cansadas de subornar autoridades e suportar humilhações, algumas apanhavam seus baús e se mudavam para outros lugares, onde, mais cedo ou mais tarde, o ciclo se repetia. A ideia de um serviço itinerante oferecia a vantagem de evitar o cerco das esposas e dos religiosos, além de abrir os horizontes, de levá-las aos lugares mais afastados, onde podiam cobrar o dobro. O negócio ia bem, mas o inverno estava se aproximando, e, dentro em pouco, a neve começaria a cair, e os caminhos se tornariam intransitáveis; portanto, aquela seria uma das últimas viagens da caravana.

Os carroções percorreram a rua e se detiveram na saída do povoado, seguidos por uma verdadeira procissão de homens, animados pelo álcool e pela luta do urso. Para lá, também se dirigiu Eliza, a fim de ver de perto a novidade. Percebeu que naquele dia ninguém recorreria às suas habilidades epistolares, e teria de encontrar outra maneira de ganhar a ceia. Aproveitando o fato de o céu estar limpo, alguns voluntários se ofereceram para tirar os arreios das mulas e desembarcar um maltratado piano, em seguida instalado no capinzal, por ordem da madame, que todos ali conheciam pelo insubstituível nome de Joe Quebra-osso. Em minutos, limparam o terreno, instalaram mesas e, como por encanto, apareceram garrafas de rum e pilhas de postais com mulheres nuas. E também duas caixas de livros em edições baratas, anunciados como "romances de alcova, com as cenas mais quentes da França". Foram vendidos a dez dólares o exemplar, ou seja, a preço de banana, pois, com aquele material, cada um podia excitar-se quantas vezes quisesse, e ainda emprestá-lo aos amigos; eram muito mais rentáveis do que uma mulher de verdade, explicava a Quebra-osso, e, para provar, leu um parágrafo, que o público escutou em silêncio sepulcral, como se ouvisse uma revelação profética. Um coro de risos e piadas acolheu o final da leitura e, em poucos minutos, não havia mais nem um livro sequer nas caixas. Nesse meio-tempo a noite descera, e tiveram de acender tochas para iluminar a festa. A madame anunciou o preço exorbitante do rum, mas acrescentou que dançar com as garotas custaria apenas o equivalente a um quarto de garrafa. Existe alguém que saiba tocar esse maldito piano?, perguntou ela. Eliza, cujas tripas roncavam, avançou sem pensar duas vezes e se sentou diante do desafinado instrumento, invocando a proteção de Miss Rose. Não tinha bom ouvido e fazia dez meses que parara de tocar, mas logo vieram em seu auxílio os anos de aprendizagem com as costas especadas pela varinha metálica e as palmadas do professor belga. Atacou uma das canções picarescas que Miss Rose e o capitão Sommers costumavam cantar juntos nos bons tempos das tertúlias musicais, antes que o destino lhe desse uma rasteira e seu mundo virasse de cabeça para baixo. Viu, com assombro, sua execução horrível ser bem recebida pelo público. Passado pouco mais de um minuto, apareceu um rústico violino para acompanhá-la, o baile animou-se e os homens arrebataram as quatro mulheres para dançar aos pulos na pista improvisada. O ogro vestido de peles tirou o chapéu de Eliza e o pôs sobre o piano, com um gesto tão resoluto que ninguém se atreveu a ignorá-lo, e logo sua copa foi se enchendo de gorjetas.

Um dos carroções era usado para todos os serviços, funcionando ainda como dormitório da madame e de seu filho adotivo, o menino que tocava tambor; no segundo, as outras mulheres viajavam com um pouco de desconforto, e os dois reboques eram usados como alcovas de serviço. Forrados com tecidos coloridos, cada um deles continha uma cama com os pés se prolongando em colunas, dossel, mosquiteiro, um espelho de moldura dourada, jogo de lavatório e uma bacia de louça, tapetes persas desbotados e meio roídos pelas traças, mas ainda vistosos, e lâmpadas de azeite para clarear o cenário. Essa decoração teatral animava os clientes, dissimulava a poeira dos caminhos e o desconforto dos usuários. Enquanto duas mulheres dançavam ao som do piano, as outras cuidavam às pressas de seu negócio nos reboques. Sempre de cachimbo entre os dentes, madame usava suas mãos de fada distribuindo cartas nas mesas de jogo, cobrava adiantado o trabalho de suas pombinhas, vendia o rum e animava a festança. Eliza tocava todas as canções que guardava na memória, e, quando o repertório chegava ao fim, começava de novo pela primeira, sem que ninguém notasse a repetição, e continuou assim até seus olhos se nublarem de cansaço. Ao vê-la fraquejar, o colosso anunciou uma pausa, recolheu o dinheiro que estava no chapéu, meteu-o nos bolsos da pianista, tomou-a pelo braço e levou-a praticamente no ar ao primeiro carroção, onde lhe entregou um copo de rum. Ela rejeitou com um gesto fraco, pois beber em jejum era o mesmo que levar uma paulada na nuca; então, o colosso escavou na desordem das caixas e latas e descobriu um pão e algumas cebolas, que Eliza atacou com um tremor de quem antecipa um orgasmo. Quando acabou de devorá-los, levantou o rosto e seus olhos cruzaram com os do sujeito das peles, que a observava do alto de sua enorme estatura. Iluminava-o um sorriso de criança, o qual mostrava os dentes mais brancos e mais bem-feitos deste mundo.

— Você tem cara de mulher — disse o homem, e ela fez um gesto de enfado.

— Me chamo Elias Andieta — respondeu, levando a mão à pistola, como se estivesse disposta a defender à bala seu nome de macho.

— Eu sou Babalu Mau.

— Existe um Babalu Bom?

— Existia.

— De onde és, rapaz? E o que aconteceu?

— Do Chile. Ando à procura de meu irmão. Por acaso não ouviu falar de um tal Joaquín Andieta?

— Não ouvi falar de ninguém. Mas, se seu irmão tiver os colhões no lugar, mais cedo ou mais tarde virá nos visitar. Todo mundo conhece as garotas de Joe Quebra-osso.

Negócios

O capitão John Sommers ancorou o *Fortuna* na Baía de San Francisco, longe da praia o bastante para que nenhum herói tivesse a audácia de lançar-se à água e nadar até a costa. Tinha advertido a tripulação de que as correntes e a água fria matavam em vinte minutos, isso quando os tubarões não se encarregavam de fazer o trabalho. Era a sua segunda viagem transportando gelo, e agora se sentia mais seguro. Antes de entrar pelo estreito canal do Golden Gate, mandou abrir vários tonéis de rum e dividiu-os generosamente entre os marinheiros; quando eles se embriagaram, sacou duas pistolas e os obrigou a se deitarem de bruços. O imediato colocou-lhes cadeias nos pés e os acorrentou ao cepo, para surpresa dos passageiros embarcados em Valparaíso, que observavam a cena da coberta principal, sem saber o que realmente estava acontecendo. Enquanto isso, no cais, os irmãos Rodríguez de Santa Cruz despachavam uma flotilha de botes para desembarcar os passageiros e transportar a preciosa carga do vapor. A tripulação seria libertada para manobrar o sistema de amarras da embarcação na hora do regresso, depois de receber mais bebida e uma gratificação em autênticas moedas de ouro e prata, equivalente ao dobro de seus salários. Isso não compensava o fato de não poderem se embrenhar naquela terra em busca das minas, como quase todos haviam planejado, mas pelo menos servia de consolo. O mesmo método fora empregado na primeira viagem, com excelentes resultados; o capitão jactava-se de comandar um dos poucos navios que não tinham sido abandonados enquanto durou a loucura do ouro. Ninguém se atrevia a desafiar aquele pirata inglês, filho de uma cadela e de Francis Drake, como o chamavam, pois não havia dúvida de que era capaz de descarregar suas pistolas no peito de quem quer que o desafiasse.

No cais de San Francisco, empilhavam-se os produtos que Paulina tinha mandado de Valparaíso: ovos e queijos frescos, verduras e frutas do verão chileno, manteiga, sidra, peixes e mariscos, embutidos da melhor qualidade, carne bovina, além de uma grande quantidade de aves recheadas, temperadas e prontas para serem cozinhadas. Paulina havia encomendado às freiras pastéis coloniais de doce de leite e tortas de mil-folhas, e ainda os cozidos mais populares da cozinha crioula, que haviam cruzado o oceano guardados nas câmaras congeladas de neve azulada. O primeiro carregamento foi arrebatado em menos de três dias, com um lucro tão assombroso que os irmãos deixaram de lado seus outros negócios para concentrar-se no prodígio do gelo. Os blocos de gelo derretiam-se lentamente durante a viagem, mas ainda restavam muitos e, na volta, o capitão pensava em vendê-los a preço de usurário no Panamá. Foi impossível manter segredo sobre o êxito arrasador da primeira viagem, e a notícia de que havia uns chilenos navegando com pedaços de gelo de um glaciar no porão correu como um rastilho de pólvora. Logo se formaram empresas para fazer o mesmo com os *icebergs* do Alasca, mas foi impossível recrutar tripulantes e encontrar produtos frescos capazes de competir com os do Chile e, assim, Paulina pôde continuar sem concorrência com seu lucrativo negócio, ao mesmo tempo que tratava de comprar um segundo vapor, a fim de ampliar a empresa.

Também as caixas de livros eróticos do capitão Sommers foram vendidas num piscar de olhos, mas esse negócio realizou-se à sombra do manto da discrição e sem passar pelas mãos dos irmãos Rodríguez de Santa Cruz. O capitão tinha de evitar, a todo custo, que se fizesse ouvir o coro das vozes virtuosas, como havia ocorrido em outras cidades, nas quais a censura os confiscara por imoralidade e os reduzira a cinzas em fogueiras acesas no meio das praças. Na Europa, aqueles livros circulavam clandestinamente em edições de luxo, entre solteirões e colecionadores, mas os maiores lucros vinham das edições destinadas ao consumo popular. Eram impressos na Inglaterra, onde os vendedores os ofereciam às escondidas por alguns centavos o exemplar, mas, na Califórnia, o capitão conseguira vendê-los por cinco vezes o que valiam. Diante do entusiasmo por aquele tipo de literatura, ocorreu-lhe a ideia de acrescentar ilustrações ao texto, já que a maioria dos mineiros mal conseguia ler os títulos de um jornal. As novas edições já estavam em impressão na Inglaterra, com desenhos vulgares, mas explícitos, os únicos que afinal interessavam.

Naquela mesma tarde, John Sommers, instalado no salão do melhor hotel de San Francisco, ceava com os irmãos Rodríguez de Santa Cruz, que, apenas algumas semanas antes, haviam recuperado sua aparência de cavalheiros. Nada restava dos hirsutos cavernícolas que meses antes andavam à procura de ouro. A fortuna estava ali mesmo, nas límpidas transações que podiam fazer nas fofas poltronas do hotel, um copo de uísque na mão, como pessoas civilizadas, e não como caipiras, diziam. Aos cinco mineiros que vieram com eles em fins de 1848, haviam se acrescentado oitenta lavradores, gente humilde e submissa, que nada entendia de minas, mas que aprendia rápido, acatava ordens e não se revoltava. Os irmãos mantinham aqueles homens trabalhando nas ribeiras do rio Americano, sob as vistas de capatazes leais, enquanto eles se dedicavam ao transporte e ao comércio. Compraram duas embarcações para fazer o percurso entre San Francisco e Sacramento, e duzentas mulas para levar mercadorias às áreas de mineração, onde eram vendidas diretamente, sem a intermediação dos donos de mercearias. O escravo fugitivo, que antes trabalhava como guarda-costas, revelou-se um ás no trato com os números e agora cuidava da contabilidade, e também estava ali, vestido como um grão-senhor, com um copo e um charuto na mão, apesar dos resmungos dos gringos, que não toleravam sua cor, mas não havia alternativa senão negociar com ele.

— Sua senhora manda dizer que na próxima viagem do *Fortuna* virá com as crianças, a criada e o cão. Diz que comece a pensar onde instalá-los, pois não pretende morar em um hotel — comunicou o capitão a Feliciano Rodríguez de Santa Cruz.

— Que ideia mais despropositada! A corrida ao ouro pode acabar de repente, e esta cidade voltará a ser o vilarejo que era dois anos atrás. Já existem sinais de que o mineral está diminuindo, acabaram-se as descobertas de pepitas do tamanho de um morro. E quem se importará com a Califórnia no dia em que isso terminar?

— Quando vim pela primeira vez, isto aqui parecia um acampamento de refugiados, mas que se transformou numa coisa que já pode ser chamada de cidade. Com franqueza, não acredito que desapareça com um sopro; San Francisco é a porta do Oeste pelo Pacífico.

— É isso que Paulina diz na carta.

— Segue o conselho de tua mulher, Feliciano. Ela já provou que tem olho de lince — interrompeu o irmão.

— Além disso, não há nada no mundo que possa detê-la. Na próxima viagem, ela virá comigo. Não nos esqueçamos de que é a dona do *Fortuna* — sorriu o capitão.

Serviram ostras frescas do Pacífico, um dos poucos luxos gastronômicos de San Francisco, tortas recheadas com amêndoas e peras confeitadas, justamente as peras exportadas por Paulina, que o hotel comprara sem perda de tempo. O vinho também era procedente do Chile; o champanha, da França. Ao se espalhar a notícia de que os chilenos haviam chegado com o gelo, todos os restaurantes e hotéis da cidade ficaram abarrotados de clientes ansiosos por saborear as delícias frescas antes que se esgotassem. Estavam acendendo os charutos para acompanhar o café e o conhaque quando John Sommers recebeu no ombro uma palmada que, por pouco, não fez a xícara cair de sua mão. Olhou para cima e se viu frente a frente com Jacob Todd, a quem vira pela última vez, mais de três anos antes, quando o desembarcara na Inglaterra, pobre e humilhado. Era a última pessoa que esperava encontrar ali, e demorou um instante até reconhecê-lo, pois o falso missionário de anos atrás agora parecia a caricatura de um ianque. Tinha perdido peso e cabelo, duas longas suíças desciam-lhe pelo rosto, usava um terno xadrez pequeno demais para seu tamanho, botas de pele de cobra e um incongruente chapéu da Virgínia, sem falar nos lápis, cadernetas e recortes de jornais que extravasavam dos quatro bolsos de seu casaco. Abraçaram-se como velhos camaradas. Fazia cinco meses que Jacob Todd estava em San Francisco e escrevia reportagens sobre a corrida do ouro, publicadas regularmente não apenas na Inglaterra, mas também em Boston e Nova York. Chegara até ali graças à intervenção generosa de Feliciano Rodríguez de Santa Cruz, que não havia guardado em saco rasgado a gratidão pelo serviço que o inglês lhe prestara. Como bom chileno, jamais esquecia um favor — nem uma ofensa — e, ao saber de suas dificuldades na Inglaterra, lhe mandara dinheiro, passagem e uma nota explicando que a Califórnia era o lugar mais longe a que se podia ir, antes de começar a volta pelo outro lado. Em 1845, Jacob Todd havia desembarcado do navio do capitão John Sommers com a saúde renovada e cheio de energia, disposto a esquecer o vergonhoso incidente de Valparaíso e dedicar-se de corpo e alma a implantar em seu país a comunidade utópica com a qual tanto havia sonhado. Seu grosso caderno, amarelado pelo uso e pela salinidade do mar, estava repleto de anotações. Até o menor detalhe acerca da comunidade fora estudado e planejado, estava certo de que muitos jovens — os velhos não lhe interessavam — abandonariam suas vidas cansativas para se unir à irmandade de homens e mulheres livres, em um sistema de absoluta igualdade, sem autoridade, polícia ou religiões. Os potenciais candidatos à experiência mostraram-se muito mais pobres de entendimento do que esperava, mas, ao fim de alguns meses, contava com dois ou três indivíduos dispostos a fazer aquela tentativa. Faltava apenas um mecenas para financiar o dispendioso projeto, que requeria um terreno amplo, pois a comunidade pretendia viver afastada das aberrações do mundo e teria de produzir para satisfazer todas as suas necessidades. Todd estava em conversação com um lorde de miolo meio mole, dono de uma imensa propriedade na Irlanda, quando de repente chegou a Londres a história do escândalo de Valparaíso, que o perseguia como um cão farejador, sem lhe dar tréguas. E, assim, também na Inglaterra, as portas se fecharam para ele, os amigos sumiram, os discípulos e o nobre repudiaram-no, e seu sonho utópico foi pelo ralo. Mais uma vez, Jacob tentou encontrar consolo no álcool e, de novo, afundou no atoleiro das más recordações. Vivia como um rato, em uma pensão de quinta categoria, quando chegou a mensagem salvadora do amigo. Não pensou duas vezes. Trocou de nome e embarcou para os Estados Unidos, disposto a iniciar um novo e brilhante destino. Seu único propósito era enterrar a vergonha e viver no anonimato até que surgisse a oportunidade de reavivar seu idílico projeto. O primordial seria obter um emprego; sua pensão havia diminuído, e os gloriosos tempos do ócio estavam terminando. Chegando a Nova York, apresentou-se a dois jornais a fim de oferecer seus serviços como correspondente na Califórnia, e em seguida viajou para o Oeste pelo Istmo do Panamá, pois lhe faltou coragem para fazê-lo pelo Estreito de Magalhães e pôr de novo os pés em Valparaíso, onde a vergonha o esperava intacta e a formosa Miss Rose voltaria a ouvir seu nome enodoado. Na Califórnia, seu amigo Feliciano Rodríguez de Santa Cruz ajudou-o a instalar-se e a conseguir um emprego no diário mais antigo de San Francisco. Jacob Todd, agora transformado em Jacob Freemont, começou a trabalhar pela primeira vez na vida, e descobriu, pasmo, que gostava daquilo. Percorria a região escrevendo sobre qualquer assunto que lhe chamasse a atenção, incluindo os massacres de índios, os imigrantes provenientes de todos os lugares do planeta, a desenfreada especulação dos comerciantes, a rápida justiça dos mineiros e o vício generalizado. Uma de suas reportagens quase lhe custou a vida. Descreveu com eufemismos, mas sem perder a clareza, a maneira como alguns aventureiros operavam com dados viciados, cartas marcadas, bebidas adulteradas, drogas, prostituição e a prática de levar as mulheres a beber até ficarem inconscientes, para vender por um dólar, a quantos homens quisessem participar da brincadeira, o direito de violá-las. "Tudo isso sob o amparo das mesmas autoridades que deveriam combater tais vícios", escreveu na conclusão da reportagem. Caíram-lhe em cima os gângsteres, o chefe de polícia e os políticos; teve de sumir por uns dois meses, até os ânimos esfriarem. Apesar dos tropeços, seus artigos apareciam regularmente, e ele estava se tornando uma voz respeitada. Tal como lhe dissera seu amigo John Sommers: buscando o anonimato, estava encontrando a celebridade.

Para fechar a cena, Jacob Freemont convidou os amigos à função do dia: uma chinesa que podia ser observada, mas não tocada. Chamava-se Ah Toy e tinha viajado em um veleiro com o marido, um comerciante de idade provecta, que teve o bom gosto de morrer em alto-mar e deixá-la livre. Ela não perdeu tempo com choros de viúva e, para alegrar o restante da travessia, tornou-se amante do capitão, que se mostrou um homem generoso. Ao descer em San Francisco, rica e pomposa, percebeu os olhares de lascívia que a seguiam, e teve a brilhante ideia de cobrar por eles. Alugou dois quartos, abriu pequenos furos na parede divisória e, por uma onça de ouro, vendia o privilégio de ser olhada. Bem-humorados, os amigos seguiram Jacob Freemont, e, mediante alguns dólares de suborno, puderam furar a fila e ser os primeiros. Foram levados a um cômodo estreito, saturado de fumaça de charutos, onde se apinhava uma dúzia de homens de nariz colado à parede. Olhando pelos furos estreitos e sentindo-se ridículos como colegiais, vira do outro lado da divisória, uma bela jovem, vestida com um quimono de seda aberto de ambos os lados da cintura até os pés. Por baixo do quimono, a moça estava nua. Os espectadores rugiam diante de cada um dos lânguidos movimentos que revelavam parte de seu delicado corpo. John Sommers e os irmãos Rodríguez de Santa Cruz dobravam-se de rir, sem acreditar que a necessidade de mulher pudesse ser tão deprimente. Separaram-se ali, e o capitão e o jornalista foram tomar o último drinque. Depois de ouvir o relato das viagens e aventuras de Jacob, o capitão decidiu confiar nele.

— Lembra-se de Eliza, a menina que vivia com meus irmãos em Valparaíso?

— Perfeitamente.

— Fugiu de casa há quase um ano e tenho boas razões para acreditar que está na Califórnia. Tentei encontrá-la, mas ninguém ouviu falar dela ou de alguém que corresponda à sua descrição.

— A únicas mulheres que vieram para cá são as prostitutas.

— Não sei como, mas o fato é que veio. O único dado é que partiu em busca do namorado, um jovem chileno de nome Joaquín Andieta...

— Joaquín Andieta! Conheço-o, foi meu amigo no Chile.

— É um fugitivo da justiça. Acusam-no de roubo.

— Não acredito. Andieta era um jovem muito nobre. Tinha muito orgulho e honradez, e por isso era difícil aproximar-se dele. E você vem me dizer que Eliza e ele estão apaixonados?

— Sei apenas que ele embarcou para a Califórnia em dezembro de 1848. Dois meses mais tarde, a menina desapareceu. Minha irmã acredita que ela veio atrás de Andieta, mas não consigo imaginar como pode ter vindo sem deixar rastro. Já que você anda pelos acampamentos e pelos povoados do norte, talvez consiga descobrir algo...

— Farei o que puder, capitão.

— Meus irmãos e eu lhe seremos eternamente gratos, Jacob.

Eliza Sommers permaneceu na caravana de Joe Quebra-osso, tocando piano e repartindo as gorjetas meio a meio com a madame. Comprou um cancioneiro de música americana e outro de música latina, para animar as apresentações, e, nas horas vagas, que eram muitas, ensinava o menino índio a ler, ajudava nas múltiplas tarefas do cotidiano e cozinhava. Diziam os integrantes da companhia: jamais haviam comido tão bem. Com a carne-seca, os feijões e o toucinho de sempre, ela preparava saborosos pratos criados pela inspiração do momento; comprava condimentos mexicanos e, com deliciosos resultados, adicionava-os às receitas chilenas de Mama Frésia; fazia tortas sem nenhum outro ingrediente além de óleo, farinha e fruta em conserva, mas, se conseguisse ovos e leite, sua inspiração se elevava a celestiais alturas gastronômicas. Babalu não gostava de homens na cozinha, mas era o primeiro a devorar os banquetes do jovem pianista, e por isso preferiu não externar seus comentários sarcásticos. Acostumado a montar guarda durante a noite, o gigante dormia como um gato durante o dia, mas, assim que o cheiro das caçarolas chegava às suas narinas de dragão, despertava de um salto e se instalava perto da cozinha, vigiando. Sofria de um apetite insaciável, e não havia orçamento capaz de encher sua gigantesca barriga. Antes da chegada do Chileninho, como chamavam o falso Elias Andieta, sua dieta básica consistia em animais que conseguia caçar; abria-os pela barriga, temperava-os com um punhado de sal e os assava na brasa. Em dois dias, devorava a carne de um veado. O contato com a cozinha do pianista refinou seu paladar; agora saía diariamente à caça, escolhia as presas de carne mais delicada, e as entregava sem a pele e bem lavadas por dentro.

Nas viagens, Eliza encabeçava a caravana, o inútil rifle cruzado na sela e o menino do tambor na garupa de seu robusto quartão, que, apesar da má aparência, acabara por se revelar tão nobre quanto um alazão puro-sangue. Sentia-se tão bem com roupa masculina que às vezes se perguntava se conseguiria novamente vestir-se de mulher. De uma coisa estava certa: nunca mais usaria um espartilho, nem mesmo no dia de seu casamento com Joaquín Andieta. Quando chegavam a um rio, as mulheres aproveitavam para encher os barris de água, lavar a roupa e tomar banho; esses eram os momentos mais difíceis para ela, pois tinha de inventar pretextos cada vez mais complicados para cuidar de seu próprio asseio sem a presença de testemunhas.

Joe Quebra-osso era uma fornida holandesa da Pensilvânia, que havia encontrado seu destino na imensidade do Oeste. Tinha talento de ilusionista para dados e cartas, e trapacear no jogo era a sua paixão. Ganhava a vida jogando, até ocorrer-lhe a ideia de montar o negócio das garotas e viajar pela área do Grande Filão "à procura de ouro", como dizia sobre sua própria maneira de praticar a mineração. Estava certa de que o jovem pianista era homossexual, e passou a tratá-lo com um carinho semelhante ao que já dedicava ao indiozinho. Não permitia que as garotas zombassem dele e que Babalu o tratasse com alcunhas: o rapaz não tinha culpa de haver nascido sem barba e com aquele jeito efeminado, assim como não era culpa sua ter nascido homem dentro de um corpo de mulher. Tratava-se, com certeza, de brincadeiras de mau gosto que Deus fazia com os homens, a fim de aborrecê-los. Por trinta dólares, havia comprado o menino de uns guardas ianques, que haviam exterminado o restante da tribo. Naquela ocasião, ele tinha três ou quatro anos de idade e não passava de um esqueleto com a barriga cheia de vermes, mas, depois de alimentá-lo à força por alguns meses e de domar suas zangas, evitando que destroçasse tudo que lhe caía nas mãos e batesse com a cabeça nas rodas dos carroções, o pequeno indígena cresceu um palmo e começou a revelar sua verdadeira natureza de guerreiro: era estoico, hermético e paciente. Deu-lhe o nome de Tom Sem-Tribo, para que nunca esquecesse o dever da vingança. "O nome é inseparável do ser", diziam os índios, e Joe acreditava tanto neles que havia escolhido para si mesma o nome de Quebra-osso.

As pombas maculadas da caravana eram duas irmãs oriundas do Missouri, que fizeram a longa viagem por terra e, pelo caminho, haviam perdido suas famílias; Esther, uma jovem de dezoito anos, fugira do pai, um fanático religioso que a espancava; e a outra, uma bela mexicana, filha de pai gringo e mãe índia, que passava por branca e havia aprendido quatro frases em francês para enganar os tolos, pois, segundo a crença popular, as francesas eram as melhores no ofício. Naquela sociedade de aventureiros e bandidos, também havia uma aristocracia racial; os brancos aceitavam as mestiças cor de canela, mas desprezavam qualquer mistura com o negro. As quatro mulheres eram gratas à sorte que lhes permitira encontrar Joe Quebra-osso. Esther era a única sem experiência prévia; as outras haviam trabalhado em San Francisco e conheciam aquele tipo de vida. Não tinham servido em salões de alta categoria, sabiam quanto pesava um tapa, conheciam as doenças, as drogas e a maldade dos cafetões, tinham contraído inúmeras infecções, ingerido remédios brutais e, de tanto praticarem abortos, haviam se tornado estéreis, o que, longe de ser lamentado, era por elas considerado uma bênção. Joe as resgatara daquele mundo de humilhações e as levara para bem longe. Depois impusera-lhes um longo martírio de abstinência para livrá-las da dependência do ópio e do álcool. As mulheres retribuíram com uma lealdade de filhas, porque, além do que havia feito por elas, Joe as tratava com justiça e não as roubava. A assustadora presença de Babalu desencorajava clientes violentos e bêbados odiosos, todos comiam bem e os carroções itinerantes lhes pareciam favorecer a saúde e a boa disposição. Sentiam-se livres naquelas vastidões de planícies e florestas. Nada era fácil ou romântico em suas vidas, mas haviam economizado um pouco de dinheiro e, se quisessem, podiam ir embora, mas não o faziam porque aquele pequeno grupo humano era o que tinham de mais parecido com uma família.

As garotas de Joe Quebra-osso também estavam convencidas de que o jovem Elias Andieta, com seu corpo mirrado e sua voz aflautada, era um maricas. Isso lhes dava tranquilidade para tirar a roupa, lavar-se e falar de qualquer assunto em sua presença, como se ele fosse uma delas. Aceita com tal naturalidade, Eliza às vezes esquecia seu papel masculino, embora

Babalu se encarregasse de lembrar-lhe. Tinha assumido a tarefa de converter aquele pusilânime em um varão, e o observava de perto, disposto a corrigi-lo quando se sentasse com as pernas juntas ou sacudisse o cabelo com um gesto nada viril. Ensinou-o a limpar e lubrificar as armas, mas perdeu a paciência quando tentou melhorar a sua pontaria: cada vez que apertava o gatilho, seu aluno fechava os olhos. Não se impressionava com a Bíblia de Elias Andieta; pelo contrário, suspeitava de que ele a usava para justificar suas bobagens e perguntava a si próprio se o rapaz não pensava em tornar-se um maldito pregador, por que raios lia aquelas sandices, melhor seria que se dedicasse aos livros pornográficos, para ver se, com eles, lhe vinham à cabeça algumas ideias de macho. Mal conseguia assinar o nome e lia com grande dificuldade, mas nem ameaçado de morte admitia ser analfabeto. Dizia que a vista estava fraca e por isso não enxergava bem as letras, embora pudesse acertar um tiro na cabeça de uma lebre a cem metros de distância. Costumava pedir ao Chileninho que lesse para ele, em voz alta, os jornais atrasados e os livros eróticos da Quebra-osso, não tanto pelas passagens sujas, mas pelas românticas, que sempre o comoviam. Os livros tratavam sempre dos amores inflamados entre um membro da nobreza europeia e uma plebeia, ou às vezes o inverso: uma dama aristocrática que perdia a cabeça por causa de um homem comum, mas honesto e orgulhoso. Naqueles relatos, as mulheres eram sempre belas, e os galãs, incansáveis em seu ardor. O pano de fundo era uma sequência de bacanais, mas, ao contrário das noveletas pornográficas, que se vendiam por ali a dez centavos, estas tinham um argumento. Eliza lia em voz alta sem manifestar surpresa, como se estivesse de volta dos piores vícios, enquanto, ao seu redor, Babalu e três das quatro pombinhas escutavam, perplexos, a narrativa. Esther não tomava parte daquelas leituras, porque lhe parecia pecado maior descrever aqueles atos do que cometê-los. As orelhas de Eliza ficavam em fogo, mas a leitora se sentia obrigada a reconhecer a inesperada elegância na maneira como aquelas porcarias eram escritas: algumas frases lembravam-lhe o impecável estilo de Miss Rose. Joe Quebra-osso, que não tinha o mínimo interesse por qualquer uma das formas de paixão carnal, desprezava tais leituras e cuidava pessoalmente para que nem uma única palavra daqueles relatos fosse ferir os ouvidos inocentes de Tom Sem-Tribo. Estou criando esse menino para que ele venha a ser um chefe índio, não para ser cafetão de putas, dizia, e, em seu afã de fazer dele um macho, não permitia que o garotinho a tratasse por avó.

— Porra, eu não sou avó de ninguém! Eu sou a Quebra-osso, entendeu, seu danado?

— Sim, vovó.

Babalu Mau, um ex-presidiário de Chicago, havia atravessado o continente a pé, muito antes do início da corrida do ouro. Falava várias línguas indígenas e havia feito de tudo para ganhar a vida, desde apresentar-se como fenômeno de um circo ambulante, onde costumava levantar um cavalo acima da cabeça e arrastar com os dentes uma carroça carregada de areia, até trabalhar como estivador no porto de San Francisco. Ali fora descoberto pela Quebra-osso e ganhara aquele emprego na caravana. Podia fazer o trabalho de vários homens e, com ele ao lado, ninguém necessitava de outra proteção. Juntos, podiam espantar qualquer bando de arruaceiros, por mais numerosos que fossem, como já demonstrara em mais de uma ocasião.

— Ou você é forte ou eles desmontam você, Chileninho — aconselhava Babalu a Eliza. — Não pense que eu sempre fui do jeito que está me vendo agora. Antes eu era como você, mofino e meio bobo, mas então comecei a levantar pesos, e olhe para meus músculos. Agora ninguém mais se atreve a me enfrentar.

— Babalu, você tem mais de dois metros de altura e pesa tanto quanto uma vaca. Eu nunca poderei ser como você!

— Tamanho não importa, homem. O que importa são os colhões. Sempre fui grande, mas, mesmo assim, riam de mim.

— Quem ria de você?

— Todo mundo, até minha mãe, que descanse em paz! Agora vou lhe contar uma coisa que ninguém sabe...

— Mesmo?

— Você se lembra de Babalu Bom?... Pois ele era eu, antes. Mas faz vinte anos que sou Babalu Mau, e daí para cá as coisas melhoraram muito para mim.

Pombinhas maculadas

Em dezembro, o inverno desceu subitamente sobre as encostas da serra e milhares de mineiros tiveram de abandonar seus bens na mudança para os povoados, onde esperariam a primavera. A neve cobriu com um piedoso manto o vasto espaço esburacado por aquelas ambiciosas formigas, e o ouro que ainda restava tornou a descansar no silêncio da natureza. Joe Quebra-osso levou sua caravana para uma das pequenas povoações recém-nascidas ao longo do Grande Filão, onde alugou um galpão para passar o inverno. Vendeu as mulas, comprou uma grande bateia de madeira para ter onde tomar banho, uma cozinha, duas estufas, algumas roupas de tecido ordinário e botas russas para o seu pessoal, tipo de calçado que a chuva e o frio tornavam indispensável. Pôs todos para raspar a sujeira do galpão e fazer cortinas para separar os aposentos, instalou as camas com baldaquim, os espelhos dourados e o piano. Em seguida fez visitas de cortesia às tavernas, à mercearia e à oficina do ferreiro, centros de atividade social. Impresso em um velho prelo que a duras penas atravessara o continente, circulava no lugar uma espécie de jornal noticioso de apenas uma folha, do qual se valeu Quebra-osso para anunciar discretamente o seu negócio. Além das moças, oferecia garrafas do que dizia ser o melhor rum de Cuba e da Jamaica, embora, na verdade, se tratasse de uma beberagem de canibais, capaz de mudar o rumo da alma, livros "quentes" e duas mesas de jogo. Os fregueses apareceram imediatamente. Havia outro bordel, mas as novidades são sempre bem-vindas. A dona do outro estabelecimento declarou uma dissimulada guerra de calúnias contra as rivais, mas teve o cuidado de não enfrentar abertamente a formidável dupla formada por Quebra-osso e Babalu Mau. No galpão brincava-se atrás das cortinas, dançava-se ao som do piano e se apostavam somas consideráveis sob os olhos da patroa, que, embaixo daquele teto, não tolerava disputas nem permitia trapaças além das suas. Eliza viu homens perderem, ao cabo de duas noites, tudo o que tinham conseguido ganhar em meses de esforço titânico, e em seguida caírem em prantos no peito das mulheres que haviam ajudado a tosquiá-los.

Não tardou para que Joe conquistasse a afeição dos mineiros. Apesar de sua aparência de corsário, a mulher possuía um coração de mãe, posto à prova pelas circunstâncias daquele inverno. Desencadeou-se um violento surto de disenteria, que derrubou metade da população e chegou a matar várias pessoas. Mal acabava de saber que em uma cabana distante alguém se encontrava entre a vida e a morte, Joe pedia emprestado um par de cavalos ao ferreiro e ia com Babalu socorrer o desgraçado. Às vezes eram acompanhados pelo próprio ferreiro, um quacre robusto que desaprovava o negócio da virago, mas que estava sempre disposto a ajudar o próximo. Joe alimentava o enfermo, dava-lhe banho, lavava-lhe a roupa e o consolava lendo cem vezes as cartas de sua família distante, enquanto Babalu e o ferreiro limpavam a neve, traziam a água e cortavam a lenha, empilhando-a junto à estufa. Se o homem estivesse muito mal, Joe o envolvia em cobertores, atravessava-o na sela de seu cavalo como se fosse um saco e o levava para sua própria casa, onde seria tratado pelas mulheres com vocação de enfermeira, contentes com a oportunidade de se sentir virtuosas. Não podiam fazer mais senão obrigar os pacientes a beber litros de chá açucarado, para que não acabassem completamente desidratados, mantê-los limpos, aquecidos e repousados, com a esperança de que a diarreia não lhes esvaziasse a alma, e a febre não lhes cozinhasse o cérebro. Alguns morriam, e o restante levava semanas para voltar ao normal. Joe era a única mulher que se atrevia a desafiar o inverno e abrir caminho até as cabanas mais isoladas, onde, com frequência, encontrou corpos convertidos em estátuas de cristal. Nem todos eram vítimas da doença; às vezes alguns davam um tiro na boca, por não suportarem mais a dor nas tripas, a solidão e o delírio. Em duas ocasiões, Joe teve de suspender seu negócio, pois o piso do galpão estava coberto de esteiras e suas pombinhas não tinham mãos para tratar de todos os doentes. O xerife do povoado tremia de medo quando ela aparecia com seu cachimbo holandês entre os dentes, pedindo ajuda com sua exigente voz de profeta. Ninguém conseguia dizer não. Os mesmos homens que, com suas tropelias, tinham feito a má fama do povoado punham-se mansamente a seu serviço. Não contavam com nada semelhante a um hospital, o único médico estava sobrecarregado, e ela assumia com naturalidade a tarefa de mobilizar recursos para enfrentar a emergência. Os afortunados cuja vida ela salvava transformavam-se em seus devotos devedores, e foi assim que ela teceu, no decorrer daquele inverno, a rede de contatos que iria sustentá-la durante o incêndio.

O ferreiro chamava-se James Morton e era um exemplar raro de homem bom. Sentia verdadeiro amor pela humanidade, sem excluir seus inimigos ideológicos, que ele considerava errados por causa da ignorância, e não por intrínseca maldade. Incapaz de vileza, não podia imaginá-la no seu semelhante, preferindo acreditar que a perversidade alheia era um desvio de caráter a ser remediado com a luz da piedade e do afeto. Vinha de uma longa estirpe de quacres do Ohio, onde havia colaborado com seus irmãos em uma corrente clandestina de solidariedade aos escravos fugitivos, a fim de levá-los aos estados livres e ao Canadá. Suas atividades despertaram a fúria dos escravistas, e certa noite uma turba atacou e tocou fogo na fazenda, enquanto a família observava paralisada, pois, sendo fiéis à sua fé, não podiam empunhar armas contra seus semelhantes. Os Morton tiveram de abandonar sua terra e se dispersaram, porém se mantiveram em contato estreito, porque pertenciam à rede humanitária dos abolicionistas. Para James, procurar ouro não parecia um meio honroso de ganhar a vida, porque era uma atividade em que não se produzia nada, nem se prestava nenhum serviço. A riqueza, ele afirmava, avilta a alma, complica a existência e gera infelicidade. Sem esquecer que o ouro era um metal maleável, inadequado para a fabricação de ferramentas, não conseguia entender o fascínio que exercia sobre as outras pessoas. Alto, forte, barba cerrada da cor de avelã, olhos azul-celeste e grossos braços marcados por incontáveis queimaduras, ele parecia a encarnação do deus Vulcano, iluminado pelo esplendor de sua forja. No povoado havia apenas três quacres. Pessoas dedicadas ao trabalho e à família, sempre contentes com a sorte, os únicos que não juravam, eram abstêmios e evitavam os bordéis. Reuniam-se regularmente a fim de praticar discretamente sua fé, pregando mediante o exemplo, enquanto esperavam com paciência a chegada de um grupo de amigos que viria do Leste, a fim de aumentar a comunidade. Morton ia ao galpão da Quebra-osso a fim de ajudar as vítimas da epidemia, e ali conheceu Esther. Visitava-a e pagava pelo serviço completo, mas tudo que fazia era sentar-se ao seu lado para conversar. Não conseguia entender que ela houvesse escolhido aquele tipo de vida.

— Entre as surras de meu pai e isto aqui, prefiro a vida que levo agora.

— Por que ele batia em você?

— Me acusava de provocar luxúria e incitar ao pecado. Achava que Adão ainda estaria no Paraíso se Eva não o tivesse tentado. Talvez estivesse com razão; basta ver como é que eu tenho de ganhar a vida...

— Há outras profissões, Esther.

— Esta não é de todo ruim, James. Fecho os olhos e não penso em nada. São apenas alguns minutos, passam rápido.

Apesar das vicissitudes de sua profissão, a jovem mantinha o viço de seus vinte anos, e havia certo encanto em sua maneira discreta e silenciosa de se comportar, bem diferente da conduta de suas companheiras. Não era nada coquete, tinha o corpo roliço, um rosto de placidez bovina e mãos firmes de camponesa. Em comparação com as outras pombinhas, parecia a menos graciosa, mas, em sua pele, havia luz, e em seu olhar, suavidade. O ferreiro não soube quando começou a sonhar com ela, a vê-la nas fagulhas da forja, na luz do metal incandescente e no céu sem nuvens, mas chegou um momento em que não pôde mais continuar ignorando aquela matéria acolchoada que lhe envolvia o coração e ameaçava sufocá-lo. Para ele, não havia desgraça maior do que apaixonar-se por uma mulher da vida, e não teria como justificar esse fato aos olhos de Deus e de sua comunidade. Certo de que suar seria o melhor meio de vencer aquela tentação, trancava-se na oficina e trabalhava como um louco. Às vezes, suas marteladas ferozes eram ouvidas pela madrugada adentro.

Assim que teve um endereço fixo, Eliza escreveu a Tao Chi'en, aos cuidados do restaurante chinês de Sacramento, dando-lhe seu novo nome de Elias Andieta e pedindo-lhe conselho para combater a disenteria, pois o único remédio que conhecia para evitar o contágio era atar um pedaço de carne crua no umbigo, como fazia Mama Frésia no Chile, mas não estava produzindo os efeitos esperados. Sentia dolorosamente a falta dele; às vezes amanhecia abraçada a Tom Sem-Tribo, imaginando, na confusão da meia vigília, que o menino era Tao Chi'en, mas o menino cheirava a fumaça, e isso a trazia de volta à realidade. Ninguém mais tinha aquela fragrância de mar. A distância que os separava era pequena em termos de quilômetros, mas a inclemência do clima tornava o caminho difícil e perigoso. Pensou em acompanhar o carteiro e, desse modo, continuar a busca por Joaquín Andieta, como havia feito anteriormente, mas a espera de uma oportunidade apropriada ia consumindo semanas. Não era apenas o inverno que atrapalhava seus planos. A tensão entre ianques e chilenos, na parte sul do Grande Filão, acabara de resultar numa explosão. Fartos da presença de estrangeiros, os gringos reuniram-se a fim de expulsá-los, mas os outros resistiram, primeiro com as armas, em seguida recorrendo a um juiz, que reconheceu seus direitos. Mas, em vez de intimidar os agressores, a ordem do juiz serviu para enfurecê-los, e alguns chilenos terminaram enforcados ou atirados de um despenhadeiro, e os sobreviventes tiveram de fugir. A resposta foi a formação de vários bandos de assaltantes, como muitos mexicanos já haviam feito. Eliza percebeu que não podia arriscar-se, porque bastava disfarçar-se de homem e, ainda por cima, de latino, para ser acusada de qualquer crime que inventassem.

No final de janeiro de 1850, caiu uma das piores nevadas já vistas naquela região. Ninguém se atrevia a sair de casa, o povoado parecia morto e, durante mais de dez dias, nenhum cliente apareceu no galpão. O frio era muito grande, a água das bacias amanhecia congelada, embora as estufas permanecessem acesas, e houve noites em que tiveram de levar para dentro o cavalo de Eliza, a fim de salvá-lo da sorte de outros animais, que terminavam a noite presos no interior de blocos de gelo. As mulheres dormiam em duplas, e Eliza dividia a cama com o menino, pelo qual sentia agora um carinho ciumento e feroz, que ele devolvia com astuciosa perseverança. No tocante ao afeto do menino, a única pessoa da companhia em condições de competir com Eliza era a Quebra-osso. "Um dia vou ter um filho forte e valente como Tom Sem-Tribo, mas muito mais alegre do que ele. Essa criança jamais ri", contava ela nas cartas a Tao Chi'en. Babalu Mau não sabia dormir durante a noite e passava as longas horas de obscuridade passeando de um extremo a outro do galpão, com suas botas russas, suas peles sovadas e um cobertor em cima dos ombros. Deixou de raspar a cabeça e passou a enfeitá-lo com uma pele de lobo igual à da jaqueta. Esther teceu-lhe um gorro de lã amarelo-claro, que lhe cobria a cabeça até as orelhas e dava ao gigante a aparência de bebê monstruoso. Naquela madrugada foi Babalu quem ouviu uns leves toques na porta e teve sensibilidade bastante para distingui-los dos ruídos do temporal. Entreabriu a porta com a pistola na mão e viu uma pessoa caída na neve. Alarmado, chamou Joe e, cuidando para que o vento não rebentasse as dobradiças da porta, conseguiram arrastá-la para dentro. Era um homem quase congelado.

Não foi fácil reanimar o visitante. Enquanto Babalu o friccionava e tentava fazê-lo beber um pouco de aguardente, Joe acordou as mulheres, elas reanimaram o fogo das estufas e esquentaram água para encher a banheira, onde o mergulharam, até que aos poucos ele foi se reanimando, perdeu a cor azulada e pôde articular algumas palavras. O gelo lhe havia queimado o nariz, os pés e as mãos. Era um camponês do estado mexicano de Sonora, que, como outros milhares de compatriotas, viera para as minas da Califórnia, disse o homem. Chamava-se Jack, nome de gringo que certamente não era o seu, mas as pessoas da casa também não usavam seus nomes verdadeiros. Nas horas seguintes, o homem esteve várias vezes às portas da morte, mas, quando parecia que nada mais podia ser feito, ele voltava do outro mundo e bebia uns goles de aguardente. Por volta das oito horas, quando o temporal amainou, Joe ordenou a Babalu que fosse buscar o médico. Ao ouvir essa palavra, o mexicano, que permanecia imóvel e respirava mal como um peixe fora da água, abriu os olhos e disse um estrepitoso não, assustando a todos.

Ninguém devia saber que estava ali, exigiu com uma ferocidade que não se atreveram a contrariar. Não foram necessárias muitas explicações: era evidente que o homem tinha problemas com a justiça, e aquele povoado, com sua forca na praça, era o último lugar do mundo no qual um fugitivo gostaria de procurar abrigo. Só a crueldade do temporal o obrigara a aproximar-se do galpão. Eliza não disse uma palavra, mas, para ela, a reação do homem não a apanhou de surpresa: tinha cheiro de maldade.

Passados três dias, Jack havia recuperado as forças, mas perdera a ponta do nariz, e os dedos de uma das mãos começaram a ser tomados pela gangrena. Mas nem assim conseguiram convencê-lo a procurar o médico; preferia apodrecer aos poucos a terminar enforcado, dizia. Joe Quebra-osso e seu pessoal reuniram-se na outra extremidade do galpão e, aos cochichos, tomaram uma decisão: tinham de cortar os dedos dele. Todos os olhares voltaram-se para Babalu Mau.

— Eu? Nem sonhando!

— Babalu, seu filho da mãe, deixe de frescura! — exclamou Joe, furiosa.

— Faça você, Joe, eu não sirvo para isso.

— Se você pode esquartejar um veado, também pode fazer isso. O que valem dois dedos podres?

— Uma coisa é um animal, já um cristão é outra bem diferente.

— Não acredito! Esse filho da puta, com licença das moças, não é capaz de fazer um pequenino favor! Depois de tudo que fiz por você, desgraçado!

— Desculpe, Joe. Nunca fiz mal a um ser humano...

— Está falando de quê? Por acaso não é um assassino? Não esteve na prisão?

— Mas foi por roubo de gado — confessou o gigante, quase chorando de humilhação.

— Eu faço — interrompeu Eliza, pálida, mas firme.

Ficaram a olhá-la com incredulidade. Até Tom Sem-Tribo lhes parecia mais apto a realizar a operação do que o delicado Chileninho.

— Preciso de uma faca bem afiada, um martelo, água, fio e uns panos limpos.

Babalu sentou-se no chão com a cabeçorra entre as mãos, horrorizado, enquanto as mulheres, em respeitoso silêncio, preparavam o necessário. Eliza ia relembrando aquilo que havia aprendido com Tao Chi'en em Sacramento, quando extraíam balas e costuravam facadas. Se antes fora capaz de fazer aquilo, decidiu que agora também poderia. O mais importante, segundo seu amigo, era evitar hemorragias e infecções. Não o tinha visto amputar, mas, quando fazia curativos nos desgraçados que chegavam sem orelhas, comentava que em outras latitudes cortavam mãos e pés pelo mesmo delito. "O machado do verdugo é rápido, mas não deixa tecido para cobrir o coto do osso", dissera-lhe Tao Chi'en. Passara-lhe as lições do Dr. Ebanizer Hobbs, que tinha prática com feridos de guerra e lhe havia ensinado como fazer amputações. Ainda bem, Eliza concluiu, que, no caso de Jack, eram apenas dois dedos.

Enquanto Eliza aquecia a faca a fim de desinfetá-la, Quebra-osso enchia o paciente de uísque até fazê-lo perder os sentidos. Eliza mandou que sentassem Jack em uma cadeira, mergulhou a mão dele em uma pequena bacia cheia de aguardente e, em seguida, espalmou-a na mesa, com os dedos doentes separados dos demais. Murmurou uma das rezas mágicas de Mama Frésia e, quando se sentiu pronta, fez um silencioso sinal às mulheres para que segurassem o paciente. Apoiou a faca sobre os dedos apodrecidos e deu uma firme martelada na parte de cima da lâmina; os dedos separaram-se nas juntas e a lâmina ficou presa à madeira. Jack respondeu com um grito vindo do fundo de suas entranhas, mas estava tão embriagado que não notou que Esther lhe vendava os olhos e que Eliza o costurava. O suplício terminou em poucos minutos. Eliza ficou por um instante olhando para os dedos amputados, controlando a náusea, enquanto as mulheres deitavam Jack em uma das esteiras. Babalu Mau, que se mantivera o mais afastado possível do espetáculo, aproximou-se timidamente, com seu gorro de criança na mão.

— Você é um homem de verdade, Chileninho — murmurou, com admiração.

Em março, Eliza fez dezoito anos sem dizer nada aos outros, sempre à espera de que, cedo ou tarde, Joaquín Andieta aparecesse à porta, como, segundo Babalu, faria qualquer homem que vivesse dentro de um raio de cem quilômetros. Jack, o mexicano, recuperou-se em poucos dias, mas, certa noite, antes que os dedos estivessem cicatrizados, escapuliu sem se despedir de ninguém. Era um tipo sinistro, e todos se alegraram quando ele se foi. Falava pouquíssimo e estava sempre vigilante, em atitude de desafio, pronto para atacar diante da menor suspeita de que alguém o provocava. Não se mostrou grato pelos favores recebidos; ao contrário, assim que saiu da embriaguez, começou a soltar uma série de maldições e ameaças, jurando que o filho da puta que lhe havia estragado a mão iria pagar com a própria vida. Então, Babalu perdeu a paciência. Agarrou-o como se fosse um boneco, ergueu-o até emparelhá-lo consigo mesmo, cravou-lhe os olhos nos olhos e disse com a voz suave que costumava usar quando estava a ponto de explodir:

— Quem fez isso fui eu, Babalu Mau. Algum problema?

Quando a febre passou, Jack pediu às pombinhas que o aceitassem na cama, mas as garotas o repeliram em coro: não eram de dar nada de graça e ele estava de bolsos vazios, como haviam comprovado ao tirar-lhe a roupa a fim de mergulhá-lo na banheira, naquela noite em que aparecera congelado. Joe Quebra-osso deu-se ao trabalho de explicar-lhe que, se não tivessem cortado os dedos ruins, ele teria perdido o braço ou a vida e, desse modo, devia dar graças aos céus por ter vindo cair à porta daquela casa. Eliza não permitia que Tom Sem-Tribo se aproximasse do sujeito, e ela própria só o fazia na hora de alimentá-lo e trocar os curativos, pois o cheiro de maldade a molestava como se fosse uma presença tangível. Babalu também não o suportava, e evitou dirigir-lhe a palavra até o dia em que o estranho se foi. Considerava aquelas mulheres como suas irmãs, e sentia-se frenético cada vez que Jack se insinuava com seus comentários obscenos. Nem mesmo em caso de extrema necessidade lhe ocorrera usar os serviços profissionais das companheiras, pois, para ele, isso seria o mesmo que cometer incesto; assim, quando a natureza o forçava, ia às casas das concorrentes e havia aconselhado o Chileninho a fazer o mesmo, no caso improvável de curar-se de seus maus costumes de mulherzinha.

Um dia, quando servia um prato de sopa a Jack, Eliza atreveu-se finalmente a interrogá-lo sobre Joaquín Andieta.

— Murieta? — perguntou ele, desconfiado.

— Andieta.

— Não conheço.

— Talvez os dois sejam o mesmo — sugeriu Eliza.

— O que você quer com ele?

— É meu irmão. Vim do Chile a fim de encontrá-lo.

— Como é teu irmão?

— Não muito alto, cabelos e olhos negros, pele branca, como a minha, mas não nos parecemos. É magro, musculoso, valente e apaixonado. Quando fala, todos se calam.

— Joaquín Murieta é desse jeito. Mas não é chileno, é mexicano.

— Tem certeza?

— Não tenho certeza de nada, mas, se encontrar Murieta, digo que você o procura.

Foi embora na noite seguinte e nada mais souberam a seu respeito, mas depois de duas semanas encontraram à porta do galpão uma bolsa com duas libras de café. Quando a abriu a fim de preparar o desjejum, Eliza viu que aquilo não era café, e sim ouro em pó. No entender da Quebra-osso, o ouro podia ter vindo de qualquer um dos muitos mineiros doentes de quem elas haviam cuidado naqueles últimos meses, mas o coração de Eliza lhe dizia que Jack o havia deixado ali como uma forma de pagamento. Aquele homem não queria dever favor a ninguém. No domingo, souberam que o xerife estava organizando um grupo de guardas a fim de caçar o assassino de um mineiro: fora encontrado em sua cabana, onde passava o inverno sozinho, com os olhos arrancados e nove punhaladas no peito. Não havia nem rastro de seu ouro, mas, pela brutalidade do crime, puseram a culpa nos índios. Não querendo meter-se em complicações, Joe Quebra-osso enterrou as duas libras de ouro embaixo de um carvalho e ordenou peremptoriamente que, naquela casa, todos fechassem a boca, e nem de brincadeira mencionassem o mexicano de dedos cortados e muito menos a bolsa de café. Nos dois meses seguintes, os guardas mataram meia dúzia de índios e acabaram por esquecer o assunto, pois tinham outros problemas mais urgentes nas mãos, e quando o chefe da tribo apareceu dignamente a fim de pedir explicações, também o despacharam. Índios, chineses, negros ou mulatos não podiam testemunhar em juízo contra um branco. James Morton e outros três quacres do povoado foram os únicos que se atreveram a enfrentar a multidão disposta ao linchamento. Postaram-se desarmados em torno do condenado, recitando de memória as passagens da Bíblia que proibiam matar um semelhante, mas a turba os afastou aos empurrões.

Ninguém soube do aniversário de Eliza e, portanto, não houve comemorações, mas, de qualquer maneira, aquela noite de 15 de março foi memorável para ela e todos os demais. Os clientes tinham voltado ao galpão, as pombinhas estavam sempre ocupadas, o Chileninho espancava o piano com sincero entusiasmo e Joe fazia contas otimistas. Apesar de tudo, o inverno não fora tão mau, o pior da epidemia estava passando e não havia mais doentes nas esteiras. Naquela noite, havia uma dúzia de mineiros bebendo satisfeitos, e lá fora o vento arrancava, impaciente, os ramos dos pinheiros. Por volta das onze horas, o inferno abriu as portas. Ninguém pôde explicar como o incêndio começou, e Joe sempre suspeitou da outra madame. As fagulhas das madeiras se desprendiam como se fossem petardos e, em poucos instantes, começaram a arder as cortinas, as roupas de seda e os lençóis das camas. Todos escaparam ilesos, alguns conseguiram salvar roupas e cobertores, e Eliza voara para apanhar a preciosa caixa de flandres na qual guardava suas preciosas cartas. As chamas e a fumaça envolveram rapidamente o galpão, que, em menos de dez minutos, ardia como uma tocha, enquanto as mulheres, seminuas e ao lado de seus clientes atônitos, observavam o espetáculo com absoluta impotência. Então, Eliza se pôs a contar os presentes com os olhos, e notou, horrorizada, a ausência de Tom Sem-Tribo. O menino ficara dormindo na cama que dividia com ela. Sem saber como, arrebatou a manta que cobria os ombros de Esther, protegeu com ela a cabeça e correu, pondo abaixo com um empurrão o delgado tabique de madeira que ardia, seguida por Babalu, que tentava detê-la aos gritos, sem entender por que ela se lançava ao fogo. Encontrou o menino de pé no meio da fumaça, com os olhos espavoridos, mas perfeitamente sereno. Cobriu-o com a manta e tratou de erguê-lo nos braços, mas ele era muito pesado, e um acesso de tosse dobrou-a em dois. Caiu de joelhos, empurrando Tom a fim de que corresse para fora, mas ele não saiu de seu lado, e os dois teriam virado cinza se Babalu não tivesse aparecido para agarrar cada um com um braço, como se fossem pacotes, e sair com eles correndo em meio aos aplausos daqueles que o esperavam lá fora.

— Menino danado! O que fazia lá dentro? — Joe repreendia o indiozinho, enquanto o abraçava, beijava-o e batia em suas costas para que respirasse.

Se o galpão não fosse isolado, metade do povoado teria ardido, diria depois o xerife, experiente em incêndios, que ocorriam com demasiada frequência por aquelas bandas. Ao ver o clarão, dirigira-se ao local com uma dúzia de voluntários encabeçados pelo ferreiro, e se puseram a combater as chamas, mas já era tarde e só haviam conseguido salvar o cavalo de Eliza, do qual ninguém se lembrara na azáfama dos primeiros minutos, e que continuava amarrado em seu telheiro, louco de terror. Naquela noite, Joe Quebra-osso perdera tudo que possuía e, pela primeira vez, viram-na fraquejar. Presenciou a destruição com o menino nos braços, sem conter as lágrimas, e, quando só restavam madeiras fumegantes, escondeu o rosto no enorme peito de Babalu, que havia chamuscado as sobrancelhas e pestanas. Diante da fraqueza da mãezona, a quem consideravam invulnerável, as quatro mulheres se puseram a chorar em coro, numa confusão de anáguas, cabeleiras despenteadas e carnes que tremiam. Mas a rede de solidariedade começou a funcionar antes mesmo que as chamas se apagassem e, em menos de uma hora, havia alojamento disponível para todas em várias casas do povoado, e um dos mineiros, a quem Joe tinha salvado da disenteria, iniciou uma coleta. O Chileninho, Babalu e o menino — os três varões da comitiva — passaram a noite na oficina do ferreiro. James Morton estendeu os colchões e os pesados cobertores ao lado da forja sempre quente, e serviu a seus hóspedes um esplêndido desjejum, preparado com esmero pela esposa do pregador, que, aos domingos, denunciava aos gritos a prática descarada do vício, como denominava a atividade dos bordéis.

— Este não é o momento para melindres; esses pobres cristãos estão tremendo de frio — disse a esposa do reverendo quando se apresentou na oficina com um cozido de coelho, uma jarra de chocolate e biscoitos de canela.

A mesma senhora percorreu o povoado pedindo roupa para as pombinhas, que continuavam vestidas apenas com suas combinações, e a resposta das outras damas foi generosa. Evitavam passar diante da casa da outra madame, mas haviam aprendido a se relacionar com Joe Quebra-osso durante a epidemia e respeitavam-na. Desse modo, as quatro mulheres da vida passaram um bom tempo vestindo-se como senhoras modestas, cobertas do pescoço aos pés, até poderem refazer seus vistosos guarda-roupas. Na noite do incêndio, a esposa do pastor quis levar Tom Sem-Tribo para a casa deles, mas o menino grudou-se nos braços de Babalu e não houve força humana capaz de arrancá-lo de lá. O gigante havia passado horas insone, com o Chileninho encolhido em um de seus braços e o menino no outro, bastante chateado pelos olhares surpresos do ferreiro.

— Tire essa ideia da cabeça, homem. Não sou maricas — murmurou indignado, mas sem se separar de nenhum dos dois adormecidos.

A coleta dos mineiros e a bolsa de café enterrada embaixo do carvalho foram suficientes para instalar as vítimas do incêndio em uma casa tão cômoda e decente que Joe Quebra-osso chegou a pensar em desfazer sua companhia itinerante e estabelecer-se naquele lugar. Enquanto outros povoados desapareciam assim que os mineiros se mudavam para novos garimpos, aquele crescia, afirmava-se, e seus habitantes pensavam em rebatizá-lo com um nome mais digno. Quando o inverno terminasse, novas ondas de aventureiros voltariam a galgar as encostas das serras e, para isso, a outra madame já fazia seus preparativos. Joe Quebra-osso contava com apenas três mulheres, pois era evidente que o ferreiro pensava em arrebatar-lhe Esther, mas isso se resolveria mais tarde. Ganhara certa consideração com suas obras caridosas e não desejava perdê-la: pela primeira vez em sua agitada existência, sentia-se aceita em uma comunidade. Aquilo era muito mais do que tivera entre os holandeses da Pensilvânia, e a ideia de deitar raízes até que era condizente com a sua idade. Ao saber de tais planos, Eliza decidiu que, se Joaquín Andieta — ou Murieta — não aparecesse no decorrer da primavera, teria de despedir-se dos amigos e recomeçar a busca.

Desilusões

No final do outono, Tao Chi'en recebeu a última carta de Eliza, que havia passado de mão em mão durante vários meses, seguindo seu rastro até San Francisco. Em abril tinha saído de Sacramento. Naquela cidade, o inverno eternizava-se, e Tao Chi'en sustinha-se apenas das cartas de Eliza, que chegavam esporadicamente, da esperança de que o espírito de Lin permanecesse nele e da amizade com o outro *zhong yi*. Havia adquirido livros de medicina ocidental e assumira, encantado, a tarefa de traduzi--los, linha a linha, para seu amigo, absorvendo assim, simultaneamente, aqueles conhecimentos tão diferentes dos seus. Soubera, desse modo, que no Ocidente pouco se sabia acerca das plantas fundamentais, da prevenção de enfermidades ou do *qi*; a energia do corpo não era mencionada naqueles textos, mas, em compensação, os ocidentais estavam bem mais avançados em outras áreas. Passava dias inteiros na companhia do amigo, comparando e discutindo, mas o estudo não bastava para consolá-lo; pesavam-lhe muito o isolamento e a solidão, por isso abandonou seu casebre de tábuas e seu jardim de plantas medicinais e mudou-se para um hotel de chineses, onde pelo menos ouvia sua língua e comia o que gostava. Embora seus clientes fossem muito pobres e, com frequência, tivesse de atendê-los de graça, havia economizado algum dinheiro. Caso Eliza regressasse, poderiam instalar--se em uma boa casa, pensava, mas, enquanto estivesse sozinho, o hotel lhe bastaria. O outro *zhong yi* tinha planos de mandar trazer da China uma jovem esposa e instalar-se definitivamente nos Estados Unidos, pois, apesar de sua condição de estrangeiro, ali podia ter uma vida melhor do que em seu país. Tao Chi'en o advertiu contra a ilusão dos *lírios dourados*, especialmente na América, onde se caminhava muito e onde os *fan güey* zombariam de uma jovem com pés de boneca. "Peça ao agente que lhe traga uma esposa saudável e sorridente, o resto não importa", aconselhou, pensando na breve passagem de sua inesquecível Lin por este mundo, e como teria sido feliz se ela tivesse pés e pulmões tão fortes quanto os de Eliza. Sua mulher andava perdida, não sabia localizá-lo naquela terra estranha. Invocava-a em suas horas de meditação e nos poemas que escrevia, mas Lin não voltou a aparecer, nem mesmo em seus sonhos. Estivera com Lin, pela última vez, na despensa do navio, quando ela o visitara, com seu vestido de seda verde e flores de peônias nos cabelos, a fim de pedir-lhe que salvasse Eliza, mas essa ocorrência tinha sido pela altura da costa peruana e, desde então, haviam passado tanta água, tanta terra, tanto tempo, e era por isso, decerto, que Lin vagava, confusa. Imaginava seu doce espírito a procurá-lo naquele vasto e desconhecido continente, sem poder localizá-lo. Por sugestão do *zhong yi*, mandou pintar um retrato dela, encarregando dessa tarefa um artista recém-chegado de Xangai, um verdadeiro gênio da tatuagem e do desenho, que seguiu suas instruções precisas, mas o resultado não fazia jus à transparente beleza de Lin. Tao Chi'en usou o quadro para erguer um pequeno altar, diante do qual se sentava para chamá-la. Não entendia por que a solidão, que, antes, considerava uma bênção e um luxo, agora lhe parecia intolerável. O pior inconveniente de seus anos de marinheiro havia sido a falta de um espaço privado para a quietude ou o silêncio, mas, agora que o tinha, desejava companhia. Contudo, a ideia de encomendar uma noiva lhe parecia um disparate. Os espíritos de seus antepassados lhe haviam proporcionado uma esposa perfeita, mas, por trás dessa aparente boa sorte, havia uma maldição oculta. Conhecera o amor correspondido, e nunca mais voltariam para ele os tempos da inocência, quando lhe parecia suficiente que a mulher tivesse os pés pequenos e um caráter bondoso. Acreditava-se condenado a viver da lembrança de Lin, pois nenhuma outra poderia ocupar dignamente o lugar dela. Não queria uma criada nem uma concubina. Também não se sentia atraído pela necessidade de ter filhos que honrassem seu nome e cuidassem de sua sepultura. Tentou explicar isso ao amigo, mas enredou-se na linguagem, pois em seu vocabulário não havia palavras para exprimir tamanho tormento. A mulher é uma criatura útil para o trabalho, a maternidade e o prazer, mas nenhum homem culto pretenderia fazer dela sua companheira, o amigo lhe dissera, na única ocasião em que lhe confiara seus sentimentos. Na China, bastava olhar ao redor para entender semelhante raciocínio, mas na América as relações entre marido e mulher pareciam diferentes. De saída, ninguém tinha concubinas, muito menos abertamente. As poucas famílias de *fan guey* que Tao Chi'en havia conhecido naquela terra de homens solitários tinham-lhe parecido impenetráveis. Não podia imaginar como funcionavam na intimidade, pois os maridos consideravam suas mulheres como iguais. Era um mistério que pretendia explorar, como tantos outros daquele extraordinário país.

As primeiras cartas de Eliza chegaram afinal ao restaurante e, como a comunidade chinesa conhecia Tao Chi'en, não tardaram a ser entregues ao destinatário. Aquelas cartas longas, carregadas de detalhes, eram sua melhor companhia. Lembrava-se de Eliza, surpreendendo-se com a saudade que sentia dela, pois nunca havia pensado que a amizade com uma mulher fosse possível, e menos ainda ela pertencendo a outra cultura. Tinha-a visto quase sempre com roupas masculinas, mas agora ela lhe passava a impressão de ser totalmente feminina, e parecia-lhe estranho que os outros aceitassem sua aparência sem fazer perguntas a ela. "Os homens não olham para os homens, e as mulheres pensam que eu sou um menino efeminado", escrevera ela em uma de suas cartas. Para ele, a mudança era a garota vestida de branco de quem havia tirado o espartilho em uma cabana de pescadores em Valparaíso, a enferma que se entregara sem reserva aos seus cuidados na despensa do navio, o corpo quente colado ao seu nas noites geladas sob um teto de lona, a voz alegre cantarolando enquanto cozinhava e o rosto de expressão grave quando o ajudava a curar os feridos. Já não pensava mais como uma adolescente, mas como uma mulher, apesar de seus ossinhos de nada e seu rosto infantil. Pensava em quanto ela mudara ao cortar o cabelo, e se arrependia de não ter guardado sua trança, ideia que lhe ocorrera na ocasião, mas havia descartado como uma forma meio risível de sentimentalismo. Poderia tê-la agora nas mãos quando quisesse invocar a presença daquela amiga singular. Em seus exercícios de meditação, jamais deixava de enviar-lhe energia protetora, destinada a ajudá-la a sobreviver às mil mortes e desgraças possíveis, que procurava não pôr em palavras, pois sabia que quem se compraz em pensar no mal acaba por convocá-lo. Às vezes sonhava com ela e amanhecia suando; então tirava a sorte com os palitos do I Ching a fim de ver o invisível. Em suas mensagens ambíguas, Eliza aparecia sempre em marcha para a montanha, e isso o tranquilizava um pouco.

Em setembro de 1850, teve de participar de uma ruidosa festa patriótica, quando a Califórnia se transformou em um novo Estado da União. Agora, a nação americana abarcava todo o continente, do Atlântico ao Pacífico. A essa altura, a febre do ouro começava a se transformar em uma imensa desilusão coletiva, e Tao via massas de mineiros debilitados e pobres, esperando a vez de embarcar de volta às suas terras. Os jornais calculavam em mais de noventa mil o número dos que retornavam. Os marinheiros já não desertavam mais; pelo contrário, não havia navios o bastante para todos os que voltavam. De cada cinco mineiros, um havia morrido, afogado em alguma torrente, vitimado por alguma doença ou então pelo frio; muitos haviam morrido assassinados, outros se haviam suicidado com um tiro na cabeça. Contudo, ainda chegavam estrangeiros, embarcados com meses de antecedência, mas o ouro já não estava mais ao alcance de qualquer homem que se aventurasse audaciosamente com uma bateia, uma pá e um par de botas, pois o tempo dos heróis solitários estava terminando e, em seu lugar, instalavam-se poderosas companhias, equipadas com máquinas capazes de destruir montanhas com grandes jorros de água. Os mineiros trabalhavam como assalariados e eram os empresários que enriqueciam, tão ávidos pela fortuna da noite para o dia quanto os aventureiros de 49, porém muito mais espertos, como aquele judeu de nome Levy, que fabricava calças de pano grosso com costura dupla e arremates metálicos, uniforme obrigatório dos trabalhadores. Enquanto muitos iam embora, os chineses continuavam a chegar, como formigas silenciosas. De vez em quando, Tao Chi'en traduzia jornais editados em inglês para seu amigo, o *zhong yi*, que gostava especialmente dos artigos de um tal de Jacob Freemont, pois coincidiam com suas próprias opiniões:

"Milhares de argonautas regressam às suas casas derrotados, pois não conseguiram o Velocino de Ouro, e sua Odisseia converteu-se em tragédia, mas muitos outros, embora pobres, ficam, porque já não poderiam mais viver em outro lugar. Dois anos nesta terra bela e selvagem bastam para transformar os homens. Os perigos, a aventura, a saúde e a força vital que a Califórnia proporciona não existem em nenhum outro lugar. O ouro cumpriu a sua função: atraiu os homens que estão conquistando este território para convertê-lo na Terra Prometida. Isso é irreversível...", escrevia Freemont.

Para Tao Chi'en, no entanto, ali se vivia em um paraíso de ambiciosos, de gente materialista e impaciente, cuja obsessão era enriquecer o mais depressa possível. Não havia alimento para o espírito e, em troca, prosperavam a violência e a ignorância. Estava convencido de que desses males derivavam todos os demais. Tinha visto muito em seus vinte e sete anos de vida e não se considerava um falso moralista, mas estava chocado com a dissolução dos costumes e a impunidade do crime. Um lugar assim, afirmava Tao Chi'en, estava destinado a sucumbir no lamaçal de seus próprios vícios. Havia perdido a esperança de encontrar na América a paz pela qual ansiava; definitivamente, aquele não era o lugar certo para alguém que aspirasse à sabedoria. Então, por que o atraía tanto? Devia evitar que aquela terra o embrutecesse, como acontecia a todos os que nela pisavam; pretendia regressar a Hong Kong ou visitar seu amigo Ebanizer Hobbs na Inglaterra, a fim de estudarem e praticarem juntos. Nos anos transcorridos desde que fora sequestrado a bordo do *Liberty*, escrevera várias cartas ao médico inglês, mas, como andava navegando, durante muito tempo não obteve resposta, até que, afinal, em fevereiro de 1849, em Valparaíso, o capitão John Sommers recebeu uma carta sua e a entregou. Contava-lhe o amigo que se dedicava à cirurgia em Londres, embora sua verdadeira vocação fossem as doenças mentais, um novo campo, que mal começava a despertar a curiosidade científica.

Em *Dai Fao*, a "cidade grande", como os chineses chamavam San Francisco, planejava trabalhar durante algum tempo e, em seguida, embarcar para a China, caso Ebanizer Hobbs não respondesse logo à sua última carta. Sentiu-se assombrado ao ver como San Francisco havia mudado em pouco mais de um ano. Em vez do ruidoso acampamento de casebres e barracas que havia conhecido, foi recebido por uma cidade com ruas bem-traçadas e edifícios de vários andares, organizada e próspera, novas casas se erguendo por todos os lados. Três meses antes, um monstruoso incêndio havia destruído vários quarteirões, muitos edifícios carbonizados ainda podiam ser vistos, mas, mal as brasas esfriaram, todos já estavam de martelo na mão, reconstruindo. Havia hotéis de luxo com varandas, cassinos, bares e restaurantes, carruagens elegantes e uma multidão cosmopolita, malvestida e mal-encarada, na qual sobressaíam os chapéus-coco de uns poucos dândis. O resto eram sujeitos barbudos e empoeirados, com ares de trapaceiros, mas ali ninguém era o que aparentava ser — o estivador do cais podia ser um aristocrata latino-americano, e o cocheiro, um advogado de Nova York. Um minuto de conversa com qualquer um daqueles tipos medonhos às vezes bastava para se descobrir nele um homem educado e fino, que, ao menor pretexto, tirava do bolso uma amarfanhada carta de mulher para mostrá-la com lágrimas nos olhos. Mas o inverso também acontecia: às vezes o janota brilhante escondia um patife embaixo do terno de fino corte. Não viu escolas em seu passeio pelo centro, mas viu meninos que se vestiam como adultos lavando alicerces, transportando tijolos, conduzindo mulas e engraxando botas, mas que, assim que soprava o vento do mar, corriam para empinar suas pipas. Mais tarde, veio a saber que muitos eram órfãos e vagavam pelas ruas em bandos, furtando comida para sobreviver. As mulheres eram raras e, quando alguma pisava, elegante, na rua, o tráfego parava para deixá-la passar. Ao sopé do morro Telegraph, onde havia um semáforo com bandeiras para assinalar a procedência dos navios que entravam na baía, estendia-se um bairro composto de várias quadras, no qual não faltavam mulheres: era a zona vermelha, controlada por rufiões da Austrália, Tasmânia e Nova Zelândia. Tao Chi'en ouvira falar deles e sabia que aquele não era lugar onde um chinês pudesse aventurar-se sozinho depois do anoitecer. Observando as barracas, constatou que o comércio oferecia os mesmos produtos que tinha visto em Londres. Tudo chegava pelo mar, inclusive um carregamento de gatos para dar combate à ratoria, os quais foram vendidos um a um como artigos de luxo. A floresta de mastros das embarcações abandonadas na baía estava reduzida a um décimo, pois muitas haviam sido afundadas a fim de possibilitar a criação de aterros e estavam cobertas pelas construções, ou se haviam transformado em hotéis, mercearias, prisões e até mesmo em asilo para loucos, onde iam morrer os infelizes que se perdiam nos irremediáveis delírios do álcool. A mata fazia muita falta, porque, antes, os lunáticos eram simplesmente amarrados aos troncos das árvores.

Tao Chi'en dirigiu-se ao bairro chinês e comprovou que os rumores estavam certos: seus compatriotas haviam construído uma cidade inteira no coração de San Francisco, na qual se falavam mandarim e cantonês, as placas estavam escritas em chinês e apenas chineses ocupavam todos os lugares: a ilusão de se encontrar no Celeste Império era perfeita. Instalou-se em um hotel decente e se dispôs a retomar a sua profissão de médico, pelo tempo necessário para juntar um pouco mais de dinheiro, já que teria uma longa viagem pela frente. Contudo, algo iria derrubar seus planos e retê-lo na cidade. "Meu carma não era encontrar a paz em um mosteiro nas montanhas, como às vezes sonhei, e sim lutar em uma guerra sem trégua e sem fim", concluiu muitos anos mais tarde, quando pôde olhar seu passado e ver com clareza os caminhos percorridos e os que ainda faltava percorrer. Meses depois receberia a última carta de Eliza em um envelope passado por muitas mãos.

Paulina Rodríguez de Santa Cruz desceu do *Fortuna* como uma imperatriz, cercada por seu séquito e uma bagagem de noventa e três baús. A terceira viagem com o gelo fora um verdadeiro tormento para o capitão John

Sommers, a tripulação e o restante dos passageiros. Paulina anunciou a todo mundo que o navio era dela e, para prová-lo, contrariava o capitão e dava ordens arbitrárias aos marinheiros. Nem sequer tiveram o alívio de vê-la enjoar, pois seu estômago de elefanta resistira à travessia sem maiores consequências do que um simples aumento de apetite. Seus filhos costumavam perder-se nos recantos do navio, embora as amas não tirassem os olhos de cima deles, e, quando isso acontecia, os alarmes eram acionados a bordo e tinham de parar o navio, pois a mãe desesperada gritava que eles haviam caído na água. O capitão procurava explicar-lhe, com grande delicadeza, que, se esse fosse o caso, teria de resignar-se, pois o Pacífico já os teria engolido, mas, mesmo assim, ela mandava descer os botes de salvamento. Ao cabo de algumas horas de "tragédia", as crianças reapareciam e a viagem prosseguia. Em troca, seu insuportável cachorro fraldiqueiro escorregou um dia e caiu no oceano diante de várias testemunhas, que permaneceram mudas. No cais de San Francisco, Paulina era esperada pelo marido e pelo cunhado, com uma fila de carruagens e carroças destinadas a transportar a família e os baús. A nova residência construída para ela, uma elegante casa vitoriana, havia chegado em caixas da Inglaterra, com as peças numeradas e um plano para armá-la; também foram importados o papel de parede, móveis, harpa, piano, candelabros e até figuras de porcelana e quadros bucólicos para a decoração. Paulina não gostou. Comparada à sua mansão de mármore no Chile, aquilo parecia uma casinha de bonecas, que ameaçava desmoronar cada vez que se apoiava na parede, mas, no momento, não tinha alternativa. Bastou-lhe um olhar à cidade efervescente para perceber as suas possibilidades.

— Vamos nos instalar aqui, Feliciano. Os primeiros a chegar se tornam aristocratas, com o correr dos anos.

— Isso, você já é no Chile, mulher.

— Eu sim, mas não você. Acredite, esta será a cidade mais importante do Pacífico.

— Formada por canalhas e putas!

— Exatamente. São os que mais anseiam por respeitabilidade. Não haverá ninguém mais respeitável do que a família Cross. Pena que os gringos não consigam pronunciar teu verdadeiro nome. Cross é nome de fabricante de queijos. Mas, afinal, a gente não pode ter tudo...

O capitão John Sommers dirigiu-se ao melhor restaurante da cidade, disposto a comer e a beber do melhor, a fim de esquecer as cinco semanas em companhia daquela mulher. Trazia vários caixotes cheios de novos livros eróticos. O êxito dos anteriores fora estupendo, e esperava que a irmã, Rose, recuperasse o ânimo para escrever. Com o desaparecimento de Eliza, havia mergulhado na tristeza e não voltara a pegar na pena. Ele também mudara de humor. Estou envelhecendo, porra, costumava dizer quando se surpreendia perdido em nostalgias inúteis. Não tivera tempo de gozar da companhia daquela filha, de levá-la para a Inglaterra, como havia planejado; também não chegara a dizer que era seu pai. Estava farto de enganos e mistérios. Aquele negócio dos livros era mais um de seus mistérios familiares. Quinze anos antes, quando sua irmã lhe havia confessado que, às escondidas de Jeremy, escrevia histórias impudicas a fim de não morrer de tédio, ele tivera a ideia de publicá-las em Londres, onde o mercado do erotismo prosperava, juntamente com a prostituição e os clubes de flagelantes, à medida que se impunha a rígida moral vitoriana. Em uma província remota do Chile, sentada diante de uma elegante escrivaninha de madeira vermelha, sem outra fonte de inspiração além das lembranças mil vezes ampliadas e buriladas de um amor único, sua irmã escrevia um romance atrás do outro, assinados por "Uma Dama Anônima". Ninguém poderia acreditar que aquelas ardentes histórias, algumas com um toque evocativo do marquês de Sade, já clássicas no gênero, fossem escritas por uma jovem. A ele, cabia a tarefa de encaminhar os manuscritos ao editor, vigiar as contas, cobrar os rendimentos e depositá-los, em nome da irmã, na conta de um banco de Londres. Era a sua maneira de pagar-lhe o imenso favor de ter recolhido sua filha e fechar a boca. Eliza... não podia lembrar-se da mãe da menina, embora fosse claro que herdara seus traços físicos, herdando dele apenas o ímpeto para a aventura. Onde estaria? E com quem? Rose insistia no fato de que ela havia partido para a Califórnia à procura de um amante, mas, quanto mais o tempo corria, menos acreditava nessa história. Seu amigo Jacob Todd — agora Freemont —, que havia feito da busca de Eliza uma verdadeira missão pessoal, assegurava que ela jamais pisara em San Francisco.

Freemont encontrou-se com o capitão em um jantar e, em seguida, o convidou para um espetáculo frívolo, em uma casa de diversão situada em uma zona perigosa. Contou-lhe que Ah Toy, a chinesa que os dois tinham visto meses atrás pelos furos abertos em uma parede, agora era dona de uma cadeia de bordéis e de um "salão", onde estavam em oferta as melhores garotas orientais, algumas com não mais de onze anos, treinadas para satisfazer todos os caprichos, mas não era para lá que iriam, e sim ver as dançarinas de um harém turco, disse o jornalista. Pouco depois, lá estavam eles, fumando e bebendo, em um edifício de dois andares, guarnecido com mesas de mármore, estátuas de bronze polido e telas em que ninfas eram perseguidas por faunos. Mulheres de várias raças atendiam a clientela, servindo bebida e controlando as mesas de jogo, sob o olhar vigilante de rufiões armados e vestidos com notório mau gosto. Nas duas laterais do salão principal, em recintos privados, apostava-se alto. Ali se reuniam os leões do jogo, dispostos a arriscar somas fabulosas em uma noite: políticos, juízes, comerciantes, advogados e criminosos, todos nivelados pelo mesmo vício. O espetáculo oriental foi um fiasco para o capitão, que tinha visto a autêntica dança do ventre em Istambul, e percebeu que aquelas pobres moças certamente pertenciam à última leva de prostitutas chegadas de Chicago. Composto principalmente de mineiros rústicos e incapazes de situar a Turquia em um mapa, o público enlouquecia de entusiasmo diante daquelas odaliscas, cobertas apenas por alguns cordões de contas. Entediado, o capitão dirigiu-se a uma das mesas de jogo, onde uma das mulheres repartia as cartas com incrível destreza para uma partida de monte. Outra mulher aproximou-se dele, tomou-o pelo braço e soprou um convite em seu ouvido. Voltou-se para vê-la. Era uma sul-americana rechonchuda e vulgar, mas com uma expressão de genuína alegria. Ia rejeitá-la, porque planejava passar o resto da noite em um dos salões mais caros da cidade, visitado em todas as suas anteriores passagens por San Francisco, quando seus olhos caíram sobre o decote da moça. Entre os seios, ela ostentava um broche de ouro com turquesas.

— De onde tirou isso? — gritou o capitão, agarrando-a pelos ombros.

— É meu! Comprei! — balbuciou ela, aterrorizada.

— Onde? — continuou a sacudi-la, até chamar a atenção de um dos leões de chácara da casa.

— Está acontecendo alguma coisa, *mister*? — perguntou o homem, ameaçadoramente.

O capitão fez um sinal de que queria a mulher e a levou, praticamente suspensa no ar, para um dos cubículos do segundo piso. Fechou a porta e, com uma só bofetada na cara, derrubou-a de costas em cima da cama.

— Vai me dizer de onde tirou esse broche, ou então farei todos os seus dentes voarem da boca, está claro?

— Não roubei o broche, senhor, juro! Me deram!

— Quem deu?

— Não acreditará se eu disser...

— Quem?

— Uma moça, faz tempo, em um navio...

E Azucena Placeres não teve outro jeito senão contar àquele energúmeno que o broche lhe fora dado por um cozinheiro chinês, em troca de sua ajuda a uma pobre mocinha que estava morrendo, por causa de um aborto, no porão de um navio, no meio do Oceano Pacífico. À medida que falava, a fúria do capitão ia se transformando em horror.

— O que aconteceu com ela? — perguntou John Sommers, a cabeça entre as mãos, arrasado.

— Não sei, senhor.

— Por tudo o que você mais preza, me diga o que foi feito dela — suplicou o capitão, atirando em sua saia um maço de notas.

— Quem é o senhor?

— Sou o pai dela.

— Morreu esvaída em sangue e atiramos o corpo ao mar, senhor. Juro, esta é a verdade — replicou Azucena Placeres sem vacilar, pensando que, se a jovem infeliz havia atravessado meio mundo escondida em um buraco, como uma ratazana, seria uma imperdoável canalhice de sua parte soltar o pai em seus calcanhares.

Eliza passou o verão no povoado, e, entre uma coisa e outra, os dias foram se escoando. Primeiro, foi Babalu Mau, quem teve um ataque de disenteria, trazendo de volta o pânico, pois já se julgava a doença sob controle. Fazia meses que não havia casos a lamentar, exceto o falecimento de um menino de dois anos, a primeira criança que nascia e morria naquele lugar de passagem para estrangeiros e aventureiros. Aquele menininho deu um selo de autenticidade ao povoado; não era mais um acampamento alucinado, tendo uma forca como o único dado que lhe permitia figurar nos mapas, mas contava agora com um cemitério cristão e mais a pequena sepultura de alguém cuja vida havia transcorrido ali. Enquanto o galpão funcionou como hospital, salvaram-se milagrosamente da peste, porque Joe não acreditava em contágio. Para ela, tudo era uma questão de sorte: o mundo está sempre lotado de pestes, uns são apanhados por elas, outros não. Por isso mesmo, não tomava precauções, dava-se ao luxo de ignorar as mais simples advertências do médico, e era resmungando que às vezes fervia a água de beber. Mudando-se para uma casa recém-construída e bem-feita, todos se sentiram seguros; se não tinham adoecido antes, não seria agora que cairiam de cama. Poucos dias depois de Babalu, foi a vez da Quebra-osso, das moças de Missouri e da bela mexicana. Sucumbiram a uma diarreia repugnante, calores de quem se sentia numa frigideira e tremores incontroláveis, que, no caso de Babalu, sacudiam a própria casa. Foi assim que James Morton, em roupa domingueira, apareceu a fim de pedir formalmente a mão de Esther.

— Ah, meu filho, você não podia ter escolhido momento pior — suspirou a Quebra-osso. Mas estava doente demais para se opor, e acabou finalmente por dar seu consentimento entre gemidos de dor.

Esther distribuiu seus pertences entre as companheiras, pois nada queria levar para sua vida nova, e casou-se naquele mesmo dia, sem grandes formalidades, com a presença de Eliza e Tom Sem-Tribo, os únicos na companhia que não estavam doentes. Uma dupla fila de antigos clientes formou-se de ambos os lados da rua quando o casal passou, gritando vivas e disparando tiros para o ar. Instalou-se na oficina do ferreiro, disposta a transformá-la em um lar e a esquecer o passado, mas valia-se de vários pretextos para visitar Joe diariamente, levando comida quente e roupa limpa para os enfermos. Assim, recaiu sobre Eliza e Tom Sem-Tribo a árdua tarefa de cuidar dos outros moradores da casa. O médico do povoado, um jovem da Filadélfia, que vinha advertindo, fazia meses, para a contaminação da água pelos despejos dos garimpeiros rio acima, sem que ninguém lhe desse ouvidos, declarou a casa de Joe em quarentena. As finanças foram pelo ralo, e só não passaram fome graças a Esther e às ofertas anônimas que apareciam misteriosamente à porta: um saco de feijão, alguns quilos de açúcar, tabaco, bolsinhas de ouro em pó, alguns dólares de prata. Para ajudar os amigos, Eliza recorreu àquilo que havia aprendido na infância com Mama Frésia e com Tao em Sacramento, até que cada um se recuperasse, mesmo que durante algum tempo a fraqueza ainda os fizesse vacilar e tropeçar. Babalu Mau foi, de todos, o que mais sofreu, pois seu corpanzil de ciclope não estava acostumado à doença, emagreceu e as carnes ficaram tão flácidas que até suas tatuagens perderam a forma.

Naqueles dias, saiu no jornal do povoado uma notícia sobre um bandido chileno — ou mexicano, não se sabia ao certo —, chamado Joaquín Murieta, já então mais ou menos famoso no extenso território que se formava ao longo do Grande Filão. A violência imperava na região aurífera. Desiludidos ao perceber que a riqueza repentina, como um milagre de mentira, só coubera a uns poucos, os americanos acusavam os estrangeiros de ambiciosos e de enriquecer sem contribuir para a prosperidade do país. O álcool os atiçava e a impunidade para aplicar castigos a seu bel-prazer lhes dava uma sensação irracional de poder. Jamais um ianque era condenado por ter cometido algum crime contra pessoas de outras raças, e, pior ainda, um réu branco podia escolher seus próprios jurados. A hostilidade racial converteu-se em ódio cego. Os mexicanos não admitiam a perda de seu território na guerra nem aceitavam ser expulsos de suas fazendas ou das minas. Os chineses suportavam, calados, os abusos, não iam embora e continuavam a explorar o ouro com lucros de pulga, mas com uma tenacidade tão infinita que, mesmo de grama em grama, acabavam por acumular alguma riqueza. Milhares de chilenos e peruanos, que tinham sido os primeiros a chegar quando estourou a febre do ouro, decidiram regressar aos seus países, porque, nas condições de então, já não valia mais a pena perseguir nenhum sonho. Naquele ano de 1850, o legislativo da Califórnia aprovou um imposto sobre a mineração, feito de modo a proteger os brancos. Negros e índios não podiam ser mineiros, a menos que trabalhassem como escravos, e os forasteiros deviam pagar vinte dólares e renovar mensalmente os registros de presença, o que, na prática, era impossível. Não podiam abandonar seus garimpos para viajar à cidade durante semanas a fim de cumprir a lei, mas, se não o fizessem, o xerife ocupava a mina e a entregava a um americano. Os encarregados de aplicar as medidas eram nomeados pelo governador e descontavam seus soldos dos impostos e das multas que arrecadavam, método perfeito para estimular a corrupção. A lei só se aplicava a estrangeiros de pele escura, embora os mexicanos tivessem direito à cidadania americana, conforme dispunha o tratado que pôs fim à guerra em 1848. Entretanto, outro decreto foi, para eles, o golpe de misericórdia: a propriedade de suas fazendas, nas quais haviam vivido por várias gerações, tinha agora de ser reconhecida por um tribunal de San Francisco. O processo lavava anos, custava uma fortuna, e os juízes e oficiais de justiça eram os mesmos que se haviam apoderado das propriedades. Considerando que a justiça não os amparava, alguns se puseram à margem da lei, assumindo inteiramente o papel de malfeitores. Os que antes se contentavam com os roubos de gado agora atacavam mineiros e viajantes solitários. Alguns bandos celebrizaram-se pela crueldade, pois não apenas roubavam suas vítimas, como também se divertiam torturando-as antes de assassiná-las. Falava-se de um bandido particularmente sanguinário, a quem se atribuía, entre outros crimes, as mortes cruéis de dois jovens americanos. Encontraram seus corpos amarrados a uma árvore, com indícios de que tinham servido de alvo para o lançamento de facas; haviam cortado a língua das vítimas, furado seus olhos e arrancado a pele antes de abandoná-los vivos, para que morressem lentamente. O criminoso era chamado Jack Três-dedos e dizia-se que era o braço direito de Joaquín Murieta.

Mas nem tudo era selvageria — as cidades desenvolviam-se, novos povoados surgiam, famílias instalavam-se, nasciam jornais, companhias de teatro e orquestras, fundavam-se bancos, construíam-se escolas e igrejas, rasgavam-se caminhos e melhoravam-se as comunicações. Havia serviço de diligências, e o correio era entregue com regularidade. As mulheres iam chegando, e começava a florescer uma sociedade capaz de sonhar com a ordem e a moral. A vida já não se resumia mais àquela catastrófica confusão de homens solitários e prostitutas do primeiro momento; procurava-se, sim, implantar a lei e restabelecer a civilização esquecida no delírio do ouro fácil. Batizaram o povoado com um nome decente, em cerimônia com banda de música e desfile, da qual participou Joe Quebra-osso, pela primeira vez vestida de mulher e cercada por toda a sua companhia. As esposas recém-chegadas torciam o nariz diante das "caras pintadas", mas, como Joe e suas garotas haviam salvado a vida de tantos homens durante a epidemia, elas fingiam ignorar suas atividades. Em compensação, declararam uma guerra inútil contra o outro bordel, porque, no caso, a proporção era de nove homens para cada mulher. No fim do ano, James Morton deu as boas-vindas a cinco famílias de quacres, que haviam cruzado o continente em carroções puxados por juntas de bois, e não vinham atraídas pelo ouro, mas pela imensidão daquela terra virgem.

Eliza já não sabia mais que pista seguir. Joaquín Andieta se perdera na confusão daqueles tempos e, em seu lugar, começava a definir-se o perfil de um bandido com a mesma descrição física e um nome parecido, alguém que, para ela, era impossível identificar com o nobre jovem a quem amava. O autor das cartas apaixonadas, que ela conservava como seu único tesouro, não podia ser o mesmo a quem se atribuíam crimes tão ferozes. Acreditava que o homem amado jamais se associaria a um desalmado como Jack Três-dedos, mas as suas certezas se desfaziam nas noites em que Joaquín lhe aparecia com mil máscaras diferentes, passando-lhe mensagens contraditórias.

Acordava tremendo, acossada pelos delirantes espectros de seus pesadelos. Já não podia mais entrar e sair à vontade de seus sonhos, como, na infância, lhe havia ensinado Mama Frésia, nem decifrar visões e símbolos que ficavam rondando sua cabeça com um ruído de pedras arrastadas pelo rio. Escrevia incansavelmente em seu diário, possuída pela esperança de que, assim, as imagens acabariam por adquirir algum significado. Relia as cartas de amor letra por letra, mas o resultado era apenas uma perplexidade ainda maior. Aquelas cartas constituíam a única prova da existência de seu amante, e aferrava-se a elas como um meio de não transtornar-se por completo. Sentia cada vez mais irresistível a tentação de submergir na apatia, como uma forma de escapar ao tormento de continuar a busca. Duvidava de tudo: dos abraços no quarto dos armários, dos meses sepultada na despensa do navio, do filho que se desfizera em sangue.

Foram muitos os problemas financeiros provocados pelo casamento de Esther com o ferreiro — fato que, por si só, privou a companhia de um quarto de seus rendimentos — e pelas semanas em que os outros estiveram prostrados pela disenteria, de modo que Joe andou a ponto de perder a casa, mas a ideia de ver suas pombinhas trabalhando para a concorrente dava-lhe ânimo para prosseguir na luta contra a adversidade. Aquelas moças haviam passado pelo inferno, e ela não teria coragem de mandá-las de volta ao tipo de vida anterior, pois, sem querer, tomara-se de amor por elas. Assim como sempre havia considerado um grave erro de Deus ver um homem metido à força em um corpo de mulher, também não conseguia entender aquela espécie de instinto maternal que lhe havia brotado quando mais inconveniente parecia. Cuidava zelosamente de Tom Sem-Tribo, mas gostava de dizer que fazia isso "com um espírito de sargento". Nada de mimos, coisa que não estava em seu caráter; além do mais, o menino deveria tornar-se forte como seus antepassados; os carinhos só serviriam para deformar sua virilidade, advertia quando encontrava Eliza com o indiozinho nos braços, contando-lhe histórias chilenas. A nova ternura que passara a sentir pelas pombinhas resultava em um sério inconveniente, e, para cúmulo, elas haviam percebido o tal sentimento e começado a tratá-la por "mãe". O tratamento deixava-a perturbada, e por isso o proibira, mas as garotas desobedeciam. Quebra-osso resmungava: "Droga, a nossa relação é puramente comercial. Tudo bem claro: enquanto trabalharem, terão sua parte da renda, casa, comida e proteção, mas, no dia em que adoecerem, adeus e bênção! Nada mais fácil do que encontrar outras para o lugar de vocês, o mundo está cheio de mulheres da vida." Mas, de repente, deixava-se envolver pela ternura, o que madame nenhuma, em são juízo, podia permitir que acontecesse. "Por causa dessas meninas, você agora tem fama de boa gente", zombava Babalu Mau. E no fundo estava certo, pois, enquanto ela gastava um tempo precioso cuidando de enfermos que nem ao menos conhecia, a outra madame do povoado não admitia que nenhum doente chegasse perto de sua casa. Joe estava cada vez mais pobre, ao passo que a outra havia engordado, tingira o cabelo de vermelho e tinha um amante russo dez anos mais jovem, com ossos de atleta e um diamante incrustado em um dente; havia ampliado o negócio e, nos fins de semana, os mineiros faziam fila à sua porta com o dinheiro na mão e o chapéu na outra, pois mulher nenhuma, por mais que houvesse decaído, tolerava um homem de chapéu na cabeça. Em definitivo, não havia futuro para aquela profissão, Joe afirmava: a lei não as protegia, Deus as esquecera e, como futuro, só podiam vislumbrar a velhice, a pobreza e a solidão. Ocorreu-lhe então a ideia de dedicar-se a lavar roupa e fazer tortas para vender, mantendo, porém, as mesas de jogo e a venda dos livros pornográficos, mas as pombinhas não se dispunham a ganhar a vida com trabalhos tão rudes e mal remunerados.

— Esta é uma profissão de merda, meninas. Casem-se, estudem para ser professoras, façam alguma coisa para melhorar de vida e não me aporrinhem mais! — suspirava ela, possuída pela tristeza.

Também Babalu Mau estava cansado de representar seu papel de rufião e guarda-costas. Aborrecia-se com aquela vida solitária, e a Quebra-osso mudara muito, não sentia mais entusiasmo pela profissão, e, sendo assim, o que lhe havia restado? Nos momentos de desespero, fazia confidências ao Chileninho, e os dois se divertiam imaginando planos fantásticos para emancipar-se: montariam um espetáculo ambulante, pensaram em comprar um urso e ensiná-lo a lutar boxe, para ir de povoado em povoado desafiando os valentes a lutarem com a fera. Babalu andava atrás de aventura, e Eliza pensava que esse era um bom pretexto para viajar em sua companhia à procura de Joaquín Andieta. Além de cozinhar e tocar piano, havia pouco o que fazer na casa da Quebra-osso, a quem o ócio também causava mal-estar. Desejava recobrar a imensa liberdade dos caminhos, porém se deixara enredar pelo amor àquela gente, e partia-lhe o coração a ideia de se separar de Tom Sem-Tribo. O menino já lia correntemente e escrevia com facilidade, pois Eliza o havia convencido de que, quando crescesse, devia estudar para ser advogado e defender os direitos dos índios, em vez de vingar os mortos a tiros, como queria a Quebra-osso. "Como advogado, você será um guerreiro muito mais poderoso, e os gringos terão medo de você", dizia ao garoto. Tom Sem-Tribo ainda não ria, mas, em duas ocasiões, quando se instalava ao seu lado para que ela lhe coçasse a cabeça, vira se desenhar um sorriso em seu rosto de índio enfezado.

Tao Chi'en bateu à porta da casa da Quebra-osso às três da tarde de uma quarta-feira de dezembro. Foi recebido por Tom Sem-Tribo, que o mandou esperar na sala, vazia naquele horário, enquanto ia chamar as pombinhas. Pouco depois, a bela mexicana entrou na cozinha, onde o Chileninho preparava a massa do pão, a fim de anunciar que havia um chinês perguntando por Elias Andieta, mas Eliza não prestou atenção à outra, pois estava muito distraída com o trabalho e a lembrança de seus sonhos da noite anterior, nos quais se misturavam mesas de jogo e olhos estilhaçados.

— Estou dizendo que há um chinês esperando por você — repetiu a mexicana e, no mesmo instante, o coração de Eliza deu um coice de mula em seu peito.

— Tao! — gritou, e saiu correndo.

Mas o homem que encontrou na sala era muito diferente, de modo que levou alguns segundos antes de reconhecer nele o amigo. Não usava mais sua trança, andava com os cabelos curtos, penteados e domados a gomalina, usava óculos redondos com aros metálicos, roupa escura, casaco de três botões e calças de boca larga. Em um braço, capa e guarda-chuva; na mão, um chapéu-coco.

— Meu Deus! O que houve com você, Tao?

— Na América, como os americanos. — Ele sorriu.

Em San Francisco fora atacado por três delinquentes, e, antes que conseguisse sacar a faca da cintura, eles o haviam deixado inconsciente com um golpe na cabeça, tudo pelo gosto de divertir-se à custa de um "celestial". Acordara caído em um beco, coberto de imundícies, com a trança enrolada no pescoço. Naquele dia resolveu usar cabelo curto e vestir-se como os *fan güey*. Sua nova figura destacava-se na multidão do bairro chinês, e havia descoberto que a roupa ocidental tornava-o mais bem aceito lá fora e abria portas de lugares que antes lhe eram vedados. Na cidade, ele era possivelmente o único chinês com aquela aparência. Os chineses consideravam a trança algo sagrado, e a decisão de cortá-la mostrava seu propósito de não voltar à China e instalar-se definitivamente na América, numa imperdoável traição ao imperador, à pátria e aos antepassados. Mas seu traje e seu penteado também causavam certa surpresa, pois indicavam que já conseguira ter acesso ao mundo dos americanos. Eliza não podia tirar os olhos de cima dele: era um desconhecido com quem teria de voltar a familiarizar-se desde o início. Tao Chi'en inclinou-se várias vezes, repetindo seu modo habitual de saudar; ela, porém, não se atreveu a resistir ao impulso de abraçá-lo, que lhe queimava a pele. Tinha dormido muitas vezes ao lado dele, mas nunca se haviam tocado sem a desculpa do sono.

— Acho que eu gostava mais quando você era chinês de alto a baixo, Tao. Agora não conheço mais você. Deixe-me cheirar seu corpo — pediu.

Tao ficou imóvel, perturbado, enquanto ela o farejava, como se fosse um cão, e ele, a presa; por fim, Eliza reconheceu a tênue fragrância de mar, o mesmo confortante cheiro do passado. O corte do cabelo e a roupa severa pareciam torná-lo mais idoso, havia perdido o antigo ar de desleixo juvenil. Emagrecera, parecia mais alto, os pômulos marcavam seu rosto liso. Com prazer, Eliza observou-lhe a boca, recordando perfeitamente o sorriso contagiante, os dentes bem-talhados, mas não a forma voluptuosa de seus lábios. Notou uma expressão sombria em seu olhar, mas pensou que fosse efeito das lentes.

— Que bom ver você, Tao! — e seus olhos encheram-se de lágrimas.

— Não pude vir antes, não tinha o seu endereço.

— Estou voltando a gostar de seu jeito. Agora está parecendo um agente funerário, mas muito bonito e elegante.

— Pois é a isso que agora me dedico, a sepultar — sorriu ele. — Quando soube que você vivia neste lugar, pensei que haviam-se realizado os prognósticos de Azucena Placeres. Dizia que, cedo ou tarde, você acabaria como ela.

— Expliquei numa das minhas cartas que ganho a vida tocando piano.

— Inacreditável!

— Por quê? Você nunca me viu tocando. Não toco assim tão mal. E se pude passar por um chinês surdo-mudo, também posso passar por um pianista chileno.

Tao Chi'en pôs-se a rir, e isso o surpreendeu, pois era primeira vez, em meses, que se sentia satisfeito.

— Encontrou seu namorado?

— Não. E não sei mais onde procurá-lo.

— Talvez não mereça ser encontrado. Venha comigo para San Francisco.

— Não tenho nada a fazer em San Francisco...

— E aqui? O inverno já chegou; dentro de duas semanas, os caminhos estarão intransitáveis, e esta aldeia, isolada.

— Tao, é muito aborrecido ter de passar pelo seu irmãozinho abobalhado.

— Você logo vai descobrir que há muitas coisas a fazer em San Francisco, e não terá mais de andar vestida de homem; agora a gente vê mulheres por toda parte.

— E os seus planos de voltar para a China?

— Adiados. Por enquanto, não posso ir.

Sing song girls

No verão de 1851, Jacob Freemont resolveu entrevistar Joaquín Murieta. Os bandoleiros e os incêndios eram os assuntos da moda na Califórnia, mantinham as pessoas aterrorizadas e a imprensa com muito o que fazer. O crime corria de rédeas soltas e todos sabiam da corrupção da polícia, composta, em sua maioria, por malfeitores, mais interessados em ajudar seus parceiros do que a população. Depois de outro violento incêndio, que destruiu boa parte de San Francisco, foi criado um Comitê de Vigilantes, constituído por cidadãos violentos e encabeçado pelo inefável Sam Brannan, o mórmon que em 1848 havia espalhado a notícia da descoberta do ouro. Os grupos de bombeiros corriam serra acima e serra abaixo, arrastando com cordas seus carros-pipa, mas, antes de chegar ao prédio incendiado, o vento já havia impelido as chamas para o vizinho. O incêndio começara quando os galgos australianos haviam ensopado com querosene a tenda de um comerciante que se negara a lhes pagar a taxa de proteção e em seguida atearam fogo nela. Diante da indiferença das autoridades, o Comitê decidira agir por conta própria. Os jornais clamavam: "Quantos crimes já foram cometidos nos últimos doze meses nesta cidade? E quem foi chicoteado ou enforcado por eles? Ninguém! Quantos homens foram baleados e apunhalados, atacados e espancados, e quem foi condenado por isso? Não aprovamos o linchamento, mas quem pode saber o que o público indignado fará a fim de proteger-se?". Linchamentos foram exatamente, a solução do público. Os Vigilantes lançaram-se imediatamente ao trabalho e enforcaram o primeiro suspeito. Os membros do Comitê tornavam-se cada dia mais numerosos e agiam com frenético entusiasmo, de tal modo que, pela primeira vez, os fora da lei viram-se forçados a deixar de agir à luz do dia. Nesse clima de violência e vingança, a figura de Joaquín Murieta começava a se transformar em um símbolo. Jacob Freemont encarregava-se de atiçar o fogo de sua celebridade; seus artigos sensacionalistas haviam criado um herói para os hispânicos e um demônio para os ianques. Freemont atribuía-lhe um bando numeroso de seguidores e o talento militar de um gênio, que, segundo o jornalista, travava uma guerra de escaramuças, contra a qual as autoridades se mostravam impotentes. Atacava com astúcia e velocidade, caindo sobre suas vítimas como uma maldição, para, em seguida, desaparecer sem deixar rastro, ressurgindo pouco depois ao longe, em um novo golpe de audácia mais do que insólita, algo que só podia ser explicado como arte de magia. Freemont suspeitava que Murieta fosse uma reunião de vários indivíduos, e não apenas um, mas evitava publicar essa hipótese, pois isso arruinaria a lenda. Em vez de enveredar por esse caminho, teve a inspiração de referir-se a ele como "o Robin Hood da Califórnia", com o que acendeu imediatamente a fogueira de uma controvérsia racial. Para os ianques, Murieta era a mais detestável encarnação dos *sebosos*; supunham que os mexicanos o escondiam, davam-lhe armas e provisões, pois roubava dos ianques a fim de ajudar os de sua raça. Na guerra, eles haviam perdido os territórios do Texas, Arizona, Novo México, Nevada, Utah, Califórnia e metade do Colorado; para eles, qualquer atentado contra os gringos era um ato de patriotismo. O governador chamou a atenção do jornal para a imprudência de transformar um criminoso em herói, mas o homem já havia inflamado a admiração do público. Freemont já havia recebido dezenas de cartas sobre o assunto, inclusive a de uma jovem de Washington, disposta a navegar meio mundo a fim de se casar com o bandido, e as pessoas o abordavam na rua para lhe perguntar detalhes sobre o famoso Joaquín Murieta. Sem jamais ter posto os olhos nele, o jornalista o descrevia como um jovem de aparência viril, com feições de nobre espanhol e coragem de toureiro. Havia tropeçado, involuntariamente, em uma jazida bem mais produtiva do que as muitas existentes ao longo do Grande Filão. Tivera a ideia de entrevistar o tal de Joaquín, se o sujeito realmente existisse, a fim de escrever-lhe a biografia; e, no caso de ele não passar de uma fábula, então teria material para um romance. Seu trabalho de autor consistiria simplesmente em escrevê-la, usando um tom heroico, bem ao gosto do povão. A Califórnia necessitava de seus mitos e lendas, Freemont afirmava; tratava-se de um Estado recém-nascido para os americanos, que pretendiam, com uma só penada, apagar a história anterior dos índios, dos mexicanos e dos californianos. Para aquela terra de espaços infinitos e homens solitários, terra aberta à conquista e à violação, quem melhor para herói do que um bandido? Pôs o indispensável na maleta, abasteceu-se de uma boa quantidade de lápis e cadernos e saiu em busca de seu personagem. Os riscos da empreitada nem lhe passaram pela mente; com sua arrogância de inglês e jornalista, supunha-se a salvo de qualquer malefício. De fato, àquela altura, já se viajava pelo Estado com certa comodidade, pois havia estradas e linhas regulares de diligências que ligavam entre si os lugares nos quais pensava realizar sua investigação; não era mais como antes, quando estava começando o seu trabalho de repórter e ia em lombo de burro, abrindo caminho pela incerteza das serras e florestas, orientado apenas por uns mapas absurdos, que poderiam levá-lo a andar em círculos para sempre. No trajeto, pôde observar as mudanças ocorridas na região. Poucos tinham enriquecido com o ouro, mas, graças aos aventureiros, que haviam chegado aos milhares, a Califórnia começava a civilizar-se. Sem a febre do ouro, a conquista do Oeste teria sido postergada por uns dois séculos, anotou o jornalista em seu caderno.

Assuntos não lhe faltavam, como a história daquele jovem mineiro, um rapaz de apenas dezoito anos que, depois de viver na penúria durante um prolongado ano, conseguira reunir os dez mil dólares de que necessitava para financiar a viagem de volta a Oklahoma e comprar uma granja para seus pais. Dirigia-se a Sacramento, descendo as encostas da Serra Nevada em um dia radiante, com a bolsa de ouro pendurada às costas, quando foi surpreendido por um bando de desalmados mexicanos, ou chilenos, nunca se soube ao certo. Com certeza, sabia-se apenas que falavam espanhol, pois tinham chegado ao descaramento de deixar um cartaz escrito nessa língua, gravado a ponta de faca em um pedaço de madeira: "Morram os ianques". Não se contentando em rendê-lo e roubá-lo, amarraram-no sem roupa a uma árvore e untaram-no com mel. Dias depois, ao ser encontrado por uma patrulha, estava louco. Os mosquitos haviam devorado sua pele.

A prova de fogo do talento de Freemont para o jornalismo de cunho mórbido veio com o fim trágico de Josefa, uma bela mexicana que trabalhava em um salão de dança. O jornalista chegou ao povoado de Downieville no Dia da Independência, e viu-se em meio às festividades, encabeçadas por um candidato a senador e regadas por um rio de álcool. Um mineiro bêbado havia entrado à força na casa de Josefa, ela o repelira e dera-lhe uma facada no coração. Na hora da chegada de Jacob Freemont, o corpo jazia em cima de uma das mesas, coberto pela bandeira americana, enquanto na rua cerca de dois mil fanáticos, exacerbados pelo ódio racial, exigiam a forca para Josefa. Impassível, ela fumava seu charutinho, como se a gritaria não lhe dissesse respeito, a blusa manchada de sangue, olhando para os rostos dos homens com um desprezo abismal, consciente da incendiária mistura de agressão e desejo sexual que provocava neles. Um médico atreveu-se a falar em seu favor, lembrando que ela havia agido em defesa própria e que, ao executá-la, matariam também a criança que estava em seu ventre, mas a multidão o obrigou a calar-se, ameaçando pendurá-lo juntamente com ela. Três médicos aterrorizados foram levados à força para examinar Josefa, e os três constataram que ela não estava grávida, permitindo, assim, que um improvisado tribunal a condenasse em poucos minutos. 'Não seria direito matar esses *sebosos* a tiro", opinou um dos membros do júri, "é necessário dar a eles uma sentença correta e enforcá-los com toda a majestade da lei". Freemont ainda não tinha visto um linchamento de perto e, assim, pôde descrever em frases exaltadas como às quatro da tarde quiseram arrastar Josefa até o estrado, para o ritual da execução, mas a mulher livrara-se deles, marchando livre e altiva até o patíbulo. Subiu sem ajuda de ninguém, amarrou a saia nos tornozelos, pôs a corda no pescoço, acomodou as tranças negras e se despediu com um corajoso "adeus, senhores", que deixou o jornalista perplexo, e os outros, envergonhados. "Josefa não morreu por ser culpada, mas por ser mexicana. Pela primeira vez uma mulher foi linchada na Califórnia. Que desperdício, são tão poucas por aqui!", escreveu Freemont em sua reportagem.

Seguindo as pegadas de Joaquín Murieta, Freemont descobriu povoados já bem-estabelecidos, com escola, biblioteca, igreja e cemitério; outros, porém, tinham como sinais de cultura apenas um bordel e uma cadeia. Em cada povoado, havia um *saloon*, centro de sua vida social. Era nos *saloons* que se instalava Freemont. Ali fazia suas perguntas e, assim, ia construindo, com algumas verdades e um montão de mentiras, a trajetória — ou a lenda — de Joaquín Murieta. Os taverneiros pintavam-no como um espanhol maldito, vestido de couro e veludo negro, com grandes esporas de prata e um punhal na cintura, montado no mais belo alazão já visto naquelas paragens. Diziam que entrava impunemente, com um tilintar de esporas e seu séquito de bandoleiros, punha seus dólares de prata sobre a mesa e ordenava uma rodada de bebida para todos os fregueses. Ninguém se atrevia a recusar o copo, e até mesmo os mais valentões bebiam em silêncio, sob o olhar flamejante do vilão. Para as autoridades dos povoados, nada havia de generoso no personagem, tratava-se tão somente de um assassino vulgar, capaz das piores atrocidades, que vinha conseguindo escapulir da justiça por ser ajudado pelos *sebosos*. Os chilenos acreditavam que fosse um deles, nascido em um lugar chamado Quillota, diziam que era leal com os amigos e que jamais esquecia de pagar os favores recebidos, motivo pelo qual era de bom alvitre ajudá-lo; mas os mexicanos juravam que ele era originário do estado de Sonora e que se tratava de um jovem bem-educado, de família nobre e antiga, a quem a vingança tinha convertido em malfeitor. Os jogadores profissionais consideravam-no um especialista no monte, e o evitavam porque tinha uma sorte absurda nas cartas e um alegre punhal que lhe aparecia na mão em resposta à menor das provocações. As prostitutas brancas morriam de curiosidade, pois se dizia à boca pequena que o rapaz, valente e generoso, tinha um vergalho mais incansável do que o de um potro; mas não era isso que as hispânicas esperavam dele; Joaquín Murieta costumava dar-lhes gorjetas imerecidas, pois jamais requeria seus serviços, permanecendo fiel à namorada, segundo se espalhava. Descreviam-no como um homem de estatura mediana, cabelos negros e olhos brilhantes como brasas, adorado pelo seu bando, irredutível diante da adversidade, feroz com os inimigos e gentil com as mulheres. Outros diziam que tinha a aparência grosseira de um criminoso nato e uma cicatriz pavorosa que lhe atravessava a cara; não tinha nada de bom-moço, fidalguia ou elegância. Jacob Freemont foi selecionando as opiniões que melhor se ajustavam à imagem que ele mesmo fazia do bandido, e isso ia se refletindo em seus escritos, sempre com ambiguidade bastante para lhe permitir uma retratação, caso alguma vez se visse face a face com seu protagonista. Andou para cima e para baixo durante os quatro meses do verão e em lugar nenhum o encontrou; mas, com as diversas versões de que dispunha, construiu uma fantástica e heroica biografia. Como não queria admitir a derrota, Freemont inventava em seus artigos breves reuniões realizadas entre o crepúsculo e a meia-noite, em cavernas de montanhas ou em clareiras de florestas. Quem poderia contestá-lo? Segundo dizia, homens com máscaras levavam-no a cavalo, de olhos vendados, não podia identificá-los, mas falavam espanhol. A mesma fervorosa eloquência que, anos antes, empregara no Chile a fim de descrever uns índios patagônios da Terra do Fogo, onde jamais tinha posto os pés, servia-lhe agora para retirar da manga um bandido imaginário. Apaixonou-se aos poucos pelo personagem e acabou convencido de que o conhecia, que eram verdadeiros os encontros clandestinos nas cavernas e que o fugitivo em pessoa lhe havia confiado a missão de escrever e relatar suas proezas, pois se considerava o vingador dos hispânicos oprimidos e alguém devia assumir a tarefa de dar a ele e à sua causa o lugar de direito naquela nascente história da Califórnia. De jornalismo, havia pouco, mas, de literatura, havia bastante para o romance que Jacob Freemont planejava escrever naquele inverno.

Ao chegar, um ano antes, a San Francisco, Tao Chi'en dedicara-se a estabelecer os contatos necessários para exercer seu ofício de *zhong yi* por alguns meses. Tinha um pouco de dinheiro, mas pensava em triplicá-lo rapidamente. Em Sacramento, a comunidade chinesa era formada por uns setecentos homens e mulheres, mas em San Francisco havia milhares de clientes em potencial. Além do mais, era muito grande o número de navios que cruzavam constantemente o oceano, razão pela qual alguns cavalheiros mandavam lavar suas camisas no Havaí ou na China — já que não havia água encanada em San Francisco — e esse movimento permitiria a Tao Chi'en encomendar e receber, sem nenhuma dificuldade, suas ervas e remédios. Naquela cidade não estaria tão isolado quanto em Sacramento; ali já haviam se instalado vários médicos chineses, com os quais poderia trocar pacientes e conhecimentos. Não pensava em abrir seu próprio consultório, pois queria fazer economia, mas poderia associar-se a outro *zhong yi* já estabelecido. Depois de ter se instalado em um hotel, Tao saiu a percorrer o bairro, que, como um polvo, tinha crescido em todas as direções. Era agora uma cidade com edifícios bem-construídos, hotéis, restaurantes, lavanderias, fumadouros de ópio, bordéis, mercados e fábricas. Onde antes eram oferecidos artigos de carregação, agora havia tendas de antiguidades orientais, porcelanas, esmaltes, joias, sedas e marfins. As tendas eram procuradas pelos comerciantes mais ricos, não apenas chineses, mas também americanos, que compravam para revender em outras cidades. As mercadorias eram exibidas na mais perfeita desordem, mas as melhores peças, aquelas dignas dos *experts* e colecionadores, não estavam à vista; eram mostradas no interior da tenda, e somente aos fregueses sérios. Em alguns lugares funcionavam baiucas secretas, frequentadas apenas por apostadores audazes. Em mesas exclusivas, protegidas da curiosidade do público e do olho das autoridades, jogavam-se somas extravagantes, fechavam-se negócios obscuros e se exercia o poder. O governo americano não tinha controle nenhum sobre os chineses, que viviam em seu próprio mundo, falavam sua língua, seguindo seus costumes e leis antiquíssimos. Os "celestiais" não eram bem-vindos em lugar nenhum; os gringos consideravam-nos os mais abjetos entre os estrangeiros que invadiam a Califórnia e não os perdoavam por prosperarem. Exploravam-nos tanto quanto podiam, agrediam-nos nas ruas, roubavam-nos, queimavam suas tendas e casas, assassinavam-nos impunemente, mas nada era capaz de desanimar os chineses. A população chinesa era dividida em cinco *tongs*; cada chinês que chegava tinha de incorporar-se a uma dessas irmandades, única forma de obter proteção, de conseguir trabalho e de garantir que, em caso de morte, seu corpo seria repatriado para a China. Tao Chi'en, que não havia se associado a nenhum *tong*, tinha agora de fazê-lo, e escolheu o mais numeroso, ao qual se filiava a maioria dos cantoneses. Não demoraram a apresentá-lo aos outros *zhong yi* e a lhe passarem as regras do jogo. Antes de tudo, silêncio e lealdade: o que acontecia no bairro ficava confinado em suas próprias ruas. Nada de recorrer à polícia, nem mesmo em caso de vida ou morte; os conflitos deviam ser resolvidos dentro da comunidade; era para isso que os *tongs* existiam. O inimigo comum era sempre o *fan güey*. Tao Chi'en viu-se de novo prisioneiro dos costumes, das hierarquias e das restrições dos tempos vividos em Cantão. Em dois dias, não havia ninguém que não conhecesse seu nome, e começaram a chegar mais clientes do que podia atender. Mas, em vez de procurar um sócio, decidiu abrir seu próprio consultório e fazer dinheiro em menos tempo do que havia imaginado. Alugou dois quartos no piso superior de um restaurante — um para morar e o outro para trabalhar —, pendurou um letreiro na janela e contratou um jovem ajudante a fim de apregoar seus serviços e receber os pacientes. Pela primeira vez, usou o sistema do Dr. Ebanizer Hobbs para acompanhar a evolução dos doentes. Até então, confiava na memória e na intuição, mas, diante do número cada vez maior de clientes, criou um arquivo para anotar o tratamento de cada um deles.

Uma tarde, no início do outono, seu ajudante apresentou-se com um endereço anotado em um papel e o pedido de que lá se apresentasse o mais rápido possível. Terminou de atender a clientela do dia e saiu. O edifício de madeira, com dois andares, decorado com dragões e lâmpadas de papel, ficava no centro mesmo do bairro. Não precisou olhar duas vezes para perceber que se tratava de um bordel. De ambos os lados da porta, havia postigos gradeados, nos quais assomavam rostos de meninas que diziam: "Entre aqui e faça o que quiser com uma linda garota chinesa". E acrescentavam em um inglês destinado aos ouvidos de visitantes brancos e marinheiros de todas as raças: "Dois para olhar, quatro para tocar, seis para fazer", enquanto mostravam uns peitinhos mirrados e tentavam os passantes com gestos obscenos, que, vindos de tais criaturas, eram uma trágica pantomima. Tao Chi'en já as vira muitas vezes, pois passava diariamente por aquela rua e era perseguido pelos miados das *sing song girls*, parecidos com os que tinha ouvido de sua própria irmã. O que teria acontecido a ela? Deveria estar com vinte e três anos, no caso improvável de continuar viva, pensava Tao. As prostitutas mais pobres entre as pobres começavam muito cedo e raramente chegavam aos dezoito anos; aos vinte, caso tivessem a infelicidade de sobreviver, já eram anciãs. A lembrança daquela irmã perdida impedia-lhe de recorrer aos serviços dos prostíbulos chineses; quando o desejo tirava-lhe a paz, procurava mulheres de outras raças. Foi recebido à porta por uma velha sinistra, com o cabelo enegrecido e as sobrancelhas pintadas a ponta de carvão; ela o saudou em cantonês. Depois de ter ficado claro que pertenciam ao mesmo *tong*, ela o mandou entrar. Ao longo de um corredor fedorento, viu os cubículos das garotas, algumas das quais acorrentadas à cama pelos tornozelos. Na penumbra, cruzou com dois homens que saíam abotoando as calças. A mulher o conduziu por um labirinto de corredores e escadas, atravessaram o bloco inteiro de habitações e desceram alguns degraus carcomidos que os levaram à escuridão. A velha disse-lhe para aguardar e, por um momento que lhe pareceu interminável, esperou-a naquele buraco, envolvido pela treva, ouvindo em surdina os ruídos da rua vizinha. Ouviu um breve chiado, e algo roçou-lhe o tornozelo; deu um chute e achou que havia atingido um animal, talvez um rato. A velha retornou com uma vela e o guiou ao longo de novos e tortuosos corredores, parando diante de uma porta fechada a cadeado. Tirou a chave do bolso e forcejou a fechadura até abri-la. Ergueu a vela e iluminou um quarto sem janelas, onde o único móvel era uma enxerga poucas polegadas acima do chão. O ar fétido bateu-lhes na cara, e, antes de entrarem, tiveram de tapar o nariz e a boca. Sobre a cama de tábuas, havia um corpinho encolhido, um copo vazio e uma lamparina de azeite apagada.

— Examine-a — ordenou a mulher.

Tao Chi'en virou o corpo e constatou que já estava rígido. Era uma garota de treze anos, com duas rodelas de ruge nas faces, os braços e as pernas marcados por cicatrizes. Sua única roupa era uma camisola de tecido quase transparente. Era evidente sua magreza, mas não havia morrido de fome nem de doença.

— Veneno — afirmou Tao sem vacilar.

— Não me diga! — riu a mulher, como se acabasse de ouvir a coisa mais engraçada do mundo.

Tao Chi'en teve de assinar um papel declarando que a morte ocorrera por causas naturais. A velha foi ao corredor, bateu duas vezes em um pequeno gongo e logo apareceu um homem, que pôs o cadáver em um saco e saiu com ele no ombro sem dizer uma só palavra, enquanto a mulher punha vinte dólares na mão do *zhong yi*. Em seguida, ela o conduziu por novos labirintos e deixou-o diante de uma pequena porta. Tao Chi'en estava na rua oposta e precisou de algum tempo para situar-se e encontrar o caminho de casa.

No dia seguinte voltou ao local. Lá estavam novamente as meninas com suas caras pintadas e seus olhos de loucas, fazendo convites em dois idiomas. Dez anos antes, em Cantão, havia começado pelas prostitutas seu aprendizado prático da medicina; tinha usado seus corpos como carne de aluguel e experiência, mas nunca se detivera a fim de pensar em suas almas. Considerava-as uma das inevitáveis desgraças do mundo, um dos vários erros da Criação, seres ignominiosos que sofriam para pagar pecados de vidas anteriores e limpar o carma. Lamentava-as, mas não lhe havia ocorrido que a sorte delas podia ser modificada. Nos cubículos esperavam a infelicidade sem alternativa, da mesma forma que as galinhas iam nos engradados para a feira; era aquele o destino delas. Via naquilo a desordem do mundo. Tinha passado mil vezes por aquela rua sem olhar para os postigos, para os rostos atrás das grades ou para as mãos que apareciam entre elas. Tinha uma noção muito vaga de sua condição de escravas, mas na China todas as mulheres estavam mais ou menos nessa situação; as mais afortunadas eram escravas dos pais, maridos ou amantes; outras, de patrões, para quem trabalhavam de sol a sol; e muitas viviam como as meninas do bordel. Mas naquela manhã Tao Chi'en não olhava para elas com a mesma indiferença, pois alguma coisa havia mudado dentro dele.

Na noite anterior nem sequer havia tentado dormir. Ao deixar o bordel, dirigira-se a uma casa de banhos, onde se lavara prolongadamente a fim de livrar-se da obscura energia de seus enfermos e do tremendo mal-estar que o angustiava. Chegando em casa, dispensou o assistente e preparou um chá de jasmim para purificar-se. Fazia muitas horas que estava de estômago vazio, mas ainda não havia chegado o momento de alimentar-se. Tirou a roupa, acendeu um bastão de incenso e uma vela, ajoelhou-se com o rosto no chão e rezou pela alma da menina morta. Em seguida, sentou-se e ficou meditando durante horas, em completa imobilidade, até que conseguiu separar-se do barulho da rua e dos odores do restaurante, mergulhando, então, no vazio e no silêncio de seu próprio espírito. Não saberia dizer quanto tempo permaneceu abstraído, chamando e chamando Lin, até que finalmente o delicado fantasma o escutou na misteriosa imensidade em que habitava e lentamente foi encontrando o caminho, aproximando-se com a ligeireza de um suspiro, primeiro quase imperceptível, mas, aos poucos, ganhando forma, até que, enfim, ele pôde sentir com nitidez a sua presença. Não foi entre as paredes do quarto que percebeu a presença de Lin, mas no seu próprio peito, instalada no centro de seu coração serenado. Tao Chi'en não abriu os olhos nem se moveu. Durante horas, permaneceu naquela mesma postura, separado de seu corpo, flutuando em um espaço luminoso, no qual era perfeita a comunicação com ela. Ao amanhecer, uma vez mais, os dois estavam certos de que não voltariam a se perder de vista. Lin se despediu com suavidade. Então, chegou o mestre de acupuntura, sorridente e irônico, como nos seus melhores tempos, antes de ser atingido pelos desvarios da senilidade, e permaneceu com ele, fazendo-lhe companhia e respondendo às suas perguntas, até que o sol saiu, o bairro despertou e o ajudante veio bater discretamente à porta. Tao Chi'en levantou-se, leve e renovado, como depois de um sonho agradável, vestiu-se e foi abrir a porta.

— Feche o consultório — ordenou ao ajudante. — Hoje não receberei pacientes, tenho outras coisas para fazer.

* * *

Naquele dia, as averiguações de Tao Chi'en mudaram o rumo de seu destino. As meninas atrás das grades vinham da China, apanhadas nas ruas ou vendidas por seus próprios pais, com a promessa de que iriam casar-se na Montanha Dourada. Os agentes selecionavam-nas entre as mais fortes e baratas, não entre as mais belas, a não ser quando se tratava de atender a encomendas especiais de clientes ricos, que as adquiriam para convertê-las em concubinas. Ah Toy, a esperta mulher que inventara o espetáculo dos furos na parede, por onde podia ser observada, tornara-se a maior compradora de carne jovem da cidade. Para a sua cadeia de prostíbulos, comprava as garotas na puberdade, porque nessa idade era mais fácil domá-las, e fosse como fosse não iriam durar muito. Ah Toy estava se tornando famosa e muito rica, suas arcas transbordavam e já havia comprado um palacete na China, para o qual se mudaria quando a velhice chegasse. Orgulhava-se de ser a madame oriental mais bem relacionada, não apenas com os chineses, mas também com os americanos influentes. Treinava suas garotas para arrancar informações e por isso conhecia os segredos pessoais, as manobras políticas e as fraquezas de cada um dos poderosos. Quando os subornos falhavam, recorria à chantagem. Ninguém se atrevia a desafiá-la, porque, do governador aos funcionários mais inferiores, todos tinham teto de vidro. Os carregamentos de escravas entravam pelo porto de San Francisco, sem tropeços de ordem legal e em plena luz do dia. Contudo, ela não era a única traficante; o vício era um dos negócios mais rentáveis e seguros da Califórnia, tanto quanto as minas de ouro. Os gastos eram mínimos, as meninas eram baratas e vinham nos porões dos navios, em caixas forradas com panos. Assim, sobreviviam durante semanas, sem saber para onde iam nem a razão, vendo a luz do sol apenas quando chegava a hora de receber lições sobre o seu novo ofício. Durante a travessia, os marinheiros se encarregavam de treiná-las, e, ao desembarcarem em San Francisco, já haviam perdido até o último traço de inocência. Algumas morriam de disenteria, cólera ou desidratação, outras conseguiam saltar na água no momento em que subiam à coberta para serem lavadas com água do mar. As outras sentiam-se como gado, não falavam inglês, não conheciam aquela nova terra, não tinham a quem recorrer. Os agentes de imigração eram subornados, faziam vista grossa à aparência das jovens e selavam sem ler os falsos documentos de adoção ou matrimônio. No cais, eram recebidas por uma antiga prostituta, que, por culpa do ofício, havia trocado o coração por um pedaço de pedra negra. Levava-as, tocando-as com uma vara, como se fossem gado, em pleno centro da cidade, aos olhos de quem quisesse ver. Assim que transpunham a entrada do bairro chinês, desapareciam para sempre no labirinto subterrâneo de quartos ocultos, portas dissimuladas e paredes duplas, aonde a polícia nunca chegaria, porque tudo que se passava ali era "coisa de amarelos", uma raça de pervertidos, com a qual, opinavam, não havia necessidade de se meter o bedelho.

Em um enorme recinto subterrâneo, chamado ironicamente de "Sala da Rainha", as meninas confrontavam-se com seu destino. Permitiam-lhes descansar durante uma noite inteira, banhavam-nas, alimentavam-nas, e às vezes obrigavam-nas a beber um copo de aguardente a fim de deixá-las um pouco fora do ar. Na hora do leilão, levavam-nas a um quarto cheio de compradores de todas as feições imagináveis, que as examinavam por meio de toques, inspecionavam seus dentes, metiam os dedos onde queriam e finalmente faziam suas ofertas. Algumas eram compradas pelos bordéis de maior categoria ou para os haréns dos ricaços; as mais fortes iam parar nas mãos de industriais, mineradores ou agricultores chineses, para quem trabalhariam pelo resto de suas breves existências; a maioria ficava mesmo nos cubículos do bairro chinês. As velhas lhes ensinavam o ofício: deviam aprender a distinguir o ouro do bronze, para não serem enganadas na hora do pagamento, atrair os clientes e satisfazê-los sem queixar-se, por mais humilhantes e dolorosas que fossem suas exigências. Para dar à transação um ar de dignidade, assinavam um contrato que não podiam ler, vendendo-se pelo prazo de cinco anos, mas calculado de maneira que jamais conseguissem livrar-se de suas obrigações. Para cada dia de enfermidade, o prazo era acrescido de duas semanas, e, se tentassem escapar, seriam transformadas em escravas para sempre. Viviam amontoadas em alojamentos sem ventilação, divididos por pesadas cortinas, cumprindo seu destino, como se fossem condenadas perpetuamente às galés. Para aquele lugar, dirigiu-se

Tao Chi'en na manhã seguinte, acompanhado pelos espíritos de Lin e de seu mestre de acupuntura. Uma adolescente vestida apenas com uma blusa conduziu-o para trás da cortina, onde havia um enxergão imundo, estendeu a mão e lhe disse que primeiro pagasse. Recebeu os seis dólares, deitou-se de costas e abriu as pernas, com os olhos fixos no teto. Tinha as pupilas mortas e respirava com dificuldade; Tao percebeu que ela estava drogada. Sentou-se ao seu lado, baixou-lhe a camisola e tentou acariciar-lhe a cabeça, mas a garota soltou um grunhido e se encolheu, mostrando os dentes, disposta a mordê-lo. Tao Chi'en afastou-se e, enquanto observava suas cicatrizes mais recentes, falou-lhe longamente em cantonês, sem tocá-la, até que a litania de sua voz conseguisse acalmá-la. Por fim, ela começou a responder a algumas de suas perguntas, mais com gestos do que com palavras, como se houvesse perdido a capacidade de usar a linguagem, e assim Tao inteirou-se de alguns detalhes de sua vida de cativa. Não poderia dizer quanto tempo ficou ali, até porque contá-lo seria um exercício inútil, mas não devia ter sido muito, pois ainda se recordava, com lastimosa precisão, de sua família na China.

Quando calculou que os minutos de seu turno atrás da cortina haviam terminado, Tao se retirou. À porta, era aguardado pela mesma velha que o havia recebido na noite anterior; ela, porém, não deu mostras de reconhecê-lo. Dali, saiu a fim de fazer perguntas pelas tavernas, salas de jogo, locais para fumar ópio, indo, por fim, visitar outros médicos do bairro, até que paulatinamente começou a encaixar as peças daquele quebra-cabeça. Quando as pequenas *sing song girls* estavam demasiadamente doentes e não podiam continuar seu trabalho, eram conduzidas ao "hospital", como chamavam os quartos secretos onde estivera na noite anterior, e ali as deixavam com um copo de água, um pouco de arroz e uma lamparina com azeite suficiente para algumas horas. A porta voltava a abrir-se alguns dias mais tarde, quando alguém entrava a fim de comprovar a morte. Se as encontravam ainda vivas, tratavam de despachá-las: nenhuma voltava a ver a luz do sol. Tinham chamado Tao Chi'en porque o *zhong yi* habitual estava ausente.

Como diria Tao nove meses mais tarde a Eliza, a ideia de ajudar as garotas não fora dele, mas de Lin e de seu mestre de acupuntura.

— A Califórnia é um estado livre, Tao, aqui não há escravos. Procure as autoridades americanas.

— A liberdade não beneficia a todos — disse ele. — Os americanos são cegos e surdos, Eliza. Aquelas meninas são invisíveis, como os loucos, os mendigos e os cães.

— E para os chineses, elas também não contam?

— Para alguns, sim. Como eu. Mas ninguém está disposto a arriscar a vida desafiando as organizações de criminosos. A maioria considera que durante séculos se fez o mesmo na China; por isso não há razão para criticar o que se passa por aqui.

— Que gente mais cruel!

— Não é crueldade! A vida humana simplesmente não é valiosa em meu país. Há muita gente lá, e sempre nascem mais bebês do que é possível alimentar.

— Mas, para você, aquelas meninas não são simples objetos que se possam jogar fora, Tao...

— Claro. Lin e você me ensinaram muito sobre as mulheres.

— E o que vai fazer?

— Eu devia ter escutado você, quando me dizia que fosse procurar ouro, lembra? Se fosse rico, eu as compraria.

— Mas não é. Além do mais, todo o ouro da Califórnia não bastaria para comprar cada uma delas. O que você precisa fazer é impedir esse tráfico.

— Isso é impossível — afirmou Tao. — Mas, se você me ajudar, poderei salvar algumas...

Contou que nos últimos meses havia conseguido resgatar onze jovens, das quais apenas duas tinham sobrevivido. Seu método era arriscado e não muito efetivo, mas não conseguia imaginar outro. Oferecia-se para atendê-las gratuitamente quando estavam doentes ou grávidas, pedindo que, em troca, lhe entregassem as agonizantes. Subornava as velhas vigilantes para que o chamassem quando chegava o momento de mandar uma *sing song girl* para o "hospital", e então se apresentava com o seu ajudante, os dois colocavam a moribunda em uma padiola e a levavam. "É para fazer experiências", explicava Tao Chi'en, embora raramente lhe fizessem perguntas. A menina já não valia mais nada, e a extravagante perversão daquele médico livrava-os do problema de se desfazer dela. A transação beneficiava ambos os lados. Antes de retirar a enferma, Tao Chi'en assinava uma certidão de óbito e, para evitar reclamações, exigia que lhe dessem o contrato de trabalho da jovem. Em nove casos, as jovens tinham chegado a um ponto em que não era mais possível oferecer-lhes alívio, e seu papel consistira simplesmente em ampará-las nas horas finais. Duas, no entanto, haviam sobrevivido.

— O que você fez com elas? — perguntou Eliza.

— Estão em minha casa. Ainda se acham muito fracas, e uma delas parece meio louca, mas ambas irão recuperar-se. Meu ajudante ficará cuidando delas enquanto eu estiver em viagem.

— Compreendo.

— Não posso mantê-las aqui por muito tempo.

— Talvez possamos mandá-las de volta para suas famílias na China...

— Não! Cairiam de novo na escravidão. Aqui poderão salvar-se, mas ainda não sei como.

— Se as autoridades não ajudarem, sempre haverá pessoas de bom coração dispostas a fazer alguma coisa. Podemos recorrer às igrejas e aos missionários.

— Não acredito que os cristãos se interessem por essas garotas chinesas.

— Como é pequena a sua confiança no coração humano, Tao!

Eliza deixou o amigo tomando chá em companhia da Quebra-osso, separou um dos pães que acabara de retirar do forno e foi visitar o ferreiro. Encontrou James Morton nu da cintura para cima, protegido por um avental de couro, um pano amarrado na cabeça, coberto de suor diante da forja. Em sua oficina, fazia um calor insuportável, e tudo cheirava a fumaça e metal incandescente. Era um galpão de madeira com chão de terra e uma porta dupla, que, fosse inverno ou verão, permanecia aberta durante as horas de trabalho do ferreiro. Diante dele, uma grande mesa usada no atendimento aos fregueses, e, às suas costas, a forja. Das paredes e vigas do telhado, pendiam instrumentos do seu ofício, ferramentas e ferraduras fabricadas por Morton. Na parte posterior, uma escada de mão dava acesso ao piso elevado que servia de dormitório, protegido dos olhos dos fregueses por uma cortina de lona encerada. Embaixo, a mobília consistia em uma tina para o banho e uma pequena mesa com duas cadeiras; o único elemento decorativo era uma bandeira americana na parede e três flores silvestres em um vaso sobre a mesa. Esther passava a ferro uma verdadeira montanha de roupas, sacudindo a barriga volumosa; estava banhada em suor, mas cantava enquanto movimentava o ferro aquecido a carvão. O amor e a gravidez haviam realçado a sua beleza, e um ar de paz a iluminava como um halo. Lavava roupa alheia, trabalho tão árduo quanto o de seu marido com o martelo e a bigorna. Três vezes por semana, carregava uma carroça com roupa suja, ia para o rio e passava boa parte do dia de joelhos, ensaboando e enxaguando. Se houvesse sol, secava a roupa nas pedras, mas frequentemente era obrigada a voltar com tudo molhado, tendo de enfrentar em seguida o trabalho de engomar e passar. James Morton não conseguira convencê-la a desistir daquele esforço brutal; ela não queria que seu bebê nascesse no galpão, e economizava cada centavo a fim de mudar a família para uma casa de verdade, em outro local do povoado.

— Chileninho! — exclamou, saindo para receber Eliza com um abraço apertado. — Há quanto tempo você não vem nos visitar!

— Você está linda, Esther! De fato, vim aqui para conversar com o James — disse, entregando-lhe o pão.

O homem largou as ferramentas, enxugou o suor com um pedaço de pano e levou Eliza para o pátio, aonde, pouco depois, Esther chegou com três copos de limonada. A tarde estava fresca e o céu nublado, mas o inverno ainda não se anunciava. O ar cheirava a terra úmida e palha recém-cortada.

Joaquín

No inverno de 1852, os habitantes do Norte da Califórnia comeram pêssegos, damascos, uvas, milho-verde, melões e melancias, enquanto em Nova York, Washington, Boston e outras importantes cidades americanas as pessoas tinham de resignar-se à escassez da temporada. Os navios de Paulina traziam do Chile as delícias do verão do Hemisfério Sul, que chegavam intactas em seus leitos de gelo azulado. Aquele novo negócio se mostrara muito melhor do que o ouro de seu marido e do cunhado, embora ninguém pagasse três dólares por um pêssego nem dez por uma dúzia de ovos. Os peões chilenos, trazidos para as jazidas pelos irmãos Rodríguez de Santa Cruz, tinham sido dizimados pelos gringos. Tomaram deles o que haviam produzido em vários meses, enforcaram os capatazes, flagelaram e cortaram as orelhas de muitos, e os que sobraram foram expulsos dos lugares em que garimpavam. O episódio fora registrado pelos jornais, mas coube a um menino de oito anos, filho de um dos capatazes, que tinha assistido ao suplício e à morte do pai, contar os detalhes arrepiantes da história. Os navios de Paulina também traziam companhias de teatro de Londres, óperas de Milão e zarzuelas de Madri, que se apresentavam por alguns poucos dias em Valparaíso e depois prosseguiam em viagem para o Norte. Os ingressos eram vendidos com meses de antecedência, e nos dias de espetáculo a melhor sociedade de San Francisco, exibindo seus trajes de gala, encontrava-se nos teatros, onde tinha de sentar-se lado a lado com rústicos mineiros em roupas de trabalho. Os navios não voltavam descarregados: levavam farinha americana para o Chile e viajantes curados da fantasia do ouro, que regressavam tão pobres quanto tinham vindo.

Em San Francisco, havia de tudo, menos velhos; a população era jovem, forte, ruidosa e saudável. O ouro havia atraído uma legião de aventureiros de apenas vinte anos, mas a febre passara, e, tal como Paulina tinha previsto, a cidade não havia retornado à antiga condição de vilarejo; pelo contrário, crescia com aspirações ao refinamento e à cultura. Naquele ambiente, Paulina sentia-se como um peixe na água, gostava da alegria, da liberdade e da ostentação daquela sociedade nascente, exatamente o oposto da hipocrisia que dominava no Chile. Pensava, encantada, no acesso de raiva que dominaria seu pai caso tivesse de sentar-se à mesa com um estrangeiro corrupto transformado em juiz e uma francesa de cabelo gorduroso, emperiquitada como uma imperatriz. Criara-se entre as grossas paredes de adobe e janelas gradeadas da casa paterna, de olho no passado, dependente da opinião alheia e exposta aos castigos de Deus; na Califórnia, passado e escrúpulos não eram levados em conta, a excentricidade era bem-vinda e a culpa não existia, desde que a falta cometida fosse escondida embaixo do tapete. Escrevia cartas para as irmãs, sem muita esperança de que passassem pela censura do pai, contando-lhes sobre as coisas daquele país extraordinário, no qual era possível inventar uma vida nova e tornar-se milionário ou mendigo num piscar de olhos. Era a terra, aberta e generosa, das oportunidades. Pelo Golden Gate, entravam hordas de homens que chegavam fugindo da miséria ou da violência, dispostos a apagar o passado e entregar-se ao trabalho. Não era fácil, mas seus descendentes seriam americanos. O maravilhoso naquele país estava no fato de todos acreditarem que seus filhos teriam uma vida melhor. "A agricultura é o verdadeiro ouro da Califórnia, os campos semeados se estendem a perder de vista, tudo cresce com ímpeto neste solo bendito. San Francisco transformou-se numa cidade estupenda, mas não perdeu o caráter de posto de fronteira, que muito me encanta. Continua a ser o lugar de encontro de livres-pensadores, visionários, heróis e valentões. Acolhe gente dos mais diversos lugares, centenas de línguas são faladas nas ruas, há cheiro de comidas dos cinco continentes, veem-se pessoas de todas as raças", escrevia Paulina. Não era mais um acampamento de homens solitários, haviam chegado mulheres e, com elas, a sociedade mudara. Eram tão indomáveis quanto os aventureiros que vinham em busca de ouro; para cruzar o continente em carroções puxados por juntas de bois, era necessário um espírito robusto, e aquelas pioneiras o tinham. Nada de damas melindrosas, como sua mãe e suas irmãs; ali só imperavam amazonas como Paulina. Elas demonstravam diariamente sua têmpera, competindo, incansáveis e tenazes, com os mais bravos; ninguém podia qualificá-las de sexo fraco, e os homens respeitavam-nas como iguais. Trabalhavam em ofícios que lhes eram proibidos em outros lugares: catavam ouro, conduziam gado, caçavam bandidos para ganhar recompensas, comandavam casas de jogo, restaurantes, lavanderias e hotéis. "Aqui as mulheres podem ser donas de suas terras, comprar e vender propriedades, divorciar-se caso tenham vontade. Feliciano tem de andar com muito cuidado, pois, no dia em que me aprontar uma traição, ficará sozinho e pobre", zombava Paulina em suas cartas. E acrescentava que a Califórnia tinha ao mesmo tempo o melhor e o pior: ratos e pulgas, armas e vícios.

"As pessoas vêm para o Oeste a fim de escapar do passado e começar de novo, mas nossas obsessões nos perseguem como o vento", escrevia Jacob Freemont no jornal. Ele próprio era um bom exemplo, pois de quase nada lhe adiantara trocar de nome, tornar-se um repórter e vestir-se à moda ianque — continuava o mesmo. O embuste das missões em Valparaíso era uma página virada, mas agora estava forjando um novo engano e, como antes, sentia que sua criação apoderava-se dele e o que ia mergulhando, sem possibilidade de volta, em suas próprias fraquezas. Seus artigos sobre Joaquín Murieta haviam se convertido em uma obsessão da imprensa. Todos os dias, novos testemunhos vinham confirmar as afirmações de Freemont; dúzias de indivíduos garantiam ter visto Murieta e o descreviam exatamente como o personagem inventado por Freemont, que não tinha mais certeza de nada. Gostaria de jamais ter escrito aquelas histórias e, em alguns momentos, chegava a pensar em se retratar publicamente, confessar suas falsidades e desaparecer, antes que o mundo inteiro caísse em cima dele como um vendaval, do mesmo modo que havia ocorrido no Chile, mas lhe faltava coragem para tanto. O prestígio lhe subira à cabeça e estava ébrio de celebridade.

A história que Jacob Freemont vinha construindo tinha todas as características de um folhetim. Descrevia Joaquín Murieta como um homem que, na juventude, fora nobre e correto, tendo trabalhado honestamente nas minas de Stanislav, em companhia de sua namorada. Ao saberem de sua prosperidade, alguns americanos o haviam atacado: tomaram-lhe o ouro, fizeram-no desmaiar com uma paulada e, em seguida, violentaram sua namorada diante de seus olhos. A única opção que restou ao infortunado casal foi fugir, e os dois partiram para o Norte, para longe dos garimpos. Instalaram-se como fazendeiros, puseram-se a cultivar um idílico pedaço de terra cercado de bosques e banhado por um límpido riacho, contava Freemont; mas sua paz durou pouco, porque, mais uma vez, os ianques apareceram a fim de arrebatar o que possuíam e, assim, tiveram de procurar outro meio de sobreviver. Pouco depois, Joaquín Murieta havia aparecido em Calaveras, transformado em jogador de monte, enquanto sua namorada preparava a festa do casamento na casa de seus pais, em Sonora. Estava escrito, porém, que em lugar nenhum o rapaz encontraria paz. Alguns gringos o acusaram de ter roubado um cavalo e, sem mais delongas, amarraram-no a um tronco e o açoitaram barbaramente no meio da praça. Aquela afronta pública era mais do que um jovem orgulhoso podia suportar, e seu coração começou a bater diferente. Dias mais tarde, encontraram um ianque cortado em pedaços, como um frango preparado para a panela, e, depois de terem juntado os restos, reconheceram o morto como um dos homens que haviam humilhado Murieta com o chicote. Nas semanas que se seguiram, foram caindo um a um os demais participantes do episódio, e cada um deles foi torturado e morto de maneira diferente. Freemont dizia em seus artigos que jamais se tinha visto tamanha crueldade naquela terra de gente cruel. Nos dois anos seguintes, o nome do bandido pipocava de todos os lados. Seu bando roubava bois e cavalos, assaltava diligências, atacava os mineiros nas jazidas e os viajantes nas estradas, desafiava as autoridades, matava todo americano que se descuidasse e zombava impunemente da justiça. A Murieta, eram atribuídos todos os desmandos e crimes impunes da Califórnia. O terreno ajudava a quem quisesse ocultar-se, a caça e a pesca eram abundantes, havia florestas e mais florestas, cordilheiras e desfiladeiros, elevados planaltos pelos quais um homem podia cavalgar durante horas e horas sem deixar rastro, cavernas profundas para esconder-se, passagens secretas nas montanhas para despistar perseguidores. Os grupos de homens que saíam a fim de procurar os malfeitores voltavam de mãos vazias ou morriam em ação. Tudo isso era contado por Jacob Freemont, os fatos embalados em sua retórica, e ninguém se lembrava de lhe exigir nomes, datas ou lugares.

Fazia dois anos que Eliza Sommers estava em San Francisco, trabalhando ao lado de Tao Chi'en. Naqueles dois, anos saíra duas vezes da cidade, durante os verões, a fim de procurar Joaquín Andieta, repetindo o método de sempre: em companhia de outros viajantes. Na primeira saída, seu propósito era viajar até encontrá-lo, ou até que o inverno começasse, mas, decorridos quatro meses, voltara extenuada e doente. No verão de 1852, saiu novamente, mas, depois de percorrer os mesmos caminhos do verão anterior e de ter feito uma visita a Joe Quebra-osso, fixada em definitivo em seu papel de avó de Tom Sem-Tribo, e a James e Esther, que esperavam o segundo filho, regressou ao cabo de cinco semanas, por não suportar a angústia de estar longe de Tao Chi'en. Sentiam-se tão acomodados em suas rotinas, tão irmanados no trabalho, tão próximos em espírito, que era como se formassem um velho casal. Ela colecionava tudo que se publicava sobre Joaquín Murieta, guardando na memória, como fazia em sua infância com as poesias de Miss Rose, mas preferia ignorar as referências à namorada do bandido, 'inventaram essa moça apenas para aumentar a vendagem dos jornais; você já sabe como os romances deixam o público fascinado", explicava ela a Tao Chi'en. Em um mapa ressecado, ia traçando, com atenção de navegador, os percursos de Murieta, mas os dados de que dispunha eram vagos e contraditórios, as rotas cruzavam-se, como a teia de uma aranha fora de rumo, sem levar a lugar nenhum. Embora no início houvesse repelido a hipótese de que o seu Joaquín fosse o mesmo dos arrepiantes assaltos, logo se convencera de que o personagem combinava perfeitamente com o jovem de suas lembranças. Este também era um revoltado contra os abusos e que pensava obsessivamente em ajudar os desamparados. Talvez o próprio Joaquín Murieta não torturasse suas vítimas, e sim os seus sequazes, como o tal de Jack Três-dedos, de quem se podia esperar qualquer atrocidade.

Continuava a vestir-se com roupas masculinas, porque elas a ajudavam a se tornar invisível, o que era indispensável para realizar a desarrazoada missão junto às *sing song girls* que lhe fora confiada por Tao Chi'en. Fazia três anos e meio que não punha um vestido e nada sabia de Miss Rose, de Mama Frésia e de seu tio John; parecia-lhe que se haviam passado mil anos enquanto ela perseguia uma quimera cada vez mais improvável. Ficara muito para trás o tempo de seus furtivos abraços com o amante, não tinha mais certeza no tocante aos seus sentimentos, nem sabia se era por amor ou por soberba que continuava a esperá-lo. Às vezes chegava a passar duas semanas sem lembrar-se dele, distraída com seu trabalho, mas de repente a memória lhe dava uma fisgada e a deixava trêmula. Então, olhava confusamente ao redor, sem conseguir situar-se no mundo em que fora parar. O que ela fazia ali, de calças, cercada de chineses? Necessitava fazer um esforço para sacudir a confusão e lembrar que se encontrava ali por causa da intransigência do amor. Não tinha por missão, de modo nenhum, auxiliar Tao Chi'en, ela pensava, mas procurar Joaquín; por isso tinha vindo de muito longe, e iria procurá-lo, mesmo que fosse apenas para lhe dizer, olho no olho, que ele não passava de um trânsfuga maldito e que, por causa dele, havia arruinado a juventude. Por isso também tinha feito as três saídas anteriores, mas agora parecia haver perdido a vontade de tentar novamente. Punha-se resoluta diante de Tao Chi'en, a fim de anunciar que decidira continuar com sua peregrinação, mas as palavras ficavam coladas em sua boca, como se fossem areia. Não podia mais abandonar aquele estranho companheiro com que a sorte lhe presenteara.

— O que você fará se o encontrar? — perguntou-lhe Tao Chi'en certa vez.

— Quando o encontrar, saberei se ainda o quero.

— E se nunca o encontrar?

— Viverei com essa dúvida, creio.

Havia notado o aparecimento de alguns fios brancos prematuros nas têmporas de seu amigo. Às vezes tornava-se insuportável a tentação de mergulhar os dedos naqueles grossos cabelos escuros, ou o nariz em seu peito, para sentir bem de perto seu tênue aroma de mar, mas agora já não tinha a desculpa de dormirem no chão, enrolados na mesma manta, e assim eram nulas as oportunidades de um tocar no outro. Tao Chi'en trabalhava e estudava em excesso; ela podia perceber quanto estava cansado, embora sempre se apresentasse de modo impecável e mantivesse a calma, mesmo nos momentos mais críticos. Só abria a guarda quando voltava de um leilão, trazendo pelo braço a garota aterrorizada que acabara de arrematar. Examinava-a para ver em que condições se encontrava e a entregava com as instruções necessárias, em seguida se fechava durante horas. "Está com Lin", concluía Eliza, e uma dor inexplicável se cravava em algum recôndito lugar de sua alma. E de fato estava com ela. No silêncio da meditação, Tao Chi'en procurava recuperar a estabilidade perdida e desprender-se da tentação do ódio e da raiva. Pouco a pouco, despojava-se de suas lembranças, desejos e pensamentos, até sentir que seu corpo se dissolvia no nada. Deixava de existir por algum tempo, para, em seguida, reaparecer transformado em águia, voando muito alto sem esforço algum, sustentado por um ar frio e límpido que o elevava acima das mais altas montanhas. De lá, podia ver imensas pradarias, bosques intermináveis e rios de pura prata. Nesse ponto, alcançava a harmonia perfeita e, como um delicado instrumento, sua respiração se juntava à do céu e da terra. Flutuava entre nuvens leitosas, com suas soberbas asas abertas, e imediatamente sentia que ela já havia chegado. Lin se materializava ao seu lado, outra águia esplêndida, suspensa no céu infinito.

— Onde está tua alegria, Tao? — perguntava ela.

— O mundo está repleto de sofrimento, Lin.

— O sofrimento tem um propósito espiritual.

— Isso é apenas uma dor inútil.

— Lembra-te de que o sábio é sempre alegre porque sabe aceitar a realidade.

— E a maldade, temos também de aceitá-la?

— O único antídoto é o amor. A propósito, quando te casarás novamente?

— Estou casado contigo.

— Sou um fantasma, não poderei visitar-te a vida inteira, Tao. É um esforço imenso vir aqui a cada vez que me chamas, não pertenço mais ao teu mundo. Casa-te, ou então te tornarás um velho antes do tempo. Além do mais, se não praticares as duzentas e vinte e duas posições do amor, se tiveres esquecido delas... — zombava Lin dele, com sua risada cristalina e inolvidável.

Para ele, os leilões resultavam piores do que suas visitas ao "hospital". Eram pouquíssimas as esperanças de ajudar as jovens agonizantes, de modo que, quando conseguia salvar uma, isso para ele era como uma dádiva milagrosa; entretanto, tinha consciência de que, para cada uma que comprava nos leilões, dezenas de outras eram levadas para a infâmia. Torturava-se, imaginando quantas poderia resgatar se fosse rico, e assim permanecia até que Eliza viesse e lhe lembrasse aquelas que já havia salvado. Estavam unidos por um delicado tecido de afinidades e segredos divididos, mas também separados por muitas obsessões. O fantasma de Joaquín Andieta aos poucos se afastava, mas o de Lin era perceptível como uma brisa ou o som das ondas quebrando na praia. Tao Chi'en tinha apenas de invocá-la para que ela se apresentasse, sempre sorridente, como tinha sido em vida. No entanto, em vez de se ter convertido em uma rival de Eliza, Lin transformara-se em sua aliada, ainda que ela não soubesse disso. Lin foi a primeira a compreender que aquela amizade era muito parecida com amor, e, quando o marido lhe replicou que não havia lugar na China, no Chile, em lugar nenhum, para um casal como ele e Eliza, Lin voltou a sorrir.

— Não diga bobagem. O mundo é grande, e a vida, longa. Tudo é uma questão de ousadia.

— Não podes imaginar o que é o racismo, Lin, pois sempre viveste entre os teus. Aqui ninguém leva em conta nem o que eu faço nem o que eu sei. Para os americanos, eu sou apenas um chinês pagão e asqueroso. E Eliza, uma *sebosa.* Em Chinatown, sou um renegado sem trança, vestido como um ianque. Não pertenço a nenhum dos lados.

— O racismo não é uma novidade. Na China, tu e eu pensávamos que os *fan güey* fossem todos selvagens.

— Aqui só respeitam o dinheiro e, pelo visto, nunca o terei em quantidade suficiente.

— Errado. Também respeitam aqueles que se fazem respeitar. Olhe nos olhos deles.

— Se eu seguir esse conselho, me darão um tiro na primeira esquina.

— Vale a pena experimentar. Tu andas te queixando demais, Tao, não estou te reconhecendo. Onde está o homem valente que sempre amei?

Tao Chi'en tinha de admitir que se sentia amarrado a Eliza mediante fios infinitos e delgados, fáceis de cortar um a um, mas, pelo fato de estarem entrelaçados, os fios se haviam transformado em cordas impossíveis de serem cortadas. Fazia poucos anos que se conheciam, mas já podiam olhar para o passado e ver o longo caminho, cheio de obstáculos, que haviam percorrido juntos. Aos poucos, as semelhanças haviam apagado suas diferenças de raça. "Você tem um rosto de chinesa bonita", dissera-lhe Tao em um momento de descuido. "Você tem cara de chileno elegante", respondeu ela imediatamente. No bairro, eles eram vistos como uma dupla esquisita: de um lado, um chinês alto e elegante, e, do outro, um garoto insignificante de origem espanhola. Fora de Chinatown, no entanto, os dois passavam quase despercebidos em meio à enlouquecida multidão de San Francisco.

— Não pode esperar esse homem para sempre, Eliza. Isso é uma forma de loucura, igualzinha à corrida do ouro. Deveria dar um tempo a si mesma — disse Tao um dia.

— E o que faço de minha vida quando esse tempo terminar?

— Poderá voltar para o seu país.

— No Chile, mulher como eu é considerada pior do que suas *sing song girls*. Você regressaria à China?

— Esse era o meu único propósito, mas, aos poucos, estou começando a gostar da América. Na China, eu voltaria a ser apenas o Quarto Filho. Aqui estou melhor.

— Eu também. Se não encontrar Joaquín, fico por aqui mesmo e abro um restaurante. Tenho tudo aquilo de que se necessita para o negócio: boa memória para guardar as receitas, gosto pelos ingredientes, sentido do paladar e do tato, instinto para os condimentos...

— E modéstia — riu Tao Chi'en.

— Por que, tendo talento, eu deveria ser modesta? Além do mais, tenho olfato de cão. Para alguma coisa, este nariz irá me servir: basta cheirar um prato para saber o que contém, e para fazê-lo melhor.

— Isso não acontece quando a comida é chinesa...

— Vocês comem coisas estranhas, Tao! O meu seria um restaurante francês, o melhor da cidade.

— Tenho uma proposta a lhe fazer, Eliza. Se, dentro de um ano, não encontrar Joaquín, você casará comigo — disse Tao Chi'en, e ambos se puseram a rir.

Entretanto, a partir dessa conversa, algo mudou entre os dois. Sentiam-se numa situação incômoda, como se estivessem sozinhos, e, embora desejassem estar juntos, começaram a evitar-se. O desejo de segui-la quando ela ia para o quarto torturava cada vez mais Tao Chi'en, mas ele se sentia paralisado por certa mistura de timidez e respeito. Calculava que, enquanto Eliza estivesse presa à lembrança do amante, não deveria aproximar-se dela, mas, ao mesmo tempo, não sabia como continuar equilibrando-se, por tempo indefinido, em uma corda bamba. Imaginava-a na cama, contando as horas no silêncio expectante da noite, também insone de amor, não por ele, mas pelo outro. Conhecia tão bem o seu corpo que poderia desenhá-lo em detalhes até a reentrância mais secreta, embora não tivesse voltado a vê-la nua desde aquelas semanas em que a havia tratado no navio. E pensava: se ela adoecesse, teria um pretexto para tocar em seu corpo, mas logo se envergonhava de semelhante ideia. O riso espontâneo e a discreta ternura, que antes brotavam a cada instante entre eles, foram substituídos por uma tensão angustiante. Se por acaso roçavam um no outro, afastavam-se, perturbados; estavam conscientes da presença ou da ausência um do outro; o ar parecia carregado de presságios e antecipações. Em vez de se sentarem a fim de ler ou escrever em suave cumplicidade, despediam-se assim que terminava o trabalho no consultório. Tao Chi'en saía, a fim de visitar doentes acamados, reunia-se com os outros *zhong yi* para discutir diagnósticos e tratamentos, ou então se isolava para estudar textos da medicina ocidental. Cultivava o desejo de obter uma permissão para exercer legalmente a medicina no estado da Califórnia, projeto que compartilhava unicamente com Eliza e com os espíritos de Lin e de seu mestre de acupuntura. Na China, um *zhong yi* começava como aprendiz e podia continuar sozinho, e era por isso que, fazia séculos, a medicina permanecia imutável, por usar sempre os mesmos métodos e remédios. A diferença entre um bom médico e um praticante medíocre estava no fato de que o primeiro era dotado de intuição para diagnosticar e do dom de aliviar usando as próprias mãos. Já os médicos ocidentais tinham de fazer estudos muito rigorosos, permaneciam em contato uns com os outros e estavam em dia com novos conhecimentos, dispondo de laboratórios e necrotérios, nos quais podiam fazer experiências, e submetendo-se, assim, ao desafio da concorrência. Tao Chi'en era fascinado pela ciência, mas seu entusiasmo não encontrava eco em sua comunidade, apegada à tradição. Estava em dia com os avanços mais recentes, e comprava todos os novos livros e revistas de medicina que lhe caíssem nas mãos. Era muito grande a sua curiosidade pelo moderno, e por isso sentiu-se no dever de mandar inscrever na parede o preceito de seu venerável mestre: "De pouco serve o conhecimento sem sabedoria e não há sabedoria sem espiritualidade". Nem tudo é ciência, repetia para si mesmo, a fim de não esquecer aquelas palavras. Não obstante, necessitava da cidadania americana, muito difícil de ser obtida por alguém de sua raça, mas só dessa maneira poderia ficar para sempre no país sem ser cotidianamente um marginal; necessitava do diploma, e achava que, com ele, podia fazer o bem a muitas pessoas. Os *fan güey* nada sabiam de acupuntura nem das ervas que, havia séculos, eram usadas na Ásia; consideravam Tao Chi'en uma espécie de bruxo curandeiro; tinham um imenso desprezo pelas outras raças, de modo que, quando seus escravos negros adoeciam, os grandes proprietários do Sul chamavam o veterinário para tratá-los. Não era diferente a opinião deles sobre os chineses, mas havia alguns médicos visionários que, tendo viajado pelo mundo ou lido a respeito de outras culturas, haviam se interessado pelas técnicas e pelas mil drogas da farmacopeia oriental. Continuava em contato com Ebanizer Hobbs, que vivia na Inglaterra, e em suas cartas ambos costumavam lamentar a distância que os separava. "Venha a Londres, Dr. Chi'en, e faça uma demonstração de acupuntura na Royal Medical Society; garanto que você os deixará de boca aberta", escrevia Hobbs. "Se combinássemos nossos conhecimentos", costumava dizer o inglês, "nós dois seríamos capazes de ressuscitar os mortos".

Um casal inusitado

As geadas do inverno mataram de pneumonia várias *sing song girls* do bairro chinês, sem que Tao Chi'en conseguisse salvá-las. Chamaram-no duas vezes à presença de mocinhas ainda vivas, que ele pôde retirar, só para, em seguida, morrerem em seus braços, delirando de febre, poucas horas mais tarde. A essa altura, os discretos tentáculos de sua obra compassiva estendiam-se de um extremo ao outro da América do Norte, de San Francisco a Nova York, do Rio Grande ao Canadá, mas, ainda assim, seu esforço descomunal não passava de um grão de areia naquele deserto de desdita. Ia bem no exercício da medicina, e todo dinheiro que conseguia economizar ou recolher, despertando o espírito de caridade de alguns clientes ricos, destinava à compra das moças que eram leiloadas. Já o conheciam naquele submundo, no qual adquirira a reputação de degenerado. Não tinham visto sair com vida nenhuma das garotas que adquirira "para as suas experiências", como dizia; mas ninguém se importava com o que podia acontecer por trás de sua porta. Como *zhong yi*, ele era o melhor, mas somente o deixariam em paz enquanto não fizesse escândalo e se limitasse àquelas criaturas, que, de todos os modos, eram pouco mais do que bichos. Diante de perguntas curiosas, seu leal ajudante, o único que podia dar alguma informação, limitava-se a explicar que os extraordinários conhecimentos de seu chefe, tão úteis aos pacientes, vinham de suas misteriosas experiências. A essa altura, Tao Chi'en se mudara para uma boa casa, entre dois edifícios mais altos, nos limites de Chinatown, a poucos quarteirões da Praça da União, onde tinha sua clínica, vendia seus remédios e escondia as moças até que pudessem viajar. Eliza havia aprendido rudimentos de chinês, ou seja, o indispensável para comunicar-se em nível primário; o restante, ela improvisava com pantomimas, desenhos e algumas palavras em inglês. O esforço valia a pena; o seu novo trabalho era melhor do que fazer-se passar pelo irmão surdo-mudo do doutor. Não sabia ler nem escrever em chinês, mas reconhecia os remédios pelo cheiro, e, para maior segurança, marcava os frascos com um código que ela mesma havia criado. Havia sempre um bom número de clientes esperando a vez de serem tratados com as agulhas de ouro, as ervas milagrosas e a voz apaziguadora de Tao Chi'en. Muitos se perguntavam como aquele homem, tão sábio e afável, podia ser o mesmo que colecionava cadáveres e concubinas que ainda não eram sequer adolescentes, mas, como não se sabia com certeza em que consistiam seus vícios, a comunidade o respeitava. Não tinha amigos, decerto, mas também não tinha inimigos. Seu bom nome ia além dos limites de Chinatown, e alguns médicos americanos já se haviam habituado a consultá-lo quando seus próprios conhecimentos mostravam-se inúteis, o que sempre era feito de modo sigiloso, pois seria uma verdadeira humilhação pública admitir que um "celestial" tivesse algo para ensinar a eles. E foi assim que chegou a cuidar de alguns importantes personagens da cidade e a conhecer a célebre Ah Toy.

A mulher mandou chamá-lo ao inteirar-se de que ele havia conseguido melhorar o estado de saúde da esposa de um juiz. Nos pulmões de Ah Toy, alguma coisa chocalhava como castanholas e, de vez em quando, aquilo ameaçava asfixiá-la. O primeiro impulso de Tao Chi'en foi o de recusar, mas logo se deixou vencer pela curiosidade; queria vê-la de perto e comprovar, por si mesmo, a lenda que a envolvia. Tao considerava-a uma víbora, sua inimiga pessoal. Sabendo o que Ah Toy significava para ele, Eliza pôs em sua maleta de médico algumas doses de arsênico, o bastante para matar uma junta de bois.

— Se, por acaso... — começou ela a explicar.

— Se por acaso o quê?

— Imagine que esteja muito doente. Talvez você não queira que ela sofra, não é mesmo? Às vezes é preciso ajudar alguém a morrer...

Tao Chi'en riu alegremente, mas não retirou o frasco da maleta. Ah Toy recebeu-o em uma de suas pensões de luxo, que custavam ao cliente mil dólares por sessão, mas da qual ele saía sempre satisfeito. E costumava advertir a respeito: "Primeiro é preciso perguntar pelo preço, este lugar pode não ser para você". A porta foi aberta por uma criada negra, de uniforme engomado, que o conduziu por várias salas, pelas quais perambulavam belas jovens vestidas de seda. Em comparação com suas irmãs menos afortunadas, aquelas viviam como princesas, tinham três refeições e tomavam banho diariamente. A casa, um verdadeiro museu de antiguidades orientais e bugigangas americanas, cheirava a tabaco, perfumes rançosos e poeira. Eram três da tarde, mas as pesadas cortinas permaneciam fechadas; naquele quarto, jamais se respirava um pouco de ar fresco. Ah Toy recebeu-o em um pequeno escritório, atulhado de móveis e gaiolas de pássaros. Ela era mais baixa, mais jovem e mais bela do que imaginara. Estava cuidadosamente maquilada, mas não portava joias, vestia-se com simplicidade e não usava unhas compridas indicadoras de ócio. Tao fixou os olhos em seus pés minúsculos, calçados com pequenos sapatos brancos. Tinha o olhar penetrante e duro, mas falava com uma voz acariciante que o fez lembrar-se de Lin. 'Maldita!", suspirou Tao Chi'en, sentindo a derrota na primeira rodada. Examinou-a impassível, sem demonstrar sua repugnância nem sua perturbação, sem saber o que dizer-lhe, pois censurar o tráfico que ela promovia não seria apenas inútil, mas também perigoso, podendo chamar a atenção dela para suas próprias atividades. Receitou-lhe *mahuang* para a asma e outros remédios para acalmar o fígado, advertindo-a secamente de que, enquanto vivesse encerrada atrás daquelas cortinas, fumando tabaco e ópio, seus pulmões continuariam a gemer. A tentação de deixar-lhe o veneno, com instruções para tomar uma colherinha por dia, roçou-o de leve, como uma mariposa noturna, fazendo-o estremecer, atemorizado pelo instante de dúvida, pois, até então, acreditava que jamais seria alcançado por aquele tipo de ira que nos leva a matar alguém. Saiu depressa, certo de que, em face de suas maneiras rudes, a mulher não voltaria a chamá-lo.

— E então? — perguntou Eliza ao vê-lo chegar.

— Nada.

— Como nada? Não tinha sequer um pouquinho de tuberculose? Não vai morrer?

— Todos vamos morrer. Ela morrerá de velhice. É forte como um touro.

— Vaso ruim não quebra.

De sua parte, Eliza sabia que se achava diante de uma bifurcação definitiva de seu caminho, e a direção escolhida determinaria o resto de sua vida. Tao Chi'en tinha razão: ela devia dar um prazo a si mesma. Já não podia mais ignorar a suspeita de ter-se apaixonado pelo amor e estar presa na armadilha de uma paixão lendária, sem base alguma na realidade. Tratava de recordar os sentimentos que a haviam impelido a entrar naquela tremenda aventura, mas não conseguia. A mulher em que se havia transformado pouco tinha em comum com a menina enlouquecida de antes. Valparaíso e o quarto dos armários pertenciam a outra época, a outro mundo, que ia desaparecendo na bruma. Perguntava mil vezes a si mesma por que havia desejado tanto pertencer de corpo e alma a Joaquín Andieta, quando, na verdade, nunca se sentira totalmente feliz em seus braços, e só encontrava explicação no fato de tratar-se do primeiro amor. Estava preparada quando ele aparecera em sua casa, a fim de descarregar algumas mercadorias; o resto fora obra do instinto. Simplesmente obedecera ao mais poderoso e antigo dos chamados, mas isso havia acontecido uma eternidade antes, a onze mil e duzentos quilômetros de distância. Quem era ela então, e o que tinha visto nele, a isso não podia responder, mas sabia que seu coração já não se encaminhava mais para tais direções. Não apenas havia se cansado de procurá-lo — no fundo, preferia não encontrá-lo —, como também não podia continuar aturdida pelas dúvidas. Necessitava concluir aquela etapa, a fim de iniciar um novo amor em campo limpo.

Em fins de novembro, não pôde mais suportar a aflição e, sem dizer uma palavra a Tao Chi'en, foi ao jornal a fim de falar com o célebre Jacob Freemont. Mandaram-na entrar na redação, onde vários jornalistas trabalhavam em suas escrivaninhas, cercados por uma desordem surpreendente.

Indicaram-lhe um pequeno escritório por trás de uma porta envidraçada, para a qual se encaminhou. Ficou de pé diante da mesa, esperando que aquele gringo de suíças ruivas erguesse os olhos da papelada. Era um indivíduo de meia-idade, com pele sardenta e um doce aroma de velas de cera. Escrevia com a mão esquerda, tinha a testa apoiada na direita e não se podia ver seu rosto; mas, então, por baixo do aroma de cera de abelha, ela percebeu um aroma conhecido, que lhe trouxe à memória algo de sua infância, remoto e impreciso. Inclinou-se um pouco na direção dele, farejando dissimuladamente, justamente no instante em que o jornalista erguia a cabeça. Surpresos, ficaram olhando-se a uma distância incômoda e, por fim, ambos inclinaram-se para trás. Pelo cheiro, ela o reconheceu, apesar dos anos, dos óculos, das suíças e da roupa de ianque. Era o eterno pretendente de Miss Rose, o mesmo inglês que comparecia pontualmente às tertúlias das quartas-feiras em Valparaíso. Sentiu-se paralisada, não podia fugir dele.

— O que posso fazer por você, rapaz? — perguntou Jacob Todd, tirando os óculos para limpá-los com o lenço.

O discurso que Eliza havia preparado evaporou-se de sua cabeça. Ficou de boca aberta, com o chapéu na mão, certa de que, se ela o havia reconhecido, o mesmo aconteceria com ele; mas o homem pôs cuidadosamente os óculos e repetiu a pergunta sem olhar para ela.

— Estou aqui por causa de Joaquín Murieta... — balbuciou ela, e a voz escapou-lhe mais aflautada do que nunca.

— Tem informação sobre o bandido? — o interesse do jornalista foi imediatamente despertado.

— Não, não... Pelo contrário, estou aqui para perguntar por ele. Preciso vê-lo.

— A sua feição me parece familiar, rapaz... Será que não nos conhecemos?

— Não creio, senhor.

— É chileno?

— Sim.

— Morei no Chile há alguns anos. Bonito país. Por que você quer ver Murieta?

— É muito importante.

— Temo não poder ajudá-lo. Ninguém sabe do paradeiro dele.

— Mas o senhor e ele se falaram!

— Somente quando Murieta mandou me chamar. Ele só entra em contato comigo quando quer que algum de seus feitos apareça no jornal. Não tem nada de modesto; ele gosta da fama.

— Em que idioma ele se entende com o senhor?

— Meu espanhol é melhor do que o inglês dele.

— Diga-me, senhor, ele fala com sotaque chileno ou mexicano?

— Não sei dizer. E repito, rapaz, não posso ajudá-lo — respondeu o jornalista, pondo-se de pé a fim de dar por terminado o interrogatório, que começava a inquietá-lo.

Eliza despediu-se com uma única palavra, e ele ficou pensando, com ar de perplexidade, enquanto a via afastar-se através da redação barulhenta. Parecia-lhe conhecido aquele rapaz, mas não conseguia lembrar-se de onde. Minutos mais tarde, quando seu visitante já se havia retirado, lembrou-se do pedido do capitão Sommers, e a imagem de Eliza passou como um relâmpago por sua memória. Então, relacionou o nome do bandido ao de Joaquín Andieta e entendeu por que ela o procurava. Sufocou um grito e saiu correndo para a rua, mas a jovem já havia desaparecido.

O trabalho mais importante de Tao Chi'en e Eliza Sommers começava à noite. Aproveitavam a escuridão para enterrar os corpos das infelizes que não tinham conseguido salvar, e levavam as demais para o outro extremo da cidade, onde moravam seus amigos quacres. Uma a uma, as jovens iam saindo do inferno para se lançar às cegas em uma aventura sem retorno. Perdiam as esperanças de regressar à China ou de reencontrar suas famílias; algumas nem voltavam a falar a língua materna nem a olhar outro rosto chinês. Tinham de aprender uma profissão e trabalhar duro, mas qualquer coisa era um paraíso em comparação com suas vidas anteriores. Aquelas que Tao conseguia arrematar adaptavam-se melhor. Tinham viajado em caixotes, submetidas à lascívia e à brutalidade dos marinheiros, mas não estavam completamente alquebradas e mantinham alguma capacidade de redenção. As outras, salvas no derradeiro minuto da morte no "hospital", jamais perdiam o medo, que, como uma doença do sangue, iria queimá-las por dentro até o fim de suas vidas. Tao Chi'en esperava que, com o tempo, pelo menos aprendessem a sorrir de vez em quando. Após terem recuperado as forças, elas percebiam que nunca mais teriam de se submeter a um homem por pura obrigação, mas sempre seriam fugitivas, pois eram levadas ao lar de seus amigos abolicionistas, parte da *underground railroad*, como chamavam a organização clandestina dedicada a socorrer os escravos evadidos, à qual pertenciam também o ferreiro James Morton e seus irmãos. Recebiam os refugiados provenientes de estados escravistas e os ajudavam a se instalar na Califórnia, mas, no caso das moças, deviam operar na direção contrária, tirando-as da Califórnia, a fim de levá-las para longe dos traficantes e dos bandos criminosos, procurar lares para elas e algum meio de ganharem a vida. Os quacres assumiam os riscos com fervor religioso; para eles, tratava--se de inocentes desonradas pela maldade humana, que Deus pusera em seu caminho como prova. Acolhiam-nas com grande satisfação, mas às vezes elas chegavam a reagir com violência e terror; não sabiam receber afeto; contudo, a paciência daquelas pessoas ia, pouco a pouco, vencendo suas resistências. Ensinavam-lhes umas tantas frases indispensáveis em inglês, davam-lhes uma ideia dos costumes americanos, mostravam-lhes um mapa para que soubessem ao menos onde se encontravam, e tratavam de iniciá-las em alguma profissão, enquanto esperavam que Babalu Mau viesse buscá-las.

O gigante havia finalmente encontrado um bom uso para seus talentos: era um viajante incansável, grande notívago e amante da aventura. Ao vê-lo aparecer, as *sing song girls* corriam espavoridas, escondiam-se, e seus protetores tinham de ser muito persuasivos para conseguir tranquilizá-las. Babalu tinha aprendido uma canção chinesa e três números de malabarismo, que usava para deslumbrá-las e mitigar o espanto do primeiro encontro, mas nada seria capaz de fazê-lo renunciar às suas peles de lobo, à cabeça raspada, aos brincos de pirata e ao seu formidável armamento. Permanecia por dois dias, até convencer suas protegidas de que não era um demônio e não pretendia devorá-las, e em seguida partia com elas na escuridão da noite. As distâncias eram bem calculadas, de modo que o refúgio mais próximo seria alcançado ao amanhecer. Ali, descansavam durante o dia. Viajavam a cavalo; um coche seria inútil, pois boa parte da trajetória era feita em campo aberto, deixando de lado as estradas. Tinha descoberto que era muito mais seguro viajar na escuridão, desde que o viajante soubesse localizar-se, pois, como todo mundo, os ursos, as cobras e os foragidos também dormiam. Babalu levava as moças a salvo, entregando-as nas mãos de outros integrantes da vasta rede da liberdade. Elas terminavam em fazendas do Oregon, lavanderias do Canadá, oficinas artesanais do México; outras tornavam-se empregadas domésticas e algumas, na verdade poucas, conseguiam casar-se. Tao Chi'en e Eliza costumavam receber notícias delas por intermédio de James Morton, que seguia as pegadas de cada fugitivo resgatado por sua organização. De vez em quando, lhes chegava um envelope procedente de algum lugar remoto e, ao abri-lo, encontravam um nome mal rabiscado, umas flores secas ou um desenho, e então se felicitavam, porque mais uma *sing song girl* fora salva.

Às vezes, cumpria a Eliza dividir seu quarto, por alguns dias, com uma garota recém-resgatada, mas, mesmo nesse caso, ela não revelava sua condição feminina, que só Tao conhecia. O melhor cômodo da casa era o seu, situado atrás do consultório do amigo. Tratava-se de um aposento amplo, com duas janelas que davam para um pátio interior, onde cultivavam plantas medicinais para o consultório e ervas aromáticas para a cozinha. Com frequência, pensavam em mudar-se para uma casa maior e ter um jardim de verdade, não apenas para fins práticos, mas também para recreio dos olhos e regozijo da memória; um lugar no qual crescessem as mais belas plantas da China e do Chile, e houvesse um caramanchão onde pudessem sentar-se e tomar chá ao entardecer, e admirar, pela manhã, o nascer do sol sobre a baía. Tao Chi'en havia notado o afã de Eliza no sentido de converter a casa em um lar, o esmero com que limpava e ordenava, sua constância em manter discretos ramos de flores frescas em cada aposento. Não tivera, antes, oportunidade de apreciar tais refinamentos; crescera em completa pobreza e, na mansão do mestre de acupuntura, faltava uma presença de mulher para transformá-la em um lar; Lin era muito frágil e não tinha forças para encarregar-se de todas as tarefas domésticas. Eliza, ao contrário, herdara dos pássaros o instinto que manda construir ninhos. Investia na casa uma boa parte do que ganhava tocando piano duas vezes por semana em um *saloon* e vendendo *empanadas* e tortas no bairro chileno. Havia adquirido, assim, cortinas, um jogo de toalhas de damasco, panelas, pratos e xícaras de porcelana. Para ela, eram essenciais as boas maneiras com as quais havia sido criada: transformava em uma cerimônia o único prato que tivessem para dividir, apresentava os pratos com primor e corava de prazer quando ele elogiava seus esforços. Assim, os problemas cotidianos pareciam resolver-se sozinhos, como se à noite espíritos generosos limpassem o consultório, atualizassem os arquivos, entrassem discretamente no aposento de Tao Chi'en a fim de lavar sua roupa, pregar seus botões, escovar seus ternos e trocar a água de rosas que havia em sua mesa.

— Não me sufoque com tantas atenções, Eliza.

— Segundo você mesmo disse, os chineses esperam que as mulheres os sirvam.

— Isso é na China, mas nunca tive essa sorte... Você está me pondo a perder.

— Não é nada disso. Miss Rose dizia que, para se dominar um homem, é necessário habituá-lo a viver bem e, quando ele se comporta mal, o castigo consistirá em suprimir-lhe os mimos.

— Mas Miss Rose não ficou solteira?

— Sim, mas por vontade própria, não por falta de oportunidade.

— Não tenho a intenção de me comportar mal, mas, depois, como poderia viver sozinho?

— Você nunca viverá só. Não é completamente feio e sempre terá uma mulher de pés grandes e maus bofes disposta a casar-se com você — replicou ela, o que o fez rir, encantado.

Tao havia comprado móveis para o aposento de Eliza, o único da casa onde se notava certo luxo. Quando passeavam juntos por Chinatown, ela costumava admirar o estilo dos móveis tradicionais chineses. "São muito bonitos, mas pesadões", dizia ela. "O erro está no exagero." Tao deu-lhe de presente uma cama e um guarda-roupa de madeira escura com entalhes, e depois ela própria escolheu um biombo de bambu, além de um conjunto de mesas e cadeiras. Não quis uma colcha de seda, como a que usaria na China, mas uma de aspecto europeu, feita de linho bordado, com almofadas do mesmo material.

— Tem certeza de que quer fazer essa despesa, Tao?

— Está pensando nas *sing song girls*...

— Estou.

— Você mesma já disse que nem todo o ouro da Califórnia daria para comprar todas elas. Mas não se preocupe, temos o bastante.

Eliza retribuía-lhe de mil maneiras sutis: discrição para respeitar seu silêncio e suas horas de estudo, esmero em ajudá-lo no consultório, coragem no resgate das meninas. Para Tao Chi'en, no entanto, o melhor presente era o invencível otimismo de sua amiga, que o obrigava a reagir quando as sombras ameaçavam engoli-lo por inteiro. "Se você anda triste, perde força e não pode ajudar ninguém. Vamos dar um passeio, preciso do cheiro de uma floresta. Chinatown cheira a molho de soja", e o levava de coche até os arredores da cidade. Passavam o dia ao ar livre, correndo como adolescentes; naquela noite, ele dormiria como um anjo e, no dia seguinte, despertaria novamente alegre e revigorado.

O capitão John Sommers atracou em Valparaíso no dia 15 de março de 1853, esgotado pela viagem e pelas exigências de sua patroa, cujo capricho mais recente consistia em trazer do Sul do Chile um pedaço de glaciar do tamanho de uma baleeira. Paulina tinha colocado na cabeça a ideia de fabricar sorvetes e bebidas geladas, já que os preços das frutas e verduras tinham baixado muito, desde que a agricultura começara a prosperar na Califórnia. Em quatro anos, o ouro havia atraído um quarto de milhão de imigrantes, mas a bonança estava passando. Apesar disso, Paulina Rodríguez de Santa

Cruz não pensava em sair de San Francisco. Em seu indômito coração havia adotado aquela cidade de forasteiros heroicos, na qual ainda não existiam classes sociais. Ela mesma supervisionava a construção de sua futura residência, bela mansão na extremidade de uma colina com a melhor vista para a baía, mas esperava seu quarto filho e queria tê-lo em Valparaíso, onde sua mãe e suas irmãs a mimariam até enjoarem. Seu pai sofrera uma oportuna apoplexia, que lhe amolecera o cérebro e paralisara metade de seu corpo. A invalidez não mudara o caráter de Agustín del Valle, mas o deixara com medo da morte e, naturalmente, do inferno. Partir para o outro mundo com uma pesada carga de pecados mortais às costas não parecia uma boa ideia, vinha repetindo incansavelmente o bispo, seu parente. Nada restava nele do mulherengo e valentão que tinha sido, não por causa de algum arrependimento, mas porque seu corpo maltratado era incapaz de continuar andando a trote. Assistia a uma missa todos os dias na capela de sua casa e suportava, estoico, as leituras dos Evangelhos e os incalculáveis rosários que sua mulher debulhava. Contudo, nada disso o tornou menos duro com seus inquilinos e empregados. Continuava a tratar sua família — e o restante do mundo — como um déspota, mas parte da conversão tomou a forma de um súbito e inexplicável amor por Paulina. Esqueceu-se de que a repudiara por ter fugido do convento a fim de se casar com aquele filho de judeu, cujo sobrenome não recordava, porque ele não era parte da classe a que pertencia. Escreveu para ela, declarando-a sua favorita, herdeira única de sua têmpera e sua visão para os negócios, e suplicando-lhe que voltasse ao lar, pois seu pobre pai desejava abraçá-la antes de morrer. "É verdade que o velho está muito mal?", perguntou Paulina, esperançosa, em carta às suas irmãs. Mas não estava, e certamente viveria muitos anos apoquentando os outros, sentado em sua cadeira de rodas. Afinal, coube ao capitão Sommers a tarefa de transportar, naquela viagem, a patroa e seus filhinhos malcriados, as domésticas irremediavelmente enjoadas, o carregamento de baús, duas vacas para o leite dos meninos e três cachorrinhos peludos com laços nas orelhas, como os das cortesãs francesas, com os quais Paulina havia substituído o que morrera afogado em alto-mar durante a primeira viagem. Para o capitão, aquela viagem parecia eterna, e sofria só em pensar que, dentro em breve, teria de transportar Paulina e seu circo de volta a San Francisco. Pela primeira vez em sua longa vida de marinheiro, pensou em aposentar-se e passar em terra firme o tempo que ainda lhe restava neste mundo. Seu irmão, Jeremy, o esperava no cais, e o levou para casa, atribuindo a ausência de Rose a uma enxaqueca.

— Como você sabe, ela sempre adoece quando chega o aniversário de Eliza. Até hoje — explicou o irmão —, ela não pôde se refazer da morte da menina.

— Sobre esse assunto, quero conversar com vocês — replicou o capitão.

Miss Rose só soube quanto amava Eliza depois que ela desapareceu; sentiu então que o amor maternal lhe chegara demasiadamente tarde. Culpava-se pelos anos em que a amara pela metade, com um carinho arbitrário e caótico; das ocasiões em que se esquecera de sua existência, por estar muito ocupada com suas próprias frivolidades, e, quando se lembrava, descobria que a menina estivera a semana toda no pátio brincando com as galinhas. Eliza tinha sido para Miss Rose o mais parecido com a filha que jamais teria; durante quase dezessete anos, fora sua amiga, sua companhia em jogos e brincadeiras, a única pessoa que tocava nela. O corpo de Miss Rose doía de pura e simples solidão. Lembrava-se dos banhos junto com a menina, quando brincavam, felizes, na água aromatizada com folhas de menta e alecrim. Pensava nas mãos pequenas e hábeis de Eliza lavando-lhe o cabelo, massageando-lhe a nuca, polindo-lhe as unhas com um pedaço de camurça, ajudando-a a pentear-se. À noite ficava esperando, com o ouvido atento aos passos da menina, que lhe trazia seu copinho de licor de anis. Desejava sentir novamente o beijo de boa-noite que ela lhe dava na testa. Miss Rose deixara de escrever e suspendera em definitivo as tertúlias musicais, que antes constituíam o eixo de sua vida social. Renunciara também ao coquetismo, e aceitara, resignada, a ideia de envelhecer sem atrativos. "Na minha idade, só se espera de uma mulher que tenha dignidade e cheire bem", dizia. Durante todos aqueles anos, nenhum vestido novo saiu de suas mãos; continuou a usar os antigos e nem percebeu que já não estavam mais na moda. A saleta de costura permanecia abandonada, e até a coleção de gorros e chapéus envelhecia nas caixas, porque, quando saía à rua, Miss Rose optava pelo manto negro das chilenas. Ocupava suas horas relendo os clássicos e tocando peças melancólicas ao piano. Aborrecia-se com determinação e método, como se impusesse um castigo a si mesma. A ausência de Eliza se transformara em um bom pretexto para vestir luto pelos sofrimentos e perdas de seus quarenta anos de vida, sobretudo pela falta de amor. Sentia essa carência como um espinho embaixo da unha, uma dor constante e silenciosa. Arrependia-se de ter criado Eliza na mentira; não podia entender por que inventara a história da cesta forrada com um lençol de cambraia, a improvável manta de *vison*, quando a verdade teria sido muito mais positiva. Eliza tinha o direito de saber que seu adorável tio John era, na verdade, seu pai, que ela e Jeremy eram seus tios, que pertencia à família Sommers e não era uma órfã recolhida em um ato de caridade. Lembrava-se, horrorizada, da ocasião em que a arrastara até o orfanato para dar-lhe um susto — que idade tinha ela então? Oito ou dez anos, uma criança. Se pudesse começar de novo, que mãe diferente seria... De saída, teria apoiado seu namoro, em vez de declarar-lhe guerra; se tivesse agido assim, Eliza estaria viva, suspirava, pois fora por sua culpa que encontrara a morte ao fugir. Sentiu-se obrigada a lembrar seu próprio caso e entender que, às mulheres de sua família, o primeiro amor costumava transtornar. O mais triste era não ter com quem falar dela, pois Mama Frésia também havia desaparecido, e seu irmão Jeremy apertava os lábios e saía de casa quando o nome dela era mencionado. Sua tristeza contaminava tudo em volta; nos últimos quatro anos, a casa havia adquirido um pesado ar de mausoléu, a qualidade da comida tinha caído muito, e agora Miss Rose alimentava-se de chá com biscoitos ingleses. Não tinha encontrado uma cozinheira decente, mas também era verdade que não a havia procurado com afinco. Tornara-se indiferente à ordem e à limpeza; faltavam flores nos jarros, e metade das plantas do jardim definhava por falta de cuidados. Durante quatro invernos, as cortinas floreadas de verão continuaram penduradas na sala, sem que ninguém se desse ao trabalho de trocá-las ao final de cada temporada.

Jeremy não fazia críticas à irmã, comia qualquer mingau que lhe pusessem no prato e não dizia uma palavra quando suas camisas apareciam mal engomadas, e seus ternos, precisando de escova. Lera em algum lugar que as mulheres solteiras costumavam sofrer perturbações perigosas. Na Inglaterra haviam desenvolvido uma cura milagrosa para a histeria, que consistia em cauterizar certos pontos com ferro em brasa, mas essas conquistas ainda não tinham chegado ao Chile, onde continuava a empregar-se água benta para esses tipos de males. De qualquer modo, era um assunto delicado, difícil de mencionar diante de Miss Rose. Não imaginava um meio de consolá-la, já era muito antigo entre eles o hábito da discrição e do silêncio. Procurava alegrá-la com presentes comprados aos contrabandistas dos navios, mas, como não entendia nada de mulheres, às vezes chegava com objetos horrorosos, que, sem perda de tempo, iam para o fundo dos armários. Não suspeitava de que muitas vezes a irmã aproximava-se dele, quando fumava em sua poltrona, prestes a prostrar-se a seus pés, apoiar a cabeça em seus joelhos e ficar chorando sem parar, mas, no último instante, recuava assustada, porque entre eles qualquer palavra de afeto soava como ironia e imperdoável sentimentalismo. Rígida e triste, Miss Rose mantinha as aparências por mera disciplina, experimentando a sensação de que apenas o corpete a sustentava e de que, se o afrouxasse, iria desmanchar-se em pedaços. Nada restava de sua alegria e de suas travessuras, nem de suas atrevidas opiniões, seus gestos de rebeldia ou sua impertinente curiosidade. Convertera-se naquilo que mais temia: uma solteirona típica da era vitoriana. "É a mudança, e nessa idade as mulheres costumam desequilibrar-se", opinou o farmacêutico alemão, que lhe receitou valeriana para os nervos e óleo de fígado de bacalhau para a palidez.

O capitão John Sommers reuniu os irmãos na biblioteca para lhes dar a notícia.

— Lembram-se de Jacob Todd?

— Aquele sujeito que nos enganou com a história das missões na Terra do Fogo? — perguntou Jeremy Sommers.

— Ele mesmo.

— Estava apaixonado por Rose, se a memória não me falha — sorriu Jeremy, lembrando-se de que pelo menos tinham escapado do risco de ter aquele mentiroso como cunhado.

— Mudou de nome. Agora se chama Jacob Freemont e virou jornalista em San Francisco.

— Caramba! Isso quer dizer que nos Estados Unidos qualquer patife pode começar tudo de novo.

— Jacob Todd já pagou mais do que devia pelo seu pecado. Acho esplêndido existir um país capaz de oferecer uma segunda chance a alguém.

— E a honra não conta?

— A honra não é tudo, Jeremy.

— E o que existe além dela?

— O que nos importa Jacob Todd? Suponho que você nos reuniu para dizer alguma coisa dele, John — balbuciou Miss Rose por trás de seu lenço embebido em perfume de baunilha.

— Estive com Jacob Todd, ou melhor, Jacob Freemont, antes de embarcar de volta. Garantiu-me que viu Eliza em San Francisco.

Pela primeira vez na vida, Miss Rose achou que ia desmaiar. Sentiu o coração disparar, as têmporas ameaçaram explodir e uma onda de sangue subiu-lhe ao rosto. Sufocada, não pôde articular uma só palavra.

— Não se pode acreditar em nada que vier daquele homem! Você nos disse que uma mulher jurou ter conhecido Eliza a bordo de um navio em 1849, e acrescentou não ter dúvida de que ela estava morta — lembrou Jeremy Sommers, dando grandes passadas pela biblioteca.

— Certo, mas tratava-se de uma prostituta, e tinha consigo o broche de turquesas que dei a Eliza. Pode tê-lo roubado e mentido a fim de proteger-se. Que razão Jacob Freemont teria para me enganar?

— Nenhuma. Só que se trata de um farsante por natureza.

— Chega, por favor! — suplicou Miss Rose, fazendo um esforço colossal para manter a voz audível. — O importante é que alguém viu Eliza, que ela não está morta e que podemos encontrá-la.

— Não alimente ilusões, querida. Por acaso não está vendo que se trata de uma história fantástica? Para você, será um golpe terrível constatar que se trata de uma notícia falsa — alertou Jeremy.

John Sommers deu-lhes pormenores do encontro de Jacob Freemont com Eliza, sem omitir que a jovem se vestia de homem e, como parecia inteiramente à vontade naquela roupa, o jornalista não duvidou de que estivesse falando com um rapaz. John acrescentou que os dois haviam percorrido o bairro chileno à procura de Eliza, mas não sabiam que nome ela usava, e por isso ninguém pôde, ou não quis, revelar o paradeiro da jovem. Explicou que, sem dúvida, Eliza tinha ido à Califórnia a fim de se reunir ao namorado, mas algo não dera certo, e os dois não tinham se encontrado, tanto assim que o motivo de sua visita a Jacob Freemont fora para averiguar sobre um pistoleiro de nome parecido.

— Deve ser ele. Joaquín Andieta é um ladrão. Saiu do Chile como fugitivo da justiça — resmungou Jeremy Sommers.

Não fora possível ocultar a identidade do namorado de Eliza. Miss Rose também teve de admitir que costumava visitar a mãe de Joaquín Andieta a fim de saber notícias dele, mas a infeliz mulher, cada vez mais pobre e mais doente, estava convencida de que o filho morrera. Não via outra explicação para seu longo silêncio. Tinha recebido uma carta da Califórnia, datada de fevereiro de 1849, uma semana depois de sua chegada, na qual ele anunciava seus planos de seguir para a zona de mineração e reiterava a promessa de escrever-lhe a cada quinze dias. E, depois disso, mais nada: havia desaparecido sem deixar rastro.

— Não lhes parece estranho que Jacob Todd tenha reconhecido Eliza em uma situação fora de contexto e vestida de homem? — perguntou Jeremy Sommers. — Quando a conheceu, ela era uma menininha. Há quantos anos isso aconteceu? Seis ou sete, pelo menos. Como podia imaginar que Eliza estava na Califórnia? Isso é absurdo.

— Há três anos contei a Todd o que aconteceu, e ele me prometeu procurá-la. Descrevi-a em detalhes. Além do mais, Eliza nunca mudou muito de feições; quando saiu daqui, ainda parecia uma menina. Jacob Freemont procurou-a por um bom tempo, depois eu lhe disse que talvez ela estivesse morta. Então me prometeu que voltaria a tentar, e estava pensando mesmo em contratar um detetive. Espero trazer-lhes notícias mais concretas em minha próxima viagem.

— Por que não esquecemos esse assunto de uma vez por todas? — suspirou Jeremy.

— Porque ela é minha filha, homem, pelo amor de Deus! — exclamou o capitão.

— Eu irei à Califórnia procurar Eliza! — interrompeu Miss Rose, pondo-se de pé.

— Você não vai a lugar nenhum! — gritou o irmão mais velho.

Ela, porém, já havia saído. A notícia foi uma injeção de sangue novo para Miss Rose. Sabia, com absoluta certeza, que encontraria sua filha adotiva, e pela primeira vez em quatro anos tinha um motivo para continuar vivendo. Descobriu, admirada, que suas forças estavam intactas, guardadas em alguma reentrância secreta do coração, prontas para servi-la, como haviam feito antes. A dor de cabeça desapareceu como por encanto, ela começou a transpirar e suas faces estavam coradas de euforia quando ordenou às criadas que a acompanhassem ao quarto de dormir e cuidassem de suas malas de viagem.

Em maio de 1853, Eliza leu no jornal que Joaquín Murieta e seu comparsa, Jack Três-dedos, haviam atacado um acampamento de seis pacíficos chineses, aos quais haviam amarrado com cordas e degolado em seguida; feito isso, deixaram suas cabeças penduradas em uma árvore, juntas, como se fossem uma penca de mamões. Os caminhos estavam nas mãos dos bandidos, ninguém andava com segurança naquela região, tinham de viajar em grupos e sempre bem-armados. Os bandidos assassinavam mineiros americanos, aventureiros franceses, mascates judeus e viajantes de qualquer raça, mas em geral não atacavam nem índios nem mexicanos; desses, os americanos se encarregavam. Aterrorizadas, as pessoas trancavam portas e janelas, os homens vigiavam com os rifles preparados, e as mulheres escondiam-se, pois nenhuma queria cair nas mãos de Jack Três-dedos. Quanto a Murieta, dizia-se que jamais maltratava mulheres e, em mais de uma ocasião, tinha evitado que alguma jovem fosse violentada pelos facínoras de seu bando. As pousadas negavam hospedagem aos viajantes, temerosas de que um deles fosse Murieta. Ninguém jamais o vira pessoalmente, e as descrições que faziam dele eram contraditórias, embora os artigos de Freemont viessem criando uma imagem romântica do bandido, que a maior parte dos leitores aceitava como verdadeira. Em Jackson, formou-se o primeiro grupo de voluntários destinado à caça do bando de Murieta, e não tardou para que cada povoação tivesse a sua companhia de vingadores, o que resultou em uma caçada humana sem precedentes. Ninguém que falasse espanhol estava livre de suspeitas e, em poucas semanas, houve mais linchamentos realizados de afogadilho do que nos quatro anos anteriores. Bastava falar espanhol para converter-se em inimigo público e atrair para si a fúria dos xerifes e juízes. O cúmulo da surpresa aconteceu na ocasião em que o bando de Murieta, fugindo de uma tropa de soldados americanos que ia em seus calcanhares, desviou-se brevemente de seu roteiro a fim de atacar um acampamento de chineses. Os soldados chegaram minutos depois; vários estavam mortos e outros agonizavam. Dizia-se que Joaquín Murieta odiava asiáticos pelo fato de raramente se defender, mesmo quando estavam armados; os "celestiais" tinham tanto medo dele que a simples menção de seu nome produzia neles uma explosão de pânico. Contudo, o boato mais persistente era o de que o bandido estava formando um exército e, com a cumplicidade de ricos fazendeiros mexicanos da região, pretendia provocar uma revolta, sublevar a população espanhola, massacrar os americanos e devolver a Califórnia ao México ou transformá-la em uma república independente.

Diante do clamor popular, o governador assinou um decreto autorizando o capitão Harry Love e um grupo de vinte voluntários a caçar Joaquín Murieta durante três meses. Atribuiu a cada homem um soldo de cento e cinquenta dólares mensais, coisa pouca, levando-se em conta que deviam eles mesmos adquirir seus cavalos, armas e provisões, mas, apesar disso, em menos de uma semana, a tropa estava pronta para marchar. Havia uma recompensa de mil dólares pela cabeça de Joaquín Murieta. Assim, conforme Jacob Freemont escreveu em seu jornal, condenava-se um homem sem conhecer a sua identidade, sem ter provas de seus crimes e sem levá-lo perante um júri, e a missão que se confiava ao capitão Love equivalia a um linchamento. Eliza sentiu uma mistura de terror e alívio, para a qual não teve explicação. Não desejava que aqueles homens matassem Joaquín, mas talvez fossem eles os únicos a encontrá-lo; ela queria apenas sair da incerteza, estava cansada de dar murros em ponta de faca. Fosse como fosse, era pouco provável que o capitão levasse a melhor naquela tarefa em que tantos outros haviam fracassado. Joaquín Murieta parecia invencível. Dizia-se que só uma bala de prata poderia matá-lo, pois várias vezes tinham esvaziado pistolas em seu peito, à queima-roupa, e ele continuava em seus galopes pela região de Calaveras.

— Se essa fera é o seu namorado, o melhor é que você nunca o encontre — opinou Tao Chi'en quando ela lhe mostrou os recortes de jornais que vinha colecionando havia mais de um ano.

— Acho que não é...

— Como é que pode saber?

Em sonhos, Eliza via o ex-amante com o mesmo terno já bem gasto e as mesmas camisas puídas, mas bem-passadas, dos tempos em que haviam se amado em Valparaíso. No sonho, ele aparecia com seu ar trágico, seus olhos brilhantes e seu cheiro de sabão com suor fresco; tomava suas mãos, como no passado, e falava-lhe emocionado acerca da democracia. Às vezes deitavam-se juntos sobre o monte de cortinas no quarto dos armários, lado a lado, mas sem se tocarem, completamente vestidos, enquanto ao redor deles rangiam as madeiras açoitadas pelo vento do mar. E em todos os sonhos Joaquín tinha uma estrela de luz na testa.

— E o que significa isso? — quis saber Tao Chi'en.

— Um homem ruim não tem luz na testa.

— Isso é apenas um sonho, Eliza.

— Não é um sonho, Tao, são muitos...

— Então você está procurando o homem errado.

— Talvez, mas nem por isso estou perdendo meu tempo — replicou ela, sem maiores explicações.

Pela primeira vez em quatro anos, ela voltava a ter consciência de seu corpo, relegado a um plano inferior desde o momento em que Joaquín Andieta havia se despedido dela no Chile, naquele funesto 22 de dezembro de 1848. Em sua obsessão de encontrar aquele homem, a tudo renunciara, inclusive à feminilidade. Tinha medo de, por causa dele, haver deixado pelo caminho sua condição de mulher, a fim de converter-se em um ser raro e assexuado. Algumas vezes, quando cavalgava pelas colinas e bosques, exposta à inclemência de todos os ventos, lembrava-se dos conselhos de Miss Rose, que se banhava com leite e jamais permitia que um raio de sol alcançasse a sua pele de porcelana, mas não podia deter-se em semelhantes considerações. Suportava o esforço e o castigo porque não tinha alternativa. Considerava seu corpo, assim como os pensamentos, a memória e o sentido do olfato, parte inseparável de seu ser. Antes não compreendia a que Miss Rose estava se referindo quando falava da alma, porque não conseguia diferenciá-la da unidade que ela era, mas agora começava a vislumbrar sua natureza. Alma era a parte imutável de si mesma. Corpo, em troca, era aquela fera temível, que, depois de anos hibernando, acordava indômita e cheia de exigências. Aquilo que lhe trazia de volta à memória o ardor do desejo, saboreado brevemente no quarto dos armários. Desde aquele momento, nunca mais havia sentido verdadeira urgência de amor e prazer físico, como se essa parte dela houvesse permanecido entregue a um sono profundo. Atribuiu isso à dor de ter sido abandonada pelo amante, ao pânico de descobrir-se grávida, ao seu passeio pelos labirintos da morte no navio, ao trauma do aborto. Fora muito machucada, e, assim, o terror de ver-se outra vez naquelas circunstâncias foi mais forte do que seu ímpeto juvenil. Pensava que pelo amor era exigido um preço demasiado alto e, assim, o melhor seria evitá-lo por inteiro, mas naqueles últimos anos ao lado de Tao Chi'en alguma coisa se modificara dentro dela, e de repente o amor, assim como o desejo, pareceu-lhe inevitável. A necessidade de vestir-se de homem começava a pesar-lhe como uma carga. Lembrava-se da saleta de costura, na qual, certamente, Miss Rose estaria confeccionando mais um de seus primorosos vestidos, e então foi alcançada por uma onda de saudade daquelas delicadas tardes de sua infância, do chá das cinco nas xícaras que Miss Rose havia herdado da mãe, das correrias a que se entregavam para comprar bugigangas trazidas de contrabando pelos marinheiros. E o que seria de Mama Frésia? Via-a resmungando na cozinha, gorda e tépida, cheirando a manjericão, sempre empunhando uma colher de pau, mexendo em uma panela que fervia no fogão, como se fosse uma feiticeira benévola. Sentia uma opressiva nostalgia daquela cumplicidade feminina de outrora, um desejo peremptório de sentir-se mulher novamente. Em sua casa, não havia um espelho grande o suficiente para lhe permitir observar aquela criatura feminina que tentava impor-se. Queria ver-se nua. Às vezes, ao amanhecer, deixava a cama possuída pela febre dos sonhos impetuosos nos quais a imagem de Joaquín Andieta, com uma estrela na testa, sobrepunha-se a outras visões nascidas dos livros eróticos que antes lia em voz alta para as pombinhas da Quebra-osso. Naquela época, fazia tais leituras com notável indiferença, pois aquelas descrições não eram nada evocadoras para ela, mas agora vinham perturbá-la em seus sonhos, como espectros sensuais. Sozinha em seu belo aposento mobiliado à chinesa, aproveitava a luz do amanhecer, que se filtrava fracamente pela janelas, para dedicar-se à enlevada exploração de si mesma. Livrava-se do pijama, olhava com curiosidade as partes do corpo que podia ver, e percorria as outras com as mãos, como aprendera a fazer anos antes, na época em que descobrira o amor. Não havia mudado muito, comprovava agora. Estava mais delgada, mas também parecia mais forte. As mãos estavam curtidas de sol e trabalho, mas o restante lhe parecia tão claro e liso quanto podia lembrar-se. Parecia-lhe estranho que, depois de tanto tempo quase esmagados embaixo de uma faixa, seus seios ainda continuassem como antes, pequenos e firmes, com os mamilos duros como grãos de bico. Soltava a cabeleira, que não cortara nos últimos quatro meses, penteando-a de modo a formar uma pequena cauda na nuca, fechava os olhos e agitava a cabeça com aquele prazer que lhe despertava a textura dos cabelos, que era a mesma de um animal vivo. Surpreendia-lhe aquela mulher quase desconhecida, com curvas nas coxas e cadeiras, cintura fina e um tufo crespo e áspero no púbis, bem diferente do cabelo liso e elástico da cabeça. Erguia um braço a fim de medir-lhe a extensão, apreciar a sua forma, ver de longe suas unhas; com a outra mão, palpava a lateral, o relevo das costelas, a cavidade da axila, o contorno do braço. Detinha-se nos pontos mais sensíveis do pulso, na dobra do cotovelo, perguntando se Tao sentiria as mesmas cócegas nessas mesmas partes. Tocava no pescoço, contornava as orelhas, o arco das sobrancelhas, a linha dos lábios; passava um dedo pelo interior da boca e, em seguida, o levava aos mamilos, que cresciam em contato com a saliva morna. Corria firmemente as mãos pelas nádegas, a fim de assimilar a sua forma, depois com leveza, para sentir a tessitura da pele. Sentava-se na cama e palpava-se dos pés às virilhas, deixando-se surpreender pela quase imperceptível camada de pelos dourados que haviam nascido em suas pernas. Abria as coxas, tocava a misteriosa fenda de seu sexo, úmida e suave; procurava o casulo do clitóris, centro de seus desejos e confusões, e, ao roçá-lo, acudia-lhe imediatamente a visão inesperada de Tao Chi'en. Não era Joaquín Andieta, de cujo rosto mal podia recordar-se, mas seu fiel amigo, quem vinha nutrir-lhe as fantasias febris com uma irresistível mistura de abraços ardentes, de suave ternura e riso compartilhado. Depois ela cheirava as mãos, maravilhada com aquele poderoso aroma de sal e frutas maduras que emanava de seu corpo.

Três dias depois de o governador ter posto a prêmio a cabeça de Joaquín Murieta, ancorou no porto de San Francisco o vapor *Northener*, com duzentos e setenta e cinco malotes de correio, além de Lola Montez. Era a cortesã mais famosa da Europa, mas nem Eliza nem Tao Chi'en jamais tinham ouvido falar em seu nome. Estavam casualmente no cais, pois tinham ido apanhar uma caixa de remédios chineses, que um marinheiro trouxera de Xangai. Imaginaram que a causa do tumulto festivo fosse o correio, pois nunca se recebera um carregamento tão abundante de correspondência e encomendas, mas o foguetório da festa logo lhes tiraria do erro. Naquela cidade, habituada a toda espécie de prodígios, formara-se uma grande multidão de homens curiosos, desejosos de ver a incomparável Lola Montez, que viera pelo Istmo do Panamá, precedida pelo rufar dos tambores de sua fama. Desceu do bote nos braços de uma dupla de afortunados marinheiros, que a colocaram suavemente em terra firme com reverências dignas de uma rainha. E essa era exatamente a atitude daquela célebre amazona quando recebia as aclamações de seus admiradores. A confusão apanhou de surpresa Tao e Eliza, que nada sabiam das origens da bela cortesã, mas não tardaram a ser devidamente informados pelos espectadores. Ela era uma irlandesa, plebeia e bastarda, que se fazia passar por uma bailarina espanhola, de linhagem nobre. Dançava como um ganso e, de atriz, tinha apenas uma imoderada vaidade, mas seu nome trazia à mente imagens licenciosas de grandes sedutoras, de Dalila a Cleópatra, e era por isso que multidões delirantes se juntavam a fim de aclamá-la. Não iam vê-la por causa de seu talento, mas para comprovar de perto a sua malignidade perturbadora, sua formosura lendária e seu temperamento feroz. Sem outros talentos além dos da desfaçatez e da audácia, lotava teatros, gastava tanto quanto um exército, colecionava joias e amantes, tinha explosões de raiva homéricas, havia declarado guerra aos jesuítas e fora expulsa de várias cidades, mas seu feito máximo consistira em destroçar o coração de um rei. Durante sessenta anos, Ludwig I, da Baviera, conseguira ser um homem bom, avaro e prudente, até que um dia ela cruzou seu caminho, e, com dois golpes certeiros, reduziu-o à condição de fantoche. O monarca perdeu o juízo, a saúde e a honra, enquanto ela raspava as arcas de seu pequeno reino. Tudo que ela pediu, o apaixonado Ludwig lhe deu, inclusive um título de condessa, mas não pôde conseguir que seus súditos a aceitassem. Seus péssimos modos e descabelados caprichos desencadearam o ódio dos cidadãos de Munique, que terminaram por ocupar as ruas a fim de exigir a expulsão da queridinha do rei. Mas, em vez de sair discretamente de cena, Lola enfrentou a turba, armada com um longo chicote, e só não foi reduzida a picadinho porque seus fiéis lacaios empurraram-na à força para dentro de um coche e levaram-na até a fronteira. Desesperado, Ludwig I abdicou do trono e resolveu segui-la no exílio, mas, despojado da coroa, do poder e da conta bancária, deixava de ter serventia, e por isso a beldade simplesmente o abandonou.

— Em resumo — opinou Tao Chi'en —, o único mérito dela é a má fama que carrega.

Entre divertida e admirada, Eliza acompanhou por várias quadras o cortejo festivo, enquanto, ao seu redor, estouravam foguetes, e tiros eram disparados para o alto. Lola Montez levava o chapéu na mão, deixando à mostra o cabelo preto, partido ao meio, com pequenos cachos caindo sobre as orelhas; seus olhos alucinados eram de um azul noturno, e ela vestia uma saia de veludo cardinalício, blusa com rendas no pescoço e nos punhos, e uma jaqueta de toureiro coberta de lantejoulas. Tinha uma atitude burlesca e desafiadora, além de plena consciência de que encarnava os desejos mais primitivos e secretos dos homens, simbolizando aquilo que era mais temido pelos defensores da moral; era um ídolo perverso, e esse papel a encantava. No entusiasmo daquele momento, alguém lançou sobre ela um punhado de ouro em pó, que permaneceu grudado, como uma aura, em seus cabelos e vestes. A visão daquela jovem, triunfante e sem medo, deu uma sacudidela em Eliza. Pensou em Miss Rose, como vinha fazendo cada vez com maior frequência, e sentiu-se tomada por uma onda de compaixão e ternura por ela. Lembrou-se dela em seu corpete, as costas retas, a cintura superapertada, transpirando embaixo de suas cinco anáguas: "Sente-se com as pernas juntas, caminhe ereta, não dê sinal de preocupação, fale baixinho, sorria, não faça caretas para não encher o rosto de rugas, cale a boca e finja interessar-se pelo que eles dizem; os homens gostam que as mulheres os escutem". Miss Rose, com seu cheiro de baunilha, sempre complacente... Mas também a recordou na banheira, mal coberta por uma combinação molhada, os olhos brilhantes de riso, o cabelo assanhado, as faces vermelhas, livre e contente, cochichando com ela: "A mulher pode fazer o que quiser, Eliza, desde que seja com discrição". Lola Montez, no entanto, fazia tudo de maneira aberta e imprudente; tinha vivido mais vidas do que o mais bravo dos aventureiros e tinha feito o que fizera amparando-se em sua altiva condição de mulher bem-sucedida. Naquela noite, Eliza chegou ao seu quarto pensativa e abriu silenciosamente, como se cometesse um pecado, a mala onde estavam seus vestidos. Deixara-a em Sacramento quando partira pela primeira vez em busca do amante, mas Tao Chi'en tivera o cuidado de guardá-la, possuído pela ideia de que o conteúdo algum dia pudesse novamente ser útil à sua dona. Ao abri-la, algo caiu no chão, e ela viu que se tratava do seu colar de pérolas, o preço que havia pagado a Tao Chi'en para introduzi-la no navio. Ficou durante um longo momento comovida, com as pérolas na mão. Sacudiu os vestidos e estendeu-os em cima da cama; estavam amassados e cheiravam a sótão. No dia seguinte, levou-os à melhor lavanderia de Chinatown.

— Tao — anunciou ela —, vou escrever uma carta para Miss Rose.

— Por quê?

— Ela é como se fosse minha mãe. Se eu a amo tanto, com certeza ela me ama assim também. Há quatro anos que não lhe dou notícias, ela deve estar achando que morri.

— Gostaria de vê-la?

— Claro, mas isso é impossível. Vou escrever apenas para tranquilizá-la, mas seria bom que ela pudesse responder-me. Você se importa se eu der este endereço?

— Quer ser encontrada pela sua família... — disse ele, a voz apagando-se.

Ela ficou olhando-o e, então, percebeu que nunca, em toda a sua vida, estivera tão perto de alguém quanto naquele momento estava perto de Tao Chi'en. Sentiu-o como parte de seu próprio sangue, com uma certeza enraizada e feroz, e admirou-se de não ter percebido isso durante todo aquele tempo vivido ao seu lado. Ignorava-o, embora o visse todos os dias. Sentiu saudade dos tempos em que tinham sido apenas bons amigos, mas isso não significava que pretendesse recuar. Agora havia algo pendente entre eles, algo muito mais complexo e fascinante do que a angústia da amizade.

Seus vestidos e anáguas tinham voltado da lavanderia e estavam em cima da cama, envoltos em papel. Abriu a maleta, apanhou as meias e os sapatos abotinados, mas deixou de lado o corpete. Sorriu diante da lembrança de que nunca pudera, sem a ajuda de um terceiro, vestir sua roupa de senhorita; atou as anáguas e experimentou um a um os vestidos, a fim de escolher o mais apropriado para a ocasião. Sentia-se estranha naquela roupa, atrapalhou--se com as cintas, as rendas e os botões, necessitou de vários minutos para amarrar os sapatos e equilibrar-se embaixo de tantas anáguas, mas cada peça que vestia eliminava um pouco de suas dúvidas e afirmava o desejo de voltar a ser mulher. Mama Frésia lhe havia prevenido acerca dos riscos da feminilidade. "Teu corpo mudará, tuas ideias ficarão nubladas e qualquer homem poderá fazer contigo o que lhe der na telha", dizia a velha, mas esses perigos não a deixavam assustada.

Tao Chi'en acabara de dar consulta ao último doente do dia. Estava em mangas de camisa, tinha tirado a jaqueta e a gravata, que sempre usava em respeito aos seus pacientes, conforme o conselho de seu mestre de acupuntura. Transpirava, o sol ainda não declinara no horizonte e aquele tinha sido um dos poucos dias quentes de julho. Pensou que nunca se acostumaria aos caprichos do clima de San Francisco, onde o verão tinha cara de inverno. Com frequência, o dia começava com um sol radiante e, poucas horas depois, uma espessa neblina entrava pelo Golden Gate, ou então soprava o vento vindo do mar. Ocupava-se em limpar as agulhas com álcool e arrumar seus frascos de remédios, quando Eliza entrou. O ajudante de Tao já havia saído e, naquele dia, não estavam encarregados de nenhuma *sing song girl* — estavam sozinhos em casa.

— Tenho uma coisa para você, Tao — disse ela.

Ele ergueu os olhos e, de tanta surpresa, deixou cair o frasco que havia em suas mãos. Eliza trajava um elegante vestido escuro com gola de renda branca. Tinha-a visto apenas duas vezes em roupa de mulher, quando a conhecera em Valparaíso, mas não havia esquecido como era ela naquela ocasião.

— Gosta?

— Gosto, e muito, de você — sorriu ele, e tirou os óculos a fim de admirá--la melhor de longe.

— Este é o meu vestido de domingo. Quero tirar um retrato com ele. Tome, é para você — e entregou-lhe uma bolsa.

— O que é isso?

— São as minhas economias... para você comprar outra *sing song girl*, Tao. Tinha pensado em sair neste verão para procurar Joaquín, mas desisti. Já cheguei à conclusão de que jamais o encontrarei.

— Parece que cada um de nós vive procurando uma coisa e encontrando outra.

— Você procurava o quê?

— Conhecimento, sabedoria, já não me lembro bem. Em compensação, encontrei as *sing song girls*, e veja em que confusão estou metido.

— Como você é pouco romântico, homem de Deus! Para fazer um galanteio, devia acrescentar que também me encontrou.

— Teria encontrado você de qualquer maneira. Isso estava predestinado.

— Não me venha com essa história de reencarnação...

— Pois eu insisto. Voltaremos a nos encontrar em cada encarnação, até fechar o nosso carma.

— Que coisa absurda! Seja como for, não voltarei ao Chile, mas também não continuarei a me esconder, Tao. Agora quero ser eu mesma.

— Você sempre foi você mesma.

— Minha vida está aqui. Claro, se você quiser a minha ajuda...

— E Joaquín Andieta?

— Talvez a estrela na testa signifique que está morto. Pra você ver! Fiz uma grande viagem, e tudo em vão.

— Nada é em vão. E na vida não se chega a lugar nenhum, Eliza; na vida, só se faz caminhar.

— Nada mal no caso da caminhada que fizemos juntos. Acompanhe-me. Vou tirar um retrato para enviar a Miss Rose.

— Pode tirar um para mim também?

Foram a pé, de mãos dadas, até a Praça da União, onde havia vários fotógrafos, e escolheram a loja mais vistosa. Na janela, exibia-se uma coleção de imagens de aventureiros do 49: um jovem de barba ruiva e expressão determinada, empunhando pá e picareta; um grupo de mineiros em mangas de camisa, o olhar fito na lente, todos muito sérios; chineses na margem de um rio; índios lavando ouro com cestas de malha apertada; famílias de pioneiros posando ao lado de seus carroções. Os daguerreótipos estavam na moda, estabeleciam vínculos entre pessoas separadas e distantes, eram a prova de que alguém tinha participado da corrida do ouro. Dizia-se, nas cidades do Leste, que muitos homens que jamais haviam pisado na Califórnia tiravam retratos com ferramentas de mineiros. Eliza estava convencida de que o extraordinário invento da fotografia havia destronado definitivamente os pintores, que poucas vezes conseguiam retratar as pessoas como elas realmente eram.

— Miss Rose tem um retrato a três mãos, Tao. Foi pintado por um artista famoso, mas não me lembro de como se chama.

— Com três mãos?

— Bom, o pintor fez com duas, mas Miss Rose acrescentou uma terceira. O irmão dela Jeremy quase morreu quando viu aquilo.

Desejava enquadrar seu daguerreótipo em uma delicada moldura de metal dourado apoiada em veludo vermelho, para ser exposto no escritório de Miss Rose. Levava as cartas de Joaquín Andieta, a fim de perpetuá-las na fotografia antes de destruí-las. Dentro da loja, sentiu-se como se estivesse nos bastidores de um pequeno teatro; havia telões de fundo com praças floridas e lagos cheios de garças, colunas gregas de papelão, guirlandas de rosas e até um urso embalsamado. O fotógrafo era um homenzinho meticuloso, que falava tropeçando e caminhava saltando como um sapo, evitando colidir com os objetos de seu estúdio. Acertados os detalhes, acomodou Eliza diante de uma pequena mesa, com as cartas de amor na mão, e pôs uma barra metálica em suas costas, como suporte para o pescoço, muito parecida com aquela que era usada por Miss Rose durante as lições de piano.

— Isso é para impedir que se mova. Olhe para a lente e não respire.

O homenzinho desapareceu atrás de um pano negro e, um instante depois, um relâmpago branco cegou os olhos de Eliza, enquanto um cheiro de algo chamuscado provocava-lhe espirros. Ao posar para o segundo retrato, pôs de lado as cartas e pediu a Tao Chi'en que a ajudasse a prender o colar de pérolas. No dia seguinte, Tao Chi'en saiu muito cedo para comprar o jornal, como sempre fazia antes de abrir o consultório, e leu os títulos em seis colunas: haviam matado Joaquín Murieta. Voltou para casa com o jornal apertado contra o peito, pensando como daria a notícia a Eliza e como a jovem a receberia.

Ao amanhecer de 24 de julho, depois de cavalgarem três meses pela Califórnia, dando bordoadas de cego, o capitão Harry Love e seus vinte mercenários chegaram ao vale de Tulare. A essa altura, estavam fartos de perseguir fantasmas e correr atrás de pistas falsas, o calor e os mosquitos deixavam-nos de péssimo humor, e eles já começavam a odiar-se entre si. Três meses de verão cavalgando sem rumo por aquelas terras secas, com um sol fervendo sobre a cabeça, era muito sacrifício para o pagamento recebido. Em dois povoados, tinham lido os avisos que ofereciam mil dólares de recompensa pela captura do bandido. Em alguns, alguém rabiscara: "Eu pago cinco mil", e em seguida vinha a assinatura de Joaquín Murieta. Estavam se expondo ao ridículo, e só restavam três dias para terminar o prazo estipulado; se regressassem de mãos vazias, não veriam um centavo do prêmio oferecido pelo governador. Mas aquele seria o seu dia de sorte, pois, justamente quando já estavam perdendo as esperanças, deram de cara com um grupo de sete descuidados mexicanos acampados embaixo de umas árvores.

Mais tarde, o capitão diria que os mexicanos vestiam roupas de luxo, levavam armas de valor e montavam os mais belos corcéis, um motivo a mais para despertar suas suspeitas e abordá-los, exigindo que se identificassem. Em vez de obedecerem, os suspeitos correram intempestivamente para os seus cavalos; antes, porém, de conseguirem montá-los, foram cercados pelos guardas de Love. Só um deles ignorou olimpicamente os atacantes e avançou para seu cavalo, como se não tivesse ouvido a advertência. Parecia ser o chefe. Portava apenas um punhal, suas armas estavam presas a uma sela, e ele não pôde alcançá-las, pois o capitão cortou-lhe o caminho apontando-lhe uma pistola. A poucos passos dali, os outros mexicanos do bando observavam com atenção, prontos para prestar ajuda a seu chefe ao primeiro descuido dos guardas, diria mais tarde Love em seu relatório. De repente, fizeram uma desesperada tentativa de fuga, talvez com a intenção de distrair os guardas, enquanto seu chefe montava, com um formidável salto, em seu brioso alazão e fugia rompendo as fileiras adversárias. Mas não conseguiu ir muito longe, pois um tiro de fuzil atingiu seu cavalo, que caiu por terra vomitando sangue. Então, o ginete, que, segundo o capitão Love, era o próprio Joaquín Murieta, saiu correndo como um cervo e, assim, não restou ao capitão Love e seus mercenários senão esvaziarem suas pistolas nas costas do bandido.

— Não atirem mais, vocês já fizeram o seu trabalho — disse Murieta, antes de tombar lentamente, vencido pela morte.

Essa era a versão dramatizada dos jornais, e não havia restado nenhum mexicano vivo para contar os fatos segundo sua versão. O valente capitão Harry Love tratou de cortar, com um golpe de sabre, a cabeça do suposto Murieta. Alguém o informou de que outra de suas vítimas tinha uma das mãos deformada; todos concluíram imediatamente se tratar de Jack Três-dedos, e, assim, além de ser decapitado, o malfeitor teve a mão ruim cortada a fio de sabre. Os vinte guardas partiram a galope na direção do povoado mais próximo, que ficava a vários quilômetros de distância; fazia um calor infernal. Como a cabeça de Jack Três-dedos, de tão perfurada que estava pelas balas, começara a desfazer-se, eles a jogaram fora a certa altura do caminho. Perseguido pelas moscas e o mau cheiro, o capitão Harry Love compreendeu que ou preservava os despojos ou não chegaria com eles a San Francisco, onde esperava receber sua recompensa, e assim teve de guardá-los dentro de enormes vasos cheios de genebra. Foi recebido como herói: havia libertado a Califórnia do pior bandido de sua história. Mas as coisas não estavam inteiramente claras, como observou Jacob Freemont em sua reportagem; a história cheirava a uma situação tramada. De saída, ninguém podia provar que os fatos tinham acontecido como diziam Harry Love e seus subordinados, e era meio suspeito que, depois de três meses de busca infrutífera, sete mexicanos fossem mortos justamente quando o capitão mais necessitava deles. Tampouco havia quem pudesse identificar Joaquín

Murieta; ele se apresentou para ver a cabeça e não pôde assegurar que fosse a do bandido com quem havia se encontrado, embora — admitiu — houvesse certa semelhança.

Durante semanas foram exibidas em San Francisco a cabeça do suposto Joaquín Murieta e a mão de seu abominável comparsa, Jack Três-dedos, antes de serem levadas em viagem triunfal pelo restante da Califórnia. As filas de curiosos davam voltas no quarteirão e não houve ninguém que não fosse ver de perto os sinistros troféus. Eliza foi uma das primeiras a apresentar--se, e Tao Chi'en acompanhou-a, pois não queria que ela passasse sozinha por semelhante prova, embora houvesse recebido a notícia com uma calma espantosa. Depois de uma eterna espera sob o sol, chegou finalmente a vez dos dois, e eles entraram no prédio. Eliza segurou com força a mão de Tao Chi'en e avançou decidida, sem pensar no rio de suor que lhe empapava o vestido e o tremor que lhe sacudia os ossos. Chegaram a uma sala sombria, mal iluminada por velas de luz amarelada, das quais emanava um odor sepulcral. Panos negros cobriam as paredes, e, em um recanto da sala, haviam instalado um pianista medíocre, que teclava uns acordes fúnebres mais por resignação do que por verdadeiro sentimento. Sobre uma mesa, também coberta por panos de catafalco, haviam disposto os dois grandes vasos de vidro. Eliza fechou os olhos e se deixou levar por Tao Chi'en, certa de que as batidas de tambor do seu coração abafariam os acordes do piano. Pararam. Sentiu então a mão de Tao pressionar a sua, aspirou um grande volume de ar e abriu os olhos. Olhou para a cabeça por alguns segundos e, em seguida, deixou-se arrastar para fora.

— Era ele? — perguntou Tao Chi'en.

— Agora estou livre... — replicou ela, sem soltar-lhe a mão.

Impresso no Brasil pelo
Sistema Digital Instant Duplex da Divisão Gráfica da
DISTRIBUIDORA RECORD DE SERVIÇOS DE IMPRENSA S.A.
Rua Argentina, 171 – Rio de Janeiro, RJ – 20921-380 – Tel.: (21) 2585-2000